An Ember in the Ashes

灰烬余火①

武夫帝国

［美］萨巴·塔希尔 著 雏城 译
Sabaa Tahir

天地出版社
TIANDI PRESS

图书在版编目（CIP）数据

灰烬余火.1/（美）萨巴·塔希尔著；雏城译.—
成都：天地出版社，2017.9（2021.9重印）
ISBN 978-7-5455-2819-0

Ⅰ.①灰… Ⅱ.①萨… ②雏… Ⅲ.①长篇小说—美
国—现代 Ⅳ.① I712.45

中国版本图书馆CIP数据核字（2017）第111382号

Copyright © 2015 by Sabaa Tahir
First published by Penguin Random House
Simplified Chinese edition copyright:Beijing Huaxia Winshare Books Co.,Ltd.
Through Bardon-Chinese Media Agency
博达著作权代理有限公司
All rights reserved including the rights of reproduction in whole or in part in any form.

著作权登记号 图字：21-2014-165

灰烬余火1：武夫帝国

出品人	杨 政
作　者	[美] 萨巴·塔希尔
译　者	雏 城
责任编辑	杨永龙　张璐路
版权编辑	郭 淼
装帧设计	杨 倩
责任印制	葛红梅

出版发行	天地出版社 （成都市槐树街2号　邮政编码：610014）
网　址	http://www.tiandiph.com http://www.天地出版社.com
电子邮箱	tiandicbs@vip.163.com
经　销	新华文轩出版传媒股份有限公司

印　刷	廊坊市印艺阁数字科技有限公司
版　次	2017年9月第1版
印　次	2021年9月第2次印刷
成品尺寸	145mm×210mm 1/32
印　张	14.25
字　数	356千字
定　价	78.00元
书　号	ISBN 978-7-5455-2819-0

好评如潮

塔希尔的首部长篇作品技法娴熟，构思精巧，交替使用两个完全不同的视角来展现同一个残酷世界，两者相辅相成。在一个充满了政治阴谋和超自然力的故事中，真正的张力来自两位主角的命运，我们将一步步目睹埃利亚斯和拉娅挣扎着找到自己的立场。

——《出版人周刊》

《灰烬余火1》可能会让萨巴·塔希尔跻身 J.K. 罗琳这样的畅销书作家之列……它像《饥饿游戏》一样让人欲罢不能，加上《哈利·波特》式的幻想和《权力的游戏》那样的残酷血腥。

——美国国家公共广播电台

《灰烬余火1》让读者置身于一个充斥着暴力和压迫的世界，行文却又能如此简单明澈，自然展现同一幻境的美好瞬间。这种二元性让它成为一本有价值的小说——而且像里面的角色一样勇气可嘉。

——《纽约时报》

塔希尔构想出的世界细致入微，其设置完全不同于常见的幻想小说。她笔下的所有人物，甚至包括那些小人物，都有极高的真实性……适合的读者人群，应该跟《权力的游戏》以及梅琳达·马尔可塔《石丘的芬尼肯》重合。

　　　　　　　　　　　　　　　　　　　　　——《图书馆杂志》

　　一部极富冲击力、震撼力的史诗级长篇首作，会让读者手不释卷。

　　　　　　　　　　　　　　　　　　　——《传奇》作者 陆希未

　　一段罗密欧与朱丽叶式的爱情故事。活灵活现，波澜壮阔，其幻想时空宏伟又真实。

　　　　　　　——梅丽莎·德拉克鲁兹（《纽约时报》畅销书作者）

给凯希，是他让我明白：
我的勇气比恐惧更强大。

突袭

第一章　拉娅

哥哥到家了，在黎明前最黑暗的几小时，连鬼魂都在安睡的那段时间里。他身上有钢铁、焦炭和冶炼厂的气息。那是敌人的味道。

他像稻草人一样单薄的身体挤进窗框，光脚无声地落在灯芯草床垫上。沙漠里的干热风从他背后吹进房间，微微掀动软垂的帘幕。由于意外，他的速写本掉在了地板上。哥哥迅速出脚，把它踢到自己床铺底下，就像那是一条蛇。

你去哪儿了，代林？在我脑子里，我有勇气这样询问，而代林对我也有足够的信任，会坦然回答。为什么你总是这样消失？为什么你总是不在？在阿公阿婆需要你的时候，在我需要你的时候。

快两年了，几乎每天深夜，我都想这样问哥哥。每个晚上，我都没有这份勇气开口。我的同胞兄弟姐妹只剩下他一个，我不想他对我也产生隔膜，就像他对其他所有人那样。

今晚却与平时不同。我已经知道他速写本里画的是什么，也知道那意味着什么。

"你早该睡着了。"代林的细语声打断了我的思路。他有猫儿样的直觉，总可以感知到周围的危险——这是我妈妈的遗传。他点亮灯盏，我也从床上坐了起来。现在继续装睡，没什么意义了。

"宵禁时间早到了，外面已经有三队巡逻兵经过。"我说，"我很担心。"

"我能躲开那些士兵，拉娅。早就熟练了。"代林的下巴搁在我的床沿上，脸上挂着微笑，像妈妈那样甜美而略带狡黠。这是我非常熟悉的面容，每次从噩梦中惊醒，或者家中断粮的时候，他总是这样对我笑。一切都会好起来的，那笑容像在对我说。

他拿起我手边那本书，读到书名——《夜半相逢》："真诡异。这书讲什么？"

"我也才刚刚开始看。讲一个神怪的故事——"我幡然醒悟。哥哥真滑头，简直太狡猾了。他喜欢听故事，也明知道我喜欢讲故事。"不谈这个。你去哪儿了？今天上午，阿公可是看了十几位病人呢。"

而且因为他一个人忙不过来，我不得不填补了你的位置。这样阿婆只能自己给杂货店主装果酱瓶，没能按时完成任务。现在，杂货店主不会付钱给我们，今年冬天全家都得饿肚子。可是，天啊，你为什么一点儿都不关心呢？

这些话我只是想想而已。不过，代林脸上的笑容也已经淡去了。

"行医的事不适合我。"他说，"阿公自己也知道。"

我本不想再说这个话题，却又想起今天早上阿公疲惫的双肩，还有哥哥的速写本。

"阿公就只能靠你了，阿婆也需要你照顾。你至少也应该跟他们谈谈吧。你这样子神出鬼没的，都好几个月了。"

我等他回答，预想他能有十几种不同的方式来搪塞：你不懂啦。少来管我。休想控制我。如此种种。但代林只是摇摇头，躺到自己的小床上，闭上了眼睛，似乎觉得我的傻问题根本不值得回答。

"我看到你画的东西了。"这话脱口而出，代林瞬间坐了起来，脸色阴沉。"我可不是在偷看哦。"我说，"是你本子上有一页脱落了，我今天早上换床垫的时候偶尔看到的。"

"你告诉阿公阿婆了吗？他们看到过吗？"

"没有，不过——"

"拉娅，你好好听着。"真讨厌，我才不想听这些，才不想听他编什么借口。"你看到的东西很危险，对任何人都不能说，永远别说。不只是我会有生命危险，还会连累其他人——"

"你是在给帝国做事吗，代林？你投靠了那些武夫？"

他默不作声。我以为自己从他眼睛里看出了答案，觉得非常难受。哥哥怎么会背叛自己的族人？哥哥也会做帝国的走狗吗？

如果他囤积谷物、卖书，或者教孩子们读书识字，我还能理解。我会因为他做了我想做又不敢去做的事而感到骄傲。

帝国的鹰犬会突击搜查，抓捕乃至处死从事这些活动的人，但他们不是坏人，至少在我的族人——学者们眼里不是。

哥哥做的事……却太可耻。这是背叛啊。

"帝国的恶人杀死了我们的父母，"我几乎说不出话，"还有姐姐。"

我想要对他喊叫，话音却卡在喉咙里。早在五百年前，武夫族征服了学者的古国，从那时起，就一味地压榨和奴役我们。学者故国曾经拥有已知世界最好的大学和图书馆。而现在，我的多数族人却根本不识字。

"你怎么会去跟武夫同流合污？"我质问，"代林，你怎么能这样？"

"事情不是你想的那样子，拉娅。"代林说，"我会解释一切，不过——"

他突然停了下来。我想要追问，他却突然抬手示意我闭嘴，同时侧耳倾听窗外的动静。

透过薄薄的板壁，我能听到阿公均匀的鼾声，听见阿婆在梦中翻身，还有一只鸽子的呢喃声。都是熟悉的声音，家的声音。

而代林却听到了另外一些东西。他的脸变得全无血色，眼中掠过一丝恐惧。

"拉娅，"他说，"是搜查队。"

"可是，如果你为帝国效力的话——"那士兵们还来搜查我们做什么？

"我没有为他们效力。"听起来代林很平静，我却不可能像他那样镇定。"把速写本藏起来，他们要找的就是那个。它就是这次搜查的目标。"

然后代林出了房门，屋里只剩下我自己。我裸露的双腿像凝固的糖浆一样不听使唤，两只手像木头一样呆笨。快点儿啊，拉娅。

通常，帝国搜查队喜欢白天炎热的时候出动。士兵们想要学者族的母亲和孩子们看见他们的暴行，他们想要父亲和兄弟们看见另一个男人的家人遭到奴役。尽管白天的这些搜查都很残酷，但夜间突袭更可怕。只有在不想有证人的时候，帝国禽兽们才会在夜间出动。

我还在纳闷儿：这一切到底是真的，还是只是一场噩梦？这是真的，拉娅。快行动啊。

我把速写本丢进窗外的灌木丛里。这不是什么上好的隐藏之地，可我已经没有时间寻找更好的地点。阿婆跌跌撞撞地闯进我的房间。她的双手——在搅拌果酱和帮我梳头的时候曾那么稳健的一双手，现在却像惊慌失措的鸟翼一样胡乱挥舞着，绝望地催促我加快速度。

她把我拖进走廊里，代林和阿公站在后门旁边。阿公的白发纷乱得像稻草一样，浑身的衣物也皱皱巴巴的，但满是皱纹的脸上已然毫无睡意。他向我哥咕哝了几句，然后把阿婆最大的菜刀塞到代林手里。我不明白他为什么多此一举。在武夫们的赛里克钢刀面前，这种菜刀只会瞬间崩断而已。

"你和代林从后门逃走。"阿婆慌乱的眼睛从一扇窗户转向另一扇，"趁他们还没把整座房子包围。"

不。不。不。"阿婆。"我紧张地叫她，而她却坚决地把挣扎着的我推向阿公那边。

"你们躲到镇子东头去——"她的话哽住了，眼睛死盯着前窗。透过破旧的布帘，我瞥见一线银光，一张水银色的脸颊一闪而过。我顿时觉得内脏都痉挛起来。

"假面人。"阿婆惊惶地说，"他们居然带了假面人。快跑，拉娅。千万别等到他进门。"

"可你怎么办？阿公怎么办？"

"我们来拖住他们。"阿公轻轻把我推出房门，"不要暴露你们的身份，我亲爱的孩子。听代林的话，他会照顾好你的。快走。"

代林的身影罩在我身上，他握住我的手，房门在我们身后关闭。他弯下腰，将身形隐藏在夜色里，无声地走过后院松软的沙地，那份自信绝对是我没有的。尽管我已经十七岁，年龄大到可以暂时控制自己的恐惧，却还是死死拉着他的手，就像那是这个世界上唯一可靠的东西。

我没有为他们效力。代林是这么说的。那么他在为谁工作呢？

不知用了什么办法，他居然设法接近了塞拉城的武器作坊，还绘制了帝国最重要资产的详细制作过程：那种坚固无比的弯刀，一挥就足以斩断三个人的身体。

五百年前武夫军队入侵，学者部队土崩瓦解。究其原因，就是我们的武器完全无法与他们的精钢匹敌。从那时起，我们就对这种冶金术一无所知。武夫们保守精炼钢铁的秘密，像守财奴死守他聚敛的黄金一样。要是没有充分的理由，任何在冶炼厂被抓到的可疑人，都有被处死的可能，无论是武夫还是学者。

如果代林没有成为帝国走狗，那他去冶炼厂做什么？武夫又是怎么发现他行踪的呢？

在房子另一端，有人在用拳头砸前门。靴子踏步声、铁甲铿锵声，纷至沓来。我惊惶四顾，以为随时都会看见帝国军团士兵的银甲蓝盔，但后院依然宁静。后半夜的空气凉爽清新，汗珠却不停地从我颈后流下来。远远地，我听见了黑崖学院的鼓点，那是假面人受训的地方。鼓声加剧了我的恐慌，让我的心脏感到阵阵刺痛。帝国可不是每次突击搜查，都会让那些银面恶魔出动的。

前门再次被人擂响。

"以帝国的名义，"一个粗暴的声音在喊叫，"我命令你们马上开门。"

我和代林不约而同地愣在了原地。

"这听起来不像假面人。"代林低声说。假面人说话总是慢声细语，内容却像弯刀一样伤人至深。军团士兵砸门下令这点儿时间，已经足够假面人闯入房间，砍倒任何敢于挡路之人。

代林看了我一眼，我们心有灵犀，都想知道同一个问题的答案：如果假面人没跟前门的军团士兵在一起，他会在哪儿？

"拉娅别怕。"代林说，"我不会让任何人伤害你的。"

我想要信任他，但恐惧像海潮一样淹没了我的脚踝，不断把我的身体向下拖拽。我想起住在隔壁的那对夫妻：三周前遭到突击搜查，被监禁，随后卖作奴隶。*私贩图书罪*，武夫们这样宣判。其后五天，阿公最年迈的病人，一位几近失聪，更完全不能走路的九十三岁老者，在自己家中惨遭杀害。喉咙被切断，伤口深及两耳之下。罪名是*私通叛贼*。

士兵们会怎样对待阿公和阿婆？监禁他们？卖作奴隶？还是杀害他们？

我们到了后院的门口。代林踮起脚尖，打开门闩，外面深巷里的剐蹭声却让他定在了原地。轻风吹过，声音像一声叹息，如云的烟尘在空气里飞舞。

代林把我推到身后。他紧握菜刀的指节已经发白，门扇呻吟着打开。恐惧像一根冰冷的手指，爬上我的脊柱，我忍不住从哥哥肩后探头，看小巷里的动静。

外面什么都没有，只有沙砾在无声地游移，只有偶尔吹过的阵阵热风轻轻磕碰着邻居的窗户。

我长出一口气，从代林身后绕到他身边。

就在那时，假面人突然从黑暗处现身，闯进了院门。

第二章　埃利亚斯

到黎明，叛逃者必将丧命。

他的脚印曲曲折折，留在塞拉地下墓城的尘土里，像一只受伤的鹿。这迷宫似的隧道会要了他的命。这里闷热的空气过于污浊，死亡和腐朽的气息浓重。

我找到脚印的时候，那人已经离开超过一小时。卫兵获得了他的体味，这个可怜虫要是运气够好，会死在追踪者手里。否则……

别再想这个了。把背包藏好，然后赶紧离开此地。

我把装满食物和饮水的背包塞进墙壁上的墓窟，耳边有颅骨碎裂的声响。要是发现我这么慢待死者的骸骨，海伦娜绝对不会轻易放过我的。不过，要是她知道我到这里来的真正目的，恐怕就顾不上考虑敬重死者之类的话题了。

*她不会发现的。即便能够，也为时已晚。*我心中有几分愧疚，但努力不去想它。海伦娜是我认识的最坚强的人，她离开我也不会有事的。

我向身后回望，觉得这应该是自己第一百次这样做。叛逃者成功地把士兵们误导到相反方向，我早已学会谨慎对待"安全"这个假象。我动作很快，又在那个藏有包裹的墓窟前面撒下枯骨，以掩盖我的足迹。我的感官高度警觉，留意任何反常迹象。

我只要再忍受一天这样的生活，只要再过一天怀疑一切，活在逃避和欺骗中的日子，一天后就是毕业典礼，然后我将获得自由。

当我重排墓窟中颅骨的时候，周围闷热的空气骚动起来，像一头正从冬眠中苏醒的熊。墓穴恶臭的空气里突然多了一丝枯草和冰雪的气息。我仅有两秒钟时间离开墓窟，蹲在地上，做出正在寻找足迹的模样，她已经来到了我的身后。

"埃利亚斯？你躲在这里做什么？"

"你没听说吗？有个学生叛逃了。"我把注意力集中在积满灰尘的地面上。我有一副银色面具，从额头一直覆盖到下巴。我的表情应该是很难被看透的。可是在黑崖军事学院十四年的训练生涯里，海伦娜·阿奎拉和我几乎是每天形影不离。她很可能只用耳朵，就能听出我在想什么。

她悄无声息地绕着我转了一小圈，我抬头看她的眼睛，那么浅、那么蓝的一双眼，就像南方海岛间温暖的海水。我的面具松松垮垮地覆盖在脸上，疏远而陌生，既掩盖了我的五官，也隐去了我的表情。但海勒的面具与面部紧紧贴合，就像第二层银色的皮肤。她低头看我时，我甚至能分辨出她额头隐约的抬头纹。*放松，埃利亚斯，*我对自己说，*你只是在找一名逃犯而已。*

"他没往这边跑。"海勒说，她一只手摸了下自己的头发。跟往常一样，她浅金色的头发绾成了一个紧紧的王冠形圆辫。"戴克斯领了一队辅兵，从北门瞭望塔出发，进了东侧分支隧道。你觉得他们能抓到叛逃者吗？"

辅兵尽管不像军团士兵那样训练有素，战斗力跟假面人相比更是不值一提，但仍旧是可怕的追踪者。"他们当然能抓住这人。"我没掩饰住自己语调中的愤懑，海伦娜因此瞪了我一眼。"一群可耻的懦夫。"我又说，"话说回来，你怎么也起来了？今天后半夜，你本来没有站岗任务的。"*这事我确认过。*

"还不是那讨厌的鼓声。"海伦娜看了看隧道周围的环境,"所有人都被吵醒了。"

鼓声。当然。有人叛逃,鼓声就在午夜岗时间擂得震天响。所有在役士兵上墙警戒。海伦娜一定是志愿加入搜捕的。而我的副手戴克斯,一定是告诉了她我离开的方向,他会觉得理所应当。

"我还以为叛逃者会从这边逃走。"我把视线从自己隐藏的包裹那里移开,看另一条隧道的方向。"看来是我搞错了。我现在应该去追赶戴克斯。"

"尽管我不甘心承认,你确实极少犯错。"海伦娜微微侧头对我微笑,我再次感受到那份愧疚,像是腹部遭到一记重击。等她知道我干了什么,肯定会气得要死。她永远都不会原谅我的。这都不重要。*你已经下定决心,现在绝不能回头。*

海勒白皙的手指,熟练地勾画出沙地上的足迹:"我以前没来过这段地道。"

我脖子上有一滴汗水,正缓缓流下,我选择置之不理。

"这儿又热又臭。"我说,"跟地下墓城的其他地方没什么两样。"*咱们快走吧,*我本想加一句。但是这样一来,简直等于把"我居心不良"几个字文在脑门儿上一样。于是我闭上嘴巴,双臂交叉,倚靠在墓城石壁上。

*战场是我庙堂。*我在心里默念外祖父教给我的箴言。他总说,这些话会让人的头脑变得睿智,就像打磨刀锋一样。*剑尖是我信仰。死亡之舞是我祈祷。致命一击是我解脱。*

海伦娜扫了一眼我留下的模糊足迹,循着它,眼神移到了我隐藏包裹的墓窟,以及我在那里堆叠的颅骨。她已经有所怀疑,我们之间的气氛突然紧张起来。

该死!

我需要转移她的注意力。那会儿她时而看我，时而看那墓窟，我刻意用慵懒而别有深意的眼神紧盯着她的身体。她身高不足六英尺，只差两英寸的样子——比我矮六英寸。她是黑崖学院目前唯一的女生，身着统一式样的紧身黑衫，她健美而修长的身体，总是会引来男生们饥渴的目光。我却不那么看她。我们做朋友太久了，很难有那种念头。

快点儿发现啊。发现我这色眯眯的眼神，然后发火。

当我们眼神相遇时，我的饥渴就像刚刚进港的海员。她张了一下嘴巴，好像是准备痛贬我一顿似的，却又把视线移回墓窟那边。

如果她发现了包裹，猜到了我的用意，我就完蛋了。她或许并不情愿那样做，但是帝国法律会要求她告发我的行为，而海伦娜这一生，从来没有违反过任何法条。

"埃利亚斯——"

我准备好了谎话。*只是想偷跑出去几天啦，海勒。需要点儿时间想想事情，又不想害你为我担心。*

嘭——嘭——嘭——嘭。

是鼓声。

我完全不用动脑，就已经译出了这鼓点想要传达的意思：*叛逃者已被抓获，所有学生马上到中庭集合。*

我心里一沉。脑海中那个较为幼稚的部分其实还一直存有奢望：指望那叛逃者能逃离这座城市。"他们动作还挺快。"我说，"我们该走了。"

我向主通道走去。她跟在身后，正如我所预料的那样。海伦娜宁愿自残肢体，也不会违背上级的直接命令。她是个纯粹的武夫，对帝国的忠诚度超过对待她的生母。像很多优秀的未来假面人一样，她总是把黑崖学院的校训铭记在心：*恪尽职守，至死不渝。*

我想知道，要是她得知我在墓道中到底在做什么，会怎么说？

我想知道，要是她了解我对帝国的痛恨，将做何感想？

我还想知道，要是她发现自己最好的朋友也在密谋叛逃，又将何去何从？

第三章　拉娅

假面人嚣张地跨进门来，两只大手松弛地垂在身边。他脸上是那种古怪金属做成的面具，这些人正是因此而得名。从前额到下巴，那面具紧贴他的面庞，细细的双眉和棱角分明的颧骨都清晰可见。他的黄铜战甲非常合身，勾勒出壮健的肌肉，让他的身体显得更孔武有力。

风吹动他的黑斗篷，他放松地朝周围看看，就像刚刚进入一座举办聚会的花园。那双灰白的眼睛停留在我身上，上下打量我的身材，然后像爬行动物那样冷血地死盯着我的脸。

"你还真是个美人儿呢。"他说。

我掩住衬衣破旧的领口，徒劳地奢望自己能穿上白天那件肥大的钟罩形长裙，它至少可以覆盖到脚踝。假面人的表情毫无变化。你完全看不出他在想些什么，可我会自己猜想。

代林挡在我面前，眼角扫了一眼篱笆，像在估计自己用多长时间可以跑到那里。

"小子，这里只有我一个人。"假面人像干尸一样毫无表情地对代林说，"其他士兵都在你们家房子里。你想逃尽管逃。"他让开后门。"但必须把这妞儿给我留下。"

代林举起了那把菜刀。

"你倒很讲义气。"假面人说。

他随即出击，就像黄铜和白银色调的闪电突然划过空中。我刚刚深吸一口气的工夫，假面人已经把哥哥脸朝下推倒在沙地上，用膝盖死死压住他扭动的身体。阿婆的菜刀掉在地上。

我失声尖叫，孤独的声音在寂静的夏夜里回响。几秒钟后，弯刀的锋刃抵住了我的咽喉，我甚至没有看清假面人拔刀的动作。

"闭嘴。"他说，"两手举高，进屋去。"

假面人一只手扯住代林的衣领，把他拽起来，另一只手拿着弯刀威逼着我。哥哥满脸鲜血，步履蹒跚，眼神迷乱。他像上钩的鱼儿一样挣扎，但只是让假面人抓得更紧。

房子的后门被推开，一名头戴红盔的军团士兵走了出来。

"室内确认安全，长官。"

假面人把代林推给那名士兵："把他捆上，他很强壮。"

然后他扯住我的头发，用力拉扯，直到我痛得叫出了声。

"嗯——"他的头硬凑到我耳边，吓得我浑身战栗，喉咙发紧。"我一直都喜欢黑头发的妞儿。"

我不知道他是否也有姐妹、妻子或者情人。但即便他有，也不会有任何影响。对他来讲，我不是任何人的家人，我不过是个玩物，可以被威逼、淫辱，然后丢弃。假面人把我拖过走廊，来到前厅，就像猎人带走猎杀的动物一样平静。反抗啊，我对自己说，反抗啊。可是他感觉到了我试图鼓起勇气的可悲努力，单手略一用力，剧痛刺穿了我的颅骨，我的身体马上瘫软下来，任由他拖拽着走。

在翻倒的家具和打碎的果酱瓶之间，军团士兵列队站在前门口。现在杂货商什么也拿不到了。我们花了那么多天的时间蒸煮，我的头发和皮肤都渗透了梅子和肉桂的味道。那么多罐果酱，蒸熟又风干，罐装再密封，最终却是一场空，完全没了用处。

灯已经点亮，阿公和阿婆跪在地板中央，双手都被反绑在身后。

押解代林的士兵，把代林也按倒在他们身边的地上。

"这女孩也要绑上吗，长官？"另一名士兵手把着腰间的绳索问。但假面人仅仅是让两名健壮的士兵在两边看着我。

"她不会找麻烦的。"他那双眼睛像刀子一样直瞪着我，"你说呢？"我摇头，身体向后缩，心里痛恨自己的懦弱。我伸手去找母亲留下的臂环，它沾满污垢，还套在我的上臂那里。我想从那熟悉的图案中得到力量，但徒劳无功。要是我妈妈，一定会反抗的。她宁愿去死，也不会甘心承受这样的屈辱。而我却无法说服自己采取行动，我已经被恐惧主宰。

一名军团士兵进入房间，表情非常紧张："东西不在这儿，长官。"

假面人俯视我哥哥："速写本在哪儿？"

代林眼睛直视前方，一言不发。他的呼吸均匀平缓，看上去也不再那么恍惚。事实上，他几乎算得上镇定自若。

假面人做了个手势，动作很小。一名军团士兵扯住阿婆的脖子把她拽起来，把她柔弱的身体猛撞在一面墙上。阿婆咬紧嘴唇，蓝眼睛里泛着怒火。代林试图站起来，被另一名士兵按住了。

假面人弯腰从地板上捡起一块玻璃瓶碎片。他的舌头像蛇一样闪出，品尝了一下果酱。

"浪费这么好的东西，真是可惜。"他拿碎玻璃的边缘轻抚阿婆的脸颊。"你年轻的时候肯定很美，那么迷人的一双蓝眼睛。"他转向代林，"要不要我把她的眼睛挖出来？"

"东西在卧室小窗的外面，灌木丛里。"我的声音很小，不过足够士兵们听到。假面人点头，一名军团士兵走出门廊。代林没有看我，但我能感觉到他的不满。我想要喊：谁让你把它交给我藏的？谁让你把那惹祸招灾的东西带回家的？

军团士兵带着速写本回来了。随后的几秒钟时间，好像永远都不会结束，房间里仅有假面人翻动速写本的声音。如果本子上的内容都跟我看到的那页一样，我就能猜到假面人看到了什么：军用短刀、长剑、刀鞘、熔炉、材料配方、炼制过程说明——所有这些，都不是任何学者应该知道的，更不要说抄录在纸上了。

"小子，你是怎么混进冶炼区的？"假面人抬头问，"是叛军买通了做苦工的贱民，让你偷偷混进去的吗？"

我勉强止住抽泣，知道代林没有背叛我们的族人，多少松了一口气。却也想对他大发脾气，因为他这么傻——私通叛军，这罪名可能会判死刑的。

"我自己设法混进去的。"我哥哥说，"这事跟反抗军没有任何关系。"

"昨晚宵禁之后，有人看到过你进入地下墓城。"假面人的声音，听起来好像有些厌烦，"跟你同行的，是几名被确认了身份的叛军成员。"

"昨天晚上，他在宵禁之前很长时间就在家了。"阿公大声说。听阿公撒谎，让我感觉很奇怪。可是这话毫无意义。假面人眼里只有我哥哥。那人眼睛都不眨一下，细细品读我哥的面部表情，就跟我读书的时候一个样。

"那些叛军今天已经被监禁。"假面人说，"其中一个在死前说出了你的名字。你跟他们一起做过什么？"

"是他们跟踪我的。"代林听起来极为平静，就好像他被审问过很多回一样，就好像他全无畏惧。"我以前从来没见过他们。"

"可他们，却知道你有这个速写本，还跟我详细描述过它的内容。他们是怎么知道的？他们想让你做什么？"

"我不知道。"

假面人按压那片碎玻璃，让它陷入阿婆眼窝下方柔软的皮肤中。

她鼻翼张开，鲜血沿着脸颊流下。

代林深吸一口气，这是他紧张情绪的唯一表现。"他们想要我的速写本，"他说，"我拒绝了。我发誓就是这样。"

"他们的藏身地呢？"

"我没看清，他们蒙了我的眼睛。我只知道是在地下墓城。"

"地下墓城里具体什么地方？"

"我没看清，他们蒙了我的眼睛。"

假面人长时间紧盯着我哥哥。我从没料到，代林在这样的注视之下，居然还能镇定如常。

"你对此早有准备。"假面人的语调里，透出了那么一丝丝惊异，"你后背挺直，呼吸匀细，对不同的问题给出完全相同的回答。小子，谁教会你这样的？"

代林拒绝回答。假面人耸耸肩："到牢里住几个星期，你的嘴巴就会被撬开了。"阿婆和我惊惶地对视。要是代林被关进武夫的监狱，我们就再也不会见到他了。他会被审问几个星期，然后或者被卖作奴隶，或者被杀。

"他还只是个孩子。"阿公耐心地慢慢说，就像在劝解不通情理的病人一样，"拜托你——"

冷光一闪，阿公的身体像石头一样栽倒在地上。假面人的动作太快，我当时根本没弄明白他到底干了什么。直到阿婆扑上去，直到她撕心裂肺地号哭起来，我才被巨大的痛苦击垮，瘫倒下去，双膝跪地。

阿公。天神啊，阿公死了！我脑子里一下子涌入了无数承诺。我再也不会不听话，再也不会做任何错事，再也不会抱怨我的工作，我只要阿公还活着。

但是阿婆在拉扯自己的头发，她在嘶声号哭。如果阿公活着，他绝对不会看她这样还坐视不理，他会受不了。代林的镇静伪装，也像被人用镰刀一挥而破。他面无血色，心里那份深入骨髓的恐惧，肯定跟我没什么两样。

阿婆踉跄起身，摇摇摆摆向假面人的方向跨了一步。假面人向阿婆的方向伸出一只手，就像是要拍拍她的肩膀。我在阿婆眼睛里看到的最后表情是恐惧。然后，假面人佩带铁护手的腕部一抖，阿婆颈部出现一条细细的红线，横贯咽喉。她倒地的同时，那红线越来越红，越来越宽。

阿婆的身体重重地砸在地面上，眼睛还睁着，闪着泪光，血从她的颈部汩汩流出，浸湿了去年冬天我们一起织成的那块小地毯。

"长官，"其中一名士兵说，"一小时后，天就要亮了。"

"带那男孩离开。"假面人甚至都没再看阿婆一眼。"把这里烧掉。"

这时候，他的视线转向了我。我恨不能变成一个影子，隐入身后的墙里。这心愿强烈到超过我此前想要的任何东西，与此同时我又知道这个愿望有多愚蠢。我身边的两名士兵心照不宣地对视着阴笑。假面人向我靠近了一步，他死盯着我的眼睛，就像能嗅到我内心的恐惧，就像一条眼镜蛇，正在用眼神迷惑它的猎物。

不，求你了，不要。我想消失，我只想马上消失。

假面人眨眨眼睛，眼眸中掠过一丝古怪的表情，我不知道是惊异还是慌乱。这都不重要。因为就在那个瞬间，代林从地板上一跃而起。在我惊惶失措时，他已经偷偷松脱了自己的绳索。他两只手搓开，利爪一样急袭假面人的咽喉，愤怒让他获得了狮子一样的力量。那一秒钟，他简直跟我们的妈妈毫无二致，蜂蜜色的头发闪着微光，眼中怒火如炽，嘴巴扭曲，发出凶暴的号叫。

假面人倒退到了阿婆颈边的血泊里，代林把他压倒在身下，一边痛打，一边把他的头向地上猛撞。有一瞬间，军团士兵们都惊呆了，傻愣在原地；随后他们恢复了理智，叫骂着纷纷冲上去。军团士兵抓住他之前，代林从假面人腰间抢了一把匕首。

"拉娅！"哥哥大声叫喊，"快跑啊——"

不要逃跑，拉娅。留下来帮他，留下来战斗。

但我想到的，是假面人冰冷的注视，还有他眼中泄露的不良企图。*我一直都喜欢黑头发的妞儿。*他会强奸我，然后杀了我。

我不寒而栗，倒退着进入门廊。没有人阻止我，没有人注意到我在做什么。

"拉娅！"代林大声号叫，他那时的嗓音我以前从未听到过。他疯狂，走投无路。他明明是在叫我逃走，可是如果我像他当时那样号叫，他一定会来帮我，他绝不会弃我于不顾。我站住了。

*去帮他啊，拉娅。*一个声音在我头脑里下令，*快去！*

另一个声音却更固执，也更强大。

你救不了他。听他的，逃走吧。

火焰开始在我的视野边缘升腾，我能闻到烟味。其中一名军团士兵点燃了房子。几分钟，火焰就会将它吞没。

"这次把他捆紧了，带到刑讯室里去。"假面人已经脱离了那场乱斗，一只手揉着下巴。当他看见我退入门廊，却变得出奇地安静。我不情愿地与他对视，而他微微颔首。

"跑啊，小妞。"他说。

哥哥还在拼死战斗，他的尖叫声，像是能撕裂我的身体。我知道自己会一遍又一遍听到他的哀号，在我一生中每一天的每一小时，直到我死去，或者洗刷掉此时此地的耻辱。我知道。

但我还是逃了。

《《《

学者居住区逼仄的街道和积满灰尘的市场，像噩梦中的景象一样在我面前一晃而过。我每跑一步，脑子里就会有一个声音在大声喊叫，让我回去帮助代林。每一步，这种希望都变得更加渺茫。直到成为完全不可能，直到我只能想到一个字：逃。

士兵们追着我，但我是在这些低矮的土坯房子中间长大的，很快就甩脱了他们。

天亮了，我慌不择路的逃亡也渐渐变成了蹒跚而行。我茫然地从一条小巷走到下一条。如今我能去哪里？能做些什么？我需要一个计划，却不知道从哪里开始。谁能来帮助我，给我安慰？我的邻居们肯定会把我拒之门外，因为担心自己的生命安全。我的家人不是死了，就是被监禁。我最好的朋友扎拉，在去年的一次突袭中失踪，而其他那些朋友，也都有他们自己的不幸。

我完全孤立无援。

太阳升起时，我发现自己身处学者区最深处一座荒废的建筑里。这座空荡荡的房子，像一只受伤的野兽一样蜷踞在迷宫似的破旧住宅之间，空气中弥漫着垃圾的恶臭味。

我蹲在房间一角，头发披散开来，完全乱成了一团麻。我汗衫褶边上的红线被扯开了，鲜红的纱线软软地垂下。那是阿婆特意缝上的。为了庆祝我十七岁生日，她想给我死气沉沉的衣服增加一点儿亮色。这也是她能给我的少数礼物之一。

可现在她已经不在人世。跟阿公一样，跟很久以前我的父母和姐姐一样。

还有代林，身陷牢笼。被拖到某个刑讯室，天知道那些武夫会对他做什么。

生命中有那么多毫无意义的时刻，然后突然有一天，就有一个瞬间会决定你以后每一秒钟的生活。代林喊出那句话的时候，就是这样一个瞬间。那是对勇气的考验，对力量的考验。我输了，一败涂地。

拉娅，快跑。

当时我为什么要听他的话？我本应该留在原地，我本应该做些什么，我拉扯着自己的头发哭泣，我总是能听到他的声音。他现在在哪儿？

他们开始审问了吗？他还会为我担心，他还会想知道，自己的妹妹为什么抛弃了他。

阴影中一阵鬼鬼祟祟的动作，引起了我的注意，让我后颈上的汗毛都直立了起来。那是一只老鼠吗，还是一只乌鸦？那影子在动，而在黑影中，两只邪恶的小眼睛放射着异光。一双之后，很快又有了很多双小眼睛。每一双都那么邪恶，不怀好意地眯着。

是幻觉。我脑子里的阿公说，他已经得到了诊断结果。是过度惊吓导致的症状。

不管是不是幻觉，那些影子都显得非常真实。它们的眼睛放射着光芒，像微缩的星辰。而且，它们像一群鬣狗一样围绕着我转圈，每一瞬间都在变得更大胆。

"我们看见了。"它们恶狠狠地说，"我们了解你的弱点。他将因你而死。"

"不。"我在心中默念。可实际上，这些影子说的都是事实。我丢下了代林，我抛弃了他。他让我逃走的话并不重要，我怎么能这么懦弱呢？

我伸手去抓母亲留下的臂环，但触到它让我更加难过。妈妈会很容易骗过那名假面人。如果是她，一定有办法救下阿公阿婆和代林。

即便是阿婆，都比我更勇敢。尽管阿婆的身体那么单薄，却还是满眼义愤，有一副钢铁样的脊梁。妈妈继承了阿婆的热忱，而代林也传承了她不屈的血脉。

我却没有。

跑吧，小妞。

那些暗影一寸寸逼近，我闭上眼睛不去看它们，希望它们能自行消失。我呼吸急促，头脑中有无数念头四处乱窜，我力图让自己平静下来。

远远地，我听见喊叫声和靴底踏地声。如果士兵们还在找我，我在这里就不安全。

也许我就应该任由他们找到我，随便让他们为所欲为。我背叛了自己的家人，活该受到惩罚。

但是，最早促使我逃离假面人的本能，再次让我站起身来。我走入街道，让自己融入早间拥挤的人流中。我的一些学者同胞会多看我几眼，有些人显得有点儿戒备，另外一些则带有同情，多数人根本不看我。这让我不禁纳闷儿：想知道自己以前遇见过的人里面，有多少正在这条街上逃避追捕。他们中又有多少人也像现在的我一样，刚刚失去了自己的整个世界。

我停在一条垃圾遍地的小巷里休息。街区另一端，有浓黑的烟痕冉冉升起，越往高处，就越显苍白。那是我的家园正在被烧毁。阿婆的果酱、阿公的药品、代林的画作、我的书——全都没了。我曾经的一切，已全部失去。

不是所有的一切啊，拉娅。代林还在。

小巷中间有一块格栅式的井盖，离我仅有几英尺远。像城里所有的格栅一样，它下面的通道可以连接到塞拉墓城：那里遍布骸髅、冤魂、老鼠和窃贼……但很有可能，还有学者族反抗军。

代林会不会是在为他们打探消息呢？是不是反抗军帮他进入了武器冶炼区？尽管我哥哥对假面人矢口否认，这仍是唯一合乎逻辑的推论。传言说，反抗军战士近期变得越来越嚣张。他们不只招收学者，还吸引了一些北部马林自由邦的水手，以及部落原住民——后者处于武夫政府的保护之下。

阿公和阿婆从不在我面前谈论反抗军的事。但在深夜时分，我听到过他们两人低声耳语，说起反抗军如何解救学者族囚徒，主动出击进攻武夫。或者反抗军如何抢劫武夫中的商人，即所谓的"商士"，以及他们中的上流社会人士，即所谓的"贵族"。只有反抗军才敢于对抗武夫。尽管他们行踪诡秘，难以捉摸，却是学者族唯一的依靠。如果有人能够靠近冶炼区，那一定是他们无疑。

我这才想到，反抗军可能会愿意帮助我。我的家遭到突击，被烧成了平地。我的家人被杀，全都是因为两名反抗军成员向帝国走狗透露了我哥哥的名字。如果能找到反抗军，讲述我的遭遇，也许他们会帮助我把代林从牢狱中解救出来。——不只是因为他们欠我的，也因为他们遵循义人道。这是跟学者族本身一样古老的荣誉体系。这些反抗军的首脑，本来就是学者中最优秀、最勇敢的人物。在被帝国杀害之前，我的父母教会了我们相信这些。如果我请求帮助，反抗军绝不会拒绝。

我迈步走向通往地下的格栅。

我从没有进入过塞拉墓城。那些通道在整个城市的地下蛇行、延伸，包括总长数百英里的隧道和洞窟，有些区域堆积着数百年的枯骨。现在已经没有人使用那座墓城作为埋葬死者之地，就连帝国当局也没有墓城的完整地图。帝国如此强大，都无法找到反抗军的行踪，仅靠我一个人，又怎么可能找到他们呢？

*反正这件事你不能不做。*我打开格栅，向下凝望那黑沉沉的洞

穴。我必须下到墓城中，我必须找到反抗军，因为如果我不这么做，哥哥会失去所有生存的希望。如果我不能找到反抗军，并说服他们帮忙，我就再也不可能见到代林。

第四章　埃利亚斯

我和海伦娜到达黑崖学院钟楼时，全校三千名学生几乎已经到场，列队完毕。现在到黎明还有一小时时间，我没看到一双眼睛里有一丝睡意。相反，人群中回响着急切的嗡嗡低语声。上一次有人想逃走的时候，操场还覆满冰霜。

每一名学生都清楚接下来会发生什么。我的双拳不停地握起又松开，我不想见证这样的情景。像黑崖学院所有的学生一样，我也是六岁就来到学校。在此后十四年的时间里，我曾几千次目睹学生受罚。我自己的后背上，也在这残暴的学校留下过纷乱如地图的伤痕。但叛逃者受到的惩罚总是最为严厉。

我的身体像弓弦一样绷得紧紧的，但我极力让自己的眼神平静，脸上毫无表情。黑崖学院的教官们会密切关注我们的一举一动，在如此接近成功逃离的节骨眼儿上，我要是无端去招惹他们，未免过于愚蠢。

海伦娜和我经过那些最年轻的学生面前，他们共有四个级别，全都是没有面具的童兵。他们占据了最能看清惨剧的前排位置。其中，最小的孩子还不满七岁，最大的也才接近十一岁而已。

我们经过的时候，童兵们全都垂首低眉，因为他们甚至都没有资格跟我们说话。这些孩子全都站得像拨火棍一样笔直，背挎弯刀，倾斜成精准的四十五度角；他们的靴子用自己的口水擦得锃亮，脸像顽石一样毫无表情。到现在，连最小的孩子也已经学会了黑崖学院的最基本规矩：服从，适应，还有闭嘴。

童兵的身后留有一大片空地，那是给黑崖学院第二梯队的学员的礼节性空位，他们被称作五劫生，因为很多人会在第五年丧命。十一岁时，教官们会把我们逐出黑崖学院，赶入帝国边疆的旷野，不给任何衣服、食物或武器，我们要完全依靠自己的力量活过四年。幸存的五劫生返回黑崖学院，得到他们的面具，再做四年见习生，然后是两年的骷髅生时期。海勒和我都是高级骷髅生。我们最后一年的训练也接近尾声。

教官们从庭院四周的拱门下面察看我们的动静。他们手按皮鞭，等待黑崖学院院长的驾临。这些家伙像雕像一样一动也不动，面具早已与五官融为一体，所有人类情感的表象，都成了遥远的回忆。

我单手触碰自己的面具，恨不得现在就把它一把扯下，哪怕能摆脱它一分钟也好。跟我的同学们一样，我也是在成为见习生的第一天得到这张面具的，那年我十四岁。但是，跟其他人不同——也让海伦娜大为不满的是，那平滑的水银色面具一直没能像人们预想的那样融入我的皮肤。究其原因，很可能是我一有机会独处，就会把这该死的玩意儿摘掉。

自从一名安古僧——效力于帝国的僧侣——把装在天鹅绒盒子里的面具交给我的那天起，我就一直痛恨它。我痛恨它像某种寄生虫一样粘在我身上的感觉。我痛恨它挤压我的脸，循着我皮肤的线条变形的那副样子。

我成了还没有跟面具合而为一的唯一学生——我的对头们总爱强调这一点。但最近，面具展开反击，开始把细细的根须扎进我的后颈，像是要强行与我融合。这让我总觉得皮肤发痒，就像自己正在变成另外一个人，就像要永远失去自我。

第四章
埃利亚斯

"维图里乌斯，"海勒小队那位瘦高个儿、沙色头发的副队长迪米特里厄斯，趁我们在高级骷髅生队伍中找到各自位置时叫我，"是谁啊？逃兵是个什么人？"

"我不知道。是戴克斯跟辅兵们一起抓到他的。"我向周围张望，寻找自己的副队长，但当时他还没到场。

"我听说是个童兵。"迪米特里厄斯盯着钟楼下血棕色卵石间竖起的半截木桩，那是鞭刑柱。"年龄大些的童兵，四年生。"

海伦娜和我对视了一下。迪米特里厄斯的弟弟，在黑崖学院第四年的时候也曾试图逃走，那时他才十岁。他在校外躲藏了三小时，然后被军团士兵带回了院长面前——时长超过了多数叛逃者。

"或许是名骷髅生呢。"海伦娜扫了一眼年长学生的队伍，想看看有没有人缺席。

"或许是马库斯。"我战队的成员法里斯说。他比我们大多数人高出很多，此时正边说边笑，一头金色乱发，蓬松得像牛啃过的乱草。"也或许是扎克。"

才不会有那么好的事。黑皮肤黄眼睛的马库斯就站在我们这级队伍的最前面，和他的双胞胎兄弟扎克在一起。扎克是弟弟，身材更矮，肤色更浅，却跟他哥哥一样坏。海勒管他们叫作"毒蛇与癞蛤蟆"兄弟组合。

扎克那张面具，眼睛周围还没有完全附着在皮肤上，马库斯的面具已经紧紧融合。那面具融合得如此彻底，以至于他全部的五官特色（包括高高斜立的浓眉），透过面具都看得一清二楚。如果现在的马库斯想要摘下面具，就得把自己的半张脸一起摘下来。这样倒还会让他更好看一点点。

马库斯好像感觉到了海伦娜的眼神。他回过头，用满是占有欲的贪婪目光死盯着海伦娜，那副德行让我两手发痒，真想掐死他完事。

别做任何出格的事，我暗自提醒自己，不要让自己引人注目。

我迫使自己看别的方向。在全体学生面前暴揍马库斯这个人渣，绝对算得上是出格的行为。

海伦娜也发觉了马库斯不怀好意的笑。她垂在身侧的手握拳，可是还没等她教训这条毒蛇，院长的副官已经大步跨入庭院。

"肃静！"

三千人的身体同时前倾，三千双靴子同时碰响，三千人的脊梁瞬间挺得笔直，就像被傀儡师猛扯了一下那样。在随后的寂静里，如果有人流下一滴眼泪，声音一定清晰可闻。

我们没能听到黑崖学院院长靠近的声音，但能感觉到她在逼近，就像你能用身体感觉到风暴即将来临。她动起来毫无声息，从拱门下走出的样子，就像一只浅色丛林猫走出一片灌木丛。她全身黑衣，从紧身的军服大衣到钢趾战靴，无一例外全是黑色。她金色的头发像平常一样，扎成紧紧的发髻贴在颈后。

她是唯一在世的女性假面人——或者说，直到明天海伦娜毕业的那一刻。但与海伦娜完全不同，她浑身散发着令人不寒而栗的死亡气息，就像她那双灰眼睛和玻璃一样的面庞，都是用极寒的冰川雕刻而成。

"把罪人带上来。"她喊道。

两名军团士兵从钟楼后面踏步走出，拖着一个小小的柔弱躯体。我身边的迪米特里厄斯一下子紧张起来。传言果然属实——叛逃者真的是一名四年生，年龄还不到十岁。血从他的面颊上滴落，被吸入便服衣领中。士兵们把他丢在院长面前时，他一动也没动。

院长居高临下看着那名童兵，银色脸庞上没有任何表情。但她的手已经不自觉地移向腰带上那根末端开叉的马鞭。鞭子柄用瘀黑色铁木做成。她没有取下鞭子，暂时还没有。

第四章

埃利亚斯

"四年童兵法尔科尼乌斯·巴里乌斯。"她的声音并不大,听起来甚至还有些和气,但能传出很远。"你离开了自己在黑崖学院的岗位,而且没打算回来。说说你的理由。"

"没有理由,院长大人。"巴里乌斯说出的,是我们每个人都向院长说过上百次的回答。在黑崖学院,如果你犯下大错,就只有这么一句话能说。

我很难继续让自己面无表情,很难掩饰自己眼神中的激动情绪。巴里乌斯即将为之受罚的罪,我也将在不到三十六小时之后犯下。两天以后,就可能是我处在他现在的位置,浑身是血,一败涂地。

"让我来问问你的同学们的意见。"院长将视线转移到我们这边,那感觉,就好像被冰冷的山风狂吹一样。"童兵巴里乌斯有没有犯下叛国罪?"

"是,长官!"喊叫声惊天动地,凶猛而狂暴。

"士兵。"院长下令,"把他捆到柱子上。"

学生们闻声发出的吼叫,将巴里乌斯从恍惚中惊醒,士兵们把他捆上鞭刑柱时,他扭动身体,极力挣扎。

他的四年生同学,那些与他并肩战斗,一起辛劳,一起受难的男孩,此刻正用靴子用力踏响地面,把拳头举在空中。在我前面的高级骷髅队列中,马库斯大声起哄,眼睛里泛着邪恶的满足感。他看院长那种仰慕的眼神,就好像她是神灵一样。

我感觉到有人在看我。在我左边,一名教官监视着我们的动静。不要引人注目。我也举起拳头,跟别人一起欢呼,与此同时却痛恨自己的懦弱。

院长举起鞭子,像对待情人一样爱抚它,然后让它呼啸着猛抽在巴里乌斯的后背上。他濒死的喘息声在庭院中回荡,每一名学生都安静了下来。虽然只有一瞬间,但那时,我们的确都在同情他。黑崖学院的清规戒律太多，任何人都不可能不违犯几次。之前，我们都曾被捆绑在那根柱子上，都尝到过院长鞭子的刺痛。

那静默没能持久。巴里乌斯痛得尖叫，而学生们则用吼叫来回应，同时不断挖苦他。其中又以马库斯嗓门最大，他身体前倾，兴奋得口沫横飞。法里斯也在嚷嚷着"该打"。甚至连迪米特里厄斯，也勉为其难地喊出了一两声。看他那双失神的绿色眼睛，显然是言不由衷。在我身边的海伦娜也在跟着喊，但声音一点儿也不开心，只有一份隐忍的伤感。黑崖学院的规矩有要求，必须对叛逃者的行为表示愤慨。所以她照办。

院长看上去对所有喧嚣都置若罔闻，还是一如既往地专注于她手头的事。她的手臂一起一落，像舞者一样优雅自如。当巴里乌斯皮包骨的身体开始抽搐，她就围着他转，每抽一鞭停顿一下，显然是想每一鞭都比上一鞭更让他痛苦。

二十五下鞭笞之后，她抓住那孩子细长软垂的颈部，让他转过脸来。"看着他们，"她说，"看着这些被你背叛的人。"

巴里乌斯的眼睛乞求着院子里的所有人，想要找到哪怕一个人，能给他哪怕只是一丝怜悯。他本不应如此妄想。随后他放弃了，垂首看着地面。

欢呼声继续，鞭子又开始抽在他身上，一次又一次。巴里乌斯倒在了白色石板地面上，身体周围的那摊血迹迅速扩大。他的眼白上翻。我希望他失去了意识，希望他对周围这一切不再有知觉。

我强迫自己看着。这就是你必须离开的原因，埃利亚斯。就是为了再也不参与这种事。

巴里乌斯嘴里发出咯咯的呻吟声。院长垂下胳膊，院子里一片寂静。我看见叛逃者还在呼吸，吸气，出气，然后就再也没有了动静。无人喝彩。天亮了，阳光洒在黑崖学院的天空上，给乌沉沉的钟楼镀上一层红边，像是流血的手指。院子里的每一个人，都被涂上了一层浅浅的血红色调。

院长在巴里乌斯的常服上擦了下马鞭，把它收回腰间。"把他丢进沙海，"她对士兵们下令，"让野兽吃掉。"然后，她审视我们所有人。

"恪尽职守，至死不渝。如果有人胆敢背叛帝国，你们会被抓到，为此付出代价。解散。"

学生们的队伍开始解散。把叛逃者抓回来的戴克斯悄然离场，俊美的黝黑面庞略带憎恶。法里斯跟在他身后，显然是打算拍拍他的肩膀，建议他去找间妓院乐一乐，忘掉心头烦恼。迪米特里厄斯独自大步离去，我知道他一定是想起了两年前的那一天，他被迫亲眼目睹自己的弟弟像今天的巴里乌斯一样丧命的情景。这几小时之间，最好都不要跟他讲话。其他学生也很快离开了庭院，一路上谈论着刚才的鞭刑。

"——才三十下而已，他太弱了。"

"——听到他哭叫的声音了吗？简直像个吓破胆的娘儿们——"

"埃利亚斯，"海伦娜的声音很轻柔，她搭在我胳膊上的手也一样，"快走吧。院长会注意到你的。"

她说的对，每个人都在离去。我也应该走。

可我就是做不到。

没有人看巴里乌斯血淋淋的遗体。他是个叛徒，他无关紧要，但总该有人留下来。至少应该有人哀悼他，哪怕仅仅是很短的时间。

"埃利亚斯，"海伦娜的声音紧张了起来，"快走啊。她会看到你的。"

"我要在这儿待一会儿。"我回答，"你先走。"

海伦娜想要跟我争论，但她留在这里，也同样会引人注意。而我显然不会被轻易说服。她走开前，最后回头看了我一眼。等她走后，我抬起头，果然看见院长正看着我。

我们的目光隔着宽广的庭院相对，我第一百次痛切地感觉到我和她之间的巨大区别。我是黑头发，而她是一头金发。我的肤色棕黄，而她是石灰白。她的嘴型总是带些不快和轻蔑，而我即便是心情不佳的时候，也是嘴角上翘。我肩膀宽阔，身高明显超过六英尺，而她却比常见的学者女人还要矮，甚至显得更单薄纤弱，尽管这完全是欺骗性的表象。

但任何看到我们并肩站立的人，还是很容易猜出我们之间的血缘关系。我从母亲那里继承了她的高颧骨和浅灰色眼睛。她还给了我无所顾忌的本能和极快的反应速度，让我成了黑崖学院二十年来最为优秀的学生。

母亲。可这个词并不适合称呼她。母亲会让人心生温暖，想到爱和温馨。而不是在生下孩子之后几小时，就把他抛弃在沙漠部族。也不会在长达数年的时间里，总是默默掩藏着强烈的敌意。

生下我的这个女人，也曾教会了我很多东西。其中之一就是自制力。我控制住自己的狂怒和厌恶，让心里没有任何情绪。她皱起眉头，嘴角微微抽动了一下。她抬起一只手放在脖颈边，手指像是在描画着领口露出的一个奇怪的蓝色文身图案。

我以为她会走过来，质问我为什么还留在这里，为什么胆敢跟她对视。但她没有，又凝视了我片刻，她转身离开，消失在拱门下面。

钟楼敲了六下，鼓声响起，所有学生到餐厅集合。钟楼下，士兵们抬起巴里乌斯的遗体，把他运走。

院子里寂然无声，只有我一个人凝视着那摊血迹，刚刚还有一个男孩站立的地方。我心里一片冰冷。我知道，如果不够小心，自己会落得跟他一样的下场。

第五章　拉娅

墓城寂静幽渺，就像没有月光的暗夜，两者的阴森程度也相差无几。这并不是说隧道里空无一物。我刚从格栅那里下来，就有一只老鼠跳过我赤裸的脚面。同时，我清清楚楚地看到一只拳头那么大的蜘蛛，悬吊在我面前几英寸的地方。我咬住自己的手，才忍住没有尖叫出声。

救代林。找到反抗军。找到反抗军。救代林。

有时候我会出声，更多的时候，我是在心里默念这两句话。它们能支撑着我继续前进，就像一种魔法，帮我驱除吞噬我思想的那份恐惧。

事实上，我并不真正知道自己应该找什么。一大座营地吗，还是只是一个小小的秘密藏身处？或是地洞里任何并非鼠类的东西？

因为大部分帝国军营在学者区的东侧，我选择了向西。即便在这样暗无天日的地方，我也能准确无误地辨别太阳升起和落下的方向，帝国首都安提乌姆所在的北方，以及主要港口纳维乌姆所在的南方。我从记事的时候起就有这么强的方向感，那时候我还很小，塞拉显得巨大无比，但我总是能找到方向。

这让我多少安心了一些——至少我不会原地兜圈子。

有一段时间，阳光会透过墓城顶上的格栅照下来，让路面略微有一点儿亮光。我有时会趴在遍布墓窟的石墙上，竭力忍住被那些腐臭尸骨的味道熏得呕吐不止。如果武夫巡逻队过于靠近的话，墓城是不错的藏身之地。枯骨不过是枯骨，我对自己说，巡逻队却可能会要了你的命。

有这点儿亮光的时候，还比较容易摆脱我的疑虑，让自己相信一定能找到反抗军。在我四处搜寻了几小时之后，那亮光渐渐消失，天黑了，像一重黑幕蒙住了我的双眼。与黑暗携手而至的是恐惧。它像冲垮了堤坝的洪流，一下子淹没了我的头脑。每一下砰砰声都成了致命的辅兵，每一下窸窣声都被我想象成大队的老鼠。墓城吞没了我，就像一只幼鼠被巨蟒吞下肚腹。我战栗着，觉得自己在这里生存的机会，像那只幼鼠一样渺茫。

救代林。找到反抗军。

饥饿让我内脏绞结，焦渴让我咽喉炽热。我发现远处有火把闪耀，心里顿时有一种飞蛾一样的冲动，就是要不管不顾地冲过去。但那火把是帝国控制区的标志，而且，被派进墓城的士兵很可能都是贱民，武夫中出身地位最低的那些人。要是被一队贱民在这种地方抓到的话，我不敢想象他们会对我做什么。

我觉得自己就像是一只被追捕的懦弱牲畜，这正是帝国眼中我的样子——或者说全体学者的模样。皇帝说，我们是活在他恩泽之下的自由人，但那只是个笑话。我们不能有任何财产，无权上学读书，只要稍有僭越，就会被判为奴。

没有其他任何族群像我们这么惨，连原始部落也受盟约保护。在遭受侵略期间，他们接受了武夫的统治，其人民得到了自由迁徙权。马林的海民则有地形可资凭借，又有大量的香料、肉食、铁等贸易品来赢得武夫的欢心。

整个帝国境内，只有学者被当作垃圾一样对待。

那就起来反抗这帝国，拉娅，我似乎听到代林的声音这样说，救

第五章
拉娅

我，找到反抗军。

黑暗让我的脚步越来越慢，到后来，我几乎是跪下来向前爬行。我所在的隧道越来越窄，两侧的石墙渐渐逼近。我汗流浃背，全身发抖，我最害怕狭小的空间。我的呼吸声时断时续地在周围回荡。在前方的某个地方，水珠正在寂静中滴落。这地方会有多少鬼魂出没？会有多少满腹怨毒的幽灵四处游荡？

*别这么想，拉娅。世上没有幽灵这种东西。*我小时候，常常连续好几小时听部落里的说书人没完没了地描绘那些神秘之物——夜魔王和他手下的神怪：幽灵、巨妖、暗鬼、阴魂和死灵。

有时候，这些故事中的形象会出现在我的噩梦里。那时候，总是代林来抚慰我。学者们不像原始部落的人那样迷信，而代林一直都保有学者那份健康的怀疑态度。*这世上没有鬼魂，拉娅。*我听到他的声音，又在我的头脑中回响。我闭上眼睛，假装他就在身边，让自己从他可能的个性中获取信心。*这里没有阴魂，世上从来就不曾有过这种东西。*

我一只手去抚摸臂环，就像我每次需要力量的时候习惯的那样。由于沾满污物，它快要变成黑色的了。但我就喜欢让它这样，比较不容易引人注意。我抚摸那银器表面的纹理，那一系列彼此连接的线条已经极为熟悉，以至于我可以梦到它。

臂环是妈妈给我的，在我五岁，我们最后一次见面的时候。那是我为数不多记得她的场景之一。她头发里有一股桂皮味，怒涛翻涌的眼睛神采奕奕。

"帮我保存它，小蟋蟀。就一个星期，然后我就会回来。"

妈妈现在会怎么说呢？如果她知道我保住了臂环，却丢了她唯一的儿子？如果她知道我保住了自己的小命，却让哥哥为我牺牲？

*去补救。救出代林，找到反抗军。*我放开臂环，继续蹒跚前进。

很快，我就听到了背后最早出现的声音。

只是一声耳语，只有靴子踩在石板地面的声音。如果墓城不是如此寂静，我估计自己很难听到这么细微的声响。那声音太小了，辅兵不可能这么安静，反抗军也难这么神出鬼没。难道是假面人？

我的心在狂跳，猛地转身，在漆黑一团的身后搜寻。假面人可以在这样黑暗的地方行动自如，像阴魂一样。我一动也不动地等着，但墓城又重新安静了下来。我不敢动，甚至不敢呼吸，却什么都听不见。

是老鼠，仅仅是老鼠而已。这老鼠的个头一定很大，或许吧……

我终于敢再走一步的时候，闻到一丝皮革和木炭的味——是人的体味。我蹲下来，两只手在地面摸索能作为武器的东西：一块石头、一根棍子、一根骨头，不管是什么，只要能用来对付跟在我身后的不管什么人。然后有人打亮了火石，空气中响起噼噼声，片刻之后，一根火把忽地被点燃。

我站在原地，双手护住自己的脸。耀目的火焰在我眼皮后面跃动。当我迫使自己睁开眼睛时，发现六个兜帽遮脸的人把我围在圆心，每个人都张弓搭箭，瞄准了我的心脏。

“你是谁？”其中一个人上前一步来问。他的声音像军团士兵一样，冷静而不带任何情绪，体型却不像武夫那样高大健壮。他裸露的肩膀有结实的肌肉块，一举一动都优雅自如。他一只手紧握匕首，就像那是胳膊的延长一样自然，另一只手里举着那根火把。我试图找到他的眼睛，但它们被兜帽遮住了。“说话。”

“我——”沉默了几小时之后，我的声音显得异常干涩，“我正在找……”

我为什么不能想好了再开口？我当然不能跟他们说自己在找反抗军。就算是个半吊子，也不能见人就说自己在找反抗军。

"搜她的身。"见我没有说下去，那人下达了命令。

另一个身量单薄，像是女性的人把弓背在身后。因为火把在她后面，她的脸也在阴影里。她看起来过于矮小，不可能是武夫，而且她手上的皮肤白皙，不是武夫那种偏黝黑的色调。她很可能是一名学者，或者来自游牧部落，也许我可以跟她讲道理。

"求你，"我说，"请让我——"

"你闭嘴。"之前开口的那个男人说，"萨娜，找到什么了吗？"

萨娜。这是学者的名字，很简短。如果她是一名武夫，名字会是阿格里帕娜·卡西乌斯，或者克里西拉·阿罗曼，或者其他那些同样长而且虚荣的名字。

但知道她是一名学者，并不能确保我一定安全。我听说有些学者族的窃贼团伙在墓城出没，他们常常从地面格栅钻出来，强取豪夺，还经常杀死受害者，作案后就又躲回他们的地底巢穴。

萨娜两只手沿着我的双腿双臂拍打一番。"有只臂环。"她说，"可能是银的，我看不清。"

"你们不能拿走它！"我甩脱了她，其他窃贼的弓箭，刚刚还下垂了几度，现在全都重新抬了起来。"求你们放我走吧。我也是学者，我是你们的一员。"

"动手。"那男人说。然后他对团伙的其他成员做了个手势，众人纷纷隐入黑暗中。

"这个，我很抱歉。"萨娜叹了一口气，但手里多了一把匕首。我后退一步。

"不要这样做。求你。"我双手十指互握，为了掩饰它们的颤抖。"它是我母亲留给我的。它是我家人给我留下的唯一遗物了。"

萨娜的匕首垂了下去，可是那时候，盗贼团伙的首领已经在催促她，发现她在犹豫不决，他大步向我们走来。他还在路上，有一名手下对他说："奇南，看那边，是辅兵巡逻队。"

"两两一组撤离。"奇南放低火把，"如果遭到追踪，务必引他们远离基地，不然有你们好看。萨娜，把那女孩的银器拿过来，我们马上走。"

"我们不能把她留在这里，"萨娜说，"他们会发现她。你也知道那些人会做什么。"

"我们管不了那么多。"

萨娜却没有动，奇南把火把塞进她手里。当他扯住我的手臂时，萨娜挡在了我和他之间。"我们的确需要白银，这是事实。"她说，"可是不能强抢我们自己的同胞。放过她。"

武夫们特色分明、节奏急促的对话声沿着隧道传来。他们还没有看见火把，但几秒钟之后就会看到了。

"你真烦，萨娜。"奇南试图绕过那女人，她却把他推开，力气大得惊人。她的兜帽开了，火把照亮了她的脸。我倒吸一口凉气。并不是因为她比我想象得年老，也不是因为她突然爆发出的斗志，而是因为在她的脖子上，我看见一个文身图案———只攥紧的拳头高高举起，背后是一团火焰。图案的下面是一个词：义人道。

"你，你是——"我没能说出后面的话。奇南的视线也落到了那文身上，他咒骂了一句。

"现在你暴露了。"他对萨娜说，"我们不能留下她。如果她对敌人说见过我们，那些家伙就会像洪水一样淹没所有这些隧道，直到把我们全都找到。"

他猛地甩灭火把，一把抓紧了我的胳膊，拉我在他身后疾走。当我不小心撞到他后背时，他猛然回头，我看到了他眼中的怒火。他的体味扑面而来，刺鼻而充满烟火气息。

"我很抱——"

"闭嘴好好走路。"他的距离比我想象得更靠近，温热的呼吸就在我耳边，"要不然我就把你打晕了扔在随便哪个坟洞里。现在快走。"我咬着嘴唇跟紧，试着不去想他凶巴巴的态度，而集中精神回想萨娜的文身。

义人道，那是古代雷伊语，是武夫入侵并迫使我们都改说塞拉语之前学者古国的语言，义人道有很多重的含义——力量、荣誉、骄傲。但在过去一个世纪，它的含义开始变得单一起来：自由。

这根本不是什么盗贼团伙。他们都是反抗军。

第六章　埃利亚斯

此后几小时，巴里乌斯的尖叫声一直在我脑中回响。我总能看到他身体倒下的样子，听见他最后的呼吸，闻到石板地面上残留的血腥味。

平常，学生们的死并不会给我这么大的影响。这也本该如此，收魂的死神是这里的常客。在某个时间点，他会与黑崖学院的所有人同行。但今天目睹巴里乌斯的死，给我留下了完全不同于以往的印象。当天剩余的时间里，我脾气暴躁，心不在焉。

别人也注意到了我的反常情绪。跟另外一些骷髅级学员一起去训练的路上，我发觉法里斯问了自己一个问题，应该是问了第三遍了。

"你的样子就像相好的妓女得了天花一样。"我咕哝着道歉时，他这样评价说，"你这混蛋到底是怎么了？"

"我没事。"说完了我才发觉自己的语气听起来多么愤怒，多么不符合将要正式成为假面人的骷髅级学员身份。我应该显得跃跃欲试，一副满怀期待的样子。

法里斯和戴克斯猜疑地交换了一个眼神，我小声说了句脏话。

"你确定？"戴克斯问。他是个循规蹈矩的家伙，一直都是。每次他看我，我都知道他在好奇，想知道为什么那面具还没跟我的脸融合。你滚远点儿，我想对他说。然后我又提醒自己，他并不是想窥探我的秘密。他是我的朋友，是真的在为我担心。"今天早上，"他说，

埃利亚斯

"鞭刑的时候，你有点儿——"

"嘿，你们放过这可怜的家伙吧。"海伦娜从我们背后大步跟上，甩给戴克斯和法里斯一个灿烂的微笑，一只胳膊随意地搭在我肩上，我们一起进入武库。她对着一列弯刀点头示意，"去挑一把，埃利亚斯，选好你的武器。我要向你挑战，三局两胜。"

我去选武器的时候，她转向其他人，小声说了些什么。我拿起一把无锋的训练用弯刀，检查它的平衡性。片刻之后，我感觉到海伦娜镇定自若地来到了我身边。

"你跟他们说什么呢？"我问她。

"我说你外祖父又在烦你了。"

我点头赞许。最好的谎言总要有几分事实依据。我的外祖父自己就是一名假面人。像很多假面人一样，他也是个事事苛求完美的家伙。

"谢了，海勒。"

"不客气。想报答我的话，你最好振作起来。"见我皱眉，她双臂交叉抱在胸前，"戴克斯是你的副队长，他抓到了叛逃者，你却没有夸奖他。他注意到了这一点，你的整个战队都发觉了。而且，今天早上鞭刑的时候，你显得……心不在焉。"

"如果你的意思是说我没有起哄杀死一个十岁孩子的话，你说的没错。"

她的眼神显得有些紧张，到了足以让我发觉的程度：在海伦娜内心深处，也有几分赞同我的意见，尽管她从来都不肯承认。

"马库斯看到你在鞭笞之后逗留了。他和扎克见人就说，说你觉得今天的惩罚过于严厉。"

我耸耸肩，才懒得理会蛇蛙两兄弟说我什么。

"你别犯混。现在离毕业只剩一天时间，马库斯巴不得有机会毁掉维图里亚家族继承人的前程。"她说的是我所属的家族，凭借其历史上获得的荣耀，也是整个帝国最古老、声望最高的家族之一。"他就差说你公开谋叛了。"

"反正他每隔一两个星期，总是要这么诬陷我一两次。"

"可是这一次，你真的让他抓住了把柄。"

我的眼睛不自觉地瞥向海伦娜的方向，有一瞬间我非常紧张，以为她已经知晓了一切。但她的表情里，没有任何愤怒或者反感，只是显得担心。

她扳着手指历数我做错的事。"你是轮值小队的队长，却没能亲自把巴里乌斯抓回来。你的副队长帮你完成这件事，你却没有口头嘉奖他。叛逃者被惩罚示众时，你几乎掩饰不住自己的不满。更不要说今天是毕业之前最后一天，而你的面具才刚刚开始融合。"

海伦娜等着我反驳，见我无言以对，叹了一口气。

"除非你比看起来更傻，就连你本人都能想明白，这一切会让人怎样想。埃利亚斯，如果马库斯向黑甲禁卫告发你的话，他们可能会找到足够的证据拜访你的。"

我感觉到一股寒意，从自己后颈直贯全身。黑甲禁卫的任务，是确保军人对帝国保持忠贞。他们的制服上有一个鸟形标志，而他们的首领一旦被选定，就一辈子被称为"嗜血伯劳"。他是国王的左右手，整个帝国权势第二大的人物。目前这一任嗜血伯劳，有先拷打再审问的习惯。只要这些黑甲混蛋深夜拜访一次，足以让我在医院躺几个星期。我的整个计划会全盘失败。

我努力克制，忍住不对海伦娜怒目而视。能那么坚决地相信帝国，当自己是受到恩宠的宝贝，那感觉一定很舒服。我为什么不能跟她一样——跟其他所有人一样呢？就因为我的母亲抛弃过我吗？就因为我人生的前六年在原始部落里度过，他们教会了我善意和同情，而不是暴虐和仇恨吗？就因为我儿时的玩伴都是游牧民小孩、海国儿童和学者后代，而不是武夫贵胄？

海勒递给我一柄弯刀。"收敛些，"她说，"拜托，埃利亚斯。再忍一天就好，然后我们就自由了。"

是啊。成为帝国全职鹰犬的自由，我们将带领军队，投入那些没完没了的边境战争，屠杀原始人和野蛮人。不去边境的那些人，则留在城市里，整日追缉叛军和海国间谍。我们号称自由，的确！我们有为皇帝喝彩的自由，还有奸淫杀戮的自由。

可笑的是，我并不觉得那些是自由。

我没说什么。海伦娜是对的。我给自己吸引了太多注意力，而黑崖学院是世界上最不适合引人注目的地方。要是有人试图叛变，这里所有的学生都会变成饥饿的鲨鱼，只要闻到一丝血腥味，就会全体蜂拥而至。

那天剩下的时间里，我竭尽全力表现得像是一名即将毕业的假面人，沾沾自喜，专横暴虐，崇尚强权，感觉就像把自己变成一坨屎。

傍晚时分，我回到自己那牢房一样的小小居室，享受难得的几分钟喘息之机。我扯下自己的假面，把它丢在床上。终于摆脱那液态金属时，我禁不住长出一口气。

看到面具表面映出我的面庞，我皱起眉头。即便有那两条常常被法里斯和戴克斯嘲笑的浓眉，我那双眼睛还是太像自己的母亲，以至于我痛恨它们的样子。我不知道自己的父亲是谁，现在也已经学会不去在意。但我还是第一百次徒劳地奢望：他至少应该把眼睛的样子遗传给我。

一旦逃离了帝国，这些都将不再重要。人们看到我的眼睛时，最多不过是说"武夫"，而不会说"像院长"。南方海岸有很多武夫出没，充当商人、佣兵和工匠。我可以混迹于数百同胞之中。

外面的钟楼敲响八下。再有十二小时，我们就将毕业。十三小时后仪式结束。再有一小时的庆典。维图里亚家族是名门望族，外祖父会要求我跟几十个人握手。但最终，我会要求告退，然后……

自由。我终将自由。

从来没有学生在毕业后逃走。他们还有什么逃走的必要呢？以往的学生叛逃，都是为了逃避黑崖学院地狱一样的生活。可是等离开学院，我们就有了自己的指挥权，自己的使命。我们有钱，有地位，受尊重。如果能成为一名假面人，就算是出身最低的贱民也能趾高气扬。任何有点儿头脑的人都不会拒绝这些，尤其是在熬过了近乎十五年要命的训练之后。

正因为如此，明天才是完美的逃走时机。毕业典礼之后的两天都是疯狂庆祝——派对、宴会、舞会、纵酒。如果我在此时消失，至少一天之内，不会有任何人想到要去追踪我。他们会以为我在朋友家喝多了，只是宿醉未醒。

从我宿舍通往塞拉墓城的地道闪现在我的视野边缘。我花了足足三个月时间挖通这条该死的秘道。又花了两个月时间加固，并把它掩藏起来，不让巡逻辅兵发现。然后又用了两个月，才画好了穿越墓城逃出城外的线路。

七个月，那么多不眠之夜，无数次惊慌中回头，故作镇定。如果我最终能逃走，一切都值得。

鼓声响起，标志着毕业晚宴即将开始。几秒钟后，有人敲响我的门。惨了惨了。说好了要到营房前面等海伦娜来着，可现在我却连衣服都没穿。

海伦娜又在敲门："埃利亚斯，别再描眉画眼了，赶紧出来，我们已经迟到了。"

"你等下。"我说，脱下贴身衣服，海伦娜却恰在此时推门进来。

见我一丝不挂，她脖子涨得通红，眼睛转向一边。我扬了一下眉毛，略感吃惊，海伦娜见到我赤身裸体，怎么也有几十次了——有时是受伤，有时是生病，有时是在院长残酷的极限体能训练项目中苦熬。到现在，见我脱光，应该不会让她有任何反常反应才对，她大不了是眼珠一转，丢件衬衣给我。

"你……快点儿成不成？"她支支吾吾地说，试图打破突然降临的沉默。我从衣钩上扯下制服，迅速套上，扣好纽扣。因为她的尴尬，我自己也觉得有点儿紧张。"伙计们已经提前走了，说好了要给我们留好位置的。"

海伦娜揉着她后颈的黑崖学院文身——那是个菱形图案，四边有些波浪纹，所有学生到校时都要被文上一个。当时海伦娜的表现就超过我们大多数同伴，她坚忍地承受痛苦，没掉一滴眼泪，而我们其他人都在哭哭啼啼。

为什么黑崖学院每一代人的时间里只招收一名女性学生，安古僧从来没有给出过任何解释，甚至连海伦娜本人也不知道。不管出于什么动机，他们显然不是随机选择的。海伦娜的确是这里唯一的女孩，但她在我们班排名第三，绝对是有充足理由的，也是出于同样的原因，恶霸们早就学会了回避她。她聪明，反应敏捷，而且出手狠辣。

现在的她身穿黑色制服，闪亮的发带束在额头上，犹如女王的冠冕。我打量着她搭在脑后的修长手指，留意到她舔嘴唇的小动作。突然我在好奇亲吻那双红唇的感觉；如果我把她推到窗框边，用身体挤压她的身体，或者摘掉她的发簪，将她的长发拢在手指之间，又会是什么感觉。

"唔……埃利亚斯？"

"哦……"我这才意识到自己看直了眼，连忙收回心神。居然对自己最好的朋友产生了性幻想，埃利亚斯，你真可悲。"抱歉。我只是……累了。咱们走吧。"

海勒怪怪地看了我一眼，向我的面具仰了下头。那面具还在床上："你可能还要戴上那个。"

"没错。"不戴面具出门，是要被处以鞭刑的。十四岁以来，我就没见过任何不戴面具的骷髅级学员。除了海勒之外，其他人都没有见过我的本来面目。

我戴上面具，在它急切地贴上我的面部时，努力克制住想要发抖的本能反应。再忍一天就好。然后我就将把这张假面永久摘除。

我们从兵营出来时，日落的鼓点已经敲响。蓝色天空变暗成紫色，炽热的沙漠空气也变得凉爽。暮色与黑崖学院的建筑融合，让那些矮阔的楼宇显得异乎寻常的高大。我的眼睛扫过黑暗处，寻找任何潜在威胁，这是五劫生时代流浪期间养成的习惯。有一瞬间，我觉得那暗影像是在回望着我，但这感觉转瞬即逝。

"你觉得安古僧会参加毕业典礼吗？"海勒问。

不会。我想要这样回答，我们这些所谓的圣人有更重要的事情要做，比如，把自己关在山洞里，解读绵羊的臭肠子。

"应该不会吧。"最终我只是这样说。

"我猜，活过了五百年之后，他们一定觉得很多事情都没意思。"海伦娜这么说的时候，没有一点儿讽刺的意味。我也只是因为这件事本身可笑而笑了一下。像海伦娜这么冰雪聪明的人，怎么会相信安古僧长生不老呢？

不过，也不是只有她一个人信这套。武夫们普遍相信：安古僧的"力量"来自他们身上附着的亡魂。假面人尤其敬仰这些安古僧，因为正是他们开启了这一习俗，让入选的武夫孩童进入黑崖学院学习，也是安古僧向我们分发面具。我们的课程里还说，五个世纪之前，是安古僧们作法，在一天之内从地底召唤出了整座黑崖学院。

世上总共有十四名这类红眼睛混蛋，在为数不多露面的场合，每个人都对他们毕恭毕敬。帝国的很多领袖人物——将军、嗜血伯劳，乃至皇帝——每年都要前往安古僧隐居的山间洞穴参拜，征询他们对军国大事的意见，就好像大家都不知道真相似的！但凡有一丝理智的人都应该明白，他们就是一群骗子，只不过是装腔作势凌驾于整个帝国之上，不只自诩长生不老，还声称能够预见未来，读懂人心。

大多数黑崖学院的学生，一生只有两次见到安古僧的机会：我们被选定加入学院时，以及得到面具时。海伦娜总是对这些神职人员特别感兴趣——她希望这些人来参加毕业典礼，倒也不让我觉得意外。

我尊重海伦娜，可是在这件事情上，我们的见解大相径庭。武夫中的神话，和原始部落关于神怪和夜魔王的传说一样毫无现实依据。

外祖父就是少数不相信安古僧垃圾传言的假面人之一。我在脑海里吟诵着他教我的箴言：战场是我庙堂。剑尖是我信仰。死亡之舞是我祈祷。致命一击是我解脱。这几句箴言，就是我在世上所需的全部信条。

我费了很大力气，才忍住了没有反驳她，海伦娜察觉到了。

"埃利亚斯，"她说，"我为你感到骄傲。"她的语调出乎意料地严肃。"我了解你内心的挣扎。你的母亲她……"她向四周环视一番，压低了声音。院长到处都有密探。"你母亲对你的要求，比对我们所有其他人更为苛刻，但你在她面前证明了自己。你很努力，你做了所有该做到的事。"

海伦娜的声音是那样真诚，以至于有一瞬间，我几乎被她动摇。两天后，她就再也不会这样想了。两天后，她会开始痛恨我。

记住巴里乌斯，记住你毕业后他们期待你去做的事。

我撞了一下她的肩膀："嘿，你是不是开始变花痴，像个小女孩一样迷上我了？"

"你少得意了，猪头。"她在我肩膀上来了一拳，"我只是好心想夸你一句而已。"

我装出笑得很开心的样子。等我逃走了，他们会派你追捕我。你，还有其他人，那些我当作兄弟一样对待的战友。

我们到达餐厅，里面的声浪一下子就把我们淹没——到处是欢笑声、吹牛声和闹哄哄的闲扯声，来自三千名即将放假或者毕业的年轻人。院长在场时，绝对不可能这么吵闹，这让我多少放松了一点点。迟到至少避免了被她抓到。

海勒拉我到几十张长桌中的一张旁边，法里斯正对我们的朋友讲述他最近一次偷跑到河边妓院时的艳遇。即便是仍在回忆幼弟丧身惨剧的迪米特里厄斯，偶尔也会微微笑一下。

法里斯坏笑着，意味深长地打量我们："你们两个倒是不着急赶来啊。"

"维图里乌斯特地为你梳妆打扮了一番来着。"海勒把法里斯巨石一样的身体推开了一点点，我们两人落座。"我可是费了好大力气，才把他从镜子前面扯开的。"

全桌人都在哄笑，海勒战队的士兵林德尔招呼法里斯，催他继续讲完自己的故事。在我身边，戴克斯正跟海勒的副官特里斯塔斯争论些什么。后者是个深色头发，一本正经的男孩。大大的蓝眼睛里总带着一副很有迷惑性的天真表情，他的二头肌上文着自己未婚妻的名字：埃莉亚。

特里斯塔斯向我这边探身过来："皇帝都快要七十岁了，而且膝下无子。今年搞不好就是传说中的那一年。安古僧可能会选出一位新皇帝，开启一个新王朝，我上次还跟埃莉亚聊这个来着——"

"每一年，都有人猜想会是那特别的一年。"戴克斯不以为然地骨碌着眼睛说，"每一年呢，这份奢望也都无一例外地落空。埃利亚斯，你来跟他说吧。告诉特里斯塔斯他是个大白痴。"

"特里斯塔斯，你是个大白痴。"

"可是安古僧说过——"

我低声哼了下，海伦娜瞪了我一眼。埃利亚斯，你的那些怀疑，自己心里有数就好。我于是开始忙着往两个盘子里装食物，装好了推给她一份。"给你，"我说，"来点儿咱们的美味饲料。"

"这到底是些什么？"海勒用叉子捅了几下那些食物，小心翼翼地嗅了嗅气味。"闻起来像牛粪。"

"不要哼哼唧唧，"法里斯嚼着满嘴的食物说，"想想那些更可怜的五劫生吧。等他们结束了快乐地抢劫农场的生活之后，还要回来吃这些饲料的。"

"再想想那些童兵，你会感觉更好。"迪米特厄斯也说，"你能想象自己再忍受十二年甚至十三年这样的生活吗？"

在餐厅的另一端，大多数童兵也像其他人一样笑语盈盈。但有些人在盯着我们看，就像饥饿的狐狸羡慕地远观一头狮子，我们拥有他们没有的东西。

我想象他们中的一半人消失，一半的笑声被抹去，一半的身体变得冰冷。因为这正是他们面临的困苦折磨即将带来的结果。无论死活，他们都摆脱不了面前的命运；有人会接受这一切，有人会心生质疑。而那些心里产生了疑惑的人，往往就会死在半途。

"他们看上去并不在乎巴里乌斯的遭遇。"我情不自禁就说出了这句话。海伦娜的身体一下子僵住，就像水突然结成了冰。戴克斯不以为然地皱起眉头，忍住了已经到嘴边的一句话，我们的餐桌一下子安静了。

"他们为什么要在乎呢？"马库斯和扎克带着他们的一帮喽啰坐在临近的另一桌，这时候开口说话了，"那败类得到了应得的惩罚。

我只希望他能多支撑一会儿，这样就可以多承受一些痛苦。"

"没有人问过你的意见啊，毒蛇。"海伦娜说，"不管怎样，那孩子已经死了。"

"他很幸福啊。"法里斯用叉子攫起一坨食物，让它很没有吸引力地掉回盘子里。"至少再也不用吃这些玩意儿了。"

整桌的人都在低声讪笑，谈话声渐渐又密集起来。但马库斯就像是闻到了血腥味的苍蝇，他的恶意弥漫在周围的空气里。扎克把视线转向海伦娜，在他哥哥耳边说了些什么。马库斯没有理会他，继续把豺狼一样的眼神集中在我身上。"今儿早上，你这混蛋完全被那叛徒的事搅崩溃了吧，维图里乌斯。他是你朋友？"

"滚开，马库斯。"

"你也在墓城那里花了很多时间吧？"

"你这话什么意思？"海伦娜手按武器质问。法里斯赶紧抓住了她的胳膊。

马库斯没理会她："你也想当逃兵吗，维图里乌斯？"

当时，我的脑子反应有些迟钝。他是胡乱猜想的，他就在瞎猜而已。他根本不可能知道真相。我一直都非常小心。而在黑崖学院，小心的意思，是任何时候都要对多数人怀有戒心。

我们的桌子安静了下来，马库斯所在的那一桌也一样。快否认，埃利亚斯，他们都等着呢。

"你本来是今天早上当值的学员领队，不是吗？"马库斯说，"看到那叛徒倒下，你本应该非常满足。你本应该亲手把他抓回来，维图里乌斯。我要你说一句'他罪有应得'，维图里乌斯。你说巴里乌斯死得活该。"

这要求本应该很容易满足。我只要心里不相信它就是了，这才是最重要的。可是我的嘴巴就是不听使唤，那句话我总也说不出口。巴里乌斯不应被鞭打至死。他还只是个孩子，一个过于害怕黑崖学院的男孩，选择了不顾一切试图逃走。

静默的范围在扩大，连主桌都有教官在抬头察看动静了。马库斯已经站起来，像潮水一样，餐厅的气氛一下子就变了，变得好奇而充满期待。

这婊子养的。

"这就是你的面具始终不能跟你合体的原因吧？"马库斯说，"因为你跟我们不是一条心？说出来呀，维图里乌斯。说那个叛徒该死。"

"埃利亚斯。"海伦娜低声提醒我，眼睛里全是恳求的表情。忍一忍，就只剩一天了而已。

"他——"说出来，埃利亚斯。你说这么一句话，又不会改变任何东西，"他罪有应得。"

我冷冷地紧盯着马库斯的眼睛。看他笑逐颜开，就好像知道我为说出这句话承受了多少煎熬一样。

"这么说很难吗，你这杂种？"

听他骂我，我松了一口气，这样就给了我期待已久的理由。我双拳一挥，向他直冲过去。

但我的朋友们早料到我可能这样做。法里斯、迪米特里厄斯和海伦娜一起站起来，把我挡住，一道烦人的人墙阻在面前，黑发和金发挡住我的视线，使我没能把马库斯脸上那令人恶心的笑容打掉。

"不要，埃利亚斯。"海伦娜说，"院长会因为挑起斗殴而鞭打你，马库斯不值得你这样做。"

"他是个杂种——"

"事实上，这称号更适合你。"马库斯说，"我至少知道我爸爸是谁，而且我也不是被一群为骆驼搔痒的原始部落民养大的。"

"你这贱民，垃圾——"

"骷髅高级生。"负责弯刀课程的教官到了我们的桌子边,"你们有问题吗?"

"没问题,长官。"海伦娜说。"你走吧,埃利亚斯,"她又小声说,"出去透透气。这里的事交给我。"

我还觉得浑身血液翻涌,就已经挤出餐厅大门,不知不觉来到了钟楼下的庭院里。

马库斯这混蛋,他到底是怎么猜到我想逃走的呢?他到底知道多少?应该不会太多,否则我早就被叫到院长办公室了。让他去死吧,这混蛋,我已经这么接近于完成目标,太近了。

我在院子里来回踱步,试图让自己平静下来。沙漠里的酷热渐渐散去,一弯新月低垂在离地平线不远处的天空。月亮又细又红,像食人族阴险的笑容。透过拱门,我可以看到塞拉城暗淡的灯火,上万盏小油灯的光,被周围沙漠里无垠的黑暗衬托得那样渺小。在南方,尸布一样暗沉的雾气罩住了河面的波光。钢铁和熔炉的气息从鼻端飘过,在一个仅仅以战士和武器知名的城市里,这样的气味再寻常不过。

我真希望在此之前,自己就见识过塞拉城的模样——当它还是学者故国的首都时。在学者们的手中,最宏伟的建筑曾是图书馆和大学,而不是兵营和训练馆。故事街曾挤满了说书人的舞台和剧场,而不是充斥着武器商店。这里的人们现今知道的故事,只有战争和死亡。

这都是愚蠢的痴心妄想,就像人想要飞翔的愿望一样。尽管学者们在天文、建筑和数学方面学识渊博,却在武夫军队的进攻面前一败涂地。塞拉城的鼎盛时期早已一去不复返,它现在只是一座武夫统治下的普通城市而已。

在我的头顶,是闪耀着微光的天穹,到处是苍白的星火。我心里那些长期被压制的角落里，还有对自然之美的认知能力，却无法像我幼年时曾经做过的那样，平静地欣赏星空。那时候，我常爬到长满尖刺的面包树上，以便更加靠近那些星星，我曾真的相信：缩短了那么几英尺的距离，我就可以把星星看得更清楚。那时候，我的世界只有大漠、晴空和深爱的赛夫部落，他们帮助我免受酷热和严寒之苦。那时的一切都是另外一副模样。

"一切都会变的，埃利亚斯·维图里乌斯。你不再是个小男孩，而是个男人，有一份男人的责任将会落在你的肩头，还有一个男人的抉择等着你。"

匕首已经握在我的手中，尽管我都不记得是怎么把它拔出来的。我用匕首对准了自己面前一个戴兜帽者的咽喉。数年的训练，让我的手臂像磐石一样稳固，但我的心里极不平静。这人从哪里来的？我可以用整队战友的生命打赌，一瞬间之前，他还没有站在这里。

"你这家伙，到底是什么人？"

他把兜帽掀开，我看到了想要的答案。

安古僧。

第七章　拉娅

我们在墓城里快速奔逃，奇南在我之前，萨娜在后面紧跟。当奇南确信我们摆脱了辅兵巡逻队时，他放慢脚步，恶狠狠地要求萨娜蒙上我的眼睛。

他凶狠的语调让我心生恐惧。难道反抗军已经堕落到如此田地，成了一帮强盗和窃贼？这一切是怎么发生的？十二年之前，反抗军还在全盛时期，与游牧民和海滨的马林国王结了盟。他们一直遵循自己的理念——义人道，为自由抗争，保护无辜民众，把对自己同胞的忠诚看作至高无上的义务。

现在的反抗军是否还记得他们的原则？就算还记得，他们会不会愿意帮我？有没有能力帮我？

你可以说服他们来帮你啊。又是代林的声音，强势而自信，就像他当年教我爬树时一样，就像他教我读书时一样。

"我们到了。"我感觉过了几小时之后，才听到萨娜小声说。我听到一串节奏分明的敲门声，然后是一扇门打开的声音。

萨娜带我向前走，一阵冷风吹在我身上，走过了恶臭的墓城之后，这气味简直像春风一样清新怡人。光线从蒙眼布的边缘透射进来。醇厚的新鲜烟草味直冲鼻端，我想起了自己的父亲，他嘴角叼着烟斗，给我画巨妖和幽灵的图画。如果他看到我身在反抗军的营地，又会怎样想呢？

周围有很多人低声耳语。温暖的手指在我头发间活动，片刻之后，我的蒙眼布被摘掉，奇南就站在我身后。

"萨娜，"他说，"给她些尼姆树叶，让她离开这里。"他转向另外一名反抗军战士，一个比我大几岁、听到他说话就脸红的女孩。"梅岑在哪儿？拉吉和内维德回来没有？"

"尼姆树叶是什么？"我趁奇南听不到的时候问萨娜。我从来没有听说过这种东西，由于经常给阿公做助手，我的药用植物的知识算很丰富了。

"是一种麻醉剂，它会让你忘记过去几小时发生过的事情。"看到我眼睛瞪得好大，萨娜摇摇头，"我不会逼你吃那个的，至少现在不会。坐下吧，你看上去糟透了。"

我们所在的洞穴非常昏暗，很难判断它的大小。通常只在最高级的武夫贵族府邸才能见到的蓝色灯笼随处可见，中间夹杂着松脂火把。清新的午夜空气穿过洞顶的裂缝吹进来，我勉强能看到星星。我应该已经在地下墓城里待了将近一天了。

"这儿老有风。"萨娜摘下兜帽，她短短的黑头发马上支棱起来，像一只愤怒小鸟的羽毛。"但好歹算是个家。"

"萨娜，你回来了。"一个矮壮的棕发男人走过来，好奇地打量着我。

"塔瑞克。"萨娜招呼着他，"我们碰上了巡逻队，路上还带了某人回来。你给她找点儿吃的，好不好？"塔瑞克走开了一会儿，萨娜示意让我坐在旁边的一条凳子上，无视洞穴里来来往往几十个人投来的质询目光。

这里的男人和女人数量大致相当，多数人都穿着暗色的紧身衣，几乎所有人都带有弯刀或匕首，就好像随时防备着帝国军队突袭一样。有人在打磨武器，有人在照看做饭的火堆。少数几个年长的男人在抽烟。靠着洞穴墙壁的那些吊床上，有很多睡着的人。

我四处张望时，顺手把一绺头发从面前撩开。萨娜看清了我的长相，眼睛马上眯起来。"你看起来……好生面熟。"她说。

我任由头发再次低垂下来。萨娜年龄不小，可能已经在反抗军中待了很长时间，长到足以认得我的父母。

"我以前常常去市场，卖阿婆做的果酱。"

"是吗？"她还在紧盯着我看，"你住在保留区？那你为什么——"

"她为什么还在这里？"奇南来了，他刚刚一直在角落里跟一群反抗军战士谈话。他现在也掀开了帽子。他比我预想得年轻很多，更接近于我的年龄，跟萨娜相差很多——这可能是萨娜对他的语调十分不满的原因之一。他火红的头发披覆在额头，发根颜色很深，近乎全黑。他仅仅比我高几英寸，但身形健美有力，五官是学者那种亲和而精致的类型。他下巴上刚开始出现姜黄色胡楂儿，鼻子上还有些小雀斑。跟其他反抗军一样，他浑身上下携带的武器也几乎像假面人一样多。

我这才意识到自己正死盯着他看，连忙移开视线，两颊开始觉得发烧。突然之间，我明白为什么这儿的年轻女人看他都是那种眼神了。

"她不能留在这里。"奇南说，"萨娜，让她离开这儿，马上就走。"

塔瑞克回来了，听到奇南的话，把一盘食物重重放在我身后的桌子上："你没资格对她下命令。萨娜可不是什么毛手毛脚的新兵，她是我们派系的首领，而你——"

"塔瑞克。"萨娜一只手搭在那人的胳膊上，止住了他的话，可她自己看奇南的眼神，足以让铁石心肠的人望而却步。"我正要给这小女孩一些吃的。我想知道她一个人在地下墓城里，要干些什么。"

"我是在找你们。"我说，"我正在找反抗军，我需要你们的帮助。我哥哥在昨天突击搜查的时候被抓走了——"

"我们帮不了你。"奇南说，"我们自己的事还都忙不过来。"

"可是——"

"我们、不能、帮你。"他话说得很慢，就好像我是一个反应迟钝的小孩。也许在这次突袭之前，他冷漠的语调足以让我闭嘴，但现在他做不到了。在代林需要的时候，他阻止不了我。

"反抗军可不是由你说了算。"我说。

"我是副总指挥。"

他的官的确比我想象得要大，但还不够大。我甩开头发，站了起来。

"那我是走是留，你说了就不能算数。要看你们的头目怎么说。"我想要听起来很勇敢，尽管如果奇南拒绝的话，我根本不知道下一步该怎样做。也许我就该开始哀求了。

萨娜的笑容像刀子一样犀利："这姑娘说的有理。"

奇南向我的方向走过来，直到我们之间的距离近到令人不快。他身上有柠檬味和风的气息，还有某种烟味，像雪松木燃烧熏出来的。他从头到脚打量了我一番，要不是他脸上略带困惑的话，这样看人家，可以算厚颜无耻了。他的深色眼眸像是个不解之谜，是黑色、棕色或者蓝色，总之我是分辨不出的。就好像他只用看一眼，就可以完全看透我那空虚、懦弱的灵魂。我双臂交叉，眼睛望向别处。我感到几分尴尬，因为自己破烂的贴身衣服，因为满身的污泥，还有那些割伤的、瘀青的地方。

"那副臂环很特别。"他伸出一只手，想要触碰它，指尖触到了我的胳膊，我急忙退缩。他没有什么特别的反应。"那么脏，我本来可能都不会注意到它。它是银的，对吗？"

"这东西不是我偷来的，好不好？"我浑身疼痛，脑袋发晕，但还是握紧了双拳，又是害怕，又是愤怒。"你们要是想要它，你们就——你们就得杀了我才行。"

奇南冷冷地迎接我的注视，我希望他能不点破我的虚张声势。他和我心里都清楚，杀掉我的难度并不大。

"估计我会那么做的。"他说，"你叫什么名字？"

"拉娅。"他没有问我的姓——学者们很少有姓氏。

萨娜看看我们两人，似乎觉得有趣："那么，我去把梅——"

"不用。"奇南已经走开了，"我去找他。"

我再次坐下，萨娜一直看我的脸，想要搞清楚为什么我显得似曾相识。如果她看到的是代林，肯定会马上明白过来。他简直就是我妈妈的翻版——而没有人会忘记妈妈的样子。爸爸就不一样了——他总是躲在幕后，画图啊，谋划啊，想事情啊什么的。我从他那里继承了乱蓬蓬的头发和金色的眼睛，高高的颧骨，还有丰满、严肃的嘴唇。

在保留区，没有人认得我的父母，也没有人对我和代林多看一眼，但反抗军营地的情况就不同了。我早应该想到这一点。

我发现自己正盯着萨娜的文身仔细观察，看到那拳头和火焰，就觉得心里七上八下的。妈妈身上也有这样一个文身，就在她心脏上方，爸爸花了好几个月的时间完善那图案，然后才上墨，正式文进她的皮肤里。

萨娜注意到我直勾勾的眼神。"我得到这文身的时候，反抗军还跟现在完全不同。"她不等我提问，自顾自地解释说，"我们那时更好。但世界变了，我们的领头人梅岑让我们更大胆一些，主动进攻。多数年轻战士是梅岑亲自训练出的反抗者，他们都赞同这意见。"

但显然，萨娜并不满意。我还在等她说更多话。这时候，洞窟远端有一扇门打开，奇南和一个跛足的银发男人一同走了进来。

"拉娅，"奇南说，"这位是梅岑，他是——"

"反抗军的领头人。"我听过他的名字，小时候父母经常提到他。我认得他的相貌，整个塞拉到处都贴满了通缉他的布告。

"那么，你就是我们今天捡到的孤儿喽。"那人在我面前站定，见我站起来迎接，挥手示意我坐下。他牙齿间咬着一副烟嘴儿，青烟模糊了他沧桑的相貌。反抗军的刺青已经淡去，但仍可以分辨出来，成了他喉咙下面一个蓝绿色的影子。"你到底想要什么？"

"我哥哥代林，被一名假面人抓走了。"我仔细观察梅岑的表情，想看出他是否对我哥哥的名字有印象，但他的表情完全不可捉摸。"是昨天晚上的事，有人突击搜查了我们的房子。我需要你们帮忙救他出来。"

"我们不负责拯救走丢的半大孩子。"梅岑转头对奇南说，"下次别再拿这种事浪费我的时间。"

我试图控制住自己的绝望："代林不是什么走丢的半大孩子。要不是被你的人连累，他根本不可能被抓住的。"

梅岑一下子转过身来："我的人？"

"你们有两名战士被武夫审问。他们死之前，向当局泄露了代林的名字。"

梅岑转向奇南，寻求确认，他年轻的副手显得烦躁不安。

"拉吉和内维德。"他停顿一下后回答，"都是新人，说他们正在搞什么大事。伊兰今天早上在学者保留区的西头发现了他们的尸体，我也是几分钟前才听说的。"

梅岑咒骂着，转过来面向我："我的人为什么要向帝国走狗供出你哥哥的名字？他们是怎么认识他的？"

如果梅岑不了解速写本的事，我并不打算告诉他，因为我自己也不明白这到底意味着什么。"我不知道。"我说，"也许他们只是想让他加入你们，也许他们是朋友。不管为什么，总之是他们把帝国搜查队引到了我们家。杀害他们的假面人昨天晚上来抓代林，他——"我说不下去了，但清了下嗓子，又强迫自己说下去，"他杀死我的外祖父母，把代林关进了监狱。这都是你的人害的。"

梅岑深深吸了一口烟，打量我，然后摇头："我为你失去亲人的事感到难过，说真的。可是我们还是帮不了你。"

"你——你可是欠我一笔血债的。你的人出卖了代林——"

"然后自己也付出了生命的代价，你还能让他们还你什么？"梅岑曾经对我怀有的那一点点兴趣已然消失。"如果我们帮助每一个被武夫抓走的学者，反抗军一个也剩不下。如果你是我们中间的一员……"他耸耸肩，"但你不是。"

"那么，你对义人道的信仰呢？"我抓住他的胳膊，他眼中燃起怒火。"你们本应该遵行这些原则，有义务帮助任何——"

"原则仅对我们自己人有效，只适用于反抗军的成员。还有他们的家人，那些为了我们的生存献出一切的人。奇南，让她吃了树叶离开。"

奇南抓住我的一只胳膊，即便我极力想要甩开他，也还是无济于事。

"等等，"我喊道，"你们不能这样做。"又一名战士上来控制我。"你们不懂得，要是我不把他从牢里救出来，他们就会折磨他——他们会把他卖作奴隶，或者杀死。我只有他这么一个亲人——我们家只剩他一个。"

梅岑没有停下脚步。

第八章　埃利亚斯

安古僧的"眼白"，是魔鬼一样的血红色，与他乌黑的瞳孔对比鲜明。他的皮肤松松垮垮地搭在头骨上，像是刑床上半死不活的躯体。除了眼睛，他浑身没有什么有色彩的地方，色调单一得就像塞拉墓城里的透明蜘蛛。

"紧张了，埃利亚斯？"安古僧把我的匕首从他自己喉咙前推开，"为什么？你不用怕我。我只是个藏身洞穴之中的骗子，整天观察绵羊内脏的家伙而已。不是吗？"

地狱啊，硫火啊，这下完蛋了。他怎么会知道我在想什么？他还知道些什么？他又是如何出现在这里的？

"那只是个玩笑。"我连忙说，"只是个很蠢很蠢的玩笑——"

"你打算叛逃。那也是玩笑吗？"

我喉头发紧。脑子里唯一的念头，就是想知道他怎么会知道这么多？*谁泄露了秘密？我得杀了他们——*

"我们做过的错事，就像不散的冤魂，早晚都会反噬自身。"安古僧说，"你要付出惨重的代价。"

"代价……"我一秒钟之后才反应过来，他要为我计划中的行为惩罚我。夜间的空气突然变得冰冷，我想起了考夫监狱逼仄的牢房和其中的恶臭味，帝国一贯喜欢把反叛者送进这座监狱，交给他们最严苛的审判官对付。我想起了院长手里的鞭子，沾上巴里乌斯血液的庭院石板地面。我感觉体内肾上腺素激增，多年的训练开始发挥作用，催我马上攻击安古僧，为自己除掉这一威胁，但常识又压倒了本能。安古僧在人们心目中的形象过于神圣，我根本无法设想杀死其中一员。不过，在他们面前卑躬屈膝，倒也不是什么丢人的事。

"我明白了，"我说，"我愿谦卑地接受您认为适当的任何惩戒——"

"我不是来惩罚你的。不管你怎样做，你未来的命运本身，就已经是足够严厉的惩罚。跟我说说，埃利亚斯。你为什么来到这儿？你为什么出现在了黑崖学院？"

"为了遵行吾皇昭命。"这些话我说过太多遍，简直比自己的名字还熟练，"为清除疆土内外一切威胁，捍卫帝国安宁。"

安古僧的视线转向布满菱形图案的钟楼。砖墙上刻着的那些词句如此熟悉，以至于我极少留意到它们的存在。

从历经战火考验的少年中，预言里的人物将崛起——他将是至尊的君王、敌人的灾星、最强大军队的统帅者。帝国终将一统。

"那预言，埃利亚斯。"这名安古僧说，"安古僧预见中的未来。这是我们兴建这座学校的原因，也是你出现在这里的缘由。你知道那故事吗？"

第一年做童兵的时候，黑崖学院起源的传说就已经耳熟能详。五百年前，武夫族的勇士泰乌斯统一了当时分崩离析的武夫诸部，从北方挥军南下，摧毁了学者帝国，占领了整片大陆的大部分领土。他自称皇帝，开启了自己的王朝。他生前被称为假面王，因为他脸上总戴着一副诡异的银色面具，让敌人见之丧胆。

当时只有十一名成员的安古僧们却预见到：泰乌斯的血脉终将断绝。到那时，安古僧将选定一位新皇，为此将举行一系列体力和脑力考验，那被称为选帝赛。由于显而易见的原因，泰乌斯并不喜欢这个预言，但安古僧们一定是手握羊肠威胁过他，不听话就把他勒死。所以，在黑崖学院建立并开始授徒期间，皇帝从未干涉过。

于是我们来到了五百年后，戴着泰乌斯一世的同款面具，等着那老混蛋的后代绝种。这样呢，我们中的某人就可以成为新鲜出炉的皇帝大人了。

想到这些，我根本激动不起来，多少代的假面人受训、服役，又死光光，选帝赛的事却连影儿都没见过。黑崖学院设立的初衷，或许的确是培养皇帝接班人，但现在，实际上只是帝国的死士学院而已。

"我知道那故事。"我回答了安古僧的问题。可是我一个字都不相信，那些不过是故作神秘的牛屎马粪而已。

"恐怕这事并不神秘，也不是什么牛屎马粪。"安古僧不动声色地说。

我突然觉得呼吸困难。我已经太久没有感受到过恐惧，以至于需要一点儿时间，才能辨认出那种感觉是什么："你真的能读懂人的意念。"

"你这是对高度复杂过程的极简概括。不过，是的，我们能。"

那你就什么都知道喽。包括我的逃脱计划，我的希望，我的仇恨，一切。没有人在安古僧面前告发过我，是我自己暴露的。

"你的计划本来挺好，埃利亚斯。"安古僧向我保证，"几乎万无一失。如果你还打算施行的话，我也不会阻止你。"

陷阱！我脑子里几乎是在尖叫。当我直视安古僧的眼睛，看到的却全都是真诚。他到底在玩什么游戏？安古僧了解我的逃脱计划，到底有多久了。

"我们知道几个月了，但直到今天早上你把补给品藏进隧道，我们才确定你真的铁了心。于是我们知道，必须要找你谈谈了。"安古僧朝着通往东瞭望塔的方向点头，"跟我一起走走。"

　　我这时反应迟钝，只能跟他走。如果安古僧没打算阻止我逃走的话，他们有何居心呢？他说我的未来已经是足够严厉的惩罚，这话又是什么意思？他在暗示我会在逃走路上被抓吗？

　　我们到达了瞭望塔，那里的哨兵转身离开，就像收到了某种无声的号令一样。安古僧和我独处，远望着墙外昏黑的沙丘，一直绵延到塞拉郊外的远山。

　　"我听清了你的想法，回想起当年的泰乌斯一世。"安古僧说，"跟你一样，他也是天生的战士。也和你一样，他曾在自己的命运面前痛苦挣扎。"见我一脸难以置信的表情，安古僧付之一笑。"哦，是的，我认得泰乌斯，我还认得他的祖先们。我的同僚和我本人，已经在这人世间活了上千年，埃利亚斯。我们选择了泰乌斯来创立这帝国，正如五百年后我们又选择了你来为之效力。"

　　这不可能。我那信奉正常逻辑的头脑在抗议。

　　关闭了吧，你的逻辑系统。如果这家伙真能读懂人心，长生不老只是合乎理智的下一步推论而已。这是不是意味着，那些说安古僧能被死人附体的传言也都是真的？海伦娜如果看到我现在的样子，她该多得意啊。

　　我从眼角窥视安古僧。打量他的相貌时，我却意外地突然发觉：他的样子似曾相识。

　　"我的名字叫该隐，埃利亚斯。当年就是我把你带来黑崖学院的，我选择了你。"

　　是诅咒了我吧，这更准确。我试着不去回想帝国将我掳走的那个黑暗的早晨，但此情此景，直到今天还常常出现在我的噩梦中。士兵们包围了赛夫部落的棚车，把我从床上拽下来。我的养母瑞拉阿嬷不停地对着士兵们哭喊，直到被她的哥哥拉走。我养父家的小弟弟夏恩揉着蒙眬的睡眼，完全搞不懂状况，还问我什么时候回去。而这个人，这个坏东西，三言两语就把我拖到了一匹等在旁边的马上："*你已被选中，必须跟我走。*"

在童年时的我的眼里，安古僧比现在更高大，也更可怕。现在，他的身高只到我肩膀，极为纤弱，像是一阵强风就能将他吹进坟墓里。

"这么多年来，我猜你选中过几千个孩子吧。"我尽可能让自己的语调毕恭毕敬，"你就是专门干这工作的，不是吗？"

"你是让我印象最深的一个。因为安古僧会梦到未来：一切因果，一切可能。而你被编织在我们所有的梦境中，就像在暗夜色的挂毯里仅有的那根银白线。"

"我还以为，我们的名字都是从帽子里随机抽取的。"

"听我说，埃利亚斯·维图里乌斯。"安古僧无视我的揶揄，尽管他的声音并不比此前更响亮，话音却像是灌入了钢铁一样确信。"预言即是将来的事实，是你很快就将面对的现实。你想要逃，想要抛弃自己将要承担的义务，但你逃不脱命运的掌握。"

"命运。"我笑，是苦笑，"什么命运啊？"

这里的一切，不过是鲜血和暴力。等我明朝毕业后，一切不会有任何改观。不过是各种使命，种种恶行。它们将侵蚀我的身心，直到安古僧十四年前掳来的那男孩被消耗得一干二净。也许这算是一种命运吧，但绝不是我会为自己选择的那一种。

"生活不会总是我们期望的那种样子。"该隐说，"你是灰烬中的一点星火，埃利亚斯·维图里乌斯。你必将闪耀、燃烧，凌虐和破坏是你的天性。你既无法逃避，也无法更改。"

"可我不想——"

"你想要什么并不重要，明天你将面临抉择。要么逃离，要么留下来善尽自己的义务，面对或者逃避自身命运。如果你选择逃离，安古僧们都不会阻止你。你能够成功逃脱,你可以离开这帝国,你可以活下去。但到时候你将发现:这一切都不会让你感到任何满足。你的敌人会追杀你。你的心灵将被阴影笼罩,你会成为自己最为痛恨的那副样子——邪恶、狠毒、残忍。在你的心灵世界里,你将披枷戴锁,跟被囚禁在戒备森严的监狱里没什么两样。"

他向我逼近,黑色的眼眸里没有一丝同情:"如果你留下,如果你尽到自己的义务,至少还有机会一劳永逸地打破你与帝国之间的契约。你有机会成为伟人,自己却茫然不知。你将有机会获得真正的自由——肉体和灵魂都不再有任何羁绊。"

"你说留下来善尽自己的义务,到底是什么义务?你是什么意思?"

"时候到了,你自然会明白。埃利亚斯,你必须相信我。"

"你都不肯解释清楚自己说的话,又让我怎么相信你?到底什么义务?我的第一件使命吗,还是第二件?我需要折磨多少学者,需要犯下多少罪孽,才能获得自由?"

该隐的眼睛还是紧盯着我的脸,但人已经后退一步,然后又是一步。

"我到底什么时候才能离开这帝国?一个月以后吗,还是一年以后?该隐!"

他的身影迅速淡去,就像淡入晨光的一颗星。我伸出手,想要拉住他,想要迫使他给我一个回答。我的手却抓了个空。

第九章　拉娅

奇南把我拖向石窟的一扇门，我浑身瘫软，觉得无法呼吸。他的嘴唇在动，我却听不到他说了些什么。我的耳边一直充斥着代林的尖叫声。

我将再也无法见到自己的哥哥。就算他运气好，也会被武夫变卖为奴隶；运气不好就会被杀。无论怎样，我都帮不了他了。

*告诉他们，拉娅。*我脑子里的代林说，*告诉他们你的真实身份。*

*他们可能会杀了我的。*我反驳他说，*我都不知道能不能相信他们。*

*但如果你不说，我就一定会死。*代林的声音说，*拉娅，不要对我见死不救。*

"你脖子上的文身，"我向着梅岑的背影喊道，"那拳头和火焰的图案，是我爸爸文在那里的。你是他文过的第二个人，第一个是我的妈妈。"

梅岑站住了。

"他的名字叫贾安，你们管他叫副官。我姐姐的名字叫莉斯，你们管她叫小母狮。我的——"我有一瞬间哽住了，梅岑转过身来，下巴上有一块肌肉在抽动。*说话呀，拉娅，他真的在专心听。*"我妈妈的名字叫米拉，但你，还有其他所有人，都叫她女狮王。她曾是你们的首领，义军的领袖。"

奇南一下子放开了我，就好像我的皮肤瞬间结冰了一样。洞里顿时安静下来，萨娜的惊叹声显得异常清晰。她现在知道，我为什么看上去那么眼熟了。

我忐忑不安地看着周围震惊的脸孔。我父母是被义军内部的叛徒出卖的，阿公跟阿婆一直都不知道叛徒是谁。

梅岑什么都没说。

千万不能让他是叛徒啊。他一定得是好人才行。

如果阿婆看到我现在的做法，一定会好好剋我一顿。我这辈子都在谨守父母身份的秘密。说出来之后，马上让我觉得心里空落落的。现在会发生什么事情呢？所有这些反叛者突然都知道了我的身份，他们中的很多人都曾跟我的父母并肩作战。他们会期望我勇猛无畏，充满个人魅力，就像我的妈妈那样。他们还会期望我天资聪颖，内心宁静，就像我的爸爸。

但所有这些优点，我一概没有。

"你和我父母并肩作战二十年之久。"我对梅岑说，"先是在海国马林，然后在这里，塞拉城。你和我妈妈是同时加入义军的。你和她，还有我爸爸，都升到了义军最高层。你当时是第三指挥官。"

奇南炯炯有神的眼睛一会儿看梅岑，一会儿看我，脸上却没有明显的表情。山洞里的所有工作都停下来，战士们窃窃私语，纷纷聚集到我们周围。

"米拉和贾安只有过一个孩子。"梅岑一瘸一拐地走向我。他的眼睛在打量我的头发、眼睛和嘴唇，显然是在比对回忆中的印象。"那孩子和他们一起死了。"

"不是这样的。"这秘密我已经保守了太久，说出来就像做错事一样，但我又别无选择。只有说出真相，才有一丝扭转局面的可能。

"我父母在莉斯四岁时脱离了义军。当时妈妈正怀着我哥哥代林，他们想要自己的孩子们过正常的生活。那时他们突然失踪，没有留下任何蛛丝马迹。"

"代林顺利出生，两年后又有了我。但帝国对义军的镇压愈演愈烈，我父母一生为之奋斗的心血结晶面临生死考验，他们没有坐视不理。他们想要参加战斗，当时莉斯年龄已经够大，可以与他们同行，但我和代林还太小。他们把我俩留在了妈妈的父母家。那时代林六岁，我四岁。一年后，我的父母双双遇难。"

"你的故事编得很精彩，小丫头。"梅岑说，"但米拉没有父母的。她是个孤儿，就跟我和贾安一样。"

"我不是在编故事。"我压低声音，以免让自己声音的颤抖过于明显，"妈妈是十六岁离家出走的。阿公跟阿婆不想让她出门闯荡。她走后，就跟家人断绝了通信来往。在她回来请求家人收留我们之前，阿公阿婆甚至都不知道她是否还在人世。"

"可你一点儿都不像她。"

他还不如直接扇我一记耳光，估计我还能好受些。我知道自己不像她。我想说，我只会哭喊、哀求，而不是挺身战斗。我没有去救代林，而是把他抛下了。我的懦弱是妈妈从来没有过的。

"梅岑，"萨娜小声说，就好像她说话声音过大的话，我会马上消失一样。"你好好看看她，她有贾安那样的眼睛、发色。天哪，她的脸也跟贾安一样。"

"我发誓自己说的都是真话。这副臂环——"我抬起手臂，它在石窟的灯光下闪着亮光。"这是妈妈的遗物。她在被帝国走狗抓去前一周给我的。"

"我还一直在纳闷儿这东西哪儿去了。"梅岑的表情缓和下来，想起往事，眼睛里有了一丝暖意。"臂环是贾安送给她的结婚礼物，我从没见这东西离开过她。为什么此前你一直都没来找我们？你的外祖父母为什么不来找我们？我们本可以用米拉想要的方式把你养大成人。"

我还没有开口，他自己想到了答案。

"是担心叛徒。"他说。

"阿公阿婆不知道能够相信谁，所以选择了谁都不相信。"

"而现在他们死了，你哥哥被关进了监狱，而你决定来找我们帮忙。"梅岑又把烟嘴儿叼了起来。

"我们一定要帮她。"萨娜站到我身边，手扶着我的一侧肩膀，"这是我们的义务。就像你说的，她是我们自己人。"

塔瑞克也站到了她身后，然后我发觉：战士们渐渐分成了两个阵营。支持梅岑的人，年龄往往与奇南更接近，而站到萨娜这边的战士明显更年长。她是我们派系的首领。此前塔瑞克曾这样说过。现在我才知道怎么回事：原来义军分裂成了两个阵营。萨娜是较老战士们的头领，而正如她此前暗示的：梅岑领导年轻人，并被奉为全体领导人。

很多老战士都在打量我，很可能在我脸上寻找着我父母五官的轮廓。我不怪他们的好奇心。在义军五百年的历史上，我父母是最棒的领导人。

然后他们就被一名自己人出卖，被抓，被折磨，跟我的姐姐莉斯一起被处死。义军从此一蹶不振。

"如果女狮王的儿子有难，看在他母亲的分儿上，我们理应挺身救援。"萨娜对自己身后集中起来的战士们说，"梅岑，她有多少次救过你本人的命，又有多少次救过我们大家的命？"

突然之间，所有人都在议论纷纷。

"米拉和我一起火烧过一座帝国兵营。"

"她一眼就能看透你所有的心思，女狮王就是能——"

"见过她一人对阵十二个辅兵——还是毫无惧色——"

第九章
拉娅

其实我也有关于她的故事。她本想把我们这些子女都丢下。她本来甘心为了义军抛下自己所有的孩子，但父亲不许她这样做。他们作战时，莉斯就把我和代林带到树林里去，她唱歌给我们听，以免我们听见杀伐声。那是我这一生最初的记忆——莉斯给我唱歌，而女狮王就在几码外拼死作战。

父母把我们留给阿公阿婆之后，我花了好多个星期才有了一点点安全感，开始适应跟两个看上去彼此相爱的人一起生活。

这些我都没有说，只是一边听战士们讲故事，一边扭自己的手指。我知道，他们希望我看起来勇敢而有魅力，就像我妈妈；他们还希望我能用心倾听别人的话语，就像我爸爸。

如果他们了解了我的本性，会毫不犹豫地把我丢出去。义军绝不会容忍懦夫。

"拉娅，"梅岑的声音盖过其他人，大家都安静了下来，"我们没有足够的人力突入一座武夫监狱，这太危险了。"

我没来得及反驳，萨娜已经在替我说话。

"要是你有这样的危难，女狮王会毫不犹豫帮你的。"

"我们的使命是推翻帝国，"梅岑背后有个金发男人说，"而不是浪费时间去救某个小男孩。"

"我们不能对自己人见死不救。"

"打仗可是要靠我们这些人自己上阵的。"梅岑阵营的另一个人在后排喊道，"你们这些老家伙，只会坐在那里空谈邀功而已。"

塔瑞克从萨娜身边挤到前排，黑着脸说："你的意思，其实是我们在做计划和准备，而你们这些冒冒失失的笨蛋，只会中敌人的埋伏而已。"

"够了！够了！"梅岑举起双手。萨娜把塔瑞克拉回去，其他人也安静下来。"我们这样大呼小叫解决不了问题。奇南，你去把海德尔找来，带他去我的房间。萨娜，你叫上伊兰，也来找我们。我们私下商议这件事。"

萨娜快步离开，奇南却留在原地没动。我在他的注视下，不由得满面潮红，不知道该说什么才好。在昏暗的石窟里，他的眼仁几乎是纯黑的。

"现在我也看出来了。"他嘟囔着，像在自言自语，"真不敢相信，我居然差点儿就没看出来。"

他不可能认得我的父母，他比我大不了几岁。我有点儿好奇，不知他在义军里待了多久。但我还没来得及开口问，他就已经离开，消失在隧道里，留我在原地傻傻看着他的背影。

几小时后，我勉强吃了一些食物，还在石头一样硬的板床上勉强睡了一觉。星光淡去，太阳升起，石窟的一扇门再次被打开。

梅岑走进来，后面跟着奇南、萨娜，还有另外两个年轻人。义军首脑一瘸一拐地走到塔瑞克所在的桌边坐下，示意让我过去。我加入他们时，试图从萨娜脸上看出事情结果如何，但她努力做出了不置可否的表情。其他义军战士纷纷靠近，对我的命运，他们也很好奇。

"拉娅，"梅岑说，"我们的奇南觉得呢，大家应该收留你在营地，这儿——安全。"梅岑最后一个词注满了轻蔑。在我身边，塔瑞克也斜睨着奇南。

"她在这儿引起的麻烦还能少些。"红头发战士奇南的双眼激动得闪光，"强行劫狱救他哥哥出来，会让我们的人丧命——无辜的人——"梅岑瞪了他一眼，他住了口。尽管我还几乎不认得这个奇南，却因为他对我如此强烈的抵制而感觉受到了伤害。我到底怎么得罪他了？

"这事肯定会让一些优秀的战士送命。"梅岑说，"所以我才决定：如果拉娅想让我们帮忙，她自己也必须为我们做一些事作为补偿。"两大阵营的战士都惴惴不安地打量着他们的领头人。梅岑转身看我，"如果你帮我们，我们就帮你。"

"我又能为义军做什么呢？"

"你会做饭？"梅岑问，"还有打扫卫生？梳头、烫衣服——"

"我还会做肥皂、洗碗碟、买卖东西——是的，在学者保留区的所有女孩，都会做这些事吧。"

"但你还识字。"梅岑说。我试图否认时，他摇头说，"去他的帝国律法，你忘了吗？我可是很了解你父母的。"

"可是这些能力，跟我要帮义军做的事情有关系吗？"

"如果你为我们当间谍，收集情报，我们就帮你把哥哥救出来。"

有一会儿我都没说话，心里却的确有几分好奇。我可没想到会有这样的安排："你想让我去谁那里刺探情报呢？"

"黑崖学院的院长。"

第十章　埃利亚斯

　　遇见安古僧的第二天早上，我步履艰难地挪到食堂，就像第一次被宿醉折磨的见习生级学员那样，暗自诅咒那过于酷烈的太阳。昨晚我睡得很少，还老是做那个熟悉的噩梦。在梦里，我独自走过恶臭的、尸横遍地的战场。在梦里，空气中充斥着惨叫声，我像是完全清楚，所有这些伤痛和苦难全因我而起，而死者都是被我夺去了生命。

　　这天开始得可不是很好。尤其是，今天还是毕业日。

　　我遇见了海伦娜，她正跟戴克斯、法里斯和特里斯塔斯一起离开食堂。不顾我的反对，她把一块硬得像石头的饼干塞进我手里，然后拖着我离开食堂。

　　"我们现在去都晚了。"连绵的鼓点，让我几乎听不清海伦娜的声音。鼓声命令全体毕业生前往武库，取走我们的节日盛装——假面人的全身装甲。"迪米特里厄斯和林德尔早就走了。"

　　海伦娜不住嘴地说，想象穿上全副盛装会多么让人兴奋。我心不在焉地听着她和别人的话，适当的时候就点点头，有时候惊叹一下。但自始至终，我都在回想该隐昨天对我说过的话：*你能够成功逃脱，你可以离开这帝国，你可以活下去。但到时候你将发现，这一切都不会让你感到任何满足。*

　　我能相信安古僧的话吗？他可能就是想把我困在这里，希望我能做假面人足够长的时间，以至于确信士兵的生活要比被流放者好得多。我想起院长鞭笞学生时泛着异光的眼睛，想起外祖父吹嘘自己杀人数量的样子。他们都是我的血亲，我的体内流淌着他们的血。如果我和他们一样，也渴望战争、荣耀和强权，而只是自己不知道呢？我能否学会做一名满足的假面人？安古僧读懂了我的内心，他是不是发现了我内心某种邪恶的东西，我自己却盲目到对此一无所知？

不过还有，那个该隐好像很确定：就算我今天逃走，也还是会面临同样的命运。*你的心灵将被阴影笼罩，你会成为自己最为痛恨的那副样子。*

所以，我的选择就是留下来做恶人，或者逃走后做恶人。棒极了！

我们离武库还有一半的距离，海伦娜终于发觉了我的沉默。她注意到我两眼充血，衣衫不整。

"你没事吧？"

"我挺好。"

"可你看起来很糟。"

"晚上没睡好。"

"出了什——"

刚才跟戴克斯和特里斯塔斯一起走在前面的法里斯，现在故意落后，靠近我们："阿奎拉，你还是别审问他了。这哥儿们肯定是昨晚偷跑出去，到港口区提前庆祝毕业了。对吧，维图里乌斯？"他的大手拍了下我的肩，哈哈大笑，"你本该找个伴儿一起去的。"

"你别这么下流好不好。"海伦娜说。

"你不要这么正经才好。"法里斯反唇相讥。

然后这两人的论战全面开打，在此期间，海伦娜对于妓女的贬损被法里斯的大嗓门压倒，而戴克斯一直在强调：校规是严禁离校偷逛妓院的。特里斯塔斯则指了下未婚妻闺名字样的文身，宣称自己严守中立。

双方唇枪舌剑，激烈互贬的同时，海伦娜的眼睛多次滑到我这边。她知道，我不是港口区的常客。我故意回避她的眼神。她想要我解释，但我又能从何说起呢？*嗯，海勒啊，我今天呢，本来是打算叛逃来着，却有个该死的安古僧突然冒出来，现在……*

我们到达武库时，已经有不少学生从正面的几扇门拥出来，而法里斯和戴克斯也融入了狂热的人群中。我从来没见过高级骷髅生这么……幸福。自由就在几分钟之后，每个人脸上都挂着笑容。有些我几乎不认识的骷髅生，见到我也打招呼，拍我的后背，跟我开玩笑。

"埃利亚斯，海伦娜。"林德尔在叫我们过去。这位老兄的鼻子被海伦娜打断过，然后就一直是歪的。迪米特里厄斯站在林德尔身边，一如既往地沉着脸。我不知道今天他会不会有一点点开心。离开这个让他目睹亲弟弟丧命的地方，多少也算是种解脱吧。

见到海伦娜，林德尔紧张地用手梳理了一下他的鬈发。不管他把头发理得多短，还是会不可抑制地乱。我努力忍住不笑。他喜欢海伦娜好久了，却一直装作没有这回事。"军需官叫过你们的名字了。"林德尔下巴朝着身后的两堆甲胄点了下，"我们替你领了盔甲。"

海伦娜扑向她的装备，急切得就像看到一堆红宝石的珠宝大盗。她一会儿把腕甲举到亮处细看，一会儿又在惊叹盾牌上镶嵌的钻石形黑崖学院标志如此天衣无缝。这身合体的盔甲，是特鲁曼作坊的杰作，它是整个帝国历史最悠久的铁器作坊之一。除了最顶级的刀剑之外，这种盔甲可以挡住其他所有武器的攻击。这是黑崖学院给我们的告别礼物。

穿上那身盔甲之后，我带上了自己的全套武器：赛里克精钢锻造的弯刀和匕首，造型优雅，刃像剃刀一样锋利，跟我们此前使用的丑陋、实用的武器有天壤之别。最后，是一件黑色斗篷，用一根系带固定。我穿好之后一抬头，就发现海伦娜正直勾勾地盯着我看。

"怎么了？"我问。她的眼神太直接，以至于我不自觉地低头看，还以为自己的胸甲扣反了。但实际上，盔甲一切正常。我再抬头，她已经站在我身边，开始帮我调整头盔了。她纤长的手指在我颈部擦过。

"你刚才戴得有点儿歪。"然后她也扣上了自己的头盔，"我看起来怎么样？"

要说安古僧设计的这些盔甲，给我的是增强战斗力，给她的就完全是提升魅力了。

"你看起来……"像个勇武的女神，像个从天而降的精灵，天生就适合被我们人类膜拜。天神啊，我在犯什么病？"像个假面人。"我说。

海伦娜笑起来，是小女孩那种无邪的笑，迷人到毫无道理可言，迷翻了周围一大群学生。比如林德尔，被我发现后赶紧移开视线，负疚地揉了揉他那变了形的鼻子，又如法里斯，坏笑着小声跟色眯眯的戴克斯说了些什么。在房间另一端，扎克也看得目不转睛，脸上的表情一半是向往，一半是困惑。然后我看到了扎克身边的马库斯，他的兄弟在看海勒，他却死盯着他的兄弟。

"看哪，兄弟们。"马库斯大声说，"这儿有个戎装的婊子。"

海勒的手拉住我的手臂时，我的弯刀拔出了一半。她看着我，眼睛几乎像能喷出火。要打架也是我打，轮不到你。

"你去死吧，马库斯。"海伦娜在几尺外找到自己的斗篷披上。那毒蛇摇摇摆摆走过来，眼睛在海勒身上乱溜，那点儿想法任谁都不会看错。

"盔甲可不适合你啊，阿奎拉。"他说，"我更喜欢你穿裙子，或者裸体更好。"他抬手到海伦娜发际，把一绺散开的头发轻轻缠在指尖，然后突然用力一拉，让海伦娜的脸向自己的方向靠近。

我过了一秒钟之后，才发觉空中响起的那声怒吼，实际上是我自己发出的。我当时距离马库斯只有一英尺远，很想胖揍他一顿，而他的两个癞蛤蟆手下，赛迪乌斯和朱利乌斯，从背后抓住了我，向后扯我的双臂。迪米特里厄斯马上就站到我这边，一记超帅的肘锤闷在赛迪乌斯脸上，不过朱利乌斯也趁机踢到迪米特里厄斯的后背，把他踹倒了。

然后，银光一闪，海伦娜用一把匕首抵住了马库斯的脖子，另一把对准了他两腿之间。

"放开我的头发，"她说，"否则我就让你不用再做男人。"

马库斯放开她冷金色的鬈发，在海伦娜耳边小声说了些什么。她的信心就那样一下子崩溃，抵在马库斯脖子上的匕首移开，而他双手捧住海伦娜的脸，亲吻了她。

我被他恶心到了，有一会儿，我只能傻呵呵大张着嘴干看，努力不呕吐出来。然后，海伦娜被堵住的嘴巴里发出尖叫，我的双臂也从赛迪乌斯和朱利乌斯的掌握下挣脱。一秒钟后，我已经把他们甩在身后，把马库斯从海伦娜面前推开，一拳接一拳在他脸上猛击，打得还很满足。

马库斯被我痛揍的间隙，还在狂笑。海伦娜疯了一样使劲抹嘴巴。林德尔在后面拽我胳膊，觉得该轮到他揍马库斯了。

在我身后，迪米特里厄斯起身，正与朱利乌斯拳来脚往地对打。对方占了优势，正把他煞白的脸按向地面。法里斯从人群里猛冲出来，硕大的身躯猛撞在朱利乌斯身上，把他撞倒在地上，就像公牛撞翻围栏一样。我瞥见了特里斯塔斯的文身，还有戴克斯黝黑的皮肤。周围完全乱了套。

然后有人嘶声叫嚷："院长来了！"法里斯和朱利乌斯赶紧站起来，我推搡着远离马库斯，海伦娜也不再猛抓自己的脸。毒蛇慢慢爬起来，带着他那双瘀黑的眼圈。

我的母亲像刀子一样切开那群聚集的骷髅生，径直向我和海伦娜的方向走来。

"维图里乌斯，阿奎拉。"她叫我们的名字，就好像吐出臭掉的水果一样，"解释下。"

"没有解释，长官。"海伦娜和我同时说。

我按照训练课的要求，盯着远处，对院长视而不见。而她冷冷的眼神还是刺入我的身体，像钝刀子一样伤人。马库斯在院长背后讪笑，让我觉得喉头发紧。如果因为他的卑劣行为，害海伦娜受到鞭刑处罚，我会将逃脱计划推迟，好把他杀掉。

"还有几分钟就到八点。"院长的视线转向武库中的其他人，"所有人都给我乖乖赶去竞技场。如果再发生这样的事，不管是谁，马上关进考夫监狱。明白？"

"是，长官。"

骷髅生们安安静静地鱼贯而出。五劫生时代，我们所有人都在极北地区的考夫监狱做过六个月的见习看守。我们中的任何一个人，都不愿意因为毕业典礼前打架斗殴这种蠢事被送到那种地方。

"你还好吗？"等院长听不到时，我小声问海勒。

"我想把自己这张脸扯下来，换成一张没有被那头畜生碰过的。"

"找别人亲吻你一下，就会感觉好些了。"说完以后，我才意识到这建议很容易被当作别有用心。"不……呃……我可不是在自告奋勇。我的意思是——"

"行了，我明白。"海伦娜下巴紧绷起来。我真希望自己刚才能闭嘴不提她被强吻的事。"顺便说下，谢谢你。"她说，"扁他那几下很解气。"

"院长要不来的话，我会把他宰了。"

海伦娜看我的时候，眼光很热切。我正想问她，马库斯到底说了些什么，扎克却在此时经过我们身边。他摆弄着自己的棕色头发，放慢了脚步，像是有什么话想说的样子。但我看他时目露凶光，几秒钟后，他就避开了。

几分钟后，我和海伦娜加入了竞技场外列队的高级骷髅生行列。武库中的斗殴渐渐淡出脑海。我们列队进入竞技场，在座的家人、学生、地方官员、皇帝特使和接近两百人的军团士兵荣誉卫队，都在为我们欢呼。

我和海伦娜目光相接，彼此都在对方眼中看到了自己的惊诧。以往我们只能在栏杆后面，羡慕地看着别人毕业，现在自己却成了站在场地中央的人，这转换简直让人觉得不真实。我们头顶的天空晴朗明亮，万里无云。剧场高处彩旗飘舞，红金两色的泰亚皇族燕尾旗，与黑崖学院带有钻石形图案的黑色战旗一同迎风招展。

我的外祖父、奎因·维图里乌斯将军、维图里亚家族的族长，现在也坐在前排荫凉的包厢里。他周围有大约五十名关系最亲密的族人——兄弟、姐妹、侄子、侄女，簇拥在他身边。我不用看他的眼睛，也知道他一定在关注我的表现，看我弯刀的角度是否完美，盔甲是否合身。

我被选入黑崖学院，外祖父只看了一眼我的眼睛，就认出了他女儿的遗传，妈妈拒绝接纳我之后，他把我接收进自己的家族。那女人以为早已彻底摆脱了我，见我还活着，一定是恼羞成怒吧。

每次放假时间，我都会在外祖父那里接受训练。我忍受他的体罚和严苛的纪律要求，得到的，是远超过同学们的教益。他知道我需要这份优势。黑崖学院的学生，很少有人父母身份不明，在原始部落长大的学员，在我之前更是从未有过。这两件事，都让我成了人们好奇——还有取笑的对象。但只要有人胆敢因为我的出身对我不敬，外

第十章

埃利亚斯

祖父很快就会教他们学会规矩。他常常都是用剑尖讲道理的，也很快教会了我。他像自己的女儿一样心狠手辣，但他也是唯一把我当成家人看待的血亲。

尽管有违约束，经过他面前时，我还是举手向他敬礼，见他点头认可，自己也觉得满足。

一系列阵形训练之后，毕业生们列队走向竞技场中央的木凳子，纷纷拔出弯刀，高举过顶。一阵低吼声响起，音量越来越大，就像竞技场中起了雷暴一样，那是没毕业的黑崖学院学生们在捶打着石凳吼叫，叫声里有骄傲，也有妒忌。在我身边，海伦娜和林德尔都忍不住得意地笑着。

在所有的喧嚣中，我的脑子里却安静了下来。那是一种奇怪的宁静，无穷小，又无穷大，我就被禁闭在这片宁静里。我来回踱步，翻来覆去考虑着同一个问题：*我到底要不要逃走，要不要当叛逃者？* 从遥远的地方，像在水下听到的声音一样，我听见院长命令我们收起弯刀落座。她站在高处的讲坛上，做了一次简短的讲演。等轮到我们宣誓为帝国效忠的时候，直到周围人都已经站起来，我才意识到自己该站起来了。

是走，还是留？我问自己，是走，还是留？

当别人发誓为帝国奉献热血和生命时，我猜想自己的嘴巴也在跟着动。院长宣布我们所有人毕业，新一批获得自由的假面人欢声雷动，这吵闹声让我也回过神来。法里斯扯掉自己衣服上的那些学院徽标，将它们丢向天空，我们所有人马上跟他一样做了。那些布片和金属片飞在空中，被阳光照亮，像一群银色的鸟儿。

在场的家人纷纷呼喊毕业生们的名字。海伦娜的父母和妹妹们在喊"阿奎拉"！法里斯的家人们叫的是"坎迪兰"！我还听到了维森！图里乌斯！盖勒里乌斯！然后我又听到那个比所有其他人都更加响亮的声音。维图里乌斯！维图里乌斯！外祖父站在他的包厢里，带着所有的族人一起喊，让在场所有人都知道：帝国最强盛的家族之一，今天也有一名子弟要毕业。

我找到了外祖父的眼睛，仅这一次，我在他眼里没有看到任何挑剔，而只有强烈的自豪。他对我微笑，苍白的、狼一样的微笑，笑容显现在他的银色面具上。我也向他微笑，然后觉得心烦意乱，赶紧移开了视线。如果我叛逃，他就不可能这样笑了。

"埃利亚斯！"海伦娜张开双臂抱住了我，眼中光彩洋溢，"我们成功了！我们——"

我们就是在那个瞬间看到了安古僧，她的双臂也就此移开。我以前从未见过十四名安古僧一起出现，这让我觉得腹中一沉。他们来干什么？他们的斗篷都掀开了，露出骇人的严酷面容，而且，在该隐的率领下，这些阴森森的家伙穿过草地，在院长讲坛的周围排成了一个半圆形。

周围观众的欢呼声低沉下去，变成了充满疑问的窃窃私语声。我的母亲一只手放松地按着弯刀，静观其变。等该隐踏上讲坛，她便自然而然地让到一边，就像早料到他会来。

该隐举手示意众人安静，几秒钟后，人群就静了下来。从我坐的场地中央的位置看过去，他就像一只古怪的幽灵，显得那样苍白脆弱。可是他一开口，声音响彻整座竞技场，那份力量让所有人都坐直了身体。

"从历经战火考验的少年中，预言里的人物将崛起。"他说，"他将是至尊的君王、敌人的灾星、最强大军队的统帅者。帝国终将一统。"

"五百年前，我们让这座学校的黑崖从战栗的大地中隆起的时候，安古僧就发出了这样的预言。而未来也必将如此。泰乌斯二十一世的血脉必将断绝。"

人群中爆发出的议论声势如风雨。如果是安古僧之外的任何人，胆敢这样议论皇室传承问题，早就被当场杀死了。现在，禁卫军团的士兵们也很愤怒，纷纷手按武器，但该隐只是扫了他们一眼，这些人就都老实了，像一群被慑服的狗一样。

"泰乌斯二十一世将不会有直接男性继承人。"该隐说，"他死后，如果不能选出一名新的武夫之王，帝国就将分崩离析。"

"泰乌斯一世、我们的国父，以及泰亚家族的远祖，是他那个时代最为优秀的战士。在他被公认为适合成为统治者之前，也曾面对考验、诱惑和试炼。对他的继承人，我们帝国的人民也会有同样的要求。"

我这开了洞，着了火的老天啊。在我身后，特里斯塔斯得意地用手肘捅了捅戴克斯。我们都知道该隐下面会说什么了。但真正听到的时候，还是不敢相信自己的耳朵。

"有鉴于此，举行选帝赛的时机已经来临。"

整座竞技场炸开了锅，或者至少听起来像是炸裂了一样。我从来没听过这么吵闹的声音。特里斯塔斯在向戴克斯大吼："我早说过！"后者像是被人用锤子敲过脑袋一样。林德尔在喊着问："会是谁？会是谁？"马库斯在狂笑，那种小人得志的笑，那德行让我很想捅他。海伦娜一只手捂着嘴巴，眼睛瞪得大到可笑，就好像震惊得无话可说。

该隐的手再次举起来，这一次，人群变得死寂。

"选帝赛即将来临。"他说，"为确保帝国未来坚如磐石，新皇帝必须年富力强，处于人生巅峰，就像当年泰乌斯登基时一样。所以，我们将人选圈定在这些历经战斗考验的少年中，也就是最新一批假面人。但并不是所有人都能争夺这份至高荣誉，只有我们最优秀、最强大的毕业生，才能入选。备选仅有四个人。这四名选帝生，其中一名将被宣布为真命天子，一名将宣誓为前者效忠，成为下任嗜血伯劳。剩下两人都会牺牲，如秋叶在风中凋零。这些，也都是我们预见到的。"

我开始觉得心脏狂跳，耳朵鼓胀得难受。

"埃利亚斯·维图里乌斯，马库斯·法拉尔，海伦娜·阿奎拉，扎克里亚斯·法拉尔。"他是按我们的成绩排名顺序念四个人名字的，"起立，上前来。"

整座竞技场死一样寂静。我麻木地站起身，对同班同学探询的目光视而不见，也不理会马库斯脸上得意的笑，扎克的犹豫不决。战场是我庙堂。剑尖是我信仰……

海伦娜的背挺得笔直，她的眼睛看我，看该隐，也看院长。最初，我还以为她是在害怕。然后，我才注意到她眼睛里的神采，还有脚步的轻快。

我和海勒作为五劫生在外流浪期间，曾被一支野蛮人强盗团伙俘虏。我像是节前待宰的山羊，被捆得完全动弹不得。可是海勒那边，只有双手被麻绳捆在身前，她还能独自骑在一匹小马的背上。强盗们以为她毫无威胁。当天深夜，她用那根麻绳勒死了三名看守我们的强盗，还徒手打断了另外三个人的脖子。

"他们总是低估我。"事后她曾这样说，听起来，她自己也很困惑。她说的当然没错。这个错误，连我有时候都会犯。我终于意识到：海勒根本不是害怕，她心里乐开了花，这本来就是她想要的。

去往台上的路程太短。几秒钟后，我就已经跟其他人一起站在了该隐面前。

"被选中成为选帝赛中的选帝生，就是得到了整个帝国至高无上的荣誉。"该隐逐个打量我们所有人，但好像看我的时间尤其长，

"作为交换，得到这个礼物之前，安古僧要求你们发誓：你们作为选帝生，会一直参加考验，直至选定新皇。违背这一誓言的惩罚将是死亡。"

"你们务必不要轻易发下这个誓言。"该隐说，"如果你们不想参与，大可以转身离开这座讲台。那样做，你们还将是一名假面人，会得到那身份对应的全部尊重和荣誉。我们会选出其他人填补你们留下的空缺。说到底，参不参加，完全由你们自由选择。"

自由选择。这两个词却让我动摇到了骨髓里。明天你将面临抉择。要么逃离，要么留下来善尽自己的义务，面对或者躲避自身命运。

原来该隐的意思，根本不是让我尽到我作为假面人的义务。他让我做的，是逃离与参加选帝赛之间的抉择。

你这个黑心肝、红眼睛的大坏蛋。我想要的是摆脱帝国。可要是参加选帝赛的话，我还怎么可能得到自由？如果我赢了，成了皇帝，我就一辈子被困在帝国之内。如果我发誓为别人效忠，命运就会跟新皇帝紧紧捆绑在一起，成为一人之下，万人之上的嗜血伯劳。

要么，我就会成为秋风中的落叶，安古僧就是用这么文艺的词说死亡。

拒绝他，埃利亚斯。逃走。到明天这个时候，你早就已经远走高飞。

该隐正在凝视马库斯，那安古僧微微侧头，像在倾听某种我们无法辨识的声音。

"马库斯·法拉尔，你准备好了。"这不是询问。马库斯跪地拔剑，将剑交给安古僧。他眼里闪着一份古怪的狂热，就好像他已经被宣布为新皇帝一样。

"你跟我复述。"该隐说，"我，马库斯·法拉尔，以本人的骨与血，个人及法拉尔家族的荣誉发誓，我将竭尽所能参加选帝赛，直至新皇选定，或本人命丧黄泉。"

　　马库斯重复了那段誓言。他的声音回荡在周围宁静到令人难以呼吸的竞技场里。该隐让马库斯手握自己的刀刃，按压到两掌出血。片刻后，海伦娜也双膝跪地，献上她的弯刀，重复了那段誓言，她声音清亮，像晨钟回荡在剧场。

　　现在安古僧转向扎克，后者长时间凝视他的兄长，随后才点头，完成了宣誓。突然之间，我就成了四名选帝生里唯一还站着的，而该隐站到我面前，等着我做出抉择。

　　像扎克一样，我也犹豫了。我又回想起该隐的话。*你被编织在我们所有的梦境中，就像在暗夜色的挂毯里仅有的那根银白线。*如果命中注定，我就是要成为皇帝，那我该如何？这样的命运又怎么可能通往自由？我根本没有统治他人的欲望——这种事，想想都会让我觉得反感。

　　但我作为叛逃者的未来，同样没有更强的吸引力。*你会成为自己最为痛恨的那副样子——邪恶、狠毒、残忍。*

　　当该隐说，如果我参加选帝赛，就有望最终得到自由的时候，我到底是不是相信他？在黑崖学院，我们都曾学过把人分类：平民、战士、敌人、盟友、告密者、叛徒。根据这些分类，我们会选定自己下一步该做什么。但对这名安古僧，我抓不住任何头绪。我不知道他的动机何在，有何所求。我现在唯一能够凭借的，就只有自己的直觉。而直觉告诉我，至少在这件事情上，该隐没有对我撒谎。不管他的预言本身会不会实现，至少他自己是完全相信的。尽管很不情愿，我内心深处依然相信他。那么现在，也就只有一个合乎逻辑的做法了。

　　我的眼睛始终与该隐对视，同时双膝跪地。我拔出弯刀，划过一侧手掌，我的血迅速洒落在讲坛上。

　　"我，埃利亚斯·维图里乌斯，以本人的骨与血……"

第十一章　拉娅

黑崖军事学院的院长。

我对这间谍任务的兴趣瞬间消失。黑崖学院是帝国培养假面人的地方——就是杀害我家人，掳走我兄长的那种假面人。这座学校高踞塞拉城东的断崖之上，那一大片杂乱单调的建筑，被黑色大理石墙环绕，远看像一只巨大的兀鹰。没人知道那道黑墙后面发生过什么，没人了解假面人的训练过程，他们有多少人，怎样被选定。只是每一年，都会有一批假面人离开黑崖学院，他们年轻，凶残，致命。对一名学者，尤其是女孩而言，黑崖学院是整座城市最危险的地方。

梅岑继续说："她刚失去了自己的贴身女奴——"

"那女孩可是一周前跳崖自杀的。"奇南没好气地说，显然没被梅岑凌厉的眼神吓倒，"她已经是今年死在院长手下的第三名奴隶了。"

"你别插嘴。"梅岑说，"拉娅，我也不会对你说谎。那女人的确很讨厌——"

"她根本是个疯子。"奇南说，"人们管她叫黑崖悍妇，你会被院长折磨死的，这任务必将失败。"

梅岑的拳头狠狠砸在桌面上，可是奇南不为所动。

"要是你不能管住自己的嘴巴，"反抗军首领怒吼道，"那就离开。"

塔瑞克惊得合不拢嘴，来回打量这两个人。而此时的萨娜，却在若有所思地打量奇南。洞窟里的其他人也都瞪大眼睛看着，我渐渐开始明白过来：梅岑和奇南之间，想必很少有不同意见。

奇南让自己的椅子向后滑去，离开了桌边，消失在梅岑背后议论纷纷的人群里。

"这任务非常适合你，拉娅。"梅岑说，"你能胜任院长要求家务奴隶完成的所有任务。她会想当然以为你不识字，而且我们也有把你弄进去的渠道。"

"要是我被发现了，会怎么样？"

"那你就会送命。"梅岑直视我的眼睛，我痛苦地感受到了他的真诚。"我们此前派往黑崖学院的所有间谍，都被发现并处死。这任务不适合胆小鬼。"

我差不多要笑出来了。这样的话，他几乎不可能找到比我更差的人选了："你们推销这份工作的手法可不太高明啊。"

"因为我根本不用推销它。"梅岑说，"我们有能力找到你哥哥，从牢里把他救出来。而你也可以打入黑崖学院，做我们的耳目，简单的利益交换。"

"你愿意把这任务交给我？"我问，"你对我几乎毫不了解。"

"我非常了解你的父母。对我来说，这就足够了。"

"梅岑。"塔瑞克开口说，"她还只是个小女孩，我们应该不至于要——"

"是她自己提起了义人道。"梅岑说，"但义人道的含义，远不止是自由那么简单，也不只意味着荣誉。它还代表勇气，意味着证明你自己。"

"他说的对。"我说。如果义军打算帮我，我就不能让他们把我看作一名懦夫。我眼角发觉一抹红色，向洞窟另一端遥望，发现奇南正靠在一张吊床旁观察我，他的头发像一团火焰，在火把的照耀下跃动。他不想让我接受这项任务，是因为他不想让自己人冒险去营救代林。我一只手按在臂环上。要勇敢，拉娅。

我转向梅岑："如果我肯做这件事，你们就会找到代林，把他从牢里救出来？"

"我答应你。要找到他不会太难。他不是反抗军的领导者，敌人不太可能把他送进考夫监狱。"梅岑的语调很轻蔑，但他提到那臭名昭著的北方监狱，还是让我觉得周身泛起一阵寒意。考夫监狱的拷刑吏只有一个目标：在囚犯丧命之前，让他尽可能多的受折磨。

我的父母就死在考夫监狱，我的姐姐，当时只有十二岁，也死在那座监狱里。

"等你拿到第一份情报，"梅岑说，"我应该能告诉你代林被关押的地点。等你完成使命，我们就会把他救出来。"

"然后呢？"

"我们会解开你作为奴隶的锁链，把你从学院撤回。我们会制造你自杀身亡的假象，这样就不会有人追查你的下落。如果愿意，你可以加入我们。或者我们也可以做好安排，送你们两个去海国马林。"

马林，海国。自由的国度。要是能和哥哥一起逃到那边，能活在没有武夫，没有假面人，也没有帝国的地方，我愿意付出任何代价。

但首先，我还需要活着完成一个间谍任务。我必须活着走出黑崖学院。

在洞窟远端，奇南在摇头，但我周围的战士在点头。这就是义人道，他们好像在说。我沉默，像是在考虑的样子。其实从最早的那个瞬间，当我知道只有这样才能救回代林的时候，我就已经做出了决定。

"我愿意做。"

"好的。"梅岑听起来并不吃惊，我怀疑他是不是一直都知道我会同意。他提高声调，好让声音传到远处，"奇南会成为你的联络人。"

听到这句话，那年轻人的脸色变得更加阴沉，假如还有这种可能的话。他紧闭双唇，好像在强忍着不开口说话。

"她的手脚到处都是划伤。"梅岑说，"你帮她处理下伤口，奇南，把她需要知道的事情都告诉她。她今天深夜出发，准备去黑崖学院。"

梅岑走了，身后跟着几个他那一派的反抗军，而塔瑞克拍拍我的肩膀，祝我好运。跟他同一阵营的人给了我无数的建议：永远不要主动去找自己的联络人。永远不要相信任何人。我知道他们都是一片好心，可是突然听到这么多莫名其妙的话，真的很难接受。等奇南挤过人群来带我走的时候，我几乎是松了一口气。

几乎而已。他只是朝着洞窟角落的一张桌子甩了一下头，然后也不等我，自顾自地走开了。

那张桌子边闪光的地方，原来是一眼小小的喷泉。奇南接了两桶水，往里面撒了些粉末，我认出那是塔罗树根。他把一桶水放在桌子上，另一桶放在地上。

我把自己的手脚洗净，塔罗汁液渗入我在墓城里留下的那些伤口，让我的脸上露出痛苦的表情。奇南一声不响地看着。在他的凝视下，我觉得很尴尬——因为桶里的水很快就变黑了。然后，我又因为觉得这样很可耻，而对自己感到生气。

洗完伤口之后，奇南坐在那张桌子对面，拉住我的双手。我以为他的动作会很粗暴，实际上，他的手却——不能说温柔，那不准确，反正也不凶。他检查伤口的同时，我想到了十几个可以问他的问题，但其中任何一个，都无助于让他相信我坚强可靠，而只会暴露我的幼稚和心胸狭窄。比如，你为什么显得那么恨我？我怎么得罪你了？

"你本不应该做这个，"他在较深的一处伤口上抹了些镇痛剂，注意力集中在我的伤口上。"这任务。"

你这想法早就表达得很清楚了，混球。"我不会令梅岑失望的，我会做好不得不做的事。"

"至少你会试图做到，这我信。"他的过度坦率让我很受伤。尽管我早该明白，他对我毫无信心。"那女人心狠手辣。我们上一个派进去的人——"

"你以为我喜欢到她那儿当间谍？"我忍不住说。他抬头看我，眼睛里有些惊诧。"我根本没得选，要是我还想救出自己唯一的亲人。所以麻烦你——"闭上你的嘴，我本想说，"不要再让我更难做。"

他脸上掠过一种表情，像是惭愧，看我的样子，也不像刚才那么挑剔了："我……抱歉。"他这话很不情愿，但勉强的道歉也胜过不肯道歉。我笨拙地点头，发觉他的眼睛不是蓝色，也不是绿色，而是深栗色。你都看清人家眼睛是什么颜色了，拉娅，这说明你在盯着他看，也说明你该收敛一下了。药膏的气味刺激了我的鼻孔，我皱起鼻头。

"你们这药膏里是不是用了双生蓟？"我问，见他耸肩不置可否，我把药瓶从他那边拿过来，闻了一下。"下次试试芝莓吧，那东西至少没有羊粪味。"

奇南很不满地扬起一侧眉毛，用纱布把我的一只手包扎起来："你懂制药啊。这手艺很有用，你外祖父母是医生？"

"外祖父是。"说起阿公，会让我觉得心里难受，我停顿了很长时间才继续说，"一年半以前他开始正式教我行医了。那之前，我也帮他做过药膏。"

"你喜欢那些事吗，医疗？"

"是门谋生的手艺。"多数不是奴隶的学者，现在都做简单的体力活儿——当农夫、清洁工，或者搬运工——都是些把人累个半死的活儿，报酬却微薄到近乎可以忽略。"我能学门手艺，已经算幸运了。

尽管在我小时候，我本想成为一名乞哈尼——说书人。"

奇南的嘴角微微上翘，略略透出一丝笑意。这变化很小，却让他整个相貌大为改观，我的心情也一下子轻松了很多。

"部落里讲故事的人吗？"他问，"别告诉我你还相信那些精灵神怪的故事，难道你真相信会有不死的冤魂半夜偷走小孩？"

"不是。"我想起了那次夜间搜查，那名假面人，片刻的轻松一下子烟消云散。"我不想再相信什么妖魔鬼怪了。这年头，晚上到处害人的家伙比妖怪还可怕。"

他突然不动了，就那么安静下来，让我情不自禁地抬起头来看他的眼睛。

我看懂了他眼睛里透露出的东西，马上觉得几乎无法呼吸：那是一份锥心的感悟，一份痛苦的发现，我在他的眼睛里，看到了自己早已熟知的痛苦。他也有过跟我一样的伤心事，甚至，有可能比我还惨。

然后他的脸又变得冷若冰霜，手也开始继续忙碌。

"好吧。"他说，"你用心听好。今天是黑崖学院举行毕业典礼的日子。但我们刚刚得知，今年的仪式与往年不同，很特别。"

他向我讲述了选帝赛和四名选帝生的事，然后布置了我的任务。

"我们想知道三个方面的情报。这些考验的内容是什么，在哪儿举行，什么时间。我们要在考验进行之前了解，而不是之后。"

我现在也有成打的问题想问，但没有开口，知道这些问题只能让他更进一步觉得我愚不可及。

"我会在学院里待多久？"

奇南耸肩，把我的两只手都包扎完毕。"我们对选帝赛几乎一无所知。"他说，"但我无法想象这考验会持续几周以上——最多一个月，顶天了。"

"你觉得——觉得代林能撑那么久吗?"

这个问题,奇南没有回答。

《《《

数小时后,天将傍晚。我、奇南跟萨娜一起,来到了侨民区的一座房子里,站在一位年长的游牧民面前。他身穿本族的宽松长袍,看起来更像个脾气很好的老爷爷,完全不像反抗军的秘密线人。

等萨娜说明来意,他看了我一眼,就把双臂交叉到胸前。

"绝对不行。"他用带有浓重外国口音的塞兰语说,"院长会把她生吞掉的。"

奇南冷冷地扫了萨娜一眼,好像在说:你想错了吧?

"我无意冒犯。"萨娜对那游牧民说,"我们可不可以……"她朝着挡有珠帘的另一个房间指了下,他们消失在珠帘后。萨娜的声音太小,我不可能听清。但不管她说过什么,都没有起到作用。即便是隔着珠帘,我也能感觉到那游牧民在摇头。

"他不肯干。"我说。

奇南靠在我身边的墙上,一点儿也不担心:"萨娜能说服他的。她能成为自己派系的首脑,可是有原因的。"

"我真希望自己能做点儿什么。"

"试着装出勇敢的样子。"

"什么,学你吗?"我让自己的表情像白板一样,平静地靠在墙上,眼睛盯着远方。有极短的一瞬间,奇南还真被我逗乐了。他一笑起来,就像年轻了好几岁。

我光着的脚蹭在地板厚厚的游牧民地毯上,勾勒着上面易于把人催眠的图案。地毯上还有镶嵌着小块镜子的靠垫,房顶挂的灯上也镶有彩色玻璃，正在反射最后几缕阳光。

"以前代林跟我一块儿卖阿婆的果酱时，到过这样一座房子。"我抬手触碰头顶的灯，"那时候我问他，为什么游牧民总喜欢到处镶嵌镜子，他说——"这记忆就在我的脑子里，如此清晰，想到哥哥和阿公阿婆，我的胸口痛得难受，我难以忍受那伤痛，闭上嘴巴不再说。

游牧民认为镜子能驱邪。那时的代林是这样说的。我们等待那名游牧商人时，他取出自己的速写本，手里的炭笔动作迅捷、轻灵，把珠帘和吊灯的样子画得惟妙惟肖。*据说，神怪和冤魂看到自己的样子都会受不了*。

在那之后，代林还冷静而自信地回答了我另外一打各种各样的问题。那时候我常常纳闷儿，不明白他怎么会懂得那么多东西。直到现在我才明白，代林总是听得很多，说得很少，他随时都在观察、学习。这方面，他和阿公很像。

我胸口的痛苦在升级，眼圈突然热起来。

"情况会好起来的。"奇南说。我抬头看，发觉他的脸上也掠过一丝伤感，但随后就被我已经熟悉的冷漠取代。"那些事，你永远都不会彻底忘记。就算事隔多年，也无济于事。但总有一天，你会有整整一分钟完全感觉不到那份痛苦。然后是一小时，一整天。其实，这是你能期望的最佳结果。"他的声音低沉了下去，"你会好起来的，我保证。"

他的眼睛转向另一边，又恢复了拒人于千里之外的表情，但我还是感激他——家人遇袭以来头一次，我觉得不再孤单。一秒钟之后，萨娜和游牧民从帘幕后出来了。

"你确定自己想做这事？"游牧民问我。

我点头，不敢用自己的声音开口。

　　他叹了口气。"好吧。"他转向萨娜和奇南，"你们要有什么告别的话，就赶紧说。如果我现在带她走，还能在天完全黑之前，让她混进学院。"

　　"你不会有事的。"萨娜紧紧拥抱我，我不知道她是想让我相信，还是想让她自己相信。"你是女狮王的女儿，而女狮王总是幸存者。"

　　*直到她无法幸存的那天。*我低下头，不让萨娜看出我的犹疑。她已经向门口走去，然后奇南就来到了我面前。我双臂交叉，以免让他以为我需要他的拥抱。

　　但他根本没碰我，只是昂首挺胸，一只拳头放在胸前——反抗军标准的问候方式。"宁死不屈。"奇南说。说完，他也随后离开。

《《《

　　此后半小时，塞拉城里已然暮色沉沉。我跟在游牧民身后，在富商区的街道快速穿行。我们在一名奴隶贩子花哨的象牙大门前停下，游牧民检查了一下我的手铐，他褐色的袍子在身上轻轻摇摆。我把包着绷带的两只手紧紧握在一起，以免它们发抖，可是那游牧民，却轻轻把它们掰开了。

　　"奴隶贩子善于发现别人的谎言，就像蜘蛛擅长抓苍蝇一样。"他说，"害怕对你有好处，会让你的故事显得真实可信。记住：不要开口说话。"

　　我忙不迭地点头，就算是我有想说点儿什么的想法，也没那个胆子。这个奴隶贩子，是黑崖学院唯一的供应商。奇南带我去游牧民家的路上说过，我们的线人花了好几个月的时间，才得到他的信任。*如果他没能把你选作院长的女奴，你的使命在开始之前即告失败。*

我们被人带入大门，片刻之后，奴隶贩子已经在围着我打量，我吓得浑身冒汗。他跟游牧民一样高大，身体却有游牧民两倍那么宽。他腹部隆起，肥大衬衫的纽扣承受了不少压力。

"还不错嘛。"奴隶贩子打了个响指，一名女奴从府邸深处出现，送来一托盘的饮品。奴隶贩子自己灌下一杯，显然没打算请游牧民喝任何东西。"妓院肯定愿意为她出个好价钱。"

"卖作妓女的话，她最多也就能换来一百马克，"游牧民用他令人昏昏欲睡的嗓音说道，"可我想用她挣二百。"

奴隶贩子轻蔑地哼了一声，我听了恨不得把他掐死。他所在的居住区，街道上有巨大的遮荫树，到处是清澈的泉水和卑躬屈膝的学者族奴隶。这人的私宅也乱七八糟堆砌着拱门、柱廊和花园，两百银币对他来讲，不过是整桶水里的一小滴而已。他前门口的那些狮子石膏像，可能都不止这个价钱。

"我本来想把她卖去做家务奴隶来着，"游牧民继续说，"听人说你正在找这样的人选。"

"我是在找。"奴隶贩子承认道，"院长都催了我好几天了。那只八爪鱼总是会把自己的女奴杀死，脾气简直像毒蛇一样。"奴隶贩子用马贩观察母马的方式看着我，我屏住了呼吸。然后他就开始摇头。

"这女奴太单薄，太年轻，也过于好看。送进黑崖学院的话，连一周都撑不过去，到时候我还得再找人替换她。我还是给你一百银币把她买下，卖给港口区的莫老鸨比较好。"

游牧民仍然貌似平静的脸上，有一颗汗珠滚落。梅岑给他的命令，是想尽一切办法帮我混进黑崖学院。如果他突然降价，奴隶贩子就会起疑心。如果他把我卖进妓院，反抗军还得设法救我出去——而且不能保证动作足够快。如果他根本没能把我卖出手，我救出代林的计划也就失败了。

第十一章
拉 娅

想想办法，拉娅。又是代林的声音，他在让我鼓起勇气。要不我就死定了。

"我很会烫衣服的，主人。"其实我还没有想清楚，这话就脱口而出。游牧民张了下嘴，但奴隶贩子已经在重新审视我，就好像我是一只会玩杂耍的猴子一样。

"还有，呃……我还会做饭、扫地、梳头。"我的声音越来越小，几不可闻，"我会——我会是个不错的使唤丫头。"

奴隶贩子用凶狠的眼神死盯着我，让我后悔没能管住自己的嘴巴。他眼里泛出一丝狡猾的意味，甚至像是觉得我很好玩。

"你害怕当妓女吗，小丫头？我真搞不懂，这也是正当的赚钱生意。"他又围着我转了一圈。然后用力把我的下巴向上扳，直到我不得不直视他酷似爬行动物的绿色眼睛。"你说你会梳头，会烫衣服，那你会不会到市场讨价还价买东西呢？"

"是的，大人。"

"你当然不可能识字。你会数数吗？"

我当然会数数，识字也没问题啊，你这头双下巴的肥佬。

"是的，大人，我会数数。"

"她得学着管住自己这张嘴。"奴隶贩子说，"我还得承担给她清洗打扮的花销。她现在像个扫烟囱的，可不能就这样把她送进黑崖学院。"他又想了想，"要是定价一百五十银马克，我可以把她买下。"

"我任何时候都可以把她带到贵族老爷的府上，"游牧民说，"别看脏，她可是个小美人儿。我相信那些人一定愿意付个好价钱。"

奴隶贩子眯起了眼睛。我怀疑梅岑的人是不是打错了算盘，现在还想要高价。行了，你这小气鬼。我看着那奴隶贩子想。多吐出几块钱来就这么难吗？

奴隶贩子终于取出了钱袋，我极力掩饰自己的解脱感。

"那就一百八十银马克，一个子儿也不能再多。把她的锁链打开。"

来到一小时之后，我就被锁进了准备前往黑崖学院的"鬼车"。我的两腕上都被扣上了宽大的银箍，表明我的奴隶身份。我脖子上的颈圈也被连上铁链，固定在车子的钢铁围栏上。

此前我被两名女奴粗暴清洗了一番，搓得太狠让我皮肤痛，发髻梳得太紧让我脑袋痛。我那件裙子是黑丝的，上身跟胸衣一样紧，裙摆是钻石图案，料子是我穿过衣服里最好的，可从第一眼，我就开始痛恨它。

每一分钟都那么漫长。车里极黑，让我开始怀疑自己的眼睛是不是已经瞎掉了。帝国常把学者族的孩子扔进这样的车里，最小的可能只有两三岁，就被人从父母身边强行带走，这之后，天知道他们会有怎样的遭遇。"鬼车"得名的原因，就是进到车里的人从此消失，再也不会有人见到。

别再想这类事情了。代林在我耳边轻轻说，专心想你的任务，想想怎么救我出来。

我脑子里回想奇南给我讲的任务说明时，车子开始上坡，速度慢得让人难受。暑热侵入了我的身体，我觉得自己几乎要热晕了。我找到一点儿回忆，来分散自己的注意力——那是三天前，阿公把手指伸进了装着新鲜果酱的罐子偷吃，被阿婆的勺子打退，还呵呵呵地笑。

他们的离世，就像我心头一处无法愈合的伤口。我想念阿公响亮的笑声和阿婆讲过的故事。还有代林，我有多么想念自己的哥哥。他的玩笑，他的画，还有几乎无所不知的他本人。生活中没有他，可不只是空虚寂寞那么简单，还会很可怕。他一直都是我的向导，我的守护人，我最好的朋友，他已经陪了我那么久，以至于我根本无法想象离开他怎么生活。一想到他在受罪，我就备受煎熬。他现在是被关在牢房里，还是正在刑床上受刑？

在"鬼车"一角，有什么东西闪了一下，它黑黑的，鬼鬼祟祟地爬。

我宁愿它是某种动物，一只小田鼠，天哪，甚至凶猛的大老鼠也好。但随后，那东西的眼睛盯上了我，那双眼又亮又贪婪。它就是那些鬼怪之一，就是那个遭受突袭之夜留下的阴影之一。我开始发疯了，讨厌死了，我都疯得没救了。

我闭上眼睛，在脑子里祈求那东西消失。它却不肯消失，于是我只好用颤抖的双手打它。

"拉娅……"

"走开，你都不是真的。"

那东西一点点逼近。不要叫，拉娅。我对自己说，一面努力咬紧嘴唇，不要叫。

"你的兄长在受难啊，拉娅。"那东西说得每一个字都极度清晰，好像生怕我听漏了一样，"武夫们在慢慢折磨他，而且乐在其中。"

"不对，你只是我脑子里的幻影。"

那怪物的笑声像是谁把玻璃打碎了："我像死亡一样真实，小拉娅。真实得像碎裂的骨骼，背叛亲人的妹妹，还有可怕的假面人。"

"你只是幻象，你只是我……我内心的负罪感。"我抓紧了母亲的臂环。

那幻影露出掠食者的狞笑，现在离我仅有一步之遥。但"鬼车"也恰好在此时停住，那东西最后给我留下满是恶意的一瞥，随后就消失了，伴着一声心有不足的嘶鸣。几秒钟后，车门被人一把扯开，黑崖学院令人不寒而栗的黑墙，矗立在我的面前。

"眼睛看脚下。"奴隶贩子把我从铁栏上解开，我强迫自己低头看鹅卵石路。"只有在院长问你话的时候，你才可以开口。绝对不允许看她的眼睛——以前为了更小的冒犯，她都曾棒打过奴隶。当她给你任务时，一定要迅速圆满完成。最开始几周以内，她会寻衅毁坏你的容貌，但早晚你会为此感谢她——如果她留下的伤痕够大，这会避免你被那些年龄大的学生过于频繁地强奸。"

"上一名女奴只坚持了两星期。"奴隶贩子继续说，完全不管我已经有多害怕，"院长对此很不满。当然怪我——我本应该好好警告那丫头。实际上，她只是被院长在身上烫了字，就疯掉了，跳崖死了。你可别重蹈覆辙。"他狠狠瞪了我一眼，就像父母恐吓去买东西的小孩不许乱跑那样。"要不然，院长会怀疑我有意给她提供残次品。"

奴隶贩子对大门口的哨兵点头致意，牵着我的锁链前进，就像我只是一条狗。我在他身后蹒跚而行。强奸……毁容……身上烫字。我受不了啊，代林，我真的做不到。

一种本能的逃跑欲望充斥我的全身，如此强大，以至于我放慢脚步，停住，拉扯着锁链，想要从奴隶贩子身边逃开。我觉得腹中翻滚不已，觉得自己马上就会呕吐出来。但奴隶贩子拉紧了锁链，我只得跌跌撞撞地继续前进。

现在你已经无路可逃。经过黑崖学院的钢尖吊闸，走入那片传奇土地时我心想，现在你哪儿也去不了，再也没有其他解救代林的办法。

我加入了这个冷酷的游戏，没有机会回头了。

第十二章　埃利亚斯

被提名为选帝生几小时后，我和外祖父并肩站在他府第高阔的门厅处，迎接那些来参加我毕业聚会的客人。尽管奎因·维图里乌斯已经七十七岁高龄，女人们被他注视的时候，还是会脸泛红潮；他屈尊跟一些男人握手时，还常常会让他们痛得脸色微变。灯光照耀下，他浓密的白发被染成金色，加上他鹤立鸡群的风采，对来客点头致意时的气场，都让我想到一只猎鹰高翔于晴空下，俯瞰整个世界。

八点的钟声敲响时，府中已是高朋满座，来客多是身份最为高贵的名门望族，少数是最富有的商人。在场的平民只有仆从。

我妈妈没有被邀请。

"祝贺你，维图里乌斯选帝生。"一个留着小胡子的男人双手握住我的一只手，热情地说，他可能是我的表兄弟，已经在用毕业典礼时安古僧加给我的名号了。"或者我应该说，皇帝陛下。"这家伙居然有胆子带着一脸谄媚直视外祖父。外祖父没理他。

整晚都是这样子，我完全不知道名字的人，都像是把我当成了很久以前失散的儿子、兄弟或表兄弟。其中大约一半的人，的确跟我有些血缘关系，但在此之前，他们都不曾屈尊留意过我的存在。

除了这群马屁精之外，也有些朋友在场——法里斯、戴克斯、特里斯塔斯、林德尔——但我最急于见到的还是海伦娜。我宣誓之后，毕业生的家人就纷纷拥入了剧场，我还没来得及跟她说话，她就被阿奎拉家族的人簇拥着走了。

她怎么看这场选帝赛？我们会为了得到皇权彼此敌对吗？或者我们会继续协作，就像在黑崖学院这么多年一样？我的问题还会带来更多疑问，最紧急的就是：成为我藐视帝国的最高首脑，又怎么可能让我得到"身心的真正自由"？

有一件事可以确定：尽管我很想逃离黑崖学院，学校却还没打算轻易放过我。我们原定一个月的假期，被压缩为两天。然后，安古僧就要求所有的学生（包括毕业生）都返回黑崖学院，充当选帝赛的见证人。

海伦娜和她的父母、姐妹一起，最终来到外祖父家的时候，我忘记了问候她。我看直了眼。她问候了外祖父，还穿着那套礼服盔甲，苗条的身姿光彩照人，黑斗篷轻轻飘动。在灯光下，她的头发像是银白色的，如同一条瀑布那样垂在她的背后。

"小心啊，阿奎拉。"我在她走近时说，"你看起来简直像个女孩了。"

"你看起来几乎像个选帝生。"她的笑意并没有渗透到眼睛里，我马上意识到，有些事情已经过去。她早些时候的兴奋劲儿消退了，现在她很紧张，就像面临一场明知自己无法获胜的战斗一样。

"出什么事了？"我问。她想从我身边走过去，可是我握住她的手，把她拉了回来。她眼里像在酝酿一场暴风雨，却勉强笑了笑，手指轻轻挣脱了我的掌控。"没事。吃的在哪儿？我快饿死了。"

"我带你去找——"

"选帝生维图里乌斯，"外祖父的大嗓门在此时响起，"莱夫·塔那里乌斯市政官想跟你说句话。"

"你最好不要让奎因等太久。"海伦娜说，"他看上去不好惹。"她溜走了，我咬咬牙，任由外祖父引领着我，虚张声势地跟那位市政官

埃利亚斯

胡扯。其后一小时，我跟另外十几位显贵重复着同样无趣的谈话。直到很长时间之后，外祖父终于离开那群客人，把我拉到一边。

"现在是你一生的关键时刻，你却总是在走神儿。"他说，"这些人可能都有大用的。"

"他们能替我参加选帝赛？"

"别说蠢话。"外祖父不耐烦地说，"皇帝可不能是孤家寡人。有几千名忠实的奴仆，能让帝国高效动作。市政官当然是你的手下，不过，他们的每一步举动，都会试图误导你，控制你。所以，你才需要一个间谍系统，来监控他们的一举一动。学者叛军、边地盗匪、不安分的游牧民，都会把王朝更迭当成制造混乱的机会。你需要得到军队的全力支持，来消除叛乱威胁。简单来讲，你需要的就是这群人的支持——作为谋臣、官员、外交官、将军和间谍头目。"

我心不在焉地点头。当时有个衣着非常暴露的商家女孩，正在通往拥挤花园的门口对我眉目传情。她很美，真的很美。我也向她微笑。等我找过海伦娜之后，也许……

外祖父却扳过我的肩膀，带我远离此前我一直试图靠近的花园。"你注意，小子。"他说，"今天早上，鼓点讯号已经把即将举行选帝赛的消息传给了皇帝。我的间谍报告说，他听到这个消息之后，马上离开了都城。几周以后，他和他家族的大部分成员就会到达此地——嗜血伯劳也会来，假如他还想要自己脑袋的话。"见我诧异的表情，外祖父不屑地哼了一声，"你真以为泰亚家族会不加抵抗，就把皇权拱手让人？"

"可是皇帝很崇拜这些安古僧的，他每年都去拜望他们。"

"没错。现在安古僧却公开与皇帝为敌，要篡夺他的王朝。他一定会反击——这点绝不会错。"外祖父眯起了眼睛，"你要想赢，就必须擦亮眼睛。我已经浪费了太多时间，为你闯的祸收拾残局。法拉尔兄弟在跟所有想听的人大肆宣扬，说你昨天怎么差点儿就放走了一名叛逃者，说你的面具跟脸部不结合就是你怀有二心的证据。算你运气好，嗜血伯劳现在在北方。要是他在这里，你早被关进大牢里了。就算现在，黑甲禁卫军没有查你，也是因为我提醒他们，说你来自帝国最高贵的家族，而法拉尔兄弟却出身贱民阶层。你听到我说的话了吗？"

"我当然在听。"我做出一副被冒犯的样子。但因为我一边在看那商人女孩，一边还在找海伦娜，外祖父并不放心。"我想要找到海伦娜——"

"我绝不允许你被阿奎拉家的丫头分心。"外祖父说，"她是怎么混进选帝生行列的，我都还不清楚。女人就不该在军中占据一席之地。"

"阿奎拉是整个学院最优秀的战士之一。"听我替她说话，外祖父的大手在入口处的一张古董桌子上用力一拍，一个花瓶从上面跌落，摔得粉碎。那商人女孩惊叫一声，狼狈逃走。外祖父眼睛都没有多眨一下。

"胡扯。"外祖父说，"别跟我说你被那臭丫头迷住了。"

"外祖父——"

"她现在属于帝国。尽管我也觉得，如果你被提名为下任皇帝，你可以不把她任命为嗜血伯劳，而是与她结婚。她是个身体强壮的贵族，所以，你至少可以跟她一起多生育些子嗣——"

"外祖父，别说了。"想到要跟海伦娜生儿育女，我尴尬得脖子通红。"我没有这样看待过她。她是——是——"

外祖父银白色的眉毛上扬，看我像个傻瓜一样支支吾吾。面对女人，黑崖学院的学生都没有多少经验，除非他们强奸某个奴隶，或者去跟那些妓女交易。我对两者对不曾有过任何兴趣。假期的时候，我倒是也有过不少寻欢作乐的机会，但假期毕竟每年只有一次。海伦娜是个女孩，而且十分美貌，我大部分时间都是跟她一起度过的。当然，我对她也动过那种念头。不过这没有任何实质性的意义。

"她是我的战友，外祖父。"我说，"你能像爱外祖母一样爱战友吗？"

"我的战友里，可没有身材高挑的金发女郎。"

"你给我的任务结束了吗？我还想真的庆祝自己毕业呢。"

"还有最后一件事。"外祖父走开片刻，回来时，手里拿着一个黑丝包裹的长包袱。"这是给你的。"他说，"我本打算等你成为维图里亚家族族长时，再把它传给你。但现在给你，更能派上用场。"

我打开包袱，惊得险些把它掉到地上。

"火焰熊熊的十层地狱啊。"我盯着手里那对弯刀。刀身上刻有黑色符文，走遍全国，怕也难找到如此好刀。"这些是特鲁曼弯刀啊。"

"现任特鲁曼大匠祖父的作品。他是个好人，好朋友。"

几个世纪以来，特鲁曼家族一直是整个帝国最优秀的冶炼师。现任特鲁曼大匠每年都要花几个月的时间，给假面人打造赛里克钢甲。但特鲁曼弯刀——最多也就是几年能出产一把。"我不能要这些。"

我想要把兵器还回去。但外祖父已经解下我背后的弯刀，把特鲁曼弯刀挂在我身上。

"它们是配得上帝王的武器。"他说，"你不要辱没了它们。无往不胜。"

"无往不胜。"我复述了维图里亚家族的家训。外祖父去招呼他的其他客人了。我还在因为这件厚礼而惶恐不安，慢慢走向食物帐篷，希望能在那里找到海伦娜。每走几步，都会有人停下来跟我谈话。有人塞了一盘烤肉串给我，又有人给了我喝的。两名年长的假面人在抱怨，为什么他们年轻的时候没有碰上举行选帝赛的机会。而一群贵族将军则在小声议论泰乌斯皇帝，就好像怕被皇帝的间谍发现一样。对安古僧，没人敢说一句闲话，没人有这个胆量。

等我终于摆脱人群，还是找不到海伦娜的影子。尽管我发现了她的两个妹妹，汉娜和莉薇亚，她们正偷看百无聊赖的法里斯。

"维图里乌斯。"法里斯嘟囔着向我打招呼。见他没有像其他人那样讨好我，我松了一口气。"我想让你帮我介绍一下。"他向往地看着帐篷边缘聚集的那群穿金戴玉的贵族少女，其中的确也有几个正用特别贪婪的眼神看着我们。我了解其中一些女孩。事实上，我对她们相当了解，一看她们交头接耳的样子，就知道这帮人没安好心。

"法里斯，你已经是一位假面人，你不再需要任何人的引荐，只管过去跟她们搭讪就好。如果你真那么紧张，就叫戴克斯或者迪米特里厄斯跟你同去。看见海伦娜没有？"

他没有回答我的问题："迪米特里厄斯根本没来。可能因为这里的娱乐有违他的道德观。戴克斯喝醉了。他这辈子好像也就能放松这么一回，谢天谢地。"

"那么特里斯塔斯——"

"太忙了，正跟他未婚妻说情话呢。"法里斯朝一张桌子示意，特里斯塔斯正跟黑发的埃莉亚坐在一起，后者果然美貌迷人。他看起来比这一整年的任何时候都更开心。"还有林德尔，他终于向海伦娜表白了——"

"然后呢？"

"还那样。她对他说滚远点儿，要不再把他鼻子打断。我们的多情少年很伤心，跟一个红头发女孩一块儿到花园深处去了，想来是要安抚下他受伤的小心脏。你已经是我最后的希望。"法里斯色眯眯地死盯着那些贵族女孩，"要是我们提醒这些小妞，说你将来有望登基称帝，我猜咱俩每人能勾引到两个。"

"听起来挺诱人。"我还真考虑了一下他的建议，然后才想起海伦娜。"但我还得去找阿奎拉。"

阿奎拉恰在此时走进帐篷，正好经过那群女孩身边，停下来，因为其中一个人在向她说话。她扫了我一眼，小声说了些什么。那女孩的嘴巴马上张得好大。海伦娜则转身离开了帐篷。

"我得去追海伦娜。"我对法里斯说。法里斯已经注意到了汉娜和莉薇亚，正用笑容勾引她们，同时徒劳地整理他永远蓬乱的头发。"酒不要喝太多。"我建议，"而且，除非你想一觉醒来就没了老二，否则别惹那两个女孩。她们是海勒的妹妹。"

法里斯脸上的笑容马上消失，他毅然决然地走出了帐篷。我快步向海伦娜离去的方向追赶，看到那金发的身影正穿过外祖父的大花园，朝向府第深处一座破旧的棚屋走去。聚会帐篷的光线照不到这里，我只能借着星光前进。我手里还端着盘子，把喝的丢在一边，单手攀上那棚屋，然后继续上到倾斜的房顶。

"你本可以找个更容易到达的地方，阿奎拉。"

"可这里更安静。"她在黑暗中说，"而且可以一直看到河边。有没有给我带吃的来？"

"你少来了。我跟那些人模狗样的人握手的时候，你至少吃过两大盘东西了吧。"

"妈妈说我太瘦了。"她用匕首从我的盘子里叉走一块馅饼。"你又是为什么花了那么多时间才到这儿？忙着向成群结队的少女献殷勤？"

跟外祖父讨论过的尴尬话题突然出现在我脑子里，带来一段痛苦的沉默。海伦娜和我之间，以前从来都不谈论女孩。她会跟法里斯、戴克斯还有其他人开玩笑，取笑他们的风流事，但从来不针对我。从没有过。

"我——呃——"

"你信吗？拉维尼亚·塔那里亚居然胆敢问我，能不能让你跟她说句话。我差点儿就用烤肉叉把她的大胸脯穿透。"海伦娜的嗓音里，多少透出一丝焦虑。我干咳了一下。

"那你跟她说什么了？"

"我跟她说，你每次光顾港口区的女郎，总会呼唤她的名字。她马上就无话可说了。"

我忍不住大笑，现在终于明白了拉维尼亚刚才为什么是那副大惊失色的表情。海伦娜微笑着，眼睛里却透出哀愁，她突然显得那么孤独。当我侧头去找她的眼睛，她望向别处。不管有什么不对，她显然都不打算告诉我。

"要是你成为女皇，打算做些什么？"我问，"你会改变些什么？"

"你才是未来的赢家，埃利亚斯。而我会成为你的嗜血伯劳。"海伦娜说得如此确信，以至于有一瞬间，她就像在讲述很久之前的史实那样，就像在说天空的颜色。但随后，她又耸肩，望向远方。"但假如我赢了，我会改变一切。扩展南方贸易，允许女性参军，与海国建立外交关系。而且我会——做些改变学者族现状的事。"

"你是说对付叛军？"

"不。我是说学者保留区里的生活。那些突击搜查，那些杀戮，都不那么……"

我知道她想说那些行为不对。但如果真那么说，就成了叛国行为。"总之局面会好起来。"她说。当她面对我的时候，脸上带着一份挑战的表情，而我扬起了眉毛。海伦娜从来没有给我留下过同情学者族的印象。不过这事让我更喜欢她了。

"那么你呢？"她问，"你又想做些什么？"

"我估计跟你差不多。"我不能告诉她说：自己根本不想成为统治者，将来也不会。她不会懂的。"也许我会把一切都交托给你，然后自己整天在后宫寻欢作乐。"

"你认真点儿。"

"我本来就是认真的。"我对她笑笑,"皇帝本来就有一座后宫,不是吗?因为这是我发誓参加选帝赛的唯一动力来源——"她推我,险些把我从房顶上推下去,我只好求饶。

"这一点儿都不好笑。"她听起来简直像一名教官,而我也努力做出一本正经的表情。"我们两个都是命悬一线。"她说,"答应我,你会全力取胜。答应我,你会在考验中发挥出自己的全部实力。"她扯住我盔甲上的一根带子。"现在就答应!"

"好吧好吧,天神哪。我刚才只是开了个玩笑而已,我当然会努力取胜的。我也没有找死的计划,这是肯定的。可是你呢?你就不想做女皇吗?"

她用力摇头:"我本来就更适合做嗜血伯劳,而且我也不想跟你争,埃利亚斯。我们两个开始彼此为敌之时,就是马库斯和扎克趁机获胜之日。"

"海勒……"我本想再次问她,到底有什么不对。希望在刚才讲过这番我俩结盟的话之后,她会对我敞开心扉。她却没给我提问的机会。

"维图里乌斯!"她看到我背后的刀鞘,马上瞪大了眼睛,"那一对,可是特鲁曼弯刀吗?"

我给她看那对弯刀,而她也得体地表现出了艳羡。我们沉默了片刻,满足于仰望头上的星空,欣赏远处冶炼场传来的叮当声,幽渺如音乐。

我留意到她苗条的身形,清秀的面孔,如果没有成为假面人,海伦娜会成为怎样一个人呢?我很难想象她像其他贵族女孩那样,一心想钓个金龟婿,整日往来于宴会之间,容许自己被适合的贵族男子引诱。

我想，这个问题并不重要，无论我们本来适合做什么——医生还是政治家，法官或者建筑师——都已经被我们接受的训练变成了不可能。这些可能的生活道路，全都被抽取干净，丢进了这个名叫黑崖学院的无底深渊里。

"你到底怎么了，海勒？"我问，"别跟我装出听不懂的样子，你要那样，就等于在骂我。"

"我只是因为对即将开始的选帝赛感到紧张。"她的话语中没有停顿，也没有吞吞吐吐。她直视我的眼睛，蓝色眼眸清澈而温和，头略微倾向一边。换成其他任何一个人，都会马上相信她，不再追问。但我太了解海伦娜，我马上就知道，深深地知道，她一定是在说谎。又过了一瞬间，借助那种只有在午夜才有的敏锐直觉，借助此时开启的隐秘思维，我发觉了另外一些东西。这不是一个顺手拈来的谎言。它来得暴烈、凶狠，濒临破碎。

她看清了我的表情，叹了口气："别再追问了，埃利亚斯。"

"那么，你的确有事瞒着——"

"好吧。"她打断我，"要是你能告诉我，昨天早上你在隧道里到底在干什么，我就告诉你我的心事。"

这句话来得太过于出乎意料，以至于我只能避开她的眼神："我说过了，我只是——"

"是的。你当时说过自己在追叛逃者。而我现在正在说，自己没有任何心事瞒着你。一切都真相大白，我们也坦诚相见了。"海伦娜的语调中有一种我不习惯的锋芒。"现在也就没什么可谈的了。"

她迎上我注视她的目光，眼里带着一种陌生的警觉。你到底在隐瞒些什么，埃利亚斯？海伦娜的眼睛在追问。

海勒是个探听秘密的天才。她的忠诚和耐心有一种独特的魅力，让人很容易对她袒露一切。比如说，她知道我偷偷给童兵提供毯子，以免让他们因为尿床而受到鞭笞。她知道我每个月给瑞拉阿嬷和我的弟弟夏恩写信。她还知道我曾把一桶牛粪倒在马库斯床上，这事让她笑了好几天。

现在，我却有了那么多不曾告诉她的秘密。我对帝国的反感，我有多么急于彻底摆脱它。

我们都不再是小孩子，可以彼此分享秘密和欢笑。我们都再也不可能返老还童。

到最后，我还是没回答她的问题，她也没回答我的。相反，我们静坐无言，看那城市，那河流，还有更远处的沙漠，那些没能说出的秘密，重重压在彼此的心头。

第十三章　拉娅

尽管奴隶贩子警告我不能抬头，我还是带着一份病态的好奇心凝望那座大门。那灰色的石料融入夜色，我分辨不出阴影何时结束，黑崖学院的建筑何时开始。蓝灯照耀下，就连光秃秃的沙地训练场都显得阴森森的。在远方，月亮从高耸的尖塔之间探出头，勾勒出高大到令人晕眩的圆形竞技场轮廓。

黑崖学院的学生们今天放假，只有我便鞋的脚步声打破周围诡异的寂静。这里的每一处角落都四四方方，像是用尺规量过，每一条通道都极度平坦，连一条裂痕也看不见。墙内没有花卉，也没有任何攀爬植物，同样没有供学生们休憩用的椅子。

"脸朝前，"奴隶贩子恶狠狠地叫嚷，"看地面。"

我们朝着南崖边缘盘踞的一座建筑走去，它的形状像一只黑色的癞蛤蟆。跟学院其他建筑一样，它也是用暗色花岗岩建成。这是院长的居所。旁边的崖下，是海洋一样不断延伸的沙丘，严酷而毫无生机。在沙丘背后更远处的地平线上，是塞兰山脉起伏不定的侧影。

一名极瘦弱的女奴打开了房子前门。我第一眼注意到的，是她的眼罩。*最开始几周以内，她会寻衅毁坏你的容貌。*奴隶贩子这么说过。*院长也会挖掉我一只眼睛吗？*

*没关系。*我的手伸向臂环。*这是为了代林，一切都是为了救代林。*

房子里面很黑，就像一座地牢那样，在周围黑色石墙的威压下，零落的灯盏只能留下可怜巴巴的一点儿亮光。我环顾四周，瞥见餐厅和起居室里极为简朴的家具，几乎像是座修道院。那奴隶贩子却突然一把扯住我的头发用力一拉，我觉得自己的脖子都要被扯断了。他手里多了一把刀子，刀尖已经触及我的睫毛。女奴也被吓得向后瑟缩。

"你要再敢抬头看一眼，"奴隶贩子说，他热臭的气息喷在我脸上，"我就把你的两只眼睛剜出来。懂了吗？"

泪水涌入我的双眼，我连连点头，他这才把我放开。

"不许再哭。"女奴带我们上楼时，他又对我说，"院长才没心情哄你，她会宁愿一刀砍死你。我花了一百八十马克，可不是为了把你的尸体丢给兀鹰的。"

女奴带我们到了廊道尽头的一扇门前，她又整理了一遍早已完美无缺的黑裙，然后才轻轻敲门。一个声音命令我们进去。

女奴推开房门时，我一眼瞥见了帘幕重重的窗户，一张桌子，还有满墙的手绘面部肖像。然后我想起奴隶贩子的警告，眼睛死死盯在地板上。

"你可真够慢的。"一个温和的声音在问候我们。

"请原谅，院长。"奴隶贩子说，"我的那些供货商——"

"闭嘴。"

奴隶贩子把话咽了回去，两只手紧张地互相摩挲，像是盘曲起来的一条蛇。我直挺挺地站在原地。院长是在看我，打量我吗？我试图做出无精打采、百依百顺的样子，这是武夫们预期的学者的模样。

一秒钟后，她已经站到我面前，我吓了一跳，完全没想到她能这样悄无声息地绕过桌子。她比我预想得要娇柔很多。个子比我还矮，细瘦得像棵芦苇，身形几乎算得上弱不禁风。要不是那副面具，我甚至会把她当成小孩。她的制服熨烫得极为完美，裤脚塞进镜面一样亮的黑皮靴里。那件乌黑衬衣的每一颗纽扣，都放射着毒蛇眼睛那样慑人的光芒。

"抬头看我。"她说。我强迫自己服从,一看到她的眼睛,马上就动弹不得。与她对视,像是看到一块平整的墓碑表面。她眼里没有一丝人性,面具上也没有任何善意,一道螺旋形的蓝色墨痕,淡淡地从她左脖颈处向上延伸——是个看不清楚的文身。

"丫头,你叫什么名字?"

"拉娅。"

我的头甩向一边,两颊刺痛像着了火,这才意识到自己被她打了。这一下痛得我眼泪涌了上来,我用指甲掐自己大腿,强忍着不让眼泪流出来。

"错。"院长教训我说,"你没有名字,没有自我。你是个奴隶,仅此而已。以后也永远都是个奴隶。"她转向奴隶贩子,谈工作报酬之类的事。奴隶贩子解开项圈的时候,我的脸还在刺痛。他出去之前,停顿了一下。

"院长大人,可否容我对您表示祝贺?"

"为什么?"

"因为选帝生的提名啊。整个城里都传遍了,令郎——"

"滚。"院长说,她转身背对目瞪口呆的奴隶贩子,后者赶紧抱头鼠窜。院长的目光落到了我身上。这怪物居然还有子女?她会生养出什么样的恶魔来?我不寒而栗,希望自己永远都不要知道答案。

尴尬的沉默仍在继续,我还像根柱子一样傻站着,怕到连眼睛都不敢眨。跟院长共处了两分钟,她就已经让我心生恐惧。

"奴隶,"她说,"你看我身后。"

我抬头看,刚才在门口瞥见的古怪肖像,现在变得清晰起来。院长背后的墙面上,挂满了镶嵌在木框里的通缉公告,男女老少都有。总共有几十幅,挂成好几排。

悬赏缉拿

叛军间谍……学者族窃贼……反叛军党羽……

赏金：250 马克……1000 马克

"这些是我抓获的所有反叛军战士的头像，包括被我关进监狱并处死的学者，大多数都是在我担任院长之前抓住的。有些是在那之后。"

这是死者遗像组成的画廊。这女人真是有病。我的目光转向别处。

"下面我要说的，是我对每一名进入黑崖学院的奴隶说过的话。反叛军已经无数次试图渗透进我们的学院，而我每次都揭穿了他们的阴谋。如果你是叛军的党羽，如果你胆敢为他们偷取情报，哪怕仅仅是想要向他们通报消息，我都会发现，然后就会杀死你。看。"

我听从她的命令，努力无视那些人的面容，让肖像和文字变成模糊的一团。

但其后，我看到了那两张无法被淡化的面孔。那两张脸，无论被画得多么糟糕，我都不可能认不出。那份震惊慢慢渗入我的身体，就好像我在本能地抗拒真相，就好像我不愿意相信亲眼所见的事实。

塞拉城人米拉和贾安，

叛军首领

重要人物

无论死活

赏金：10000 马克

阿公和阿婆从未说起过，到底是谁害死了我的家人。某个假面人。他们总是说，具体是谁，有那么重要吗？可她偏偏就站到了我的面前。这就是那女人，用她的铁底战靴把我父母的尸体踏在脚下的那一个，正是她杀害了反抗军历史上最杰出的领导者，让反抗军从此一蹶不振。

她是怎么做到的？这怎么可能？我父母曾经那么擅长隐藏行迹，以至于很少有人知道他们的长相，更不要说能找到他们了。

是叛徒。有人做了院长手里掌握的内奸，是我父母信任的某个人。

梅岑是不是知道：他把我派进了杀死我父母的凶手这里，进入了她的巢穴？他的确是个严厉的人，但并不像是个享受残忍行为的人。

"如果你惹怒了我，"院长嚣张地死盯着我的眼睛说，"你的脸也会出现在这面墙上。明白了吗？"

我强迫自己把视线从父母的遗像那里移开。我点头，浑身颤抖，极力不让身体泄露自己发现的秘密。我极为艰难地挤出了一个答复。

"我明白。"

"很好。"她走到门口，拉下一根悬索。片刻后，那名独眼女孩再次出现，带我下楼。院长在我身后关上了门，怒火从我心中升腾，像疾病一样无法遏制。我想转身回去攻击那个女人，我想对她尖叫。你害死了我母亲，她有一颗狮子的心；还有我姐姐，她的笑声像雨声一样动人；还有我父亲，他只要寥寥几笔，画作就能传神。你从我身边夺走了他们，你让这个世界失去了他们。

但我没有转身。代林的声音像是又在我的耳边响起：救我啊，拉娅。记住，你来这里的目的是打探消息。

天哪。除了那道死亡之墙，我没有看清院长房间里的任何东西。下一次进去的时候，我一定要更加留意才行。她不知道我识字。我可能只要瞥几眼她落在桌面上的文件，就能了解到一些情报。

我满怀心事，那女孩轻如羽毛的声音飘过时，我几乎没有听到。

"你还好吗？"

尽管她只比我矮几英寸，却显得极为娇小，她瘦得像柴棍一样的身体，在衣服里面打晃；脸上又是惊恐，又是紧张，就像一只快要饿死的小耗子。我心里有一种病态的冲动，想问她是怎么失去了一只眼睛的。

"我没事。"我说，"不过，我估计是没能激发她的善意。"

"她这个人就不曾有过任何善意。"

这倒是显而易见的事实："你叫什么名字？"

"我——我没有名字。"那女孩说，"我们都没有名字。"

她的手下意识地抬向眼罩，我突然感到恶心。这女孩难道就是这样失去眼睛的？她告诉了别人自己的名字，院长挖掉了她的一只眼睛？

"你要小心。"她小声说，"院长耳目众多，她会知道那些她本来不可能知道的事情。"女孩加快脚步超过我，就像要逃离自己说过的话一样。"跟我来，我应该带你去见厨娘了。"

我们去了厨房，我一走进去，就感觉好了一点儿。这里宽敞、温暖，灯光明亮，房间一角是巨大的炉膛和灶台，中央是一张木质工作台，房顶挂着成串的干辣椒和纸皮圆葱。一侧墙边是装满调味料的柜子，空气中弥漫着柠檬和小豆蔻的香味。这里就是大了一些，其他方面都跟阿婆的厨房很相像。

洗碗池里有一堆脏的坛坛罐罐，炉灶上烧着一壶水。有人备好了一副托盘，上面有饼干和果酱。一位矮小的白发女人，穿着和我一样的钻石纹黑裙，正背对我们在工作台上切圆葱。房间另一侧，就是通往外面的门，上面挂着门帘。

"厨娘，"女孩说，"这个是——"

"帮厨丫头，"那女人头也不回就打断她。女人的声音很奇怪，很刺耳，像是生病了一样。"我是不是几小时之前就让你洗好那些罐子了？"女孩还没来得及解释，她就继续说，"少废话，快干活儿。"那老女人语气很凶，"要不你就饿着肚子睡觉，而我一点儿都不会觉得内疚。"

女孩抓起围裙去干活，厨娘放下圆葱转身面对我，我倒抽了半口凉气，极力不去盯着她那张面目全非的脸。绳子一样鲜红的疤痕，从她的额头一直贯穿到脸颊、嘴唇、下巴，直到隐没在黑裙子的高领里面。看上去，就像是有一只怪兽用利爪把她抓成了碎条，可她却不幸活了下来。依旧完好无损的，只有她那双玛瑙蓝色的眼睛。

"你是——"她打量我，不自然地愣在了原地。然后，她什么都没说，转过身，一瘸一拐地从后门出去了。

我看着帮厨丫头求助："我本不想盯着她看的。"

"厨娘？"帮厨丫头小心翼翼地靠近那扇门，推开一道缝。"厨娘？"

没有回音。帮厨丫头一会儿看我，一会儿看那扇门。炉台上的开水壶尖啸起来。

"快到九点了。"她两只手惊惶地互扭着，"这是院长吃宵夜的时间，你得把宵夜送上去。可要是你迟到了……院长……她就会……"

"她会怎样？"

"她——她就会生气。"恐惧——没错，原始的、动物性的恐惧——充斥在女孩的脸上。

"是啊。"我说。帮厨丫头的惊恐已经感染了我，我赶紧将壶里的热水倒进托盘上的茶壶里。"她喜欢怎样喝茶？要加糖和奶油吗？"

"她的茶要放奶油。"女孩冲向橱柜，取出一个带盖子的奶壶，一部分奶洒了出来。"啊！"

"给我。"我从她手里接过奶壶，用勺子舀了几勺奶油出来，极力保持着冷静。"看，都好了，我只要再把这里收拾干净——"

"没时间了。"女孩把托盘塞进我手里，把我推向走廊。"请你——快些。差不多就要——"

钟声已经开始敲响。

"快去。"那女孩说，"一定要在最后一下钟声之前赶到楼上！"

楼梯很陡，我走得也太快。托盘一歪，我仅有机会在茶匙落地之前抓住奶油壶。第九下钟声敲响，随后，万籁俱寂。

*冷静，拉娅。现在吓自己就太荒谬了。*如果我只是晚了几秒钟，院长很可能根本不会察觉。但如果茶盘乱了，她就一定会发现。我单手托住茶盘，捡起茶匙，略花了一点儿时间清理它，然后才走到门前。

我抬手准备敲门，门却自行打开。托盘被取走，一杯热茶从我头边飞过，碎裂在我身后的墙上。

我还在张大嘴巴发愣，院长已经把我拽进了她的办公室。

"转身。"

我转过身面对紧闭的房门，全身颤抖。我还没有听清楚那木杆破空的声音，院长的鞭子已狠狠抽在我的后背上。那剧痛令我瞬间跪地。鞭子又落下三次，我才感觉到有一只手揪住了我的头发。我惊叫着，脸被揪到了她的面前，她那副水银色面具几乎触及我的面颊。我咬牙忍痛，想起奴隶贩子的警告，硬是止住了泪水。*要是看见你哭，院长会宁愿一刀砍死你。*

"我对行动迟缓者从不宽恕。"她说，眼睛出奇地平静，"不要让我抓住你再犯。"

"遵、遵命，院长。"我的细语声像帮厨丫头一样微弱。再提高一点儿强度，都会让我无法承受那份痛苦。那女人放开了我。

"把走廊里的烂摊子收拾好，明早六点到我这里报到。"

院长从我身边绕过，片刻之后，前门砰然关闭。

　　我捡起托盘，上面的银器都在轻轻摇晃。仅仅是四下鞭笞，我觉得自己身上的皮都被剥了下来，用盐水浸透了一样，血从我的衬衣后面涔涔滴落。

　　我想要保持冷静、务实的态度，就像阿公教我的那样对待伤口。把那件衬衣剪开，我的孩子，用巫婆榛果清洗伤口，然后用郁金根粉涂抹，包扎起来，每两天换一次绷带。

　　可是我到哪里去找新衬衣，还有巫婆榛果？没有人帮忙的话，我又怎么能自己包扎伤口呢？

　　想想代林。想想代林。想想代林。

　　但如果他已经死了呢？一个声音在我脑子里说，要是反抗军没能找到他呢？要是你历经千辛万苦，却落得一场空呢？

　　不，我不能放任自己这样想问题。要是整天这样想，我连今天晚上都熬不过去，更不要说在院长身边坚持几周刺探消息了。

　　我捡拾碎瓷片期间，听见楼梯口有衣物窸窣声。我战战兢兢抬头看，怕又碰上院长。但这次只是帮厨丫头。她跪在我身边，默默用布片清理洒在地上的茶水。

　　我向她道谢，她却像受惊的小鹿一样猛地抬头。擦完地，她悄悄走下楼梯。

　　回到空空的厨房，我把托盘放进洗碗池，就瘫伏在了工作台上。我两只手蒙住脸，麻木到哭不出来。这时我才想到：院长办公室的门现在很可能还开着，她的文件放在周围，只要有勇气，去那里就可以看到。

　　院长已经走了，拉娅。上去试试，看能发现什么。代林就会这样做，他会把此刻看作是为反抗军收集情报的最佳时机。

　　但我不是代林。而此时此刻，我完全想不到什么刺探情报的使命，或者我是密探，不是奴隶的身份。我能想到的，只有自己后背的抽痛，只有渗透我衬衣的鲜血。

　　你会被院长折磨死的。奇南曾经这样说，这任务必将失败。

　　我低头伏倒在工作台上，紧闭双眼强忍疼痛。他是对的，神啊，他是对的。

|第二幕|

选帝赛

第十四章　埃利亚斯

假期剩余的日子飞快地过去。转眼之间，我和外祖父已经坐着他的乌木马车赶回黑崖学院，他一路都在用各种建议折磨我。假期有一半的时间，他忙着把我介绍给各大家族的头面人物，另一半，则在埋怨我没能结交尽可能多的盟友。当我对他说想去看海伦娜，他马上抓狂。

"你被那丫头害得神魂颠倒了。"他怒吼着说，"你看到这种狐狸精都认不出来吗？"我现在想起这句话还想笑，想想吧，海伦娜要知道自己被称为狐狸精，会是怎样一副表情。

我多少也有点儿为外祖父感到难过。他是个传奇人物，作为将军获得过无数胜利，以至于没有人再去细数他的功绩。他军团里的士兵崇拜他，不只因为他的勇气和智慧，更因为他在面临巨大危险时，总是可以死里逃生的神奇本领。

可现在，七十七岁高龄的他，早已不再率领部队到边疆作战。这可能就是他对选帝赛如此投入的原因。

尽管他的有些思路我无法接受，他给的建议却很有道理。我需要对选帝赛做好准备，而最好的准备方法，无疑是了解更多有关情报。我本来还指望，安古僧会在过去的某个时间，细说他们原有的预言，也许甚至还描述过选帝生可能面临的局面。但是，我把外祖父丰富的藏书扫了一遍，一无所获。

"小混蛋，听我说。"外祖父用他的铁尖战靴踢了我一脚，我用手抓住车座，痛楚沿着腿传导上来。"我刚才说的，你一句也没听到吧？"

"选帝赛会考验我的真正实力。也许我不知道自己将面临什么，但无论如何都要做好准备。我必须克制自己的短处，利用对手的缺点。最重要的，是要始终记住，维图里亚家族——"

"无往不胜。"我们异口同声地说，外祖父满意地点头，我则极力掩饰自己的不耐烦。

更多战斗，更多暴力。我一心想要的是逃脱这帝国，如今却陷入如此处境。身心真正自由。这是我为之战斗的目标，我提醒自己。不是统治权，不是权力，而是自由。

"我不知道在这件事情上，你母亲会是什么立场。"外祖父沉吟着。

"能确定的是，她绝对不会支持我。"

"不，她的确不会。"外祖父说，"但她也知道，其实你的胜算是最大的。凯瑞斯要支持获胜的选帝生，才能得到最大利益。而要是押错了宝，也会失去很多。"外祖父深思着远望马车窗外。"我听到一些关于我女儿的奇怪传言。有些事情，以前我都会认为是笑话。她会竭尽全力让你无法获胜，你最好不要对她的态度有更高预期。"

当我们像其他几十辆马车一样到达黑崖学院时，外祖父紧握住我的手，几乎把我握成骨折。

"你绝不能让维图里亚家族失望。"他对我说，"你绝不能让我失望。"我被他握得脸上透出痛苦之色，心里暗自纳闷儿，不知道自己将来会不会也变得这么可怕。

外祖父驾车离去之后，海伦娜找到了我："所有人都要回来见证选帝赛，在比赛结束之前，不会有新一批童兵入学。"她向迪米特里厄斯挥手，后者在几码外，刚刚从他父亲的马车里下来。"我们还住在原来的军营里，还按照原来的课程安排上课。只不过，原来的修辞课和历史课，变成了城墙上的巡逻任务。"

"我们都成了正牌假面人，还要做这些吗？"

"这规矩可不是我定的。"海伦娜说，"快点儿吧，弯刀训练课我们要迟到了。"

我们挤过成群结队的学生，走向黑崖学院前门方向。"关于选帝赛的项目，你有没有找到什么情报？"我问海勒。有人拍了下我的肩膀，但我没理会，可能是哪个见习生级的学生急着赶去上课，碰到了我。

"一无所获。"海勒说，"我也在父亲的图书室里整夜查找过资料。"

"我也一样。"该死的。阿奎拉的老爸可是法官，他的图书室藏书相当多，从罕见的古老法典，到古代学者编撰的数学巨著，应有尽有。他和我外祖父的藏书相加，等于整个帝国图书相关的大部分了。看来已经没有更多地方可找。"我们应该再去查查——什么呀，谁这么烦？"

拍我肩膀的人越来越急切，我转身，准备把这见习生呵退。可是，出现在我面前的却是个女奴，她长得出奇的睫毛下面，大眼睛正在仰视我。她暗金色的眼眸是那样清澈，以至于我感到一股炽热的、本能的震撼。有一瞬间，我像是连自己的名字都忘了。

我以前肯定不曾见到过她。因为如果见过，我一定会记得。尽管戴着那沉重的银色奴隶手环，也梳着和黑崖学院所有奴隶同样难看的高髻，她完全没有奴隶的样子。她那身黑裙像手套一样合身，突显出所有的身体曲线，让不止一个人侧头凝望。她饱满的双唇，精致而挺拔的鼻子，会让大多数女孩自惭形秽，不管是不是学者族。我死死盯着她看，然后发觉自己看直了眼，告诉自己别再盯着人家，可还是那么盯着她看。我无法呼吸，而我的身体完全不听使唤，让我不由自主向她贴近，直到我们两人之间只剩几英寸的距离。

"维图里乌斯选帝生。"

她说我名字的样子好怪——就好像我有什么可怕的一样，这让我恢复了理智。打起精神来，维图里乌斯。我向后退开，看清她眼中的恐惧之后，马上对自己的做法感到厌恶。

"什么事？"我平静地问。

"院——院长要你和阿奎拉选帝生一起去她办公室，六——六点钟。"

"六点钟？"海伦娜马上推开门岗，向院长楼赶去，她撞倒了两名童兵，连声向他们道歉。"已经晚了，你为什么不早点儿通知我们？"

那女孩远远地跟在我们后面，害怕到不敢靠近："人太多了——我找不到你们。"

海伦娜挥手让那女孩别再废话："她会害死我们的。这次肯定是选帝赛的事，埃利亚斯。也许安古僧跟院长说了些什么。"海伦娜快步向前，显然还想及时赶到我妈的办公室。

"选帝赛就要开始了吗？"那女孩掩住自己的嘴巴。"抱歉，"她低声说，"我——"

"没关系的。"我没有对她微笑，这样只会吓到她。对一名女性奴隶来讲，假面人的微笑通常都不是好事。"其实我也在纳闷儿同一件事情。你叫什么名字？"

"女——女奴。"

当然。我的母亲大人肯定已经把她的名字消灭掉了。

"好吧。你为院长工作？"

我满心希望她否认。我希望她会说，母亲只是临时抓到她来跑腿。我希望她是被分配到厨房或者病房的，那里的奴隶至少不会留下可怕的伤疤，或者丢掉身体器官。

女孩却点头回答了我的疑问。别让我妈妈把你摧垮，我心里想。女孩与我对视，我又有了那种感觉，原始，热切，情不自禁。你不要示弱，要抗争，逃离此地。

一阵强风扫过，吹松了她的一根发带，令其划过她的颧骨，她看我的眼睛里闪过一丝怒色，我在她的眼睛里，看到了自己对自由的渴望，甚至比我的渴望还强烈。这是我在同学们的眼睛里从来没有见到过的，更不要说是学者族的奴隶眼中了。有一个奇妙的瞬间，我因此觉得不再那样孤单。

但随后，她就垂下了视线，我暗自感叹自己的幼稚。她无法抗争，也无路可逃。黑崖学院是没有出路的。我苦笑。至少在这一点上，这名女奴跟我极为相像，尽管她自己，可能永远都不会认识到这一点。

"你什么时候来这儿的？"我问她。

"三天前，大人。选帝生。那个——"她紧张地双手互扭。

"叫我维图里乌斯就好。"

她的步伐很小心，动作有些不自然——院长最近一定是鞭打过她。但她不像其他奴隶一样毕恭毕敬，碎步慢行。她走路时昂首挺胸的样子讲述着她的遭遇，胜过千言万语。被送到这里之前，她曾是个自由人——定是这样，我敢赌上自己的弯刀。而且她完全不知道自己有多美，也不知道在黑崖学院这种地方，美貌会给她造成怎样的不幸。风又在吹动她的头发，我闻到了她身体的气息——像水果和蜜糖的味道。

"我可不可以给你个忠告？"

她的头猛地抬起来，像一只受惊的动物。至少她还比较警觉。"你现在……"能把一英里范围内男人的注意力全部吸引过来。"太显眼。"我说，"我知道现在天热。但你还是需要戴个兜帽，或者披个斗篷——这样比较不容易引人注目。"

她点头，眼睛里却有疑义。她的双臂夹紧身体，落后更多一点儿距离。我没有再跟她说话。

我们到了我母亲办公室的时候，马库斯和扎克已经落座，穿着全身战甲。我们进去时，谈话戛然而止。显然，他们是在议论我们两个。

院长无视我和海伦娜，只是从窗前转过了身，她刚才一直在遥望外面的沙丘。她示意那女奴靠近，然后反手抽了她一记耳光。下手特别狠，以至于女奴嘴角流出血来。

"我说过了，六点钟。"

我怒火上涌，院长也感觉到了。"什么事，维图里乌斯？"她微微噘起嘴巴，侧着头，好像在说，你是不是想出头，让我把这口恶气出在你身上？

海伦娜用手肘顶了我一下，我忍下这口气，没有作声。

"滚。"母亲对那瑟瑟发抖的女奴说，"阿奎拉，维图里乌斯，坐下。"

女奴离开时，马库斯一直在盯着她。他眼里那份淫欲，让我很想快些把那女奴推出门外，同时把这条毒蛇的双眼全都挖出来。而此时的扎克，完全无视那女奴，只是在偷窥海伦娜。他的小尖脸有些苍白，眼圈下面有暗紫色的痕迹。我不知道他和马库斯是怎么度过这几天的假期的。是帮他们的贱民父亲打铁？走亲访友？还是谋划着怎么杀死我和海伦娜？

"安古僧们有别的事情要忙。"院长脸上浮现出一种诡异而沾沾自喜的笑容，"因此要求我代替他们，向你们传达选帝赛的具体要求。就是这些。"院长把一页羊皮纸文稿从桌子对面推过来，我们都探身向前去看。

> 四人相竞，考验四种美德：
> 克服自身最大恐惧的勇气
> 战胜敌人的智慧
> 武艺、心智和情感的力量
> 摧灭灵魂的忠诚

"这是一份预言，其含义，你们将来自然会懂。"院长背着手，视线再次转向窗外。我看着她在玻璃上映出的样子，因为那份难以掩饰的不满而感到不安。"安古僧会自行安排测试，并评判每一轮比赛的结果。但既然竞赛的目的是淘汰弱者，我向圣徒们建议，让你们在考验期间继续留在黑崖学院。安古僧已经同意。"

我忍住没有哼出声。安古僧当然会同意。他们知道这里是座地狱，而且会尽可能让考验越来越难。

"我已下令教官们加大训练难度，以符合你们作为选帝生的身份。在比试期间，我对你们的表现无从置喙。但在考验之外的时间，你们仍然要遵守我的规矩，受我的惩戒。"她开始在房间里走来走去，眼睛死盯着我，显然在用鞭刑和其他更严重的刑罚来威胁我。

"赢得一场考验，你们会从安古僧那里得到一个获胜的证明，算是某种奖品吧。如果你完成了一场测试，但是没有获胜，你的奖品就是自己那条命。如果不能完成测试，你们会被处死。"她停顿了片刻，让我们好好回味这份"恩典"，然后才继续说。

"连续赢得两场考验的选帝生会被宣布为胜者。无论是谁排名第二，有一次胜绩，就可以被任命为嗜血伯劳。其他人都将被处死。比赛没有平局。安古僧想让我强调下，考验期间，仍需要秉持公平竞赛精神。你们都不得作弊，暗算对手，或采用欺骗手段。"

我扫了一眼马库斯。让这家伙不作弊，简直等同于让他不要呼吸。

"泰乌斯皇帝会怎么看呢？"马库斯问，"还有嗜血伯劳？黑甲禁卫？泰亚家族不会甘心就这样消失的。"

"泰乌斯肯定会反击。"院长从我背后走过，让我觉得颈后寒毛直竖，很不舒服。"他已经带同本族亲信离开了安提乌姆，正南下来破坏这场选帝赛。但安古僧们还给出了另外一条预言：长藤环伺，橡木终有窒息时。路途坦荡，不近终点无人知。"

"这又是什么意思？"马库斯问。

"意思是我们无须关心皇帝的所作所为。至于说嗜血伯劳和黑甲军，他们效忠的对象是帝国，而不是泰乌斯。他们会率先宣誓，向新皇朝效忠。"

"那么考验何时开始呢？"海伦娜问。

"随时可能开始。"我母亲终于坐了下来，双手手指搭成尖塔状，心事重重的样子。"而且可能采取任何形式。从你们离开这间办公室开始，就应该时刻做好准备。"

"如果考验可能采取任何形式的话，"扎克头一回开口，"那我们何从准备呢？我们又怎么知道考验什么时候真正开始呢？"

"到时便知。"院长回答。

"可是——"

"到时你自会明白。"她直视扎克，后者只得沉默。"还有问题吗？"院长根本没有等我们回答，"解散。"

我们敬过礼，鱼贯而出。我不想背对蛇蛙两兄弟，所以任由他们在我之前出去，接着就后悔了。刚才那名女奴正站在楼梯旁的阴影里，而马库斯经过她身边时，伸手把她拽到自己近前。她在他的掌握下挣扎，试图摆脱他掐在自己咽喉的铁拳。马库斯俯下身去，低声说了些什么。我的手伸向自己的弯刀，但海伦娜抓住了我的胳膊。

第十四章
埃利亚斯

"院长。"她警告我。在我们身后，我母亲正双臂交叉，站在她书房门口观察我们的一举一动。"是她的奴隶。"海伦娜小声说，"你要插手就太愚蠢了。"

"你不打算制止他吗？"我转向院长问，声音不大。

"她只是个奴隶。"院长说，好像这就能解释一切，"她因为无能，还要承受十记鞭笞。如果你那么想帮她，不如你来替她受罚喽？"

"他当然不想，院长。"海伦娜的指甲狠狠掐进我的胳膊里，替我回答，她知道我已经快到自己找抽的程度了。她强推着我沿走廊离开。"别管闲事。"她说，"这不值得。"

她无须解释。帝国对假面人的忠诚极为看重。如果我真的替一名学者族苦工承受鞭笞，马上就会有人报告黑甲军把我抓走。

在我前面，马库斯狂笑着放开了那女孩，然后跟在扎克后面下楼。那女孩忍气吞声，脖子上又多了一片瘀青。

帮帮他，埃利亚斯。但我做不到。海勒是对的，为此受罚的风险太大了。

海伦娜大步走下厅堂，临走前狠狠瞪了我一眼。快走。

我们经过的时候，那女孩把脚向后收缩，想让自己更不起眼一些。我为自己的行为感到恶心，经过她的时候，一眼也没有看她，就像她只是一堆垃圾那样。我觉得，我把她丢给我母亲肆意惩罚，根本是没心没肺的行为。我觉得自己像一张假面。

<<<

那天晚上，我梦境的内容是旅行，耳边充斥着嘶鸣声和低语声。风在我脑中盘旋，如兀鹰翱翔天际，我的身体畏缩着，躲避若干热到反常的手掌。我想要醒来，不想让身体的不适都转化成噩梦，却在梦

境里越陷越深。直到最后，周围只剩下令人窒息的火热光线。

当我睁开眼睛，首先注意到的，就是身下坚硬的沙地。其次，这地面还是热的，热到足以烫伤皮肤的程度。

我抬起颤抖的手遮挡太阳，让自己的眼睛环视周围的荒原。一棵孤独的面包树满身虬结，在几尺外干裂的地面上矗立。向西几英里之外，是一大片水面，镜子一样反光。空气中弥漫着一股可怕的恶臭味，像是腐肉味、臭鸡蛋味和见习生住区盛夏时各种臭味的总和。周围如此荒凉，了无生气，我简直像是到了另一个遥远的死亡星球上。

我全身肌肉酸痛，好像已经在同一个位置躺了好几小时。痛苦让我确知自己不是在做梦。我摇摇摆摆起身，在大片的荒野中留下一个孤独的剪影。

看来，选帝赛已经开始。

第十五章　拉娅

我艰难地挨进院长卧室的时候，黎明才刚在地平线上留下一抹蓝色微光。她坐在梳妆台前，正打量镜子里自己的影子。跟之前的每个早上一样，她的床极为整洁，像是没人睡过。我不知道她什么时候睡觉，或者有没有睡觉的时候。

她身穿一件宽松的黑色长裙，这多少淡化了一点儿她脸上的轻蔑。这是我第三次看见她不穿制服的样子。长裙的领口稍低，她那特别的螺旋形文身显露出了一部分，是个花体字母 A，墨迹深黑，跟她白到瘆人的肤色对比鲜明。

我的任务开始十天了。尽管还没有找到任何能帮我救出代林的情报，我却已经学会了如何在五分钟内烫平一件黑崖学院制服，如何在后背有十几条伤痕的情况下，端着沉重的托盘上楼梯，还有如何保持绝对沉默，以至于忘记自己的存在。

关于这次任务，奇南给我的说明粗略之极。他只说让我收集关于选帝赛的情报。然后，在我离开黑崖学院为院长跑腿的时候，反抗军会跟我联系。我们可能要花三天时间。奇南说，或者十天。每次进城，都做好向我们报告的准备。但永远不要主动找我们。

那时，我强忍着没有说出自己心里的数十条疑问。例如，该怎样收集他们需要的情报，怎样避免被院长抓到。

现在，我正为此付出代价。我不想让反抗军找到我，我不想让他们说，我是一名多么差劲的间谍。

在我的内心深处，连代林的声音都越来越模糊：找到点儿什么，拉娅。找到些情报教我，快点儿啊。

不，另一个更响亮的声音说，别出头。不要试图收集任何情报，直到你能确信自己不会被发现。

我能听从哪个声音呢？是做间谍还是做奴隶？做战士还是做懦夫？我本以为这个问题很容易回答。可那时候，我还没有体验过真正的恐惧。

我悄悄绕过院长身边，放下她的早餐盘，取走昨晚宵夜的东西，为她备好制服。不要看我，不要看我。我无声的祈求似乎应验了，院长完全当我不存在。

我打开窗帘，晨光照亮了整个房间。我停顿了一下，看院长窗外那片空旷的世界，那无穷无尽风声低吟的沙丘，波浪一样在晨风中连绵起伏。有一秒钟，我为这美景沉醉。然后，黑崖学院的鼓声响起，这是整个学院的起床信号，也惊醒了大半个城市。

"女奴。"院长不需要再说一个字，她不耐烦的语调已经足以让我行动起来。"梳头。"

我从抽屉里取出梳子和发簪时，在镜子里瞥见自己的形象。一周前遭遇马库斯选帝生留下的伤痕，正渐渐淡去。取而代之的是其他伤痕。腿上三鞭，因为裙子上有一个污迹。手腕上四鞭，因为没能及时完成缝补任务。黑眼圈，则是因为遇见了一名心情不好的骷髅级学生。

坐在梳妆台前的院长打开了一封信。我把她的头发向后梳拢时，她的头一动也不动，完全当我不存在。有一瞬间，我被定在原处，低头死盯着她读的那份文书。她没有发觉。她当然不会发觉。学者们不可能识字，至少她这么认为。我迅速梳理她浅色的头发。

看那文书，拉娅。是代林的声音，看看上面说了些什么。

她会发现，会惩罚我的。

她根本不晓得你认字。她会把你当成学者族白痴，只是在傻看美丽的符号而已。

我咽了一口口水，知道自己应该去看。我在黑崖学院待了十天，除了满身瘀青和鞭痕之外，没有任何拿得出手的成绩，这简直就是灾难。当反抗军要求报告时，我什么都拿不出来。到时候，代林会有怎样的遭遇呢？

我一次又一次看镜子，想确认院长一直在专心读她的信。等到我觉得安全，就冒险向下扫了一眼。

——南方凶险，渠帅不堪依赖。劝君速返安提乌姆。若定要南下，应有小股卫队相随——

院长身体微动，我不情愿地把视线移开，怕自己的行为过于明显。但她继续读信，于是我又偷看了一眼，可这时候，她已经翻到了下一页。

——泰亚家族众叛亲离，旧时盟友作鸟兽散，据吾所闻，院长也在计划——

但我没能发现院长在计划什么，因为我在那时抬头看了一眼，发现她正从镜子里打量我。

"那些——那些记号还挺好看的。"我紧张地小声说，一根发簪不小心掉在地上。我弯腰去捡，利用这宝贵的几秒钟掩饰自己的惊慌。我会因为读一些完全不知所云的内容而遭到鞭笞。我怎么会笨到让她发现的？为什么我不能更小心一点儿？"我以前没怎么看到过别人写的字。"我又说。

"的确。"那女人眼波流转，有一瞬间，我觉得她是在无声地嘲笑我。"你们这种人不需要识字。"她对着镜子看了下自己的发型，"左侧太低，梳好它。"

我松了一口气，差点儿哭出来，极力做出傻乎乎不明所以的样子，在她浅色的头发上又别了一根发簪。

"女奴，你到这里多长时间了？"

"十天，大人。"

"你交了什么朋友吗？"

院长也会问这种问题，这实在太滑稽，我险些笑出声来。朋友？在黑崖学院交朋友？帮厨丫头胆子太小，几乎不敢跟我说话。厨娘只有下达指令的时候才会理我。黑崖学院的其他奴隶，都在学院主体部分干活儿。他们沉默寡言，态度冷淡——永远孤独，永远在害怕着什么。

"丫头，你要在这里过一辈子的。"院长说，打量着我梳好的头发。"也许你该熟悉一下这里的同伴。这些拿去。"她交给我两封信，"红色封印的那封拿到驿站投递，黑色封印的那封，面交斯皮罗·特鲁曼。拿不到回复，就不要回来。"

斯皮罗·特鲁曼是谁，怎么才能找到他，我都不敢问。院长会严惩问问题的人。我接过那两封信，倒退着离开了房间，以免被背后偷袭。关上门，我禁不住长出一口气。谢天谢地，这女人傲慢到不相信女奴能识字。经过走廊的路上，我朝第一封信瞥了一眼，险些把它掉在地上。这信，居然是写给泰乌斯皇帝本人的。

她给皇帝的信里能说些什么呢？是选帝赛吗？我的手指在封印那里试探了一下。还是软的，一下子就能全部揭开。

我背后有一点儿剐蹭声，那封信从我手中掉落，我猛地回身去看，心里已经在尖叫：是院长！但廊道是空的。我捡起信，塞进口袋。它就像变成了活物，一条蛇或者一只蜘蛛，却被我收养了当作宠物。我又触碰了一下火漆印，然后本能地猛然收手。太危险了。

第十五章
拉娅

可是我需要些东西交给反抗军。每次离开黑崖学院为院长跑腿时，我都害怕奇南会突然出现，拉我到一边，要求我提供情报。每次他没有出现，对我都是个喘息的机会。不过最终，我会没有时间的。

我必须披上斗篷出门，所以去了紧临厨房的露天廊道，仆人们居住的地方。我的房间跟厨娘和帮厨丫头的一样，也是个黑黢黢的洞，仅有一片破布帘当门。里面的空间只够放下一张床，墙上还有一个凹洞，充当床头柜。

从这里，我可以听到厨娘和帮厨丫头小声说话的声音。帮厨丫头至少还比厨娘友好一点儿。她不止一次帮我完成过任务，而且在我奴隶生涯第一天快要结束时，我看到过她匆匆离开我的房间，而等我回来，就发现了一瓶疗伤药膏和一小罐止痛药茶。

这大约就是她友好的极致了。我曾向她和厨娘问过一些问题，或试着谈论天气，或抱怨院长，都没有回应。我很确信，哪怕自己一丝不挂走进厨房学鸡叫，他们也不会予以理会。我不想腆着脸去找她们，然后再撞上沉默的墙。可我又真的需要有人告诉我斯皮罗·特鲁曼是谁，以及到哪里才能找到他。

我走进厨房，发现她们两个在熊熊燃烧的炉火面前挥汗如雨。午饭已经在准备了，我觉得自己也舌底生津，很想吃到阿婆做的美食。我们的生活从来都不曾富足，但即便是粗茶淡饭，带着爱心烹调出来，自然有它独特的美味。而在这里，我们吃的都是院长的残羹冷炙，不管我肚子多饿，食物吃起来都像锯末。

帮厨丫头看了我一眼，就算是打过招呼了。厨娘完全无视我。那年长的女人站在一个蹩脚的垫脚凳上，去够高处的一串大蒜。她看上去可能有摔倒的危险，我伸手想要帮她，她却用刀子一样的眼神狠狠瞪我。

我只好收手，尴尬地站了一会儿。

"你——你们能否告诉我，怎么才能找到斯皮罗·特鲁曼？"

沉默。

"是这样的。"我说，"我知道我是新来的，可是院长说，我应该找些人交朋友，我以为——"

厨娘动作极为缓慢地向我转过身，她脸色灰白，像是马上要呕吐出来。

"朋友。"除了下命令之外，这是她第一次对我说话。老女人摇着头，拿着她的大蒜走向工作台。她切蒜的动作透露出的那份怒火，任谁都不可能看错。我不知道自己到底犯了什么弥天大错，但她显然打定了主意不肯帮我。我叹了口气，离开厨房。我不得不找别人去打听斯皮罗·特鲁曼的事了。

"他是一名铸剑师。"我听到一个细小的声音说，原来是帮厨丫头跟着我出来了。她怯怯地回头看，像是在怕厨娘听到她的声音。"你可以到河边找他，就在武器锻造区。"她迅速转身，准备走开，而正是这个动作，比其他任何事情更能推动我对她说话。我已经十天没有跟任何人正常说过话了，只说过"遵命，大人"和"没有啊，大人"。

"我叫拉娅。"

帮厨丫头定在原地。"拉娅。"她复述了一遍我的名字，"我——我叫伊兹。"

我笑了，是那次夜袭以来头一次。我几乎已经忘记了自己的名字，伊兹抬头看院长房间的方向。

"院长让你交朋友的目的，是想利用你的朋友伤害你。"她小声说，"厨娘是因为这个才生气的。"

我摇头——不懂她是什么意思。

"这是她控制我们的办法。"伊兹指了指自己的眼罩，"这是厨娘对她唯命是从的原因，这是整个黑崖学院所有奴隶都不敢违拗她的原因。如果你犯了什么错，她不是每次都会惩罚你本人。有时候，她会惩罚你在意的人。"伊兹的声音太小，以至于我要探身靠近才能听到。"如果——如果你一定要交朋友，也一定不要让她知道，一定要暗中结交。"

她溜回厨房，动作快得像夜里的一只猫。我动身去驿站的信使那里，一路上忍不住回想她说过的话。要是院长变态到利用奴隶之间的友谊伤害他们，也就难怪厨娘和帮厨丫头故意疏远我。伊兹就是这样失去了一只眼睛吗？厨娘的伤疤也是这么来的吗？

院长还没有给我留下什么无法挽回的肢体伤害——暂时没有。但这是早晚的事。我衣袋里写给皇帝的那封信，突然变得沉重起来，我的手紧紧抓住了它。我有这个胆子吗？我越快拿到情报，反抗军就能越早救出代林，我也就能尽早离开黑崖学院。

到达校门之前，我一直在默默权衡着利弊。我到门口时，那些平时喜欢刁难奴隶的辅兵，却几乎无视我。他们紧盯着两个向学校靠近的骑手。我利用这个空当，偷偷溜出了学院。

尽管时间还早，沙漠的暑热已经侵入城中，我裹在厚厚的斗篷里，热得浑身发痒。每次披上它，我都会想起维图里乌斯选帝生，以及他第一次见到我时，眼里那种肆无忌惮的热切。还有他靠近我时的体味，那么干净，又富有男性气息，让我心头小鹿乱撞。我想起他说的话，几乎是带着关切的言辞：我可不可以给你个忠告？

我不知道自己想象中院长的儿子会是什么样子。应该更像马库斯·法拉尔那样，给我的脖子留下伤痕，很多天才好的那个？还是更像海伦娜·阿奎拉，说话的时候，就像我比泥土更低贱？

至少，我本以为他应该长得像自己的妈妈——金发，脸色苍白，冷酷到骨头里。但他是个黑发的男子，黄皮肤，尽管他有一双跟他妈妈一样的灰眼睛，眼神却不像其他假面人一样，锥子似的让人无所遁形。相反，在我们很短时间的对视过程中，我看到的是自然迸发的生命活力，是面具阴影下混乱而又充满魅力的内心。我看得出他的热情和对我身体的欲望，那让我心跳加速的目光。

还有他的面具，也太奇怪了。它很勉强地硬压在他脸上，就像是不相干的异物。这是他个性软弱的表现吗？不可能的——我老是听人说，他是黑崖学院最优秀的战士。

行了，拉娅，不许再想他。如果他关心我，一定包藏祸心；如果他眼睛里有热情，一定是在渴望暴力。他是个假面人。这些人全都没什么两样。

我快步走下黑崖学院所在的高坡，走出贵族区，进入处刑广场，这里有全城最大的露天市场，也是两处驿站中的一家所在地。广场因之得名的绞刑架是空的。不过，现在时间还早。

代林曾经画过处刑广场的素描，连绞刑架上的尸体都没有漏掉。阿婆看到那幅画，禁不住发抖。烧了它，她要求。代林点头同意，但那天深夜，我看见他躲在我们的房间里，还在完善那幅画的细节。

"这是个警示，拉娅。"他习惯性地淡然对我说，"烧掉就不对了。"

人们无精打采地走过广场，被暑热炙烤得昏昏欲睡，我不得不连挤带推，才能继续向前走。因此招来了小贩嫌弃的抱怨，还有一个凶狠的奴隶主猛推了我一下。我快速从一座带有贵族盾徽的大桥底下钻过之后，看到驿站就在几十码外。我放慢脚步，手下意识地伸向那封写给皇帝的信。一旦我把信交出去，就再不可能拿回来了。

"背包、钱包、小背包有卖喽！真丝刺绣的上等品！"

我需要打开那封信，我得有情报交给反抗军，但我怎么才能找到没有人注意的地方拆信呢？那些马厩的后面能行吗，还是两个帐篷之间的阴暗处？

"顶级皮料，最高级的配饰，快来买喽！"

揭开封印并不难，但我绝对不能被人推搡到，要是信被扯破，或者封印被刮花，院长肯定会把我的一只手砍下来，或者直接砍掉我的脑袋。

"背包、钱包、小背包有卖喽！真丝刺绣的上等品！"

卖包的小贩到了我身后，我想让他滚远点儿。然后我闻到一股熟悉的乌木味，回头就看见一个赤裸上身的学者族男人，他健壮的身体晒得黝黑，浑身是汗。他的红发像一团火，在一顶黑帽子下面跃动。我认出了他，不由得感到肚腹发紧。他是奇南。

他的棕色眼睛与我对视，一面继续叫卖，一面向远离广场的一条窄巷微微侧了一下头。我紧张得手心冒汗，向小巷走去。我能跟他说什么呢？我手头什么都没有，没有线索，也没有情报，奇南一开始就从未相信过我，而现在，我却在证明他的疑心完全正确。

小巷两边都是肮脏的砖头房子，市场的喧嚣声低沉了下去。奇南已经不见了，但有一名衣衫褴褛的女人离开她靠着的墙，向我靠近。我警惕地看着她，直到她抬头看我，透过那脏兮兮的乱发，我认出了萨娜。

跟我走。她无声地用嘴型向我示意。

我想问她代林的下落，但她在快步离开。她带我走过一条又一条小巷，直到一家皮匠铺门口才停下来，这里离处刑广场的距离超过一英里。空气中回响着鞋匠们的对话声，弥漫着猎物、单宁酸和染料的味。我本以为我们要进入皮匠铺，可是萨娜钻进了两座建筑物之间的窄道里，我们沿着阶梯下行，周围到处是烟熏的痕迹，简直像是置身一座烟囱里。

萨娜还没来得及敲门，奇南就从里面打开了楼梯尽头的入口。他已经把卖包小贩的行头脱掉，换上了一件黑衬衣，以及我们第一次见面时他佩带的那根挂满短刀的腰带。一绺红发垂在他面前，他上下打量我，眼光总在那些伤痕周围逡巡。

"本以为会有人跟踪她，"萨娜脱掉斗篷，摘掉假发的同时这样说，"结果却没有。"

"梅岑在等你。"奇南一只手搭在我的后背上，催我走进狭窄的走廊。我皱眉闪避他——后背上的鞭伤还很痛。

奇南眼里闪过一丝不快，我本以为他会说些什么，他却只是尴尬地垂下手，微微皱起眉头，带我们走下廊道，进入一扇门。梅岑就坐在里间的一张桌子旁边，一根孤零零的蜡烛照亮他满是伤疤的脸。

"那么，拉娅，"他扬起灰白的眉毛，"你有什么情报给我呢？"

"你能不能先告诉我代林的下落？"我问，这个问题，我已经惦记了一个半星期，"他现在平安无事吗？"

"你哥哥还活着，拉娅。"

我长出一口气，感觉自己终于可以自由呼吸。

"但是，在你告诉我更多情报之前，我不能再透露更多。我们可是有言在先的。"

"你至少让她先坐下。"萨娜为我拖来一把椅子，我还没有坐定，梅岑就探过身来。

"时间紧迫。"他说，"不管你了解到什么，都赶紧说。"

"选帝赛已经在大约——大约一周前开始了。"我极力回想自己了解到的那一点点消息。我还不想给那封信——暂时不想。要是他把火漆印扯开，或者扯坏了信件本身，我就完蛋了。"那一天，选帝生们突然就消失了。他们总共有四个人，名字是——"

"这些我们都知道。"梅岑挥手打断了我的话，"问题是他们被带到哪儿去了？选帝赛何时结束？下一场比试的内容是什么？"

"我们听说，今天会有两名选帝生回来。"奇南说，"事实上，是很短时间之前，大约半小时之前吧。"

　　我想起黑崖学院的门卫热烈讨论的情景，还有那时候沿路返回的两名骑手。拉娅，你这傻瓜。如果认真听门岗之间的闲话，我应该就已经知道返回的人是谁。这样，至少还有一点儿有用的消息能告诉梅岑。

　　"我不知道。这——太难了。"我说。说话的同时，也听出自己的声调有多么可怜，我因此痛恨自己。"院长就是杀害我父母的凶手。她有那么一面墙，上面是被她抓到的所有义军的通缉布告。我的父母也在其中——他们的样子——"

　　萨娜的双眼瞪得好大，就连奇南的脸色也有些难看。一时之间，他不再是平时那副嚣张跋扈的样子。我不知道自己为什么要对梅岑说这个。也许我内心多少有些好奇，想知道他事先是不是知道这事，院长就是杀害我父母的凶手——他是否明知如此，还是把我送进了黑崖学院。

　　"这事我以前不知道。"梅岑说，他猜到了我心里的疑问，"不过这样一来，你的任务更是只能成功，不许失败。"

　　"我比你们任何一个人都更想要成功啊，但我不能再进到她的办公室里。从来都没有人来主动拜访她，所以我根本没机会偷听什么对话——"

　　梅岑抬手示意我打住："那你到底知道些什么？"

　　有一个疯狂的瞬间，我甚至考虑过说谎骗他。我听过上百个英雄人物面临考验的故事——要是我自己也编个故事，当真事一样说出来，又能有多大害处呢？但我做不出这样的事，我不可能辜负反抗军对我的信任。

　　"我……什么情报都没有。"我死盯着地板，因为梅岑脸上那不可思议的表情而感到耻辱。我伸手去触碰那封信，却没有把它拿出来。这太危险了。也许他还会给你一次机会的，拉娅。也许你可以试试下次。

"什么？这么长时间，你一直都在做些什么？"

"看上去，她是但求活命而已。"奇南说。他深色的眼眸死死盯着我，我看不出他这是替我辩解，还是在对我表示轻蔑。

"我曾经对女狮王忠心耿耿。"梅岑说，"但是对一个完全帮不了我的人，我的确也不想浪费时间去帮她。"

"梅岑，看在老天的分儿上。"萨娜听起来非常震惊，"你看这孩子有多可怜——"

"是的。"梅岑看了一眼我脖子上的伤痕，"你看看她，情况糟透了。这任务的确太难。我看错了人，拉娅。我以为你会愿意冒这些风险，我以为你更像你妈妈。"

这样的梅岑对我的打击，甚至超过院长的鞭笞。梅岑当然是对的，我一点儿都不像妈妈。不过，她也从来没有沦落到如此田地。

"我们会设法安排你出来。"梅岑耸耸肩站起身，"就这样吧。"

"等等……"我不能让梅岑就这么放弃我。如果他这样做，代林就死定了。我不情愿地拿出了院长的信。"我手里有这个，是院长写给皇帝的信。我觉得你们应该有兴趣看看。"

"你怎么不早说？"他取过信，而我很想提醒他动作要小心。但萨娜已经提前说了这句话，梅岑白了她一眼，可终归还是轻轻打开了封印。

几秒钟后，我的心又一次沉了下来。梅岑把信丢在桌上。"完全没用。"他说，"自己看。"

> 陛下，
> 我会奉旨做出安排。
> 您永远忠实的仆人

第十五章
拉娅

学院院长凯瑞斯·维图里娅

"请不要对我失去信心。"我对连连摇头的梅岑说,"代林再也没有其他人可以依靠。你曾经是我父母的亲密伙伴,请你想想他们。他们肯定不愿意看到自己唯一的儿子死去,只是因为你不想帮忙。"

"我已经在努力帮你们。"梅岑不依不饶地说。他肩膀的姿势和眼中坚毅的表情,让我回想起自己的母亲。我现在算是明白了,为什么他能成为反抗军的首领。"但你也必须帮助我。这次营救任务要付出的代价,并不只是有人可能丧命那么简单,整个反抗军都会面临危险。如果战士们在此过程中被抓,就可能有人在审讯中走漏消息。拉娅,我要帮你,就得赌上一切。"他双臂抱在胸前。你也要给我一个相信这样做值得的理由。

"我会的,我答应你,我一定会。你只要再给我一次机会。"

他冷冷地看着我,像一块顽石,然后又看看萨娜,后者点头。他又看奇南,这位只是耸耸肩,可以解释为很多种不同的意见。

"就这一次。"梅岑说,"下次你要再让我失望,我们之间就结束了。奇南,送她走。"

第十六章　埃利亚斯

七天前

绝地荒原。这就是安古僧把我丢下的地方。这片绵延数百里的盐白色荒野异常空旷，我眼中所见，除了陡峭的裂谷，就是虬结的面包树。

月亮灰白的轮廓高悬头顶，像是被人遗忘之物。它还刚过半满，跟昨晚的形状差不多——也就是说，安古僧不知用了什么神奇的方法，一夜之间就把我带到了距离塞拉城三百英里的地方。昨天这个时间，我还坐在外祖父的马车里，正赶回黑崖学院。

我的匕首上穿着一张软软的字条，就插在树旁干燥的地面上。我把武器塞回腰间，在这里，它足以决定生死。那张纸上，用陌生的字体写着：

勇气考验：

钟楼。第七天日落前。

这倒也算简单明了，如果今天算是第一天的话，我还有整整六天时间赶回钟楼，否则，安古僧就会判我失败，要了我的小命。

周围空气太干燥，呼吸都会让我鼻孔发痛。我舔了下嘴唇，现在已经觉得口渴。我蜷缩在面包树可怜巴巴的一小块阴影下面，考虑自己正面临的困境。

空气中的臭味让我知道，西边那片蓝色闪光地带就是维坦湖。

第十六章
埃利亚斯

它的硫臭味是出了名的，也是整个荒原唯一的水源地。这是座咸水湖，因而对我毫无用处。而且，我要走的路线应该在东面，要穿过塞拉山脉。

两天到达山区，再有两天赶到行者山谷，那里是必经之路。一天穿过山谷，再有一天就能回到塞拉。如果一切顺利，这就是整整六天的行程。

太容易了。

我想起自己在院长室读到过的预言。克服自身最大恐惧的勇气。有些人可能会害怕荒漠，但我不怕。

这也就是说，这里还有其他更可怕的东西。只是还没有现形。

我从衬衣上扯下布条，包上自己的双脚。我只有自己入睡之前随身带着的东西——贴身衣物，加一把匕首。我突然之间特别感激，庆幸前一天战斗训练太累，碰巧没有裸睡。如果要赤身裸体穿过大沙漠——那也是一种别有风味的折磨。

太阳很快就转向西边广阔的晴空，我在迅速降温的空气中起身。到了该加速的时候了。我以稳定的慢跑速度出发，眼睛紧盯正前方。跑过一英里之后，一阵轻风吹过，有一瞬间，我觉得自己像是闻到了烟火味和死亡的气息。那味道转瞬即逝，我却已经紧张起来。

我最怕的会是什么？我绞尽脑汁，但还是想不到任何答案。黑崖学院的多数学生，都有他们害怕的东西，尽管从来都不会长久。当我们还是童兵时，院长曾一次又一次强迫海伦娜从悬崖上索降到底，直到她每次都能顺利完成，只有紧绷的下颚显露出她的紧张。同一年，院长还迫使法里斯养了一只食鸟蛛作为宠物。还告诉他，如果蜘蛛被养死了，他也必须死。

那么，我会害怕什么呢？密闭空间？黑暗？如果我不了解自己的恐惧，就不可能早做准备。

午夜来临又过去，我周围的沙漠还是那样静谧空旷。我已经走了接近二十英里，喉咙干燥得像尘土一样。我舔舔自己胳膊上的汗水，知道身体缺盐和缺水一样可怕。这点儿湿气也能有点儿帮助，但只能管用很短时间。我迫使自己专心去想腿脚上的刺痛，痛感是我可以应付自如的，焦渴却可能让人发疯。

很快，我就爬上了一处高坡，发现前面有些奇怪的东西：一线光芒，就像月光照耀在湖水表面。只是这附近应该没有湖泊才对。我手握匕首，放慢了速度走着靠近。

然后我就听到了，有说话的声音。

那声音起初很小，只是耳语声，很容易跟风声混淆，它沙哑微弱，就像我自己在干裂地面上的脚步声。但声音越来越近，越来越清晰。

埃利亚斯——斯——斯。

埃利亚斯——斯——斯。

我面前又出现另一座小山，等我到达山顶，夜风扑面，带来了不可能认错的战场气息——鲜血、粪便和腐臭之物交杂的气味。我脚下的前方是一片战场——事实上，是一片杀戮的现场，因为这里的战斗已然平息，留下的只有死尸。月光照耀死者的战甲发出反光。这就是我在远方的高处看到的光源。

这是一片奇怪的战场，跟以前我看到过的那些大不一样。没有人呻吟，没有人求救。边地的蛮族与武夫族战士的尸体杂陈。我看到了一名部落商贩，还有他身边那些较小的死尸——他的家人。这是什么地方？部落居民怎么会跟武夫和蛮族开战？还在这么一个鸟不生蛋的破地方？

"埃利亚斯。"

在如此的寂静里，突然听到有人叫我的名字，让我真的差点儿从自己的皮囊里跳出来。我还没有动脑筋，匕首就已经搁在了说话者的咽喉上。他是个野蛮人男孩，年龄不超过十三岁。他脸上涂着菘蓝染料，身上是密密麻麻的暗色几何图形文身，这是他们族人的传统。即便是在半月的夜晚，我也能认出他，到哪里我都能认出他。

他是我杀死的第一个人。

我的眼睛垂向他腹部的伤口，那是九年前我亲手留下的。可现在，他好像感觉不到那伤口的存在。

我垂下胳膊，向后退开。这不可能。

这男孩早就死了。也就是说，这里所有的一切——战场、气味、废墟——都只是噩梦里的幻觉。我用力掐自己的手臂，想要醒过来。那男孩歪着头看我，我又掐了自己一下。我拿匕首割伤自己的手掌，血真实地滴落在地上。

那男孩并没有消失。看来我无法从这场噩梦中醒来。

克服自身最大恐惧的勇气。

"我死后，我的母亲尖叫、哭号，拉扯自己的头发，达三天之久。"我杀死的第一个人说，"此后五年，她都不曾开口说话。"他声音很小，是十几岁刚变声的小男孩那种低沉的语调。"我是她唯一的孩子。"他补充说，就像是在解释。

"我——我很抱歉。"

那男孩耸肩，继而走开，示意我跟他走进战场。我不想去，他却用冰冷的手死死抓住我的一只胳膊，用大得惊人的力量硬把我拖了过去。我们走过最初那一批尸体时，我低头一看，马上觉得特别恶心。

我认得这些人的面孔，他们每一个人都是被我杀死的。

我经过的时候，他们的声音向我轻诉那些秘密。

我死的时候，妻子已经有了身孕——

我本以为能杀死你的——

我的父亲立誓要为我报仇，却在达成心愿之前死去了——

我两只手捂住自己的耳朵。那男孩看到了，用他滑腻的手指把我的手拿开，力量很大，特别诡异。

"跟我来。"他说，"那边还有更多。"

我摇头否认。我完全知道自己杀死过多少人，他们何时、何地、怎样死于我手中。但这片战场上，人数远远超过二十一个。他们不可能都是我杀的。

我们还在继续走，而现在遇见的，开始有陌生的面孔。这反而成了一种解脱，因为这些面孔，会是因为别人的罪孽而死，他们应该是别人的黑暗面。

"都是你杀的。"那男孩读懂了我的心思，"他们都是你的罪孽。有的来自过去，有的来自未来。都在这里，全部死于你手。"

我手心出汗，觉得头有些发晕。"我——我不会——"战场上有好多好多人，总数远超过五百人。我怎么可能害死这么多人？我低头看，在我左手边，有一个身材高挑、浅色头发的假面人。我心里一沉，因为这人我认识——迪米特里厄斯。

"不。"我弯腰去摇他的身体，"迪米特里厄斯，醒来啊，快起来。"

"他听不到你说话。"我的第一名受害者说，"他已经死了。"

迪米特里厄斯身边躺着林德尔，他的鬈发上沾满血渍，血沿着他骨折的鼻子和死白的脸颊流下来。几步之外还躺着恩尼斯——海伦娜战队的另一名成员。再往前，我看到一头蓬乱的白发，一具强壮的躯体。外祖父吗？

"不。不。"见此情景，我已经说不出其他词，因为这么可怕的场景，根本不该存在。之后，我弯腰去看另一具尸体，她是我刚刚见过一面的那名金色眼睛的女奴。她的脖子上有一道残忍的红色血线，她的头发乱成一团糟，蛇一样向各个方向延展。她的眼睛还睁开着，只不过原来那充满活力的金色变成了死白色，像是已死的太阳。我想起她醉人的体味，像糖果一样甘甜，充满生命的温热。我转向自己的第一名受害者。

"这些人是我的朋友，是我的家人，是我认识的人。我不会伤害他们。"

"可你的确会杀了他们。"那男孩坚持说，他那确定无疑的语调，让我觉得心里发毛。这就是我将来会成为的样子吗？一个杀人狂？

*醒来啊，埃利亚斯。快醒来。*我无法醒来，因为我根本没有睡着。安古僧让我的噩梦在现实中复现，让我实实在在看到这情形。

"我怎么能让这一切停止？我必须让它停下来。"

"这些事你已经做过了。"那男孩说，"这就是你的命运——早已注定。"

"不。"我从他身边挤过去。我必须走出这片战场。我可以把它丢在后面，只要沿着原来的方向走出沙漠，应该就能够摆脱。

可是，等我走到这片杀场的边缘，大地却在摇动，而那片战场，又一次完整地出现在我的前方。不过地貌的确已经改变——也就是说，我还是在渐渐穿越沙漠。

"你可以一直向前走。"第一名受害者无形无迹的声音在我耳边说，我被他吓了一跳，"你甚至可以一直走到群山脚下。但除非你能战胜自己的恐惧，否则这些死者会一直跟着你。"

这些只是幻象，埃利亚斯，是安古僧的魔法。只要继续向前走，一定能找到破解之道。

我迫使自己继续走向塞拉山脉，但每当我走到战场尽头，都会感到地面在震动，看到那些尸体再次出现在面前。每次遇到这种事，我都更难无视脚下那些尸体。我的脚步缓慢下来，只能挣扎着向前赶。我在同一群人身边一次又一次经过，直到他们的面孔深深烙印在我的脑海里。

东方泛白，黎明来到。第二天了，我心想，*继续向东，埃利亚斯。*

战场变得炎热、恶臭。云团一样的大群苍蝇和食尸动物蜂拥而至。我喊叫，用匕首攻击它们，却无法将它们赶开。我宁愿死于饥渴，但置身此地，完全感觉不到饥渴。我数清了，共有五百三十九具尸体。

*我不可能杀死这么多人，*我对自己说。*我不会这样做。*在我试图让自己相信的时候，另一个侵入我脑中的声音却在冷笑。*你是一名假面人，*那声音说，*你当然可以杀死这么多人，你将会杀死的还有更多。*我逃避这种想法，全心全意想要摆脱这片战场，却总是力不从心。

天空再度暗淡，月亮升到空中，我还是没能离开。白昼接踵而至。*现在已经是第三天。*我脑子里浮现出这种想法，但几乎不知道它是什么意思。*我现在应该开始做某件事情，应该去某个地方。*我望向自己的右手边，远看那群山。*是那边，我应该朝那个方向走，*我迫使自己的身体转向。

有时候，我会跟那些自己杀死的人讲话。在我脑子里，我还会听到他们在小声回应——他们没有指责我，而是在讲述他们的希望、他们的需求。我反而希望他们能狠狠骂我。不知为什么，听死者讲他们本来要做的事情，反而让我感觉更糟糕。

*东方，埃利亚斯，向东方去。*这是我脑子里唯一合乎逻辑的想法。但有时候，我迷失在对自己未来的恐惧里，会忘记应该向东走。相反，我会在尸体之间徘徊，从一个走向下一个，哀求那些死者原谅我。

黑暗，然后又是白天，第四天了。很快又到了第五天。但我为什么还要计算天数？每一天都不重要。我是在地狱里。这是我亲手造就的地狱，因自己的邪恶而铸成。我的邪恶与我的母亲毫无二致。跟所有假面人也没有任何两样，我们终生过着暴虐的生活，享受受害者的血与泪。

到群山去，埃利亚斯，一个微弱的声音在我耳边说，这是我仅存的最后一点儿理智。到群山去。

我的脚在流血，脸被风吹得干裂，天空像是在我脚下，大地却在头顶。遥远的记忆在我脑中闪回，瑞拉阿嬷教我书写我在部落里的名字，教官的皮鞭第一次抽在我后背上的痛楚。跟海伦娜一起坐在北方的旷野中，看天空中闪耀不可思议的光芒。

我绊在一具尸体上，重重摔倒在地。那撞击让我脑子里的某种东西略微松动了一下。

群山。东方。选帝赛。这是一次考验。

想到这些话，就像一下子跳出了即将吞没我的流沙。这是一场考验，而我必须活着完成它。战场上的大多数人，其实根本没有死——我看到的只是他们的幻象。这是一次考验，考我的意志、我的实力，也就是说，一定有什么事情是我应该做到的，这样才能摆脱这幻影。

"除非你能战胜自己的恐惧，否则这些死者会一直跟着你。"

我听到一个声音。我感觉，这是几天以来听到的唯一声音。在那边，在战场的边缘，我看到了那个幻象一样的身影。又是我杀死的第一个人？我摇摇摆摆走向他，却在距离仅有几英尺的时候双膝跪地。因为她不是我杀死的第一个人，而是海伦娜，她也满身血痕和划伤，银色的头发纽结在一起，一双空洞的眼睛死死盯着我。

"不。"我喘不过气，"海伦娜不能死。不能死。不能死。"

我像个疯子一样不停重复这句话，好像整个脑子里只剩下了这几个字。海伦娜的鬼魂进一步接近。

"埃利亚斯。"神啊，真的是她的声音。沙哑、诡异，又如此真实。"埃利亚斯，是我，我是海伦娜。"

海伦娜，在我噩梦中的战场上？海伦娜也要被我杀死吗？

不。我绝不会杀死自己最早最亲密的朋友。这是个事实，不是愿望。我绝不可能杀死她。

我就在那个瞬间明白了：如果一件事绝无实现的可能，我就无须害怕它。这份感悟终于让我得到了解脱，我最终抛掉了几天以来一直折磨自己的那份恐惧。

"我绝不会杀死你。"我说，"我发誓，用我的骨血发誓。而且我也不会杀死其他人，我不会，绝不！"

战场消失了，味道也消散不见。死者无影无踪，就像从来都没有存在过，就像他们从来都没有出现在我的脑海里。在面前，触手可及的距离，就是我五天以来一直试图接近的群山，石山的轮廓像部落文字一样，在面前起伏。

"埃利亚斯？"

海伦娜的鬼魂还在。

有一个瞬间，我不明白这是为什么。她的手伸向我的脸，我害怕地避开她，以为会是鬼魂冰冷的接触。

但她的皮肤是温暖的。

"海伦娜。"

然后她紧紧抱住我，让我的头靠在她胸前，轻声说着我还活着。她也还活着，我们两个都平安无事，她找到了我。我双臂环抱着她的腰，脸埋在她腹部。九年以来，我第一次号啕大哭。

《《《

"我们只有两天时间赶回去了。"海伦娜几乎是把我拖出了山脚下，进入一座山洞后，第一句话就这样说。

我什么都没说，当时还没有精神说话。火上烤着一只狐狸，那香气让我口水直流。夜幕已经降临，洞穴外有雷声响起。黑云从荒漠方向滚滚而来，天空很快就像撕开了口子，大雨倾盆而下，山形在闪电中时隐时现。

"我是中午前后看到你的。"她往火堆里又添了几根柴，"下山找你的路上花了几小时。尽管一开始，我还当你是野兽来着。但随后，阳光就照在了你的面具上。"她盯着外面的大雨，"你当时看起来糟糕透了。"

"那么远的距离，你怎么知道我不是马库斯？"我哑着嗓子问。我的喉咙现在还是很干，于是又用她做的苇叶杯喝了一口水。"或者扎克？"

"我还是能把你跟那两只爬行动物区别开的。另外，马库斯怕水，安古僧绝不可能把他丢在沙漠里。而扎克害怕密闭空间，所以他很可能在地底的某处。给，吃吧。"

我吃得很慢，同时一直在打量海伦娜。她平时整洁的头发，现在脏得粘成一团，银色光泽也已淡去。她身上到处是擦伤，还有干掉的血渍。

"你当时看到什么了，埃利亚斯？你当时也在朝群山的方向走，但路上总是摔倒，两只手在空中乱抓，还说什么……杀死我。"

我摇摇头。考验还没有结束，如果我想活着完成这次考验，最好忘记自己此前看到的一些情景。

"他们把你放在哪儿了？"我反问。

她双臂紧抱自己的双肩，蹲了下来，我几乎看不到她的眼睛："西北方。群山深处。在一只尖嘴秃鹫的巢里。"

我放下了手里的狐狸肉。尖嘴秃鹫是一种体形巨大的鸟类，有五英寸长的尖爪，翼展足有二十英尺。它们的卵有成人的脑袋那么大，雏鸟的凶残嗜血广为人知。但对海伦娜来讲最可怕的，是这些秃鹫的巢在最陡峭的险峰上，高踞云端之上。

她无须解释自己语调中的惊惶。我知道，以前院长让她从崖顶索降之后，她常常会连续发抖好几小时。这些事情，安古僧当然心知肚明。他们从海伦娜脑子里掏出这点儿秘密，就像小贼从树上偷走一颗李子一样容易。

"那你是怎么下来的？"

"运气好。母鸟恰好不在窝里，而小鸟才刚开始啄破它们的蛋壳。即便是刚孵出一半，它们还是相当危险。"

她掀起衬衣，让我看她腹部白皙紧致的皮肤，上面乱七八糟到处是伤痕。

"我跳出鸟巢，落在了十英尺之下的一道石梁上。我当时——当时都不知道自己在那么高的地方。这还不是最可怕的。当时我总是会看到……"她停了下来。我意识到，安古僧一定也迫使她面对了某种可怕的幻象，跟我的噩梦战场类似的东西。在数千英尺的高度，与死亡仅隔一道石梁的她，曾面对怎样可怕的幻影呢？

"这些安古僧真是有病。"我说，"我都不敢相信他们会——"

"他们只是在做不得不做的事，埃利亚斯。他们在迫使我们面对自身恐惧，他们需要找出我们之中的最强者，最勇敢的人，记得吗？我们只能相信他们。"

海伦娜闭上眼睛，浑身发抖。我走过我们俩之间的距离，两只手搭在她的手臂上，想帮她安静下来。当她抬起睫毛时，我发觉自己能感受到她身体的热量，而且我们两人的脸仅仅相隔几英寸。她有一双动人的嘴唇，上唇比下唇更丰满一些，我不禁看得心猿意马。有一个亲密的瞬间，我迎上了她的眼神，那一刻像是能永远持续下去。她向我靠近，嘴唇微微张开。我觉得有一种强烈的欲望袭遍全身，然后就是疯狂的自我警告信号。这主意很糟糕，糟透了。她是你最好的朋友。快收手。

我垂下双手，狼狈后退，试图无视她脸上的红晕。海伦娜眼里精光闪耀，我看不出她是在生气，还是感到尴尬。

"反正呢，"她说，"我是昨天晚上从上面下来的，决定要走环山路前往行者山谷。这是最快的路线。山谷另一端有一座兵站，我们可以从那得到船只和路上的给养——衣服和靴子至少没问题。"

她指着自己染血的破烂睡袍："我的要求应该不算过分。"

她抬头看我，眼中带着疑问："他们把你丢在了荒漠里，但是……"你是在沙漠里长大的，你根本不怕沙漠。

"现在想这个没用。"我说。

这之后，我俩都沉默了，等火堆渐渐熄灭，海伦娜对我说她打算睡了。尽管她躺在了一堆树叶上，我还是知道她不会那么容易睡着。她的心里，肯定还以为自己仍在万丈深渊边缘，就像我依然迷失在那片战场中一样。

《《《

第二天早上，海伦娜和我都睡眼惺忪，疲劳至极，但我们还是在天亮之前很久就出发了。如果想要在明天日落之前赶回黑崖学院，我们两个必须在今天赶到行者山谷。

沿途我们谁都没有说话——没有这个必要。跟海伦娜一起赶路，感觉像是穿上了自己最喜欢的那件衬衣。五劫生的流浪游荡期间，我们两个始终都在一起，现在的本能反应，就是马上恢复当时的状态，我在前面开路，而海伦娜为我断后。

雨云滚向遥远的北方，我们头顶是湛蓝的天空，脚下是清新明亮的大地。景色乍看上去很美。但实际上，昨晚的风雨吹倒了树木，冲垮了小路，山坡上到处都是危险的污泥和乱石。空气中有一种紧张感，跟上次一样，我又预感到会有麻烦，某种未知的危险。

海伦娜和我没有停下来休息过。我们一直高度警惕，提防着熊、山猫、心狠手辣的荒原猎人——这群山里可能会有的任何生物。

下午，我们已经爬上那片俯瞰行者山谷的高地，树林在谷底生长，形成一条绿色的河流，蓝幽幽的塞兰山脉就是两侧的河岸。这山谷几乎算得上景色宜人，群山间的树林矗立于山冈之间，偶尔会有一大片长满金色野花的草地。海伦娜和我对视了一眼。我们两个明白，不管前面有什么危险，都很快就会显现。

我们进入树林，危机四伏的感觉进一步加强，我眼角瞥见一个鬼鬼祟祟的身影，海伦娜在看我，她也看到了。

我们不断改变方向，远离小路，这让我们的进展速度减缓，但也让伏击我们的人更难找到机会。夜幕降临时，我们还没能走出山谷，现在只好回到小路上，以便借着月光继续前进。

林中突然安静下来的时候，太阳才刚刚下山。我喊叫着警告海伦娜，在林中的黑影跳出来之前，自己也勉强有时间举起匕首。

我不知道对方会是什么。是那些被我杀死的人集体组队来报仇，还是安古僧从噩梦的世界里召唤出了某种怪物？

肯定是某种让我从骨髓里感到害怕的东西，能够考验我勇气的东西。

我没想到自己会面对假面人。没想到出现在我面前的，会是扎克那双呆滞又冷酷的眼睛。

在我身后，海伦娜尖叫一声，我听到两个身体撞击地面的声音。我一转身，就看见马库斯正在攻击她。看见这个人，带着强吻她时的狂笑，海伦娜的表情一下子凝固，满是恐惧，甚至双臂低垂，完全顾不上自卫。

"海伦娜！"听到我的喊叫声，海伦娜回过神来，开始反击，终于摆脱了马库斯。

然后扎克已经扑到我面前，雨点一样不停攻击我的头部、颈部。他的攻击毫无章法，甚至显得有些疯狂，我轻易就躲开了。我闪到他身后，匕首横扫。他向后转身，避开我的攻击，然后又猛扑过来，满口白牙显露，状如疯狗。我矮身欺近，匕首刺入他身体一侧。热血喷洒在我的手上，我抽出匕首。扎克呻吟着，踉跄后退。他一只手按在身体一侧，一面在树木之间乱撞，一面呼喊他的孪生哥哥帮忙。

马库斯尽管是条毒蛇，好歹还没有丢下自己的弟弟不管。他冲进树林，追赶弟弟。我看到他大腿上有血，感到极度满足。海勒给我留了记号。我拔腿追赶，斗志正盛，对其他一切置若罔闻。海伦娜像是在很远的地方叫我名字。在我前方，毒蛇的身影和扎克会合，他们摇摇摆摆向前赶，还没意识到我有多近。

"十层火热的地狱啊，扎克！"马库斯喊道，"院长让我们杀掉他们俩，让他们不能走出这山谷。你却像个吓坏了的小女孩一样逃走——"

"他刺伤我了好不好？"扎克上气不接下气地说，"而且院长也没说过，没说过要同时对付他们两个，对不对？"

"埃利亚斯！"

我几乎听不进去海伦娜的声音，马库斯和扎克的对话让我完全震惊了。我妈会跟马库斯和扎克勾结，这我一点儿都不觉得意外。我不明白的是，她怎么知道我和海伦娜会经过这道山谷。

"我们必须干掉他们俩。"马库斯的影子转向我，我也举起匕首。然后扎克止住了他。

"我们必须赶紧离开这里。"他说，"要不然就没时间及时赶回去了。别管他们，快走吧。"

我有心追上马库斯和扎克，就算扒了他们的皮，也要得到我心中疑惑的答案。但是海伦娜又在叫我，她的声音很虚弱，可能是受了伤。

我回到刚才那片空地，海勒瘫倒在地上，头歪在一边，一只胳膊无力地垂在身侧，另一侧的手用力按着肩膀，血正汩汩流出。

我三步并作两步走上前去，撕下自己残留的衬衣，团起来按在她的伤口上。海勒的头本能地抬起，扭结的金发抽打在她的后背上，她大声叫嚷，是那种富有穿透力的、动物一样的号叫。

"你不会有事的，海勒。"这么说着，我自己的双手却在颤抖。脑子里有个声音大叫着说这不可能没事，我最好的朋友就要死了。我不住口地说话。"你会好起来的。我会把你治好的。"我抓起自己的水壶，我需要清洗伤口，然后把它包扎起来。"跟我说话，告诉我发生了什么。"

"被偷袭了，动弹不得。我——我在山里看到过他。他当时正在——他和我正在——"她的身体在颤抖。我终于明白了。在沙漠里，我看到的是战争和死亡，而海伦娜看到的是马库斯。"他的两只手，到处乱摸。"她紧闭双眼，两条腿本能地蜷缩起来。

我一定会杀了他，我平静地盘算着。做出这个决定的难度跟早上选定一双靴子一样小。*如果海伦娜死了，马库斯就要偿命。*

"不能让他们俩赢。如果他们赢了……"海伦娜吃力地坚持说，"战斗，埃利亚斯。你必须战斗下去，你必须赢。"

我用匕首割开她的衬衣，触到她娇嫩的肌肤，让我略有一刻的迟疑。天已经黑了，我只能勉强看到伤口，但能感觉到渗到我手上的温热的血液。

第十六章

埃利亚斯

我把水倒在伤口上的时候，海伦娜用她没受伤的那只手抓着我的胳膊。

我拿自己破烂的衬衣为她包扎好伤口，还用上了她睡衣边角上扯下的布条。过了一会儿，她的手软垂下去，失去了知觉。

我的身体极为疲惫，但我从树上扯下藤条，来制作一根背带。海勒不能走，所以我要背着她回黑崖学院。我忙碌的同时，脑子里乱成了一团。法拉尔兄弟是在院长的授意下攻击我们的。难怪她在考验开始之前，已经掩饰不住自己的得意。她早就在谋划这次伏击。可她到底是怎么知道我们的路线的？

我猜，这也不用大费周章。如果她事先知道安古僧会把我丢在绝地荒原，而海伦娜会被放到尖嘴秃鹫的巢里，她就能想到我们返回塞拉的路线，行者山谷是必经之路。但如果她把这些告诉了马库斯和扎克，就意味着他们同谋作弊，恶意谋害我们，这正是安古僧明令禁止的。

安古僧一定对已经发生的事情心知肚明，可他们为什么不设法阻止呢？

背带做成，我小心地把海伦娜放进去。她失血过多，皮肤变成骨白色，而且冷得发抖。她的身体感觉很轻，太轻了。

这一次，安古僧又抓住了我隐藏的恐惧，我自己一直没有意识到过。海伦娜要死了。我以前从来都不知道这有多么可怕，因为她从来不曾如此接近死亡。

我的心里充满了恐惧——觉得自己不可能在明天日落之前赶回黑崖学院，怕学院里的大夫无力回天，怕她在我赶回去之前丧命。别再想了，埃利亚斯。行动起来。

我受过好几年的沙漠行军训练，背着海伦娜并不会成为多大负担。尽管已是深夜，我还是全速向前行进。我还得步行走出群山，从河边岗哨那里得到一条船，然后划回塞拉城。我花了几小时制作背带，马库斯和扎克已经遥遥领先。就算从这里到塞拉的路上我一刻不停，也很难在日落前赶回钟楼。

天空泛白，把我周围的群峰投入阴影里。我走出峡谷时，天已向晚。雷伊河在脚下延伸，像一只饱足的巨蟒那样蜿蜒向远方伸展。水面上到处是大大小小的船只。河东岸就是塞拉城，它粪灰色的城墙，即便在几英里之外也很壮观。

空气中弥漫着一股焦煳味，一股黑烟直冲天空升腾。尽管从我现在的位置看不到河边的哨所，我还是能从这焦臭中判断：一定是法拉尔兄弟抢先到达，并把哨所和船码头一道烧毁了。

我加快脚步跑下山坡，等我到达哨所时，看到的只是一堆烟熏的恶臭空壳。船码头只剩下冒烟的木料，这里的守军踪影全无——很可能被法拉尔兄弟支走了。

我把海伦娜从背上放下来。跑下山坡时一路颠簸，她的伤口崩开，血流满了我的后背。

"海伦娜？"我跪下来，轻轻拍打她的脸，"海伦娜！"她连眼皮都没有动一下，她失去了知觉。伤口周围的皮肤红肿发烫，已经开始感染。

我急得眼中冒火，细细打量那哨所，盼望着能有船出现。任何船只都好。就算是木筏、皮艇，或者是该死的无底独木舟，什么都行，我不挑。但这里当然一无所有。现在距离日落的时间，最多还有一小时。如果不能马上过河，我们就死定了。

神奇的是，我这时候想起的却是我妈说过的话，那冷酷无情的语调。世上没有不可能做到的事。这是她对学生们说过上百遍的话——往往是在我们接连进行实战训练，几天不能睡觉的时候。她对我们永远有额外的要求，永远超出我们能够承受的极限。她会对我们说：

要么完成我交给你们的任务，要么在努力完成的过程中丧命，自己选吧。

疲劳只是暂时的，伤痛早晚也会过去。但如果因为我束手无策，害海伦娜丧命的话，就无法挽回了。

我看见一根冒着烟的木头房梁，一半在岸上，一半在水里。这就够了。我连推带拱，把它搞到水面上。然后小心地把海伦娜放在房梁上面，把她的身体固定好。随后我一只手挟住那木梁，向距离最近的一条船游去，急切得就像全世界的妖魔鬼怪都在后面追赶我。

这时的水面显得很开阔，船只不像早上那么多。我向河流中间漂浮的一条商船靠近，它的船桨都没在动。水手们没有发现我靠近。等我到达船侧的舷梯时，把海伦娜从木梁上解开，她几乎马上就向水底沉去。我一只手抓住湿透的绳索，另一只手抱着海伦娜，好不容易扛起她的身体，沿梯爬到了船上。

甲板上有一名健壮如士兵的武夫，我猜想是船长。他正看着一群贫民和学者族奴隶堆放货物。

"我是黑崖学院的选帝生埃利亚斯·维图里乌斯。"我让自己的声音像脚下的甲板一样平稳，"我要征用你的船。"

那人眨了眨眼睛，观察我们两个：两名假面人，其中一个满身是血，看起来像是被拷打过；另一个身体半裸，一周没有刮胡子，头发蓬乱，眼神凶狠。

这名商人显然也服过兵役。因为片刻之后，他就点了头。

"愿从尊命，维图里乌斯大人。"

"马上开船，到塞拉港靠岸。"

船长大声向手下发令，手里不时挥舞皮鞭。不到一分钟之后，船开始向塞拉港靠近。我狠狠瞪着渐渐西沉的太阳，盼着它至少能慢一点儿下落。我现在最多只剩下半小时时间，还必须挤出码头，到达黑崖学院。

我的时间太紧了，太紧了。

海伦娜呻吟了一声，我把她轻轻放在甲板上。尽管水面湿冷，她却在冒汗，皮肤死白，眼睛略微睁开了一小会儿。

"我看起来真有那么糟糕吗？"她看清了我脸上的表情，小声问。

"实际上，你比平时还好看点儿。这身臭烘烘的野人装扮还挺适合你的。"

她微笑，难得一见的甜美笑容，但转瞬即逝。

"埃利亚斯——你不能让我死。如果我死了，那你就——"

"别说话了，海勒。休息。"

"不能死啊。安古僧说——他说如果我死了，那么——"

"嘘——"

她闭上了眼睛，我不耐烦地看看塞拉港。现在还剩半英里的距离，到处挤满了水手、士兵、马匹和车辆。我想让船快一些，但奴隶们已经在拼命划桨，船长也在他们背后挥舞着皮鞭。

船还没有完全靠岸，船长就放下了登岸用的长板，还叫来一名正在巡逻的军团士兵，要来他的马。今生头一次，我觉得武夫们严格服从命令的习惯挺好。

"祝您好运，维图里乌斯大人。"船长说。我谢过他，把海勒放在等待着的马背上。她身体无力地前倾，但我无暇顾及。我跳上马背，脚踢它的身侧，让它快跑，眼睛死盯着即将落山的太阳。

城市在我身边一闪而过，那些瞠目结舌的贫民，怨声载道的辅兵，纷乱的商人和倾覆的摊位，我都无暇理会。我从他们身边飞驰而过，闯过塞拉城的主要街道，闯过处刑广场渐渐稀疏的人群，沿着富人区的卵石路飞奔。马儿一直猛向前冲，我甚至来不及为自己撞倒的行人和车辆感到负疚。海伦娜的脑袋上下颠簸，就像无人控制的

第十六章

埃利亚斯

人偶。

"坚持住，海伦娜。"我小声说，"马上就到了。"

我们冲进富人区的一座市场，把那里的奴隶惊得四处逃散，再转过一个弯，学院就在面前，像突然从地底钻出来一样。门岗的面目一团模糊，因为我们毫不停留地冲了进去。

太阳继续向地底沉落。现在不许落啊，我对它说，现在不行。

"加油。"我脚下用力，"再快点儿。"

然后我们穿过训练场，沿山坡上行，进入学院中庭。钟楼就在我面前高高矗立，只剩下短短几码的距离。我勒马停住，翻身跳下。

院长就站在塔下，脸色严峻——不知是因为生气还是紧张，我看不出。在她身边等待着的，是该隐和另外两名安古僧，都是女性。他们都默然而饶有兴趣地看着我，就好像我是马戏团里表演余兴节目的人一样。

空中响起尖叫声，院子里有几百人：学生、教官还有家属——包括海伦娜的家人。她的妈妈双膝跪地，见到女儿浑身是血，就已经歇斯底里。海勒的两个妹妹，汉娜和莉薇亚，也蹲在母亲身边，只有阿奎拉先生还是面无表情。

他身边是我的外祖父，全身戎装，看上去像是头马上要顶人的公牛，灰色眼眸里写满了骄傲。

我把海伦娜抱在怀中，大步走向钟楼。这段距离从来不曾显得如此漫长。院子这点儿距离，就算是在盛夏时，我也常常跑上百个来回。

我的身体极度疲劳，一心只想倒在地上，睡上一整个星期，但我还必须走完这最后几步。把海伦娜放下，让她倚靠石墙，自己伸手触碰石壁。我的皮肤触及岩石后仅仅几秒钟，日落的鼓点就敲响了。

人群欢声雷动，我不知道是谁开始欢呼的。法里斯？戴克斯？也许有可能是外祖父。广场回荡着欢呼声，整座城市都能听到。

"维图里乌斯！维图里乌斯！维图里乌斯！"

"叫大夫来！"我对近处一名大声欢呼的见习生狂吼。他的手僵在空中，大张着嘴巴愣愣看着我。"马上！快去！"

"海伦娜，"我小声说，"坚持住。"

海伦娜的脸像人偶一样蜡黄。我一只手放在她冰冷的脸颊上，用拇指画了一个圆，她一动也不动，也没有了呼吸。我把手放在她的颈动脉，应该感觉到脉搏的地方，什么都感觉不到。

第十七章　拉娅

　　萨娜和梅岑消失在建筑深处的角落里，而奇南送我走出地下。我本以为他也会尽快找理由离开，他却示意我跟他走，进入附近一条荒草丛生的窄巷。小街很荒凉，只有一群小孩子围观他们眼中的宝藏，见我们进来，一哄而散。

　　我偷偷打量这名红头发战士，发现他也在注意我，那专注的眼神让我心神一荡。

　　"他们一直在伤害你。"

　　"我没事。"我说，下定决心不让他把我当成懦夫。我的处境已经是如履薄冰。"最重要是救出代林，其他事情全都……"我耸肩。奇南侧着头，拇指沿着我脖子上变浅淡的那条伤痕划了一下，然后他抓住我的手腕翻过来，院长留下的可怕疤痕暴露无遗。他的动作轻柔缓慢，就像温暖的烛火，我觉得胸中腾起一股暖流，红晕一下子闯过衣领，连每根手指的指尖都彻底攻陷。我脉搏紊乱，慌忙甩开他的手，被自己的反应吓到了。

　　"都是院长一个人害的吗？"

　　"这些事情完全不需要你来担心。"我的语调要比自己预想的更尖刻。他听出我的不快，眼神立刻冷了下来。我也放松了态度。"行了，这任务我能完成。这关系到代林的生命。我只希望自己能确信……"他是否还在附近，是否安然无恙，有没有受很多折磨。

"我听到探子的报告了，代林还在塞拉城。"奇南又陪我沿街走了几步，"但他不能算……很好。那些人一直在折磨他。"

就算有人在我肚子上狠狠打一拳，也比听到这个消息要好受。我不用问"那些人"是谁，我早就知道。他们是拷刑吏，假面人。

"听我说，"奇南说，"打探消息的窍门，你现在一点儿都不懂，这是显而易见的。我跟你说点儿基本的：多跟其他奴隶闲聊——你会发现他们知道很多情报。自己要勤快点儿，一直忙——缝补、清扫、跑腿。你越是忙碌，别人越不容易置疑你的存在，不管你出现在什么地方。如果你有得到重要情报的机会，就赶紧出手，但事先永远要想好脱身方案。你现在穿的这件斗篷很好，它可以让你少引人注意，但你走路的姿势和做事的态度，还是太像自由人。如果我能看出来，别人一定也可以。要小步慢走，弯腰屈背，看上去很消沉，做出被打垮的样子。"

"你为什么要帮我？"我问，"你本来就不希望让你的兄弟们为我哥哥冒险的。"

他突然对旁边一座房子长满青苔的砖墙产生了浑厚的兴趣。"我的父母也都不在了。"他说，"事实上，我失去了所有的家人，很久以前的事了。"他迅速瞥了我一眼，那样子甚至有些愤怒。有一秒钟，我像是能从他眼睛里看到那些亲人的模样，看见他们愤怒的红发和脸上的雀斑。他也曾有过兄弟，还是姐妹？他是最年长的，还是最小的一个？我想问，可奇南的脸冷冷的。

"我还是认为这次任务很糟糕。"他说，"但这不意味着我不理解你为什么接受它，不意味着我盼着你失败。"他的拳头放在心口，对我伸出另外一只手。"宁死不屈。"他小声说。

"宁死不屈。"我握住他的手，感知他手指上的每一块肌肉。

过去十天来，所有触碰我的人都是要伤害我。我多么怀念亲人的爱抚。阿婆帮我梳头的感觉，代林跟我摔跤装作打不过的样子，阿公说晚安时拍我肩膀的感觉。

我不想放开奇南的手。他好像明白我的意思，又多握了一会儿。但随后他还是转身离去，留下我一个人在空荡荡的街上，手上还留着触及他的那份震撼。

《《《

我把院长的第一封信送到驿站之后，就去了河边烟气腾腾的冶炼街。夏天的塞拉城本来就酷热难耐，但武器区的炽热程度，更像是猛兽一样可怕。

区域内到处人来人往，吵嚷喧嚣，有如蜂房，平时就比假日的集市还热闹。有我脑袋那么大的铁锤起起落落，火星飞溅，熔炉中的烈火比血还红。每隔几步，就有棉花糖一样大团的蒸汽升腾，宣告一把全新刀剑的诞生。铁匠们大声发令，学徒们忙碌着服从。而压倒一切的，就是几百具风箱吸气呼气的声音，像是一大群舰队在暴风雨中发出的声响。

我刚进入这个区域几秒钟，就被一队军团士兵拦住盘问来意。我把院长的那封信给他们看，却还是花了十分钟时间跟他们争论这封信的真假。最后，他们才很不情愿地放我继续前进。

这让我又一次感到十分好奇，实在想不出代林是怎么混进这个地方的，还不止一次，几乎天天都来。

那些人一直在折磨他。奇南这么说过，代林能在酷刑下坚持多久呢？当然会比我更久一些。代林十五岁的时候，有一次去画武夫果园里劳动的学者族工人，从树上掉了下来。他到家的时候，骨头都从手腕那里刺出来了。我吓得尖叫，几乎当场晕倒。没事的。他当时对我说，让阿公治治就好了。你先找他来，然后去把我的速写本捡回来吧。我不小心丢在那边了，可不想被别人拿走。

我哥哥继承了母亲的钢铁意志。如果有人能挺过武夫们的拷打，那一定是他。

走路的中途，我觉得自己的裙子被扯了一下，低头看，本以为是被旁人踩了一脚。结果，却看见一个细眼睛的黑影，迅速跑过卵石路。一看到它我就觉得脊柱发麻，同时还听见低沉而残忍的讪笑声。我起了一身鸡皮疙瘩——它是在笑我，我对此完全确信。

我被吓得心神不定，加快了脚步，最终说服了一位老年贫民，让他给我指去往特鲁曼冶炼作坊的路。我在主干道的旁边找到了他的店。这里唯一的标记，也不过是门上锤进去的一个字母 T 而已。

跟其他铁匠铺不同，这里静悄悄的，没有声息。我敲了门，但是没有回音。现在怎么办？我是不是自己推门进去，甘冒惹恼铁匠的风险？还是在院长明确要求答复的情况下空手回去？

这个问题不难选。

推开前门进去，是一间门廊。居中放着一张积满尘土的长桌，墙边是几十个玻璃展示柜，和其他更加窄小的门。熔炉本身在我右手边另一个较大的房间里，既冷且空，风箱一动也不动。铁砧上搭着一把大锤，其他所有工具都整齐地挂在墙上。这个房间有某种让我震惊的特色，我像是在什么地方看到过它，却想不起具体在哪里。

高处有一溜窗户，透进些微光，照亮了我进来时带起的尘屑。这里有一种被遗弃的感觉，我觉得特别失望。要是铁匠早就离开了这里，我又怎么拿到答复呢？

阳光反射在那排玻璃展示柜上，我的目光被里面放置的武器吸引。它们样式古雅，每一件都带有繁复的花纹，从柄端一直到细细打磨的锋刃，制造者简直像是有强迫症一样。我被它们的美吸引，情不自禁地靠近。这些刀剑让我想起某件事情，很重要的事，因为这铁匠铺的整个格局，给我一种很重要的感觉，就好像我应该能想起来似的。

然后我才明白过来。院长的信从我突然麻木的手心滑落，我终于想到了。代林画过这些武器。他画的就是这间铁匠铺，他画了那铁砧和铁锤。我这段时间想的全是如何救出自己的哥哥，以至于连害他被抓的原因都淡忘了。而这里，是一切的起源，如今就呈现在我面前。

"你这小丫头，有什么事吗？"

一名武夫族男子从那扇窄窄的门里走出来，他的样子更像是一名江贼，而不像铁匠。他秃头，戴了好多耳环，一边耳朵有六枚，鼻子、两侧眉梢和上下嘴唇各有一枚。身上有五颜六色的文身，有八角星、枝叶繁茂的青藤、铁锤与铁砧、一只鸟、一只女性的眼睛，还有鳞片，文身从手腕向上延伸到胳膊，直到黑色紧身短上衣下面。他比我年长，应该不会超过十五岁的差距。像多数武夫一样，他身材高大，肌肉发达，但身体偏高挑，不是我想象中那种粗壮型的铁匠。

这个人，就是代林监视的对象吗？

"你是谁？"我过于吃惊，以至于忘记了对方的武夫身份。

那男子扬起眉毛，似乎在说：你问我？你又是何方神圣？"这是我的店面。"他说，"我叫斯皮罗·特鲁曼。"

拉娅，你这笨蛋，他还能是谁啊？我俯身捡起院长的信，希望铁匠会把我当成傻乎乎的学者族小人物，所以说话才如此语无伦次。他读了字条，但什么也没说。

"她——她要您给个答复，大人。"

"我没兴趣。"他抬头看着我说，"你就告诉她我没有兴趣。"然后，他就回里屋去了。

我不确定地看着特鲁曼的背影。他是否知道我哥哥因为在他这里刺探情报，被抓进监狱了？铁匠有没有看到过代林画下的东西？他的店总是这样冷清吗？代林是因为这个，才有机会潜入进来？我还在想这些问题时，又有了那种芒刺在背的感觉，像是恶鬼贪婪的手触摸着我的脖子。

"拉娅。"

一坨黑影出现在门底下，黑得像是洒落的墨汁。那黑影逐渐成形，两只眼贼亮，我开始浑身冒汗。为什么会出现在这里？为何在此时出现？为什么明明是我脑子里想象出来的东西，却不听我的使唤？为什么我不能用意志力把它驱散？

"拉娅。"那黑影从地面升腾起来，变成人形。黑影渐渐有了形状和色彩，那声音既熟悉又真切，就好像我哥哥活生生就在面前。

"拉娅，你为什么要抛弃我？"

"你是代林？"我忘记了这只是幻觉，忘记了自己实际上身处一座武夫族冶炼场，也忘记了几码外就有一个外表看上去凶残的铁匠。

那幻象点头，就跟代林一个样子："他们在伤害我，拉娅。"

不可能是代林，我的脑袋简直像要裂开了，这是你的负疚感和恐惧。那声音在变幻、扭曲、交叠，就像有三个代林同时在说话。假代林眼中的神采一下子消失，像暴风雨之前被隐没的太阳一样。他的瞳孔暗化成了黑洞，好像整个身体一下子被阴影充斥。

"我熬不过去的，拉娅。这太痛苦了。"

幻影的两只手伸出来，要抓住我的胳膊，一阵深入骨髓的凉意传遍我全身。在能够自制之前，我已经尖叫了几秒钟之久。那东西的双手软软垂落。我感觉背后有人，回身就看到斯皮罗·特鲁曼，手握一把我见过的最美丽的弯刀。他随手把我推到一边，握着刀面对那幻影。

就好像他能看见那幻影，就好像他能听见它的声音。

"走开。"他说。

幻影膨胀、颤抖，然后狂笑着变成一团阴影，其间发出的叮咚声，像是互相撞击的冰凌。

"我们抓住了那男孩，我们的兄弟正在啃噬他的灵魂。他很快就会发疯，任由我们处置。然后，我们会大快朵颐。"

斯皮罗弯刀下斩，那黑影尖叫，声音像是尖指甲刮木头。它们从门下拥挤着逃走，就像掀开地板时四处逃窜的耗子。几秒钟之后，消失得无影无踪。

"你——你能看见它们？"我说，"我还以为它们都是我想象出来的，我还以为自己快要疯掉了。"

"它们被称作暗鬼。"特鲁曼说。

"可是……"十七年来学者族教会我的现实主义态度，一直让我认定这些东西只存在于传说里。"可暗鬼不存在啊。"

"它们像你我一样真实存在，只不过已经有一段时间不曾光顾我们的世界，但现在它们回来了。不是所有人都能看见它们。它们以哀痛、悲伤和血腥气为食。"他向作坊周围看看，"它们喜欢这地方。"

斯皮罗那双灰绿色的眼睛与我对视，既小心又警觉："我改主意了。你告诉院长，我会考虑她的要求，让她给我提供些具体规格说明。告诉她，下次还派你来通知我。"

《《《

我离开铁匠作坊的时候，满脑子都是疑问。代林为什么要画特鲁曼的工作室？他怎么混进去的？特鲁曼又为什么能看到暗鬼？他也能看到代林的化身吗？代林是不是真的有生命危险？如果暗鬼真实存在，世上会不会真有神怪呢？

等我回到黑崖学院，就一心投入到自己手里的任务中去，我擦好地板，清洗浴室，以便摆脱自己脑子里翻腾不定的思潮。

夜渐渐深了，院长却还没有回来。我去了厨房，浑身都是上光剂的味道。脑子里回响着黑崖学院不知所云的鼓点信号，今天一整天，鼓声时不时地敲响。

伊兹正在叠一堆毛巾，她朝我的方向看了一眼。我向她微笑，她嘴角微微抽动了一下，算是回应。厨娘正在清理工作台，像平时一样完全当我不存在。我回想起奇南的建议，要多跟人聊天，还要让自己手里总有活儿干。我一声不响地拿起一篮需要缝补的东西，坐在了桌前。我观察厨娘和伊兹的时候，突然开始好奇，想知道她们之间有没有亲缘关系。她们两人侧头的方式几乎一样，个头也都不高，头发还都是浅色的。而且，她们之间有一份默契，那感觉让我很想念阿婆。

最后，厨娘去睡觉了，厨房里安静下来。在这座城市的某个角落，我哥哥正在武夫监狱里受刑。*你必须找到情报，拉娅。你必须得替反抗军拿到些东西。让伊兹开口说话吧。*

"外面的军团士兵可真吵。"我没有抬头，像是很随意地说。伊兹礼貌性地应了一声。

"学生们也很吵，我都不知道为什么。"她没有回答，我换了个坐姿，发现她正回头看我。

"是选帝赛的事。"她暂停了叠毛巾的活计，"法拉尔兄弟今天一早就回来了。阿奎拉和维图里乌斯勉强及时赶到。要是他们晚到几秒钟，就会一起被处死了。"

这是她一次对我说话最多的时候了，我必须提醒自己不要死盯着她看。"你怎么会知道那么多？"我问。

"整个学院都在谈论这件事。"伊兹放低了声音，我向她慢慢靠近，"甚至包括奴隶们。我们自己没什么话题可聊，除非你想坐到一起比赛谁更惨。"

我笑出了声，这感觉很奇怪，甚至有些负罪感，像是在别人葬礼上开玩笑一样。但伊兹也在微笑，让我感觉不再那么糟。鼓声再次响起，尽管伊兹没有停下手里的活儿，我还是能看出她在听。

"你能听懂鼓声的含义。"

"多数不过是下命令而已。蓝色战队到岗位报到，所有见习生前往武库集合，这一类事情。刚才，是在命令清扫东侧隧道。"她看了看叠整齐的那些毛巾。一缕金发垂落在脸前，让她显得特别年幼。"你要在这里待过一段时间，也能明白鼓声的含义。"

我正在咀嚼这可怕的未来前景，前门猛然被撞开。伊兹和我都跳了起来。

"奴隶丫头。"是院长，"上楼。"

伊兹和我对视，我吃惊地发觉，自己的心跳已经加速到让我不舒服的程度。每上一级台阶，慢慢加剧的恐惧就会多吞没一点儿，我却不知道为什么。每天晚上，院长都会让我上楼取她的换洗衣服，睡前为她梳头。今天也没有两样，拉娅。

等我进入房间，她正站在梳妆台前，不紧不慢地在蜡烛火焰上烤一把匕首。

"铸造师给你答复了吗？"

我重复了特鲁曼的答复，院长回过头，带着冷冰冰的好奇心打量我。这是我见她表露情绪最明显的一次。

"斯皮罗好几年没接受过任何委托了。他一定相当……喜欢你。"她说这句话的方式，让我觉得浑身起鸡皮疙瘩。她用食指试了试刀尖，然后揩掉渗出的那滴血。

"你为什么要把它打开？"

"大人说什么？"

"那封信。"她说，"你打开过。为什么？"她站在我面前，如果逃跑有用，我会在几分之一秒钟内逃走。我只是两只手摆弄着裙子。院长侧着头等我答复，就好像她真的很好奇，就好像我真有能让她满意的答复。

"这是意外。我手滑了一下就……就把封印弄开了。"

"你不识字。"她说，"所以我不明白你为什么要拆开一封信。除非你是一名间谍，被反叛军派来我这里刺探消息。"她嘴巴撇了一下，样子勉强像是个微笑，尽管完全没有任何快乐的成分。

"我不是——我不是……"她是怎么知道那封信的事的？我想起早上离开她房间的时候，曾听到身后有细微的声响。她是不是看见我把弄那封信了？还是驿站的人发现封印不完整了？现在都不重要了。我想起刚来时伊兹给我的警告：*院长耳目众多，她会知道那些她本来不可能知道的事情。*

有人敲门，得到院长许可后，两名军团士兵进门，行礼。

"把她按住。"院长说。

军团士兵抓紧了我。我突然明白了院长那把刀的用途，不禁失魂落魄："不——求您了——不要。"

"闭嘴。"这个词她说得很轻柔，简直像在呼唤情人的名字。那两名士兵把我按在一张椅子里，他们全副武装的手掌像铁铐一样箍紧我的双臂，膝盖跪地压住了我的双脚，面无表情。

"通常情况下，我会因为这样的冒犯挖掉你一只眼睛。"院长沉吟着，"或者剁掉你一只手。但要是把你弄残了，斯皮罗·特鲁曼就不会对你有任何兴趣了。算你这臭丫头运气好，我还想要一把特鲁曼战刀。你的另一半好运，是他想拿你开开荤。"

她的眼睛落在我胸前，注视着我心脏上方平滑的肌肤。

"求您了。"我哀求说，"这只是一次误会。"

她俯身向我逼近，两唇距离我仅有几英寸。一瞬间，那双死气沉沉的眼睛里燃起了可怕的火焰。

"蠢材。"她小声说，"你现在还不懂我吗？我不原谅任何错误。"

她把一块布塞进我嘴里，然后那匕首就已经在烫伤，切割，刻划我的肌肤。她的动作非常慢，慢到让人发疯。我鼻端充斥着烧焦皮肤的臭味，我听到自己在哀告求饶，然后啜泣，然后尖叫。

代林，代林，想想代林。

我已经想不起自己的哥哥。我被创痛淹没，连他长什么样子都想不起来了。

第十八章　埃利亚斯

　　海伦娜没有死。她不能死。她挺过了入学式，熬过了荒原流浪的日子，野人、边疆冲突和鞭笞都不曾把她打垮。她现在死在了马库斯这种混蛋手里，我想都不敢想。在我自己所不了解的那个部分，我还是个孩子，一直都没有意识到它的存在，直到现在，我才听清自己愤怒的哀号。

　　院子里的人纷纷推搡着靠近。学生们伸长了脖子，想要看清海伦娜的样子。我母亲冷若冰霜的面孔已经在视野中消失。

　　"醒醒啊，海伦娜。"我对她大声喊叫，无视围拢上来的人群，"你快醒醒。"

　　她走了，她已无法承受这伤痛。在漫长到没有尽头的那一秒钟，我抱着她，意识越清醒，身体就越麻木。她死了。

　　"该死的，都给我让开。"外祖父的声音听上去很遥远。但一秒钟之后，他来到我身边。我直勾勾地看着他，心乱如麻。短短几天前，我还看见他的死尸，倒在我噩梦中的战场里。现在他却出现在我面前，安然无恙。他一只手搭在海伦娜的咽喉上，"还活着，"他说，"就剩一口气。让开。"他拔出弯刀，人群退开。"找大夫来！拿担架来！快！"

　　"安古僧。"我终于从哽咽中挤出几句话，"安古僧在哪儿？"就像我的想法有召唤效果一样，该隐出现。我把海伦娜交给外祖父，想到该隐给我们带来的折磨，我强忍着才没掐断他的脖子。

"你有治病救人的法力。"我咬牙切齿地说，"救救她，趁她还有一口气。"

"我理解你的愤怒，埃利亚斯。你感觉到了痛苦，伤——"在我听来，说话的他跟聒噪不停的乌鸦没什么两样。

"你们的规矩——是不准作弊。"冷静，埃利亚斯。现在不能发火。"可是法拉尔兄弟就是在作弊。他们知道我们会经过行者山谷，就在那儿伏击暗算我们。"

"安古僧的心意彼此相通。如果我们中有一个人帮了马库斯和扎克，其他人马上就会知道。你们的行踪，除我们之外无人知晓。"

"即便是我母亲？"

该隐停顿了片刻，这已经泄露了很多玄机："即便是她。"

"你读过她的想法吗？"外祖父在我身边说，"你能绝对确信她不知道埃利亚斯的行踪？"

"读心跟读书可不是一回事，将军。这事需要研究——"

"你到底能不能读懂她的想法？"

"凯瑞斯·维图里娅奉行黑暗之路。黑暗是她的守护符，让她置身于我们的视野之外。"

"也就是说，你们不能。"外祖父冷冰冰地说。

"如果你们读不透她的心思，"我说，"又怎能断定她没有帮助马库斯和扎克作弊呢？你读了这两人的心了吗？"

"我们不觉得有那个必要——"

"那你们最好重新考虑下。"我的脾气上来了，"我最好的朋友生命垂危，就是因为那两个婊子养的下贱胚在你们昏花的老眼面前要花招。"

"塞雷拉，"该隐对旁边另外一位安古僧说，"稳定住阿奎拉的状态，把法拉尔兄弟隔离起来。不许任何人见他们。"然后该隐转向我，"如果你所言属实，参赛者之间的均势就被打破了，需要恢复。我们会治好她，但如果不能证明马库斯和扎克里亚斯作弊，我们只能让阿奎拉选帝生听天由命。"

我干脆地点了下头，但在自己脑子里，却在对该隐尖声大叫。你这大白痴！愚蠢可笑又恶心的恶魔！你这是在帮那两个混蛋赢得选帝赛，你是在纵容他们杀人。

外祖父异乎寻常得沉默寡言，他跟我一起去了病院。等我们到达病院门口，门打开，院长走了出来。

"凯瑞斯，又忙着给你的走狗通风报信呢？"外祖父在自己女儿面前，高大得像座铁塔，他的嘴角很不屑地下垂。

"我不知道您什么意思？"

"臭丫头，你在背叛自己的家族。"外祖父说。整个帝国，也只有他敢称我妈为"丫头"。"你别以为我会就此作罢。"

"您已经选定了自己看好的对象，将军。"母亲的眼睛滑向我这一边，我感觉到一种难以遏制的怒火。"而我，也不过是做了自己的选择。"

她把我们丢在病院门口，自顾自地走了。外祖父看着院长离去的背影，我真希望能读懂他的想法。他看这女人的时候，会是怎样一种印象？她以前曾是的那个小女孩？她现在这副没心没肺的德行？他是否知道她变成这副样子的原因，甚至亲眼见证了这个过程？

"你可不要低估了她，埃利亚斯。"他说，"她从来都不习惯认输的。"

第十九章　拉娅

我再次睁开眼睛，看到的是自己小屋低矮的房顶。我不记得自己如何失去的知觉。也许我只是晕倒了几分钟，也许是几小时。透过门帘可以看到一带天空，它好像还没想好现在应该是早上还是夜晚。我以手撑床起身，忍下一声呻吟。我浑身疼痛难忍，痛得如此彻底，好像生来就是如此似的。

我没有看伤口，不用看。院长在我身上刻字的时候，我已经全程都看到了。那是个粗大、精细的字母 K，从我的锁骨一直延伸到心脏上方。她给我刻了字，把我标记为她的财产。这个伤疤，我只能一直带进坟墓里。

清理伤口，包扎好，然后回去干活儿。不要让她得到再次伤害你的理由。

门帘掀开，伊兹闪身进来，坐在我的床头。她个子足够矮，就算不低头，脑袋也不会碰到。

"天就快亮了。"她的一只手下意识地抬向眼罩，但中途克制住了，手指抠进衣裙里。"昨天深夜，是军团士兵把你送下来的。"

"这太难看了。"我痛恨说这句话的自己。*你太弱了，拉娅。妈妈臀部有一条六英寸长的伤疤，是一个差点儿占了她便宜的军团士兵留下的。爸爸后背上也有鞭痕，他从来不说那是怎么来的。他们都为自己的伤疤自豪——那是生存能力的证明。要像他们一样坚强啊，拉*

娅。你要勇敢起来。

但我就是没有那么强大。我本来就很弱,也受够了故作坚强。

"还不算太糟。"伊兹一只手抬向她失去的那只眼睛,"这是我第一次受罚。"

"为什么——什么时候——"天哪,这种问题,根本没有任何适当的询问方式。我闭了嘴。

"在我们来这里之后一个月,厨娘试图毒死院长。"伊兹抚摸了下她的眼罩,"我当时五岁,好像是吧。现在都过去十多年了。院长闻出了毒药味——假面人专门接受过这类训练。她完全没有惩罚厨娘——只是拿了一根烧红的火钳对付我,让厨娘在一边看着。那之前,我记得自己还盼着有人能阻止她。我妈妈?我爸爸?谁都好,我想有人能把我带走。那之后,我只记得自己想死。"

五岁。我头一次真正意识到,伊兹几乎一辈子都是奴隶。我承受了十一天的这种痛苦,她已经忍受了很多年。

"那之后,是厨娘照顾我活了下来,她很会治伤。昨天晚上,她本来也想为你包扎来着,可是……嗯,你不让我们中的任何一个接近你。"

我想起来了,那时候军团士兵把我麻木的身体丢在厨房里。有温柔的双手、温和的声音,我却拼死抗拒它们,以为它们也是来害我的。

我们的沉默被晨间的鼓声打断。片刻之后,厨娘沙哑的声音在过道里响起,她问伊兹我有没有起来。

"院长要你去沙丘那边取沙子给她,她要搓澡用。"伊兹说,"然后她还要你给斯皮罗·特鲁曼送一份文件。但你应该先让厨娘帮你包扎好伤口。"

"不。"我态度如此坚决,以至于伊兹吃惊地站了起来。我压低声音。要是我在院长身边这么多年，也一定会变成惊弓之鸟的。"院长是上午洗澡时要用搓澡的沙子，我可不想因为迟到再次受罚。"

伊兹点头，给了我一个装沙子的篮子，匆匆走了。等我站起来，才觉得两眼昏花。我围上一条围巾，遮住那个丑陋的"**K**"，摇摇晃晃离开了自己的房间。

每走一步都疼痛难忍，我身体的每一磅重量都会扯到伤口，让我头发晕，喉咙发咸。情不自禁地，我脑子里又在自动回放院长在我身上刻字时专注的神情。她是痛苦的品鉴师，就像别人是品酒师那样。她折磨我的时候不紧不慢，而这却给我增加了无数的痛苦。

我挪到房子后面，行动缓慢又痛苦。等我到达通往沙丘的悬崖小路时，整个身体都在发抖。绝望忽然将我吞没。如果我连走路都走不动，又怎么可能帮上代林？如果我每次有所图谋，结果都是这样的惩罚，又怎么继续当这个密探？

你救不了他，因为你自己在院长手下也活不了多久。疑虑从我的头脑中生发，像四处延展的藤蔓一样疯长，让我几乎窒息。这将是你全家人的末日。像其他很多家族一样，你们也逃脱不了覆亡的命运。

小路回环曲折，像流动的沙丘一样凶险。热风扑面，我的眼泪不可抑制地流下来，直到看不清前面的路途。下到山崖底部，我摔倒在黄沙上。我的啜泣声在旷野里回荡，但我已经不在乎，反正也不会有人听到。

我在学者区的生活算不上安逸——有时候情况非常糟糕，就像我唯一的朋友扎拉被抓时，或者我和代林饿着肚子睡觉，饿着肚子起床的那些日子。像所有学者一样，我学会了在武夫面前垂首低眉。但至少，我还无须向他们打躬作揖。至少生活里没有眼下这种折磨，不需要随时担心噩运降临。那时还有阿公和阿婆，他们对我的各种保护，远超过我当时的想象。那时还有代林，他在我的眼里那么高大强势，我甚至觉得他会像星辰一样永远不死。

都失去了，那所有的一切。眼睛会笑的莉斯，她的形象在我心里还那样清晰，我几乎不敢相信她已经死了十二年。我的父母，他们那么想让所有的学者获得自由，最后自己丢掉了自己的性命。像其他所有人一样，他们都随风而逝，只留下我孤零零一个人，独自在此。

暗影从黄沙中升起，把我包围起来。暗鬼，它们以伤痛和血腥气为食。

其中一只厉声尖啸，吓得我把篮子掉在地上，那声音熟悉到了邪异的地步。

"饶了我吧！"它们众口一词，尖声模仿着，"求你啦，放过我呀！"

我两只手捂住耳朵，在它们的声音中发觉了自己的声音，我对院长的哀求声。它们是怎么知道的？它们怎么会听见？

那些影子在我周围踊跃、环绕。其中一只，比其他的胆子都大，它小口咬我的腿，牙齿反射着亮光。一阵寒意渗透我的皮肤，我惨叫出声。

"住手啊！"

暗鬼怪笑着，学我哀告的声音："住手！住手！"

我真希望自己有一把弯刀，或者匕首，这样就能把它们吓走，就像斯皮罗·特鲁曼做的那样，但我什么都没有。我踉跄着试图逃开，却径直撞到了一堵墙。

我当时的感觉至少是这样：撞到了墙。过了一会儿，我才意识到那不是墙，而是一个人——个子很高的人，宽肩膀，肌肉发达，像山中的狮虎一样强壮。

我畏缩着后退，失去平衡，两只大手扶住了我。我抬头看，一下子怔住了，面前是一双熟悉的浅灰色眼睛——跟院长的一模一样。

第二十章　埃利亚斯

第一场考验后的第二天，我在黎明前就已经醒来。我的脚步摇摇晃晃，意识到自己整晚都在噩梦中承受焦渴。我刮过脸，浑身洁净，有人还帮我换上了干净的汗衫。

"埃利亚斯。"该隐突然从我房间的阴影里出现。他满脸疲惫，像是整晚都没睡。他抬一只手，制止了我原本会滔滔不绝的问题。

"选帝生阿奎拉正在接受黑崖学院医师的妥善照料。"他说，"如果上天准许她活下去，她就会幸存。安古僧不会干涉，因为我们没有发现任何足以证明法拉尔兄弟作弊的证据。我们已经宣布马库斯为第一轮考验的获胜者。他得到了一把匕首作为奖品，而且——"

"你说什么？"

"他毕竟是第一个赶回来——"

"那是因为他作弊——"

门突然被打开，扎克一瘸一拐地走了进来。我的手伸向床边，去拿外祖父给我的弯刀，可是在我把刀掷过去之前，该隐挡在了我俩之间。我迅速起床，套上靴子——有这种恶棍在我周围十英尺范围内，我绝不会躺在床上等死的。

该隐毫无血色的十指搭成山形，细细打量扎克："你有话想说。"

"你应该治好她。"扎克脖子上青筋凸起，他用力摇头，像一条想要甩干皮毛的狗。"你住手！"他对安古僧喊道，"别再试图侵入我的头脑。你们治好她就对了，行不行啊？"

"你也会内疚啊，混球？"我想要从该隐身边挤过去，但他还是牢牢挡在我面前，行动出乎意料地敏捷。

"我可没说我们作弊。"扎克迅速看了一眼该隐，"我只是说你们应该治好她。就这样。"

该隐的身体纹丝不动，死死盯着扎克。周围的气氛变得极为凝重。安古僧这是在读他的心，我能感觉到。

"你和马库斯是自己找到对方的。"该隐紧锁双眉，"你们……得到了某种指引才成功会合……但指路的人不是安古僧，也不是院长。"安古僧闭上了眼睛，似乎是在更加努力倾听，然后睁开眼。

"现在怎样？"我问，"你看到了什么？"

"足够让我确信安古僧应该治好选帝生阿奎拉，但不足以让我相信法拉尔兄弟作弊。"

"你为什么不能像看透其他人那样，彻底看清这个混蛋的想法，然后就——"

"我们的法力并非无所不能，我们无法看透那些学习过如何隐藏自己想法的人。"

我看了扎克一眼，多少还有点儿佩服他。这家伙是怎么学到这么高级的本事，以至于连安古僧都没办法看透他的？

"我给你们两人一小时，你们都必须离开学院。"该隐说，"我会亲自告诉院长，说是我今天给你们放假。出去走走，去逛市场也好，妓院也罢，我都不管。但是在天黑之前，你俩都不能返回学院，尤其不能接近医疗区。明白了吗？"

扎克皱起眉头："为什么要逼我们离开？"

"因为你的头脑啊，扎克里亚斯，简直痛苦得像地狱。而你，维图里乌斯，全都是震耳欲聋的报复心。有你们两个在附近，我听不到任何其他声音，也无力治疗阿奎拉。所以，你们必须离开，马上就走。"

该隐出去了，扎克和我也老大不情愿地出门。扎克本想加快脚步避开我，但我还有问题要问他，可不会这么容易让他脱身。我赶了上去。

"你是怎么知道我们在哪里的？院长又是怎么知道的？"

"她有她的办法。"

"什么办法？你让该隐看到了什么？你又怎么把他挡在自己头脑之外的？扎克！"我硬扳他的肩膀，迫使他面对我。他把我的手推开，但并没有走开。

"原始部落的那些传说，说有什么神怪、暗鬼、死灵之类，都不是空穴来风，维图里乌斯，都不是神话。那些古老生物真实存在，它们很快就会来与我们为敌。保护好她，你也就这点儿可取之处。"

"你又怎么会关心她？你哥哥折磨她好几年了，你却从来没有说过一句阻止他的话。"

扎克看着铺满黄沙的训练场，时候还早，那里空无一人。

"你知道这一切最可怕的是什么吗？"他小声说，"我差点儿就把他一个人丢下了。我曾如此接近永远摆脱他的纠缠。"

我完全想不到会听到这样一句话。自从我们来到黑崖学院，马库斯和扎克就形影不离。法拉尔家的弟弟跟他哥哥关系的紧密程度，连马库斯的影子都得自愧弗如。

"你要是真那么想摆脱他，又为什么对他言听计从？你为什么从来都不与他作对？"

"我们在一起的时间太久了。"扎克摇着头说。就算是没有跟假面融合的地方，他的表情也让我猜不透。"离开了他，我都不知道自己是什么人。"

他向前门走去。我没有跟上他。我需要让自己的头脑静一静。

我去了东门的哨塔，从那里取了一套索具，用坐式下降法下到沙丘那里去。

黄沙在我周围纷纷飞散，我的思绪混乱如麻。我沿着峭壁底部徘徊，看太阳升起，远方的地平线变作一片灰白。风越来越大，炙热灼人，无休无止。我继续漫步，却像是在飞沙中看见许多身形，它们旋转着，舞蹈着，借着风力飘移不定。风中传来低语声，我觉得自己好像还听到连续不断的狂笑。

*那些古老生物真实存在，它们很快就会来与我们为敌。*难道扎克是在提醒我小心下一次的考验吗？他是不是在暗示：我的母亲已经与魔鬼结盟？她就是用这种办法来谋害我和海勒的吗？我对自己说，这些想法简直荒唐可笑。相信安古僧的法力是一回事。但是，我能相信火精灵和复仇精灵吗？我能相信风、海和沙漠里都有小妖出没吗？也许扎克是因为第一轮考验压力太大，脑子有点儿秀逗了。

瑞拉阿嬷曾经给我讲过些鬼故事。她是我们部落里的乞哈尼，也就是讲故事的人。而她的声音，的确像是有颠倒乾坤的魔力，一挥手，一点头也都极富感染力。她讲过的有些故事，能在我脑子里保留很多年——比如夜魔王和他对学者族的仇恨，巨妖唤醒人类体内潜藏法力的本领。还有像秃鹫和其他食尸动物一样，以人的痛苦为食的暗鬼。

但那都仅仅是故事而已。

风里又传来诡异的哭泣声。最开始，我还以为是自己的幻觉，还因此责怪自己，不应该被扎克的鬼话迷惑，但那哭声越来越响。在我前方，通往院长楼的弯曲山路底端，蜷缩着一个小小的身躯。

是金色眼睛的女奴，差点儿被马库斯掐死的那个。我在噩梦的战场上看到过她的尸体。

她一只手捂着脸，另一只手向空气中拍打，一边哭泣，一边在嘟囔着什么。她艰难地走了几步，跌倒，然后又费力地爬起来。她显然很不舒服，需要帮助。我放慢脚步，想要转身离开。但我的脑子还在回想我杀过的第一个人说过的话：那片战场上的每一个人，将来都会死于我手中。

你离她远点儿，埃利亚斯。我心里有个谨慎的声音说，不要跟她有任何关系。

但我又为什么要避开她？那片战场只是安古僧对我未来的幻象，也许我应该让那些混蛋看看，我就是要抗拒那种未来，我不会简单接受那种结果。

此前，我曾像个傻瓜一样站在这女孩面前。马库斯在她身上留下伤痕时，我傻看着什么都没有做。她明明需要帮助，而我却见死不救，我不会再犯同样的错误。于是我不再犹豫，朝着她的方向走去。

第二十一章　拉娅

是院长的儿子，维图里乌斯。

他到底是怎么冒出来的？我用力推搡他，马上就后悔了。如果是普通的黑崖学院学生，即使我未经允许碰了他们一下，都会被痛打一顿。这人还不是普通学生，他是四大选帝生之一，是那个院长留的种。我必须赶紧逃走，我必须快点儿回到院长楼。但从早上就一直挥之不去的那份虚弱死死控制了我，我只走出几步，就瘫倒在沙地上，浑身虚汗直流，头昏脑涨。

是感染。我了解这些症状。我昨晚本应该让厨娘帮我包扎伤口的。

"你刚才是在跟谁说话？"维图里乌斯问。

"没……没……没有人。选帝生，大人。"并不是所有人都能看见它们，特鲁曼曾这样说那些暗鬼。维图里乌斯显然就看不到它们。

"你看起来情况很糟糕，"他说，"到这边荫凉的地方坐吧。"

"沙子，我必须把沙子送上去。要不然她会——她会——"

"坐下。"并不是命令的语气。他帮我捡起篮子，拉 着我的手到那悬崖底下，让我坐在一块石头上。

我偶然抬头看他时，他正遥望地平线，银色的面具映着阳光，像是水面一样。即便在几英尺之外，我还是能感觉到他浑身散发的暴力气息。无论是那短短的黑头发、巨大的手掌，还是那一身锻炼到杀伤力最大的完美肌肉。他小臂上缠着的绷带和手上划伤的痕迹，也让他显得更阴鸷可怕。

他只带了一件武器，就是腰间的一把匕首，但他是个假面人。他并不真正需要一件武器，因为他本人就是一件武器，尤其是面对一个身高不及他肩膀的奴隶时。我想要逃得远一点儿，身体却太沉重了。

"你叫什么名字？你都没有说过。"他给我的篮子装满黄沙，眼睛没有朝我这边看。

我想起了院长问我同样问题时的情形，还有我挨的那记耳光，于是老老实实回答说："我……叫女奴。"

他默然片刻："说你的真名。"

尽管他不动声色，这句话却是个命令："拉娅。"

"拉娅。"他问，"她对你做了什么？"

这太奇怪了。一名假面人，听起来却这么和善，他低沉的男中音甚至让我感觉到了些许安慰。如果闭上眼睛的话，我都不会想象得到自己是在跟一名假面人对话。

但我不能被他的语调骗过。他是她的儿子。如果他表现出关心，那一定是有所图谋——而且绝不会对我有利。

我慢慢掀开自己的围巾。当他看见字母 K，面具后的那张脸马上凝重起来，他的注视中有哀伤，也有愤怒。他再次开口，我被吓到了。

"可以吗？"他抬起一只手，手指轻抚我伤口附近的肌肤时，我几乎感觉不到任何疼痛。

"你的皮肤很烫。"他拎起那篮沙子，"伤口情况很糟，需要处理一下。"

"我知道。"我说，"可院长要沙子，而我也没有时间去……去……"维图里乌斯的脸模糊了一阵，我觉得身体轻得出奇。我和他的距离变近了，近到我能感觉到他的体温。我周围弥漫的是丁香和雨点的味道。我闭上眼睛，想让一切稳定下来，却无济于事。他的双臂抱住了我，又温柔，又强硬，我已经被他抱了起来。

"放开我！"我的力气突然变大，用力推他的前胸。他想要干什么？他要把我带到哪里去？

"你还有什么别的办法爬上悬崖吗？"他问我。他步幅很大，轻轻松松走在蜿蜒向上的山道上。"你几乎都站不住。"

他是不是真以为我有那么蠢，会接受这样的"帮助"？这一定是他和他妈妈一起商定的阴谋，一定还有更多的惩罚在等着我。我必须设法摆脱他。

就在他前进的途中，我又感觉到一阵眩晕，于是只能死死抱紧他的脖子，等着那阵眩晕过去。如果我抓得足够紧，他就不会有机会把我丢到下面的沙丘上。要是他那么干，自己也会被我带下去。

我的目光落在他包扎着绷带的双臂上。我想起那第一轮考验，应该是昨天刚刚结束的。

维图里乌斯发现了我注视的位置。"只是擦伤而已。"他说，"第一次考验，安古僧把我丢在了绝地荒原的中央。过了几天没水喝的日子之后，我就经常摔倒了。"

"他们把你丢在荒原里？"我不寒而栗。人人都听说过绝地荒原。跟那儿比起来，原始部落的保留地都像是宜居地带了。"你都能活着走出来？他们事先至少警告过你吧？"

"他们喜欢制造惊喜。"

即便在病痛的折磨下，他说的话还是给我留下了深刻印象，如果连选帝生们都不知道下一轮考验的内容，我又怎么可能会得到这种情报？

"就连院长都不知道你们即将面对什么考验吗？"我为什么要问他这么多问题？这并不符合我的身份。我一定是受伤把脑子搞坏掉了。如果我的好奇心令维图里乌斯不快的话，至少他没有表现出来。

"她可能是知道的，但这没有意义。就算她知道，也不会告诉我。"

他的妈妈反而不希望他赢得考验？我对他们这古怪的母子关系多少也有点儿好奇。但随后就提醒自己，他们毕竟都是武夫，武夫本来就不太正常。

维图里乌斯已经登上了悬崖，矮身从外面悬挂的衣物下面穿过去。他沿着奴隶通道继续走。等他进入厨房，把我放在了工作台旁边的椅子上。正在擦地的伊兹丢下她的刷子，大张着嘴巴傻看着。厨娘的眼睛扫了一眼我的伤口，摇了摇头。

"帮厨丫头，"厨娘说，"你把沙子送到楼上。如果院长问女奴的事，就说她生了病，我正在给她医治，好让她早日复工。"

伊兹一声不响地提起那篮沙子，出去了。我又感到一阵晕眩，只好把头垂在自己两腿间，停留了片刻。

"拉娅的伤口感染了。"伊兹离开后，维图里乌斯说，"你有没有血藤乳浆？"

厨娘听到院长的儿子说我的名字，至少没有表现出吃惊："对我们这些下人来说，血藤乳浆太金贵了。我有些褐皮树根和野木茶，凑合能用。"

维图里乌斯皱起眉头，给厨娘下达了阿公可能会给的指令。野木茶一天服用三份，褐皮树根用来清洗伤口，不要包扎。他转向我说："我会找些血藤乳浆，明天给你送来。我保证你会没事的，厨娘很会治伤。"

我点头，不知自己是不是该感谢他，还是等着他暴露帮我的真正目的。他却什么都没有再说，好像我现在的反应已经足够让他满意。他把手插进衣服口袋，从后门出去了。

我听见厨娘在房间里来回走动的声音，几分钟后，一杯冒着蒸汽的热茶放到了我的手里。我喝完后，她坐在我对面，满是伤疤的脸就在我面前几英寸的位置，但我不再觉得她可怕。是我习惯了她的模样吗？还是因为我也有某种程度的畸形？

"代林是谁？"厨娘问我。她蓝宝石一样的眼睛很有神，有一瞬间，那样子出奇地熟悉。"昨天深夜，你叫过这个名字。"

茶让我清醒了许多，我坐了起来："他是我哥哥。"

"我知道了。"厨娘把褐皮树根汁滴在一块纱布上，用它给我擦拭伤口。我痛得微微退缩，两只手紧紧抓住椅子。"他也是反抗军成员吗？"

"你怎么会知——"你怎么会知道这些的？我差点儿就这么问了，但随后就镇定下来，闭紧了嘴巴。

厨娘已经发觉了我刚才失口泄露的信息。"这并不难看出来，我见过上百个奴隶来来去去，反抗军的战士永远都与众不同。他们从来都不听天由命，尤其是刚来的时候，他们还有……希望。"她撇着嘴，就像说起一群传播瘟疫的罪犯，而不是她自己的同胞。

"我不是反叛军的成员。"我希望自己根本没有开口。代林说过，我一说谎，语调会过高，而厨娘一看就是那种能识破我的人。果然，她的眼睛眯了起来。

"别把我当傻瓜，小丫头。你知道自己在干什么吗？院长一定会识破你的本来面目，然后会惩罚所有她觉得对你友好的人。这就意味着伊——帮厨丫头。"

"我又没做什么错事——"

"以前有这么一个女人，"她突然打断我，"她加入了反抗军，学会了制造各种药粉和药膏，它们能把空气化为火焰，把顽石化为齑粉。但她随后就昏了头，替反抗军做了一件事——很可怕的事，她从来没想到自己会那样做。院长抓住了她，像她抓住其他很多反抗军一样，狠狠划花了她的脸，让她面目全非。逼她吞下火炭，毁了她的嗓子，然后让这女人做她家里的奴隶。但在这之前，杀死了她熟悉的所有人，她爱过的所有人。"

哦，不会吧。厨娘伤疤的来历一下子变得那么清晰、可怕。她点头，沉着脸肯定了我表情里透露出的猜想。

"我失去了一切——我的家人，我的自由——全都为了一桩从未有过任何成功希望的所谓事业。"

"可是——"

"在你来这儿之前，反抗军派过来一个男孩——泽恩。他伪装成一名园丁，那些人跟你提起过他吗？"

我差点儿就摇头了，但及时打住，双臂抱在胸前。她完全不理会我在这个问题上的沉默。根本不是在猜测，她早就知道了。

"那是两年前的事了。院长抓住了他，在学院的地牢里折磨了他好几天。有时候夜深人静，我们都能听到他的声音，惨叫着呼痛。等她整死了泽恩，院长把黑崖学院所有的奴隶都召集起来，她想知道有谁跟他做过朋友，想要惩戒我们这些没能告发叛徒的人。"厨娘的眼睛死死盯着我，一眨不眨，"那天她杀死了三名奴隶才满意。幸好我提前警告过伊兹，让她离那男孩远点儿。而她也幸运地听从了我的劝告。"

厨娘收好她的医疗用具，把它们放回一格壁柜里。她拿起一把斩骨刀，用力剁案板上放着的一块肉。

"我不知道你为什么离家出走，加入那帮混蛋反抗军。"她的话像是猛掷向我的石头一样狠，"我懒得管。告诉他们你不干了，要求换一个任务，去个你不会伤害任何其他人的地方。因为你如果不走，就一定会死在这里，天知道我们其他人会被你连累成什么样子。"她用尖刀指着我，我禁不住倒进椅子里，呆看着那把刀。"你就想要这种结果吗？自己找死，还要伊兹跟你受折磨？"她俯身向我喊叫，口沫横飞。尖刀离我的脸只有几英寸。"你就想这样？"

"我根本不是离家出走。"我脱口而出。阿公的尸体，阿婆黯淡的瞳孔，代林挣扎的肢体，一时都在我的脑海里变得清晰起来。"我甚至根本不想加入。我的外祖父母——有个假面人来——"

我强行让自己住口。别说，拉娅。我皱着眉头狠狠瞪那老妇人，她也毫不意外地在瞪我。

"告诉我真相，你为什么加入反抗军。"她说，"这样我就会闭嘴，保住你这恶心的小秘密。你要是不听我的，我就把你的真实身份告诉楼上那个铁石心肠的妖妇。"厨娘把尖刀插进案板，坐在我旁边的一张椅子上，等我开口。

这坏蛋。就算我告诉她那次突袭的事，以及此后所有的一切，她还是有可能告发我。可如果我现在什么都不说，我确信她会马上跑到院长室。她确实足够疯狂，能干出这种事来。

我讲述了那天晚上的情形，她一直默默听着，一动都没动。等我讲完，我的眼睛已经哭肿，厨娘那张残破的脸上，没有任何表示。

我用袖子擦脸。"代林现在身陷牢狱。他们早晚会折磨死他，或者把他卖作奴隶。我必须赶在这之前把他救出来，但我自己做不到这件事。反抗军说，要是我替他们当密探收集情报，他们就会帮我。"我摇摇晃晃站起来，"就算你威胁说要把我的灵魂交给夜魔王也没关系。代林是我唯一的家人，我必须救他出来。"

厨娘什么都没有说，过了一分钟，我以为她已经决定不再理我。在我走向门口时，她却又开了口。

"你的妈妈，米拉。"听到妈妈的名字，我猛回过头来看她。厨娘正在打量我。"你长得不像她。"

我过于吃惊，以至于顾不上反驳。厨娘看上去足有七十岁了。即便是在我父母掌管反抗军时，她也应该有六十多岁了。她的真名会是什么？以前是个什么角色？"你认识我妈妈？"

"认识她？是，我当然认识她。我一直都更喜欢你——你——你爸爸。"她清了清嗓子，烦躁地摇头。奇怪，我以前可没听她说话这么结结巴巴的。"他是好人，聪——聪明人。不像——不像你妈——妈妈。"

"我妈妈是女狮王——"

"你的母亲她——不——她名不副实。"厨娘的声音低了下去，像是强忍怒火的低吼，"从来——从来都不听从任何劝告，总是那么自私，女狮王。"她说起这个名字嘴唇都会扭曲，"我身陷于此——就是——就是拜她所赐。"她现在呼吸粗重，就像是心情极度激荡。但她还是要继续说，就像一定要说完下面的话。"女狮王，反抗军，还有他们的所谓大计。一群叛徒、骗子、蠢——蠢驴。"她站起来，握起自己的刀。"现在我再也不相信他们了。"

"可我没有选择。"我说，"我只能相信他们。"

"他们会利用你。"她的手在发抖，用力抓紧案板。她喘息着说出了最后几句话，"他们会不停地索取、索取、索取，然后——然后——然后就会把你丢进狼窝。我警告你。要记住。我可是警告过你了。"

第二十二章　埃利亚斯

　　正巧在午夜时分，我身穿全副战甲回到黑崖学院，浑身还挂满了武器。经过勇气考验之后，我可不想再被人出其不意，光脚带把匕首就上阵了。

　　尽管我急于知道海勒是否安然无恙，还是克制住了想去医疗区的冲动。该隐让我们远离的命令很明确，没有任何商量的余地。

　　我经过门岗前面时，满心希望不会碰见我母亲。我觉得，现在只要一碰到她，我可能就会发作，尤其是想到她居然谋害海伦娜，尤其是今天早上又看到她对那女奴做过的事。

　　看到那女孩（她叫拉娅）身上的字母 K，我当时就不自觉地活动手指，想象着能有那么一个痛快的瞬间，可以让院长自己承受同样的痛苦。看那毒妇自己喜不喜欢被这样虐待。与此同时，我又恨不得远离拉娅，因为承受不了那份负疚感。因为做出如此恶行的人，其实是我的血亲，她给我一半的生命。我自己对此事的反应——极度嗜血的报复欲——就是证明。

　　可我跟她不一样。

　　我能确定吗？现在我回想起噩梦中的那片战场。那里有五百三十九具尸体，就算是院长本人，要害死这么多人也会很有压力。如果安古僧的预言没有错，那我的确不像我妈，我比她还可怕。

　　你会成为自己痛恨的那副样子，该隐在我试图逃走的时候曾经这样说。但如果我放弃自己的面具，逃脱这样的生活，又怎么可能比战场上那副样子更可恶呢？

我心事重重，因而在刚进入自己房间的时候，还没有发觉骷髅级宿舍区周围的环境有什么两样。但过了一会儿，我就觉出很不对劲了。没有林德尔的鼾声，迪米特里厄斯没有在梦里叫他小弟的名字。就连法里斯的房门，也不像平时那样一直敞开着。

兵营空无一人。

我拔出弯刀。周围仅有的声响，是黑墙上悬挂的油灯偶尔炸出一个灯花。

然后，那些灯一盏接一盏熄灭。大厅另一头的门下面，突然有灰烟渗进来，像翻滚的雨云一样急速扩展。我马上就明白了过来。

第二轮，智慧的考验，现在开始。

"小心！"我背后有人大声喊。是海伦娜——她活着——正闪身从我后面那扇门进来。她全副武装，头发一丝不乱。我想冲上去拥抱她，实际却扑倒在地板上，避过一拨儿剃刀一样锋利的飞星暗器，它们正扫过片刻之前我脖子所在的地方。

飞星过后，是三名攻击者，他们像盘曲的毒蛇一样，从那团黑雾中飞跃而出。他们轻捷、迅速，身体和脸部都被丧礼上常见的黑布包裹。我还没有站定，其中一名杀手的弯刀攻向我的咽喉。我扭身向后，同时去踢他的支撑腿，但我的腿碰到的只是空气。

怪了，他刚刚明明还在那里的——

在我身边，海伦娜的弯刀像流沙一样迅捷，寒光闪耀，但一名暗杀者还是把她朝着黑烟的方向逼近。"晚上好，埃利亚斯。"海伦娜在刀剑撞击的伴奏下朗声问候。我们目光相遇，连她也掩饰不住笑意。"想我了没？"

我根本抽不出空儿来回答。另外两名刺客很快逼到我面前，尽管我用两把弯刀极力反抗，还是占不到上风。我左手的弯刀好不容易命中目标，切入对手胸膛深处，心中立时涌起一种残酷嗜血的满足。

然而那名袭击者只是闪了一闪，消失了。

我怔住了，不敢相信自己的眼睛。另外那名刺客抓住我发愣的机会，一把把我推进黑烟里。

我感觉像是掉进了整个帝国最黑暗、最幽深的洞穴里。我想要摸索前进，四肢却像灌了铅一样沉重，片刻后倒在了地上，身体像是无法支撑重负。又一颗飞星划过空中，我只能勉强感觉到它划伤了我的胳膊。我的双刀掉落地面，海伦娜在尖叫，那声音模糊遥远，就像是隔水听到的。

毒物。这个词让几乎失去意识的我警醒起来。烟里有毒。

凭借最后一点儿意识，我从地上摸索着捡回那两把弯刀，爬出那片黑暗。吸了几口新鲜空气，让我重新找回了理智。我发觉海伦娜不见了。我在烟雾中寻找她的踪迹，一名袭击者突然出现。

我矮身避过他的弯刀，想要双臂抱住他的身体，把他摔在地上。当我的皮肤接触到他的身体，寒意像标枪一样刺透了我，我冻得喘不上气，只好跳开，那感觉就像是双臂伸进了装满雪的桶里。袭击者又是身形闪动、消失，随后出现在另外一个位置。

他们不是人类。我这才意识到这一点。扎克的警告在我脑子里回响。那些古老生物真实存在，它们很快就会来与我们为敌。十重地狱啊。我当时还以为他疯了。可这怎么可能？安古僧怎么会有——

那袭击者绕着我转，我抛开心里的困惑。这家伙怎么出现的，现在一点儿都不重要。怎样杀死它——这才是值得思考的问题。

我的眼角有一线银光闪动，那是海伦娜戴护甲的一只手，正在地上抓挠，努力爬出烟雾带。我把她拖出来。她两眼发花，站都站不住，于是我把她背起来，沿着大厅向远处逃开。跑出足够远的距离之后，我才把她放在地下，转身面对敌人。

那三个家伙一起向我扑上来，动作快到难以抵挡。半分钟之内，我已经满脸血痕，左臂还多了一处深长的伤口。

"阿奎拉！"我大声召唤。她摇摇摆摆地站起来。"帮点儿忙好不好？"

她拔出弯刀，加入战局，两名袭击者不得不应战。

"他们是死灵，埃利亚斯。"她大声喊，"货真价实，腥臭恶毒的死灵。"

十重地狱啊。假面人给我们的训练包括弯刀、长棍和空手搏击，马战、水战都有涉及，甚至还有蒙着眼，戴着铁链的战斗项目。有时不眠不休，有时没有食物，但我们从来都没有受训对付这种根本不该存在的东西。

那该死的考验预告说什么来着？战胜敌人的智慧。一定会有办法杀死这些东西，他们一定有缺点。我只要找出来就行了。

罗慕克勒斯杀招。这是我外祖父自创的绝技。是一系列攻击对手全身各部位的招数，可以用来发现敌人的缺点。

我先攻击头部，然后是腿、胳膊和躯干。我向死灵胸口甩出的一把匕首凭空穿过，"当啷"一声掉在远处地板上。他没有去挡匕首的来路，却有一只手快速上抬，去护他的咽喉。

在我身后，海伦娜大声呼叫援助，因为那两名死灵加紧了攻击。其中一名高举匕首，想要刺穿她的心脏，但在他刺下之前，我已经把弯刀圈转，削断了他的脖子。

那死灵的头部掉落地面，阴森森的哀鸣声在大厅里回荡。几秒钟后，那颗头，连同那尸体，一起消失。

"小心左边。"海勒大叫。我看都不看，就把弯刀向左甩出。敌人一只手握紧了我的手腕，刺骨的寒气让我的胳膊一直麻木到肩膀，但我的弯刀也在此时命中目标。那只手就此消失，空气中再度响起怪异的尖叫声，令人毛骨悚然。

最后一名死灵绕着我们寻找机会，攻击节奏明显减缓。

"你真的应该逃走了。"海伦娜对那东西说，"这样耗下去，你只会死。"

死灵打量我们两个，然后扑向海伦娜。他们总是低估我。看来连死灵也不例外。她从那家伙胳膊下面闪过，脚步轻灵，像一名舞者。然后一刀削下了他的头。那死灵就此消失，烟雾散去。营房里如此寂静，就像过去这十五分钟的事从来没有发生过。

"嗯，刚才还真是——"海伦娜的眼睛突然瞪大，我无须更多提示，马上向一边闪躲。闪身时，恰好看到一把小刀划过空中。它没有刺中我，但也仅仅差之毫厘。金发和银白的兵刃一闪，海伦娜从我身边冲了过去。

"是马库斯。"她说，"我来对付他。"

"等等啊，笨蛋！可能会有埋伏的！"

门在她身后关闭。我只听到弯刀碰撞声，然后是某人的脊柱被拳头打断的声音。

我快速冲过兵营，看见海伦娜正对马库斯步步紧逼，后者已经鼻血长流。海伦娜的两只眼眸成两道缝，表情极为凶悍。我今生头一次见识到她真正的战斗力——这也一定是别人眼里海伦娜的样子——致命，心狠手辣。典型的假面人。

尽管我想去帮她，却没有贸然出手，而是细细察看周边环境。既然马库斯现身，扎克应该也会随时出现。

"你完全好了，阿奎拉？"马库斯向左佯攻，待海伦娜迎击时，他冷笑着说，"我不会这么轻易放过你。"他那双眼睛一寸一寸地打量海伦娜的身体。"你知道我一直想做的是什么吗？被我强奸时，你会不会像打架时这么生猛。这满身精壮的小肉肉，还有这长年压抑的能量——"

海伦娜猛力抡出一拳，马库斯中招倒地，嘴巴里全是血。她踏住他持刀的手臂，弯刀的刃口抵在他的喉咙上。

"你这个婊子养的混蛋。"她恶狠狠地对马库斯说，"你在那树林侥幸得手一次，不代表我没有闭着眼睛活劈了你的战斗力。"

但马库斯还是对着她邪恶地笑，完全无惧陷入喉头肌肉的刀刃。"你早晚是我的，阿奎拉。你属于我，你我都很清楚。安古僧已经告诉了我。你最好还是不要跟自己作对，现在就加入我吧。"

海伦娜的脸上一下子没了血色。她的眼睛里有股怒火，强烈而绝望。那种愤怒，就像你被绑住双手，又被人把刀抵在喉咙上的感觉。

只是现在，海伦娜才是手中拿刀的人。老天啊，她到底是怎么回事？

"休想。"她的语调还算坚决，但握刀的手变得绵软无力，而后，就像她也同意对方的话一样，那只手开始发抖。"你休想，马库斯。"

我看见营房外的阴影里有人形一闪。等我辨认出扎克的浅色头发，看见有支箭划过空中时，它飞过一半的距离了。

"海勒，趴下！"

她依言倒地，那支箭毫无威胁地从她肩膀上空飞过。我马上就知道，她完全没有任何危险，至少不用担心扎克。就算是胳膊受伤的独眼童兵，也不可能错过这么好的机会。

马库斯只需要这点儿干扰就够了。我以为他会攻击海勒，但他只是滚到一边，遁入夜色里，脸上还挂着奸笑。扎克尾随而去。

"你他妈的刚才到底怎么回事？"我对海勒怒吼，"你本可以把他开膛破肚，却被他说得无言以对？他到底在喷些什么粪——"

"现在不适合说这些。"海伦娜的语调很紧张，"我们必须离开这种开阔地带。安古僧想要杀死咱们两个。"

"拜托，说点儿我不知道的——"

"没有。这就是第二轮考验，埃利亚斯。他们努力来杀死咱们，该隐治好我之后告诉我的。这次考验将一直持续到黎明。我们必须有足够的机智击败所有的暗杀者。不管对方是什么人，或者任何怪物。"

"那我们需要个基地。"我说，"在这样的露天里，任何人都可以用弓箭偷袭我们。墓城的缺点是视野太差，而兵营又过于狭小。"

"去那里。"海勒指着东墙的瞭望塔说。那座塔在高崖上，俯瞰沙丘。"我们可以命令塔里的守军看住入口。而且，那里是理想的战场。"

我们向瞭望塔赶去，一路贴墙在阴影中行动。这个时间，没有任何学生和教官在外面。整个黑崖学院一片死寂，我说话的声音显得格外响亮。我尽可能压低了嗓音："你好了，我很高兴。"

"你还挺担心我的，对吧？"

"我当然担心了，一度还以为你死了。如果你真有个三长两短……"这是不可想象的事。我凝视海伦娜，她只跟我对视了一秒钟，就把视线移开了。

"是啊，的确，难怪你会担心。我听说，你把我拖到钟楼的时候，浑身都是血。"

"没错，很烦人的经历。原因之一，是你身上很臭。"

"我欠你的，维图里乌斯。"她的眼睛变得温柔，黑崖学院训练出来的铁血本能让我暗自摇头。现在可不是她像普通小女孩那样，对我春心萌动的时候。"该隐把你为我做的一切都说了。从马库斯偷袭之后的事，我全都已经知道。我想对你说——"

"换你也会这么做的。"我生硬地打断她，见她身体变僵硬，眼神变冷，反而觉得满意。冷漠胜于温情，力量胜于软弱。

在我和海伦娜之间，产生了一种不可言说的纠葛，这跟我看到她裸露肌肤时的感觉有关，跟她听说我担心时的尴尬有关。经过这么多年单纯的朋友之交，我不知道这些新感觉意味着什么。但我至少能确定：如果想要活着完成第二轮考验，现在就不是想这些事的时候。

海伦娜肯定是明白了我的意思，她示意我前头开路，我们在前往瞭望塔的路上都没有再说话。等我们到达塔基，我让自己松了一口气。这座塔在悬崖边上，西侧俯瞰沙丘，东侧高于校园，黑崖学院的警戒墙向南北两个方向延伸。一旦我们到达塔顶，就可以在任何敌人逼近之前，有较多时间准备应对。

当我们沿塔内的阶梯上到一半时，身后的海伦娜却放慢了脚步。

"埃利亚斯。"她声音里的警惕，促使我马上拔出了双刀——现在只能靠这哥俩保命了。我们脚底下、头顶上，都有人大声吼叫。整个楼梯间突然就变得羽箭纷飞，脚步声杂沓。一队军团士兵从楼上冲下来。有一刻，我有点儿摸不着头脑。然后，他们就攻上来了。

"士兵们，"海伦娜喊道，"退下，退——"

我想让她省省力气。这显然是安古僧的命令，说今晚我们就是敌人，见到之后格杀毋论。该死的。战胜敌人的智慧。我们早应该想到，现在任何人，或者所有人，都可能是我们的敌人。

"背靠背，海勒！"

瞬间之后，她就已经贴在我背上。我来抵挡塔顶上面冲下来的士兵，而她负责应付下面上来的对手。我的斗志渐渐升腾，却有意遏制，战斗只限于伤敌，而不是置人死命。我认识这里的一些对手，不能轻易斩杀他们。

"你这混蛋，埃利亚斯！"海勒在大叫。我击伤的一名军团士兵从我身边闯过，伤到了海勒持刀的手臂。"战斗啊！他们都是武夫，可不是什么野蛮部落的乌合之众！"

现在海勒不得不同时对付下面的三名对手和楼梯上方的另外两个，敌人还越来越多。我必须杀出一条血路，让我们能够到达塔顶。我们自己想逃生——就要踩着别人的尸体前进。

我任由战意升腾，沿楼梯向上冲杀，弯刀无拘无束地肆意飞舞。一把刀刺穿一名士兵的肚腹，另一把割断了某人的咽喉。楼梯狭小，双刀施展不开，我于是收起一把，握住匕首，又刺穿了第三个人的小腹和第四名对手的心脏，几秒钟以后，向上的通道被我打开，海伦娜和我飞奔而上。我们到达塔顶，却见到更多士兵严阵以待。

你真要杀死他们所有人吗，埃利亚斯？你还要造多少杀孽？刚才已经杀了四个，还要再来十个？十五个？你就跟你妈一样。出手像她一样快，心像她一样狠。

我的身体定住，动弹不得，这是以往的战斗中从来没有发生过的事，我那颗愚蠢的心控制了一切。海伦娜呼喊、旋转、击杀、防御，而我始终呆立在原处。然后，我想战斗也为时已晚，因为一个方下巴的大块头抓住了我，他的双臂像老树桩一样粗壮。

"维图里乌斯！"海伦娜说，"北面有更多士兵逼近。"

"唔哇——"那大块头把我的脸按在瞭望塔墙上，他那只大手极为用力地捏紧我的头，看来是铁了心要挤爆了它才算完。他用膝盖顶住我的身体，让我一寸都动不了。

有一会儿，我还挺佩服他的作战思路。他知道自己硬拼不是我的对手，就选择偷袭，想用他超级强壮的身体优势来压倒我。

我被挤得眼冒金星，刚才的佩服便也烟消云散。计谋！你必须靠头脑克敌！可是现在，我实际上已经错过了任何用计的时机。我不该在作战中走神儿，我本来应该在大块头靠近我之前，一刀劈开他的胸膛。

海伦娜飞快地从对手面前跳开，想来帮我。她拉扯我的腰带，像是打算把我从大块头手里抢走，但后者轻松就推开了她。

那士兵把我的身体当拖布一样拖过墙面，找到垛口之间的一处空隙，把我推出墙外悬空，他一只大手紧握我的脖子，像小孩拿一个破玩具一样，让我凌空悬在沙丘之上。我两条腿的下面，是六百英尺饥渴的空气。在俘获我的士兵身边，是成群的其他军团士兵，正极力把海伦娜也逼向悬崖。他们现在还难以靠近，海伦娜呵斥着勇敢作战，但像网里的猫一样无力回天。

无往不胜。外祖父的声音在我头脑里响起，无往不胜。我的手指插入那壮汉的肌肉中，想要挣脱他的掌握。

"我押了十个马克赌你赢。"那伙计看起来是真的很动情，"可是军命难违。"

然后他松开大手，任我向下跌落。

我下跌的过程好像持续到了永远，又好像是转瞬就结束。我的心提到了嗓子眼儿，内脏全部失重移位，然后，却感觉到一下让我头昏目眩的强力拉扯。我已经不再下坠，但我也没有死。我的身体悬吊在半空中，被我腰带上的一根绳子拉住了。

海伦娜拉扯过我的腰带——她一定是那时候把绳子系上的。这也就意味着她在绳子的另一端。也就是说，要是我继续像只懒蜘蛛一样吊在这儿，待会儿等士兵们把她也丢下来，我们会一起向下掉落，很快就不用有下文了。

我向悬崖表面荡去，试图找到搭手的地方。绳长是三十英尺，在如此靠近塔基的高度，山崖还不算十分陡峭。几尺之外，一道裂缝下方有石梁突出。我将自己牢牢揳入石缝，勉强来得及应变。

头顶传来尖叫声，然后有个银甲金发的身影从我身边跌落。我两条腿用力，极力拉紧强索，但还是险些被海伦娜的重量给带落下去。

"我拽住你了，海勒。"我喊道。我知道这样被吊在几百尺的高处时，她心里会有多么害怕。"坚持住。"

我把海勒拽进岩石缝的时候，她眼神迷乱，浑身发抖。石梁上几乎没有足够的空间容纳我们两个人，她抱住我的肩膀，才勉强能站定。

"没事的，海勒。"我用脚踏石梁，"你看，我们脚下真的是坚如磐石。"她紧贴着我的肩膀点头，用非常不海伦娜的方式紧紧黏着我。

即便隔着全身盔甲，我还是能感觉到她的身体曲线。我小腹涌起一种古怪的热力。她还老是不停地动，好像对我们的身体如此接近并非毫无反应，这实在是让我更加难以把持。我脸上开始发烫，感觉到我们之间突然面临爆发的危机。冷静啊，埃利亚斯。

我极力避开她，这时有一支箭射落在我们身边——他们已经发现了我们。

"在这石梁上，太容易被射中了。"我说，"拿着。"我把我俩腰带上的绳子解开，塞进她手里。"把这个系在一支箭上，尽可能结实点儿。"

她按我说的去做了。而我从背上取下一张弓，在崖壁上寻找上下山崖的吊篮。有一具就在十五英尺之外。要在平时，我闭上眼睛也能射中它，只是现在，军团士兵们正在把吊篮向上回收，准备收回瞭望塔里。

海伦娜把箭递给我。我抢在上面有更多羽箭飞落之前，搭箭射出。

没射中。

"真倒霉！"军团士兵把吊篮回收到射程之外。崖边的其他吊篮也都被回收到塔中，他们自己坐进去，然后又放了下来。

"埃利亚斯——"海伦娜为了躲一支箭，险些从石梁边摔下去，幸好她抓住了我的胳膊。"我们必须离开这里。"

"谢谢提醒,这我也想到了。"我自己险些被射中,"要是你有什么天才计划,请尽管阐述。我无计不从。"

海伦娜抢过我的弓,那支系绳的箭发射,一秒钟以后,有一名乘吊篮索降的士兵身体变得瘫软。她把那尸体拉扯过来,从吊篮上解开,我试着不去在意下面传来的闷响,那士兵的尸体已经落在沙丘上。海勒解开了箭上的绳,我把自己固定在吊篮里——我得把她背下去。

"埃利亚斯,"等她想到我们不得不做的事,声音不由得细小起来,"我,我不能——"

"你能。我不会让你掉下去的,我保证。"

我用力拽了下绳索,希望它够牢靠,足以支撑两个全副武装的假面人。

"爬到我背上。"我捧住她的下巴,迫使她面对我的视线,"像刚才一样把我们俩绑在一起,两条腿夹着我的腰。我们下到沙丘之前,死也不松开。"

她听话地照做了,头搭在我的脖子上,我一跳一跳地沿着山崖下行,她的呼吸短促而混乱。

"千万别掉,千万别掉。"我听她在嘟囔,"不要掉,不要……"

塔顶不断有羽箭朝我们倾泻,而其他军团士兵也下行到与我们相当的高度,他们拔出弯刀,沿着山崖表面向我们逼近。我双手发痒,巴不得能拔刀迎敌,但我必须两只手握绳,这样我们俩才不会掉下去。

"海勒,别让他们靠近。"

她的两条腿夹紧我的臀部,弦声清脆,一箭接一箭射向追兵。

嗖。嗖。嗖。

海伦娜箭走连发,迅捷如电,一声接一声的惨叫在周围响起。

我们下降得越远，塔顶射下的羽箭越稀少，即便射中，也会被甲胄弹开，造不成伤害。我双臂的每一块肌肉都紧绷着，保证我们俩平稳下降。就快到了……只差一点儿……

然后我的左腿突然感到一阵剧痛。绳索失去控制，我们一下子沉落了五十尺之多。海伦娜抓紧我的身体，仰面尖叫。这太像普通小女孩了，这事，我知道以后都不能在她面前提起，绝对不能。

"维图里乌斯，你这笨蛋！"

"抱歉。"我定住绳索，咬牙忍痛回答，"我中箭了。他们还在逼近吗？"

"没有。"海伦娜伸长脖子看悬崖表面，"他们都在向上爬回去。"

我顿时觉得颈后寒毛直竖。士兵们没有任何正常理由停止攻击——除非他们认定使命完成，接下来会有其他人能够结果了我们。我向下面的沙丘俯视，还有二百英尺的距离。我现在还看不见下面有没有敌人。

一阵风从沙漠方向吹来，令我们重重撞在悬崖表面。我险些再次放脱绳索。海伦娜又尖叫起来，她抱我的胳膊进一步收紧。我的一条腿火辣辣地痛，但我无视了它——只是皮肉伤而已。

有一秒钟，我觉得自己好像听到一阵低沉而充满嘲讽的冷笑声。

"埃利亚斯。"海伦娜在朝沙漠方向遥望。她没开口，我就知道她会说什么了。"那边有东西——"

狂风卷走了她没有说完的话。风从沙丘来，突然就有了邪异的威势。我放开绳索，我们快速下降，但还是不够快。

一阵狂风把我的手从绳子上吹开，让我们下降的势头被遏制。沙丘上的黄沙腾空而起，我们周围俨然成了沙砾上旋漏斗的中间点。就在我们难以置信的双眼的注视下，那飞沙在一起聚集，变成了一个巨大的人形，它双手狂舞，双眼是一对黑暗的洞。

"它们……是什么人？"海伦娜徒劳地用弯刀劈砍沙砾，她的动作越来越疯狂。

敌对，而且不是人类。安古僧已经释放过一种超自然魔物来对付我们。我猜出他们再放出另一种，也不是很困难的事。

我伸手去解绳索，它们完全缠成了一团，不可救药。我大腿上的痛感突然爆炸式地加剧，低头一看，有一只飞沙组成的手，正握着那支箭在我的肌肉间慢慢划。我急忙出手，想要折断那箭头，狂笑声还在周围回荡——要是任它用这支箭在我的腿上拖遍，我这辈子就瘸定了。

黄沙扑面而来，抽打着我的脸庞，随后整合成了另一只魔物。它就在我们头顶上飞舞，尽管五官并不十分清晰，还是足够让我看出它脸上恶狼一样狰狞的笑。

我极力控制住自己的惊诧，试图回想瑞拉阿嬷讲过的故事。我们已经对付过死灵，而这东西块头很大——它可不像死灵和暗鬼那么袖珍。据说妖怪多数怕见人类，神怪却残忍狡猾……

"它是神怪！"我在风中呼喊。那只黄沙组成的魔物狂笑不止，就像我在它面前玩杂耍、做鬼脸一样。

"神怪早就死绝了，小小选帝生。"它的尖啸像是北风的呼号。然后它向我逼近，两只眼眯成一道缝。它的其他兄弟也在它身后聚集。旋舞着，翻腾着，像举办狂欢节。"很早以前就被你们人类消灭了，那场大战可不得了。我是金风罗万，沙妖之王，我会夺走你的灵魂，据为己有。"

"你贵为沙妖之王，为什么要来为难我们区区人类？"海伦娜试图拖延时间，而我极力拆解绕成一团的绳索，调整吊篮的状态。

"区区人类！"沙妖之王身后的妖魔们齐声哄笑，"你们贵为选帝生，脚步声都会在沙漠与星空回荡。奴役你们这样高贵的灵魂是巨大的荣耀，连我都求之不得。"

"它到底在说什么？"海伦娜小声问我。

"不知道。"我说，"继续跟它胡扯就好。"

"你奴役我们做什么？"海伦娜问，"因为我们——嗯——本来就会心甘情愿服侍你的。"

"傻姑娘！背负着那个血肉的皮囊，你们的灵魂就全无用处。我必须唤醒并驯服它们。只有到那时，你才可能服侍我。只有到那时——"

它的声音消失在风中，我们"嗡"的一下又下降了好大一截。那些妖怪齐声尖啸，紧紧追随，它们环绕我们，遮住我们的视线，又一次把我的手从绳子上扯开。

"带走他们。"妖王罗万对它的喽啰们大声发令。一个妖怪闯入我们的身体之间，海伦娜对我身体的掌握开始松动。另一只魔物夺走了她的弯刀，卷走了她背上的弓，看那些武器坠落在沙丘，它们不由得开心地呼啸。

还有一只妖魔，疯狂地在一块尖石上磨我们的吊索。我拔出弯刀，刺入它的身体，还扭动几周，希望钢铁能杀死它。那妖魔疯狂大叫，我不知道它是因为痛苦还是生气。我想要砍掉它的头颅，它却飞到了远处，一路污言秽语。

动动脑子，埃利亚斯！暗影中的杀手有他们的缺点，这些沙妖一定也有。瑞拉阿嬷讲过跟它们有关的故事，我知道她一定讲过。但我这个笨蛋，现在偏偏什么都想不起来。

"啊！"海伦娜的胳膊已经被从我身上扯开，她现在只靠两条腿缠着我的身体。沙妖们欢呼雀跃，更加努力地要把她扯走。妖王罗万两只手轻捏她的面颊，海伦娜全身都泛起奇异的光晕。

"她是我的了！"妖王说道，"我的。我的。我的。"

绳子开始磨损，我大腿上的伤口血流如注。其他沙妖眼看就要把海伦娜抢走了。而在它们忙碌的过程中，我发现石壁上有一道倾斜的裂痕，可以一直通到下面的沙地。瑞拉阿嬷的面容突然在记忆里变得清晰，她正在明亮的篝火照耀下歌唱：

妖，妖，风之妖，星钢之剑斩妖刀。

妖，妖，海之妖，见火则惧望风逃。

妖，妖，沙之妖，最怕清歌云间绕。

我把弯刀掷向磨损绳子的沙妖，借助绳子的力量向前荡，把海伦娜从群妖手中抢夺过来，把她推进那条裂缝里，全程无视海伦娜惊恐的尖叫，还有我背后那些愤怒的黄沙之手。

"唱歌，海勒！唱歌。"

她张开了嘴巴，我不知道她是要喊，还是要唱，因为绳子终于无法继续支撑，我径直坠落。海伦娜苍白的脸孔从我面前消失。然后，整个世界变成了一片静谧的银白色，我在亦真亦幻的迷茫中失去了知觉。

第二十三章　拉娅

我离开厨房之后，还在因为厨娘的警告胆战心惊，这时候，伊兹来找我了。她给了我一张纸，是院长给特鲁曼的详细要求。

"我说自己可以送去的。"伊兹说，"可是她——她不喜欢这个主意。"

我艰难地走过塞拉城的街道，前往特鲁曼的冶炼场，路上没有人注意到我。有肥大的斗篷遮挡，也没有人能看到新刻上的字母 K，尽管伤口还有血珠渗出。我慢慢走路的途中，发觉自己显然不是唯一受伤的奴隶。有些其他学者族奴隶也带着瘀伤，有些人身上有鞭痕。还有些人走路弯着腰，一瘸一拐，像是内脏受到了损伤。

经过富人区的时候，路边有鞭辔在玻璃柜中展示，我被自己的影子吓到，一下子就站住了。玻璃上的人失魂落魄，两眼空洞，呆滞地回看着我。我浑身是汗，一半因为发烧，一半因为天气持续炎热。我的衣服紧紧贴在身上，满是皱褶的裙摆裹住两腿，很是难看。

都是为了代林。我继续向前。不管你现在有多难受，他都比你更惨。

前面已经接近锻造区，我放慢了脚步。我想起院长昨天晚上说过的话。算你这臭了头运气好，我还想要一把特鲁曼战刀。你的另一半好运，是他想拿你开开荤。进入店铺之前，我在周围磨蹭了好半天。我现在的肤色像乳清，满身的汗水能装一大桶，特鲁曼应该也没什么接近我的兴趣吧。

跟上次来的时候一样，店里还是静悄悄的，但这次我知道铁匠在家。果然，我开门刚刚几秒钟，就听到轻轻的脚步声，特鲁曼从内室走了出来。

他看了我一眼就又消失，片刻后回来，拿了满满一杯水，还拎来一把椅子。我坐倒在椅子上，转眼就把那杯水喝光，完全顾不上怀疑杯子里有没有下药。

冶炼场很凉爽，那杯水更凉。我因发烧而颤抖的症状暂时得到缓解。然后，斯皮罗·特鲁曼从我身边过去，到了冶炼室门口。

他把门锁上了。

我慢慢站起来，手里捧着那杯子，就好像它是一份贡品，是可供交换的东西，就好像只要我把杯子还给他，他就会开门放我回去，不会伤害我。他从我手里把杯子接过去。然后我开始后悔，宁愿自己拿着那杯子，这样至少可以把它碰碎了，拿个残片用作武器。

他看着那杯子问我："暗鬼出现的时候，你看到的是谁？"

这个问题太过突然，我来不及考虑就说了实话："我看到了我哥哥。"

铁匠盯着我的脸，双眉紧锁，就像在想什么事情，做什么重大决定。"那么，你是他妹妹了。"他说，"拉娅，代林经常说起你。"

"他——他说起——"代林为什么要对这个人说起我？他跟这个人有什么可说的？

"这事的确很怪。"特鲁曼倚靠在工作台上说，"多年以来，帝国政府一直试图强迫我收一些人当学徒，可是我从没有碰到过合适的人选，直到那天我抓到代林在那上面偷看。"最高层的窗户那里，护窗板是开着的。能看到隔壁家的阳台，上面乱丢着很多破旧的柳条筐。"我把他从上面拖下来，本来是想要交给辅兵处理的。可然后呢，我看到了他的速写本。"他摇摇头，到此已经无须解释。代林画的东西太传神了，以至于你要是伸出手，就好像能把他画的东西从纸上拿出来一样。

"他不只是在画我工作室里的东西，他还自己设计武器。那么好的创意，我只在梦里见过。我当场就邀请他做我的学徒，本以为他会借机逃走，而我再也不会见到他。"

"但他没有逃。"我小声说，他才不会逃呢——代林不是那样的人。

"是的。他进了锻造室，到处张望。的确很小心，但并不害怕。我从来没见过你哥哥害怕。他也会感到恐惧——我确信他一定也有恐惧，但他好像从来不会对噩运过度关心。他永远都觉得一切会顺利。"

"帝国方面以为他是反抗军成员。"我说，"其实一直以来，他都是在为武夫们工作？如果是这样，他为什么还被关在牢里？你为什么不救他出来？"

"你以为帝国当局会容许一名学者了解他们的秘密吗？他没有为帝国效力，他只是在为我打工而已，而我也早就跟帝国分道扬镳。我只为他们做绝对必要的工作，让他们不至于干掉我。多数时候，我只制造盔甲。代林来之前，我已经有七年时间没有铸造过一柄弯刀。"

"但是……他的速写本上有刀剑的图形——"

"又是那该死的速写本。"斯皮罗哼了一声，"我跟他说过把那玩意儿放我这里，可他就是不肯听。现在帝国得到了它，不可能再拿回来了。"

"他在本子里记载了一些配方。"我说，"还有锻造窍门。这些——这些他本不该知道的——"

"他可是我的学徒，我教过他如何制作武器。最高级的武器，特鲁曼家族的工艺，但不是给帝国锻造。"

　　我明白了他的意思，紧张地咽了一口口水。不管学者族的反抗军有多么精明，起义说到底还是真刀真枪的战斗，而在以往的战斗中，武夫总是会获胜。

　　"你想让他为学者们锻造武器吗？"这可是叛国行为。当斯皮罗点头时，我不敢相信他。这肯定是陷阱，就像今天上午的维图里乌斯一样。这肯定是特鲁曼跟院长一块儿设计的圈套，用来考验我的忠诚。

　　"如果你真的跟我哥哥一起工作，肯定会有人看到过。这里一定也有其他人的奴隶、助手之类——"

　　"我是世上唯一的特鲁曼大匠。除了我的门生之外，所有的事情我都亲力亲为。这是祖传的规矩，也是从来没有人发现你哥哥跟我在一起的原因。我也想帮代林，可是有心无力。抓到代林的假面人在他的速写本里认出了我的手艺，已经询问过我两次了。如果帝国当局发现你哥哥是我所收的门生，会先杀死他，再杀了我。而现在，我恰恰是学者族挣脱锁链的唯一希望所在。"

　　"你们是在协助反抗军？"

　　"不。"斯皮罗说，"代林那时就不相信他们，他力争不与那些战士来往。但他往返这里的时候，用的是反抗军控制的地道。几周前，两名反抗军发现他正从锻造区离开。他们怀疑他在协助武夫，代林不得不让他们看了速写本，才保住了自己的性命。"斯皮罗叹了口气，"其后，反抗军当然就希望他能加入组织，总是对他纠缠不休。最后，这反而成了好事，成了我们两个到现在还活着的唯一原因。只要帝国方面以为他掌握着反抗军的秘密，他们就会继续留他在牢里活着。"

　　"可是他说过自己不是反抗军成员。"我说，"假面人突击搜查时就说过了。"

"这是常见的回答。帝国方面也预料到真正的反抗军会试图隐瞒自己的身份，坚持几天，甚至几周，然后才松口。我们对此早有准备，我教过他如何熬过审讯和牢狱生活。只要他还在塞拉城，没有被送进考夫监狱，他应该就能应付。"

可是又能坚持多久呢？我在心里质疑。

我害怕打断特鲁曼，但我更害怕他继续讲下去。如果他说的是实话，我知道得越多，自己也越危险："院长还等你答复呢。过几天她会让我来取她要的东西。这个拿去。"

"拉娅，你等等——"

但我把那张纸塞进他手里，冲到门口，扭开门。他本可以轻易制止我，但没有那样做。相反，他只是眼睁睁地看我沿着小巷跑走。我拐弯时，觉得像是听到他在喃喃咒骂。

《《《

夜深了，我在自己小盒子一样的房间里辗转反侧，绳床上的绳子勒进我的后背，房顶和四壁都如此接近，让我几乎无法呼吸。而我的脑子里，总在回想特鲁曼说过的话。

赛里克精钢是帝国强大军力的核心，没有任何武夫会愿意把这样的秘密拱手交给一名学者。但特鲁曼说的话，又让我觉得像是真的。他说起代林的时候，对他的描述非常准确——他的画、他的思维方式。而代林也的确和斯皮罗一样，说自己不属于武夫那一方，也不属于反抗军一方。这些细节都能对上。

只是我所了解的代林，对反抗之类的事情并无兴趣。

或者是我搞错了？我脑子里接连出现很多回忆中的瞬间：阿公说起自己如何为一名遭到辅兵痛打的孩童正骨，代林一言不发；阿公和阿婆说起最近的武夫军搜查，代林借故离开，双拳紧握；代林冷落我们，却一心描绘被假面人吓坏的妇女，以及贫民窟里为一个烂苹果大打出手的孩子们。

我本以为，哥哥的沉默寡言是跟我们渐渐疏远。但也许，沉默是他的慰藉，也许只有这样，他才能抑制住自己心中的愤怒，才能承受自己人每天的遭遇。

等我终于入睡，厨娘关于反抗军的警告又侵入我的梦境。我看见院长把我割得遍体鳞伤，一次又一次。她的脸每一次都在变，有时是梅岑，有时是奇南，有时是特鲁曼或厨娘。

我在令人窒息的黑暗中醒来，大声喘息，想要把小房间的墙推远一些。我从床上爬起来，走过露天的过道，走进黑暗中的庭院里，贪婪地吸入夜间凉爽的空气。

午夜已经过去，云朵掠过几乎全满的月亮。再过几天，应该就是仲夏节，学者们会庆祝一年中月亮最大的夜晚。今年，阿婆和我本来是要到庆典那里给大家分发糕饼，而代林是要跳舞跳到两只脚麻木的。

而在眼前的月色里，黑崖学院可怕的建筑外形，竟然也有了些许美感，死黑的花岗岩在月下变成了蓝色。学校和平时一样，静得略显诡异。我从来不害怕晚上，从小就不怕。但黑崖学院的夜晚不同于别处，这里的那份安静，让你总想回头看，这里的静寂像是有生命的东西，它总是暗藏恶意。

我抬头看天上低垂的星辰，它们让我觉得像是看到了永恒的时空。但在它们冰冷的注视下，我又会感觉特别渺小。要是人间的生活如此丑恶，星空再美好，又有什么意义？

以前我不是这么想的。以前有过无数的夜晚，代林和我一同坐在外祖父母的房顶上，看那蜿蜒的银河轮廓，寻找星空中的射手和游侠。我们曾一同看流星，不管谁第一个看到，都可以要求对方做一件捣蛋的事。因为代林的眼睛比猫儿还好使，我总是会被迫受罚。要从邻居家偷李子，或者往阿婆衬衣后领子里洒凉水。

现在代林看不到星空了，他被困在一间牢房，置身塞拉城迷宫一样的监狱里。他甚至可能永远都看不到星空了，除非我帮反抗军拿到他们想要的情报。

院长的房间里突然有灯火闪亮，我吓了一跳，没想到她还醒着。她的窗帘微微飘动，有话语声从开着的窗户传出来。她的房间里还有别人。

特鲁曼的声音又在我耳边响起。*我从来没见过你哥哥害怕，但他好像从来不会对霉运过度关心。他永远都觉得一切会顺利。*

院长的窗外有一副老旧的棚架，上面爬满了夏天休眠的藤蔓。我轻摇那棚架——它很不结实，但也不是完全不可能爬上去。

她反正也不一定讲什么有意义的话，她甚至可能只是在跟一名学生闲聊。

可是为什么要在半夜见学生呢？有什么事情大白天不能说？

*她会用鞭子抽你。*我的恐惧向自己哀求。*她甚至会挖掉你一只眼睛，或者砍掉你一只手。*

我遭受过鞭笞、殴打，被人掐脖子，但我还是活下来了。被人用火热的刀子在身上刻字，但我还活着。

代林就是不让恐惧控制他自己。如果我想救他，我也不能让恐惧控制自己。

我知道自己想得越久，就越容易丧失勇气。于是我抓紧那棚架，爬了上去。这时又想到了奇南的提示：*事先永远要想好脱身方案。*

我撇撇嘴。现在想这个已经太晚了。

我的拖鞋每发出一丝响动，在我听来都像是一声爆炸。一声嘎

第二十三章

拉 娅

吱，吓得我全身发抖，瘫软了一分钟之后，我才想到那是棚架因我体重影响发出的声音。

等我到达顶端，还是听不到院长说话的声音。窗口在我左边一英尺外，而在窗台下三英尺处，有一块石头脱落，形成了一个小小的立脚点。我深吸一口气，把住窗台，从棚架悠到窗台下。有一个极度紧张的瞬间，我的脚在光溜溜的石墙上绝望地挣扎，然后才找到立足之处。

你可别掉下去，我请求脚下那块石头，也千万不要碎。

胸前的伤口再次开裂，我努力无视身前滑落的血滴。我的头现在跟院长的窗户齐平，要是她往窗外探头看，我就死定了。

别想那些。代林告诉我，听着就行。院长急促的话语声正从房间里传来，我探身倾听。

"——会带全体手下驾临，夜魔王大人。所有人——他的庭臣、嗜血伯劳、黑甲禁卫——还有泰亚家族几乎所有的成员。"听院长的声音压这么低，我一下子放心多了。

"这件事必不能含糊，凯瑞斯。泰乌斯必须在第三场考验之后来到。否则，我们全部的计划就成了一枕黄粱。"

听到第二个人的声音，我倒抽一口凉气，差点儿掉下去。他的声音低沉、柔和，与其说是一种声音，不如说是一种感觉。它就像骤雨，像疾风，像深夜枝头摇曳的叶子。它就像树根吸入地底深处，还有那些苍白而没有眼睛的地底生物。但这声音还有另一种特异之处，就像在最深处藏有某种病态而且邪恶的成分。

尽管从来没有听过这个声音，我还是被它吓得发抖。有一秒钟，我恨不得要放开窗户摔下去，只要能不听这声音就好。

拉娅，我听见代林说，勇敢些。

我冒险透过帘幕向里看了一眼，瞥见了那个站在房间一角的人影，他整个人都藏在黑暗中，看上去也不过是个披着斗篷，身量中等的男人而已。但我从骨髓里就知道，这绝对不是一个正常人。阴影在他脚下聚集，扭曲着，涌动着，就像在极力吸引他的注意。那些是暗鬼。等那怪人转向院长，我禁不住身体一缩，因为他帽子下面的那种黑暗，绝不是这个世间该有的那一种。他的双眼泛着邪异的光，像是用古老的恶意淬炼出的扁长星辰。

那东西在动，我赶紧避开窗口。

夜魔王，我心里在尖叫，她管他叫作夜魔王。

"我们别处还有一个问题，大人。"院长说，"安古僧已经在怀疑我干涉考验。我的……傀儡们不像我期望的那么有效。"

"让他们怀疑去吧。"那怪物说，"只要你隐藏住你的头脑，我们再继续教法拉尔兄弟隐藏他们的念头，安古僧就什么都不会知道。不过我也的确有疑心，怀疑你是不是选错了选帝生，凯瑞斯。他们又浪费了第二次偷袭击杀对手的机会，尽管我跟他们说过杀死阿奎拉和维图里乌斯的全部应知事项。"

"法拉尔兄弟是唯一可能的选择。维图里乌斯太过于固执，而阿奎拉对他过于死心塌地。"

"那就必须让马库斯赢得考验，而我也一定要能够控制他。"阴影里的男人说。

"就算万一是其他人获胜，"院长的语调非常缺乏信心，我从来都想象不出她也会这样说话。"比如维图里乌斯。你也可以杀了他，再变成他的样子。"

"变形法术可没那么容易，而我也不是什么杀手。院长，你别想利用我替你清除眼中钉。"

"他不是眼——"

"你想要让令郎死，不妨自己动手，但不要让这损及我交给你的任务。如果你完不成这个目标，你我之间的盟约也将就此解除。"

"还有两场考验，夜魔王大人。"院长声音低沉，暗藏怒火，"因为两次都在此地举行，我确信我能——"

"你的时间不多了。"

"十三天，足够了——"

"要是你在力量考验中的破坏行动失败呢？第四场考验仅仅一天后就将到来。两个星期之后，凯瑞斯，你必将迎来一位新皇帝，确保他是合适的人选。"

"我绝不会让您失望的，大人。"

"当然不会，凯瑞斯。你以前从不曾令我失望。作为对你信心的证明，我又给你带来了一件礼物。"

窸窣声，撕裂声，然后是急促的吸气声。

"那文身的一点儿补充。"院长的客人说，"要我帮忙吗？"

"不必。"院长终于吐出了那口气，"不用，这次我自己来。"

"如你所愿。好了，送我去门口吧。"

几秒钟后，窗户"啪"的一声关闭，几乎把我从藏身处震落。灯也熄了。我听到遥远的关门声，随后是完全的静寂。

我的整个身体都在发抖。终于，终于，我总算是给反抗军拿到了一点点有用的情报。这不是他们想要的全部详情，但可能已经足够让梅岑暂时满意，争取到更多一点儿时间。我心里有一半感到满意，另一半却还在想着被院长称为夜魔王的那家伙。他到底是个什么东西？

原则上讲，学者们不相信任何超自然力量。怀疑主义是我们学术传统为数不多的遗留迹象之一，而我们中的多数人还都坚决秉持这样的立场。神怪、巨妖、暗鬼、死灵，这些东西都属于传说和神话的范畴，暗影成为活物，只能解释为视觉假象。要是一个暗影幻化的形象有地狱一样可怕的声音，早晚也会有合理解释的。

这次却没有办法解释一番了事。它真实存在，就像那些暗鬼一样。

突然一阵狂风，从沙漠方向吹来。风摇撼着棚架，险些把我从栖身处扯下来。我打定主意，不管那家伙是什么货色，我对它了解得越少越好，我只要得到自己需要的信息就够了。

我伸脚去够那棚架，但又遇上一阵狂风吹过，只好快速缩回。棚架咯吱作响，倾斜，然后，就在我面前轰然倒下，砸在石板地面上。这血海漫漫的地狱啊。我只好缩成一团，等着厨娘或者伊兹出来的时候发现我。

几秒钟后，院子里的石板地面上就响起脚步声，伊兹从仆人住所的过道里走出来，肩上紧裹着一条披肩。她低头看到那棚架，又抬头看窗户，然后就看见了我。她的嘴巴张成了 O 形，但她只是扶起棚架，看着我爬下来。

我转身面对她，正要快速编造一大堆各色"解释"，当然没有一个说得通。她抢先开了口。

"我想让你知道，我觉得你做的事情很勇敢，非常勇敢。"伊兹一开口就滔滔不绝，就像憋了很久一样，"我已经知道了那次搜查，你家人的遭遇，还有反抗军的事。我没有试图窥探你，我发誓。只是今天早上，我把沙子送上去之后，想起烙铁还在炉子上。我回来取的时候，听到你和厨娘在谈话，我又不想打断你们。反正，我就在想，我可以帮助你。我知道些事情，很多事情。我从小就在黑崖学院长大。"

有一秒钟，我无言以对。我现在是该恳求她不告诉任何人吗？还是蛮不讲理地发火，怪她不该偷听？我目瞪口呆，是因为没想到她这么能说？很多事我都不清楚，但我知道一件事：我不能接受她的帮助，这太危险了。

我还没来得及开口，她已经把手插到披肩下面，摇着头。

"算我没说。"她看起来好孤独——就像一年到头孤苦无依，一辈子都没人理会那样，"我的想法太蠢了。抱歉。"

"这想法一点儿都不蠢。"我说，"只是太危险了，我不想让你受伤害。如果院长发现了，会把你我都杀掉的。"

"或许还比现在好点儿。至少到我死的时候，还算做过一点儿有用的事。"

"我还是不能让你这样做，伊兹。"我的拒绝伤害着她，也让我自己非常难受，但我还没有绝望到要让她为我冒生命危险的地步。"我很抱歉。"

"算了。"她缩回自己的保护壳里，"没关系。只要……算我没说就好。"

我做出了正确的选择，我知道。但当伊兹凄然远去，那么孤单，那么落寞，我还是痛恨我自己，害她觉得那么失落。

《《《

尽管我求厨娘把所有跑腿的任务都交给我，这样就能每天出现在市场，可却没有收到反抗军方面的任何消息。

直到最后，我偷听院长谈话的事过去三天之后，我正在驿站的人群里挤着，一只手搭在我的手腕上，我本能地用手肘向后猛撞，想叫这个轻浮的家伙痛得喘不上气，却被另外一只手抓紧了自己的胳膊。

"拉娅。"有人在我耳边小声说，是奇南的声音。

闻到他熟悉的体味，我觉得浑身都有了精神。他放开我的胳膊，握着我手腕的那只手却更紧了。我很想把他推开，呵斥他不该这么随便碰我。与此同时，我又因为触到他的手，感觉到有一种刺激感从脊柱直传上来。

"不要转身。"他说，"院长给你派了条尾巴，他正在人群里挤着找路，我们不能冒险安排接头。你有什么消息给我们吗？"

"有。"说这句话的时候，我几乎是兴奋得发抖，但从奇南一边，感觉到的只有紧张。我转头去看他，被他在手腕上用力捏了一下，警告我小心，但我还是看清了他脸上的愁苦。我的得意一下子散去。一定出事了。

"代林还好吗？"我小声问，"他是不是已经——"我说不出那个词。恐惧让我欲言又止。

"他还在我们塞拉城这边，但被关进了中央监狱的死囚牢。"奇南的声音很柔和，就像阿公面对重病患者，说最坏的消息时那样，"他要被处死了。"

我胸腔里所有的空气都散去了。我已经听不到驿站职员的呼喊，感觉不到周围推搡的人，也闻不到人群中的气味。

处死。被害。死亡。代林要死了。

"我们还有时间。"出乎我意料的是，奇南听起来是真心的。*我的父母也都不在了。*上次见面时他曾这样说。*事实上，我失去了所有的家人。*他明白代林的死对我意味着什么，他或许是唯一懂我感触的人。

"刑期将在新皇确定之后，可能还有比较长的时间。"

*错。*我心想。

*两个星期之后，*那个暗影中的男人曾说，*你必将迎来一位新皇帝。*我哥哥没有比较长的时间了，他只有两个星期。我需要告诉奇南这件事，但当我正打算这么做时，就发现一名军团士兵站在驿站门口盯着我。他就是我的"尾巴"。

"梅岑明天不在城里。"奇南弯下腰去，像掉了东西一样。我现在发现了院长派来盯梢的人，所以继续向前看。"但后天，要是你能出

拉 娅

来，并且甩掉了尾巴——"

"不，"我小声说，又在给自己扇风，"今天深夜。我晚上会再出来一次，趁她睡着的时候。她从来不会在黎明前离开自己的房间。我会偷偷跑出来，我会找到你们。"

"今晚外面的巡逻兵太多了，是仲夏节——"

"巡逻兵肯定更留意成群结队搞庆典的人。"我说，"他们不会留意单独行走的女奴。求你了，奇南，我必须跟梅岑谈谈，我有情报给他。要是我能给他这些消息，他就能在行刑之前救出代林了。"

"好吧。"奇南若无其事地看了一眼我的尾巴，"你晚上去庆典会场那里，我到那边找你。"

片刻之后，他已经离开。我把信交到信使柜台上，付了递送费。几秒钟后，我出了驿站，看市场上熙来攘往的人们。我的情报够不够让他们救出哥哥呢？够不够打动梅岑，让他现在就开始营救，而不是继续拖延，等待？

会的，我得出结论，肯定会。我费了那么多精力，绝不是要眼睁睁看着我哥被处死。今晚，我会说服梅岑救代林出来。我会发誓继续充当奴隶，直至获取他想要的所有情报。我可以把自己的一生卖给反抗军，我会不惜任何代价。

当务之急是：我怎样才能偷偷溜出黑崖学院呢？

第二十四章　埃利亚斯

　　歌声像是一条河，弯弯曲曲流过我痛苦的梦境。它静谧、甘甜，唤起那些我几乎完全丢掉的回忆，让我想起黑崖学院之前的生活。挂着绸布门帘的大棚车，在部落保留地的沙漠颠簸前行。我儿时的玩伴在绿洲里撒野，他们的笑声像铃铛一样清脆。我跟着瑞拉阿嬷走在椰枣树下，她的声音就像周围沙漠里的生命律动一样平静可亲。

　　歌声止息，梦境也随之散去，我又一次置身噩梦。梦魇化作疼痛的深池，而那痛苦追随着我，像心怀怨恨的孪生兄弟。令人心悸的黑暗之门在我身后打开，一双手抓住我后背的衣服，试图把我拉进那道门里去。

　　继而歌声再次响起，像是无尽黑暗中的一线生命之光。我向它伸出手，拼命地紧紧握住。

《《《

　　我醒来时头还很晕，就像灵魂抛弃了自己的身体，在某处流浪游荡了很长时间。我以为自己会遍体伤痕，四肢却能够正常移动。我坐起身来。

　　外面点亮了夜灯。我知道自己在医疗区，因为整座黑崖学院，只有这里的墙是白色的。房间几乎是空的，只有我躺的那张床、一张小桌，还有一把普通的木椅子，海伦娜正坐在上面打瞌睡。她看起来很糟糕，脸上到处是青紫色伤疤和划伤痕迹。

"埃利亚斯！"她听到我有动静，眼睛一下子睁大，"谢天谢地你终于醒了，你都昏迷两天了。"

"说说，发生了什么。"我哑着嗓子说。我的喉咙很干，头也很痛。山崖上发生过一些事情，很奇怪的事……

海伦娜从桌上的水罐里给我倒了一杯水："第二场考验期间，我们遭到一群巨妖攻击，那时我们正从山崖上索降。"

"其中一只妖怪斩断了绳索。"我说，现在想起一点儿了，"可然后呢——"

"你把我塞进了山岩缝隙里，却笨到把自己丢了下去。"海伦娜狠狠瞪我，给我水的那只手是抖的，"然后你就像团没有知觉的重物一样往下掉，中间还撞到了头。你本来是死定了的，可是咱们俩之间那根绳子又一次救了你。我扯着嗓子唱歌，直到最后一只巨妖也抱头鼠窜。再之后我把你放到沙地上，躲在一丛风滚草后面的山洞里。实际上，那还是一个挺好的小堡垒——易守难攻。"

"那之后你还要战斗啊？还没完？"

"安古僧又发动过四轮攻击，要置我们于死地。那些蝎子很容易识破，但毒蛇险些要了你的命。然后又是鬼怪，一群小坏蛋，一点儿都不像故事里讲的那样幽怨。而且超难杀死的——必须要像踩臭虫一样踩瘪才行。不过，还是那些军团士兵威胁最大。"海伦娜的脸色变得苍白，语气也不像刚才那样充满黑色幽默了，"他们总是不停地冲上来。我杀死一两个，马上就会有四个人补充。他们本可能凭借人数优势压倒我，好在那洞口很窄。"

"你杀死了多少人？"

"太多了。那是你死我活的战斗，所以我也很难感到内疚。"

你死我活。我想起自己在瞭望塔楼梯上杀死的四名士兵。我觉得自己或许该感谢上天，没有迫使我造下更多杀孽。

"黎明时，"她继续说，"有一名安古僧出现，命令那些军团士兵把你带回了医疗区。她说马库斯和扎克也受了伤，因为我是唯一没被重创的人，就成了这场考验的胜利者，然后她就给了我这个。"

她把外袍领子向下拉，让我看那件闪闪发光的紧身衬衣。

"干吗不早告诉我你赢了？"我感到浑身轻松。要是马库斯和扎克赢得考验，我肯定会想打坏点儿什么东西的。"他们给你的……就只有件衬衣而已？"

"用灵性金属打造。"海伦娜说，"安古僧出品，跟我们的面具一样。可以挡住一切武器，安古僧说的——连赛里克精钢都不例外。有这东西挺好，谁知道我们下一步还会面对什么。"

我也摇头。死灵、巨妖、鬼怪、部落神话都成了现实。我做梦都没想过这会成为真的。"安古僧还真是阴魂不散，相当烦啊，你觉得呢？"

"那你以为他们能怎样，埃利亚斯？"海伦娜不动声色地问，"他们可是在遴选下一任皇帝，这可不是小事。你——我们应该相信他们。"她深吸一口气，其后的话是一气儿说完的，"我看到你倒下，当时还以为你死了。可我还有那么多话想对你说。"她迟疑地把一只手伸向我的脸，眼睛用一种陌生的语言向我倾诉。

这也不是很陌生的感觉，埃利亚斯。拉维尼亚·塔那里亚就这样看过你，还有塞里斯·柯兰。紧接着你就吻了她们。

可现在的情况不同啊，对方是海伦娜。那又怎样？你其实很想知道亲吻她的感觉，这事你自己心知肚明。一想到这些，我就觉得自己很恶心。海伦娜不是那种可以到处留情，或者一夜风流的对象。她是我最好的朋友，我不该这样对待她。

"埃利亚斯……"她的声音轻柔得像夏夜的微风，而且她还轻咬自己的嘴唇。不，别让她继续……这样了。

我把脸转开，她一下子缩回手，像是被火烧到了一样，脸都憋成了酱紫色。

"海伦娜——"

"你别担心。"她耸肩，故意装出坚强的语调，"我可能就是见到你太高兴了。反正你也从来没说过——你现在觉得怎样？"

她转换话题速度之快，确实让我有些吃惊，但能避免一段尴尬的对话，我也是求之不得，于是我装作什么都没有发生过："我头痛，觉得……迷迷糊糊的。我还老是觉得……耳鸣。你知不知道……"

"你刚刚很可能是做梦了。"海伦娜很不自在地看向别处。就算我这样的糙哥，也能看出她暗怀心事。门打开了，医生进来的时候，她从椅子上一下子跳起来。房间里多一个人，她看上去松了一口气。

"啊，维图里乌斯。"医生说，"你终于醒了。"我从来都没喜欢过这家伙。他是个骷髅一样的瘦子，极端自我陶醉，最喜欢在病人疼痛难忍时大谈自己的医疗神技。他忙忙碌碌的，开始拆我腿上的绷带。

我吃惊地张大嘴巴。本以为会看到血淋淋的伤口，腿上却只有一个伤疤，看上去像是几周以前留下的了。摸上去还有一丝刺痛，但如果不碰它，几乎不会有感觉。

"一种南式特效药膏。"医生说，"在下亲手调制的。我承认，这东西已经做过多次实验，不过用在你身上这一回呢，效果才堪称完美。"

医生取掉我头上裹的纱布，上面甚至连血迹都没有。耳朵后面隐隐有些痛感，我伸手去摸，发觉那里有一个鼓出的伤疤。如果照海伦娜说的情况，这伤疤通常也会让我卧床好几周。而现在，几天就好了。有如神助啊。我打量医生。就凭这个皮包骨的废物，怕是不可能靠自己的力量实现如此神奇的疗效。

我发觉，海伦娜正在刻意躲避我的目光。

"有没有安古僧来过？"我问医生。

"安古僧？没有。只有我本人、医护助理，当然还有阿奎拉。"他不满地瞅了海伦娜一眼，"有事没事就坐我们这儿，不停地唱催眠曲。"

医生从衣袋里取出一个小瓶子。"血藤乳浆，止痛用的。"他说，血藤乳浆，这几个字触发了我脑子里的某种记忆，但转瞬即逝。

"你的衣物在壁柜里。"医生说，"随时可以离开，尽管我建议你最好还是多休息。我跟院长说过了，明天之前，你都不适合训练或者警戒任务。"

医生一走，我马上对海伦娜说："世界上根本没有这么神效的药膏。但没有安古僧来看过我，只有你在这里。"

"那你的伤肯定没有自以为的那么严重。"

"海伦娜，跟我说说你唱的歌。"

她张了下嘴，像是要说什么，然后猛转身走向门口，动作比鞭鞘还快。对她不利的是，我早料到她会跑。

我抓住她手的那一刻，注意到了她眼中的怒火，知道她在权衡种种出路。我要不要跟他打？值不值得因此动手？我等着她打定主意。而她也打消了战意，手甩脱我的掌握，又坐下了。

"都是从那洞窟开始的。"她说，"你的身体总在抽搐，就像中风了一样。我唱歌把那些巨妖赶开的时候，你也平静下来。你的脸色会变好，头上的伤口不再流血。于是我——就一直唱歌。我唱歌的过程中会觉得很累——很虚弱，像发烧感冒了一样。"她眼神慌乱，"我不知道这意味着什么。我从来没有试图掠取过死者的灵魂。我不是女巫。埃利亚斯，我发誓——"

"这我知道，海勒。"天哪。我妈妈要知道这事会怎样？黑甲禁卫要知道了呢？绝对没好处。武夫们相信：超自然的力量肯定只能来自死者的亡魂，而只有安古僧才有利用这些亡魂的特权。任何其他人，只要有一点点掌握了这种能力的迹象，就会被施行巫术，会被判处死刑。

夜晚的阴影在海勒脸上舞动，我想起金风罗万抓起她的瞬间，当时她的身体发出过奇异的闪光。

"瑞拉阿嬷以前讲过很多故事。"我小心翼翼地说，怕把海伦娜吓到，"她说，有些人本来有奇怪的能力，一旦与超自然的东西接触，就会被唤醒。有的人会获得神力，有的人可以改变天候。还有少数，可以用他们的声音治疗伤痛。"

"这不可能，真正有法力的，世上只有安古僧——"

"海伦娜，两天前的深夜里，我们还曾跟死灵和巨妖战斗。也许就是当时，巨妖触碰你身体的时候，你体内沉睡的能力被唤醒了。"

"的确是……很奇怪的感觉。"海伦娜把我的便服递给我。我这些话，只是让她更加心神不定。"是某种非人间的东西，这种东西——"

"这东西很可能救了我的命。"

她抓住我的肩膀，细瘦的手指深陷进我的皮肤："埃利亚斯，答应我，不要把这件事告诉任何人，让所有人相信是那名大夫医术神通。求你了，我必须——必须自己先搞清楚真相。如果院长知道了，她一定会向黑甲禁卫告发，然后——"

然后他们就会强行让你失去这能力。"你知我知。"我说。她看起来稍微松了一口气。

我们离开医疗区时，有一阵欢呼声迎接我——法里斯、戴克斯、特里斯塔斯、迪米特里厄斯、林德尔，他们都在大呼小叫，用力捶打我的肩膀。

"我就知道那俩混蛋不是你们的对手——"

"可喜可贺，待我去偷运一大桶啤酒进来——"

"你们退开啦，"海伦娜说，"让他喘口气。"她的声音被鼓点声打断。

所有新近的毕业生马上去往一号训练场进行实战训练。

那消息又重复了一遍，人们连声埋怨，纷纷瞪大眼睛表示不满。"帮我们一个忙，埃利亚斯。"法里斯说，"等你赢得考验成了大老板，就把我们从这里放出去，行吗？"

"喂，"海伦娜说，"那我呢？要是我赢了呢？"

"要是你赢了，港口红灯区马上关门大吉，我们生活中就再也没有任何乐趣了。"林德尔一面说，一面向我挤眼睛。

"你的臆测而已，林德尔。我才不会只因为自己不喜欢妓院，"海伦娜看上去很生气，"就把港口关闭——"林德尔赶紧退开，两只手护着自己的鼻梁骨。

"原谅他吧，神圣的选帝生大人。"特里斯塔斯的蓝眼睛闪亮着，拿腔捏调地说，"请不要就此消灭他，他仅仅是一名谦卑的奴仆而已——"

"噢，滚开啦，你们这帮家伙。"海伦娜说。

"十点半，埃利亚斯。"林德尔和其他人走开时对我说，"到我房间，我们要好好庆祝一下。阿奎拉，你也可以来，但要事先说好了，绝不许打断我的鼻子。"

我答应他一定去。等他和其他人都走了，海勒递给我一个小瓶子："你差点儿忘记医生给的血藤乳浆。"

"拉娅！"我这才意识到自己之前总是觉得有什么事的原因。我三天前就答应过，要给那个小女奴送去血藤乳浆。她的伤口一定还很痛。有人给她治疗吗？厨娘有没有及时清理伤口？她——

"拉娅是哪位呀？"海伦娜打断了我的思路，她的语调很轻松，轻松到了危险的地步。

"她……不值一提。"海伦娜不会理解我对一名学者族奴隶的承诺。"我住病房期间，还有没有发生过什么事？有什么好玩的吗？"

海伦娜横了我一眼，暗示她有意放我一马，才任我转换话题成功。"反叛军伏击了一名假面人，叫戴蒙·卡西乌斯的，事发在他家里。据说现场很血腥。他的妻子是早上发现他的尸体的，没有听到任何声音。这些叛军混蛋现在越来越嚣张。而且……还有一件事，"她压低了声音，"我父亲听到一个传闻，嗜血伯劳死了。"

我难以置信地看着她："也是叛军干的？"

海伦娜摇头："你也知道，皇帝正往塞拉这里赶来，最多还有几周的路程。他已经开始计划攻打黑崖学院——打我们这帮选帝生。"

外祖父也早警告过我。不过，这事听起来并不会让人开心。

"嗜血伯劳听说攻击计划之后，想要辞职，所以泰乌斯就把他处死了。"

"嗜血伯劳这份工作是辞不掉的。"你要终身效劳。所有人都知道。

"实际上，"海伦娜说，"嗜血伯劳是可以辞职的，前提是皇帝同意结束他尽忠的义务。这事并不广为人知，我父亲说，这是帝国法律体系中的一个漏洞。反正呢，如果传言属实，嗜血伯劳会提这样的要求，也是蠢得可以了。现在正值泰亚家族面临失势危机的关键时刻，泰乌斯才不会轻易放自己的左右手辞职呢。"

海伦娜抬头看我，等着我回应，可我只是大张着嘴巴呆呆看她，因为我突然想起一件大事，直到现在，我一直都不明白那件事的含义。

安古僧曾说过：如果你尽到自己的义务，至少还有机会一劳永逸地打破你与帝国之间的契约。

我现在知道该怎么办了，我知道该怎么得到自由了。

如果自己赢得选帝赛，我就成了皇帝。皇帝只有到死亡之日，才能从他对帝国的义务中解脱。但嗜血伯劳就不同了。嗜血伯劳是可以辞职的，前提是皇帝同意结束他尽忠的义务。

我根本不是该赢得比赛的人选，海伦娜才是。因为如果她赢，我成为嗜血伯劳，她就可以解放我，给我自由。

这件事像一记重击，又像是极好的福音。安古僧说过，不管是谁，累计赢得两场考验就可以成为皇帝。马库斯和海伦娜各有一次胜绩在手。也就是说，我必须赢得下一场考验，然后让海伦娜赢第四场。而从现在到那时期间，马库斯和扎克必须死。

"埃利亚斯？"

"好！"我回答的声音显然太大，"抱歉。"海勒显然很不满。

"想拉娅呢？"学者族女孩的名字和我现在的想法太不协调，以至于我愣了一下，无言以对。海伦娜的身体变得僵硬。

"行了，那就别管我了。"她说，"就当我没花这两天时间在你床边唱歌，把你从鬼门关唱回来。"

我一时不知说什么好。我完全不认识这样的海伦娜，她现在就像个真正的女孩。"不是啊，海勒。不是你想的那样，我刚刚只是累了——"

"算了，"她说，"我还要去站岗呢。"

"维图里乌斯选帝生。"一名童兵跑向我，手里拿着一张字条。我接过字条，同时还在请求海伦娜留下来，但她不理我。我还没想到怎么解释，她就走了。

第二十五章 拉娅

告诉奇南我要混出黑崖学院去跟他碰头之后几小时，我觉得自己是全世界最大的白痴。一小时之前，院长就已经把我打发开，我自己回房间去了。黎明之前，她通常都不会出来，更何况我还在她的茶里放了凯布树叶，那是一种无色无味的草药，阿公以前用它来帮助病人休息。厨娘和伊兹也都回自己房间睡下了。整座房子像停尸房一样安静。

但我还坐在自己房间里，苦想能够潜出此地的方法。

这么晚了，我不能大摇大摆从门岗身边出去。蠢到如此地步的奴隶是会受重罚的。除此之外，让院长听说我半夜出行的风险也太大了。

我觉得，我可以制造些动静转移门岗的注意力，然后趁机偷跑出去。我想起那次夜袭时吞没我家房子的火苗，要说转移注意力，放火肯定是最好的选择。

于是我就带着火绒、火石和打火匣，偷偷溜出了房间。我用一条松垮垮的围巾遮住脸。而我的高领长袖裙装，也掩饰住了奴隶的手环和院长留下的文身。那里还在结痂，依然很痛。

用人通道空空如也。我悄悄靠近通往黑崖学院庭院的木门，轻轻把它推开。

可这破门的声响，比杀猪还吵闹。

我吓得赶紧溜回自己房间，等着看谁会出来看动静。没有人来，于是我又从自己房间溜出来。

"拉娅？你要去哪儿？"

我跳了起来，火绒和打火匣都掉在地上，火石也差点儿掉了。

"你吓死我了，伊兹！"

"抱歉！"她帮我把火绒和打火匣捡起来。等她发觉那些东西是什么，棕色眼睛马上瞪大了。"你要溜出去啊。"

"才没有。"我说，可是她看了我一眼，我就手足无措了，"好吧，我的确想溜。可是——"

"我……可以帮你的。"她小声说，"我知道一条偷跑出去的路线，就连军团士兵都不巡视的。"

"这太危险了，伊兹。"

"是啊，还真是很险。"她后退开去，又停了下来，小小的手互相摩挲着。

"要是——要是你的计划是点火，然后趁门岗走开察看的时候开溜，那这招是不管用的。军团士兵会派辅兵处理火情。他们从来都不会离开门岗，从来不会。"

她一说，我就知道一定是对的，我自己本该想到这些。"那你能告诉我那条偷跑出去的路吗？"我问她。

"是条隐蔽的小路。"她说，"在岩石中间，非常难走。我很抱歉，但要走那儿，我得跟你一起。我并不是不想去，这是——朋友应该做的事。"她说起"朋友"这个词，就好像那是了不得的秘密，她想多了解的那一种。"我不是说我们是朋友。"她急切地继续说，"我是说——我也不知道啦。我从来都没有过真正的——"

朋友。我知道她想说这个，她却看着别处，很尴尬的样子。

"我是要去找我的接头人，伊兹。如果你一起去，被院长发现的话——"

"她会惩罚我，甚至杀了我，我知道。但要是我忘记给她房间清理灰尘，或者不小心看了她一眼，她也会这样做。住在院长家，就像跟死神同住一样。而且，你真的有其他选择吗？我是说——"伊兹看起来几乎不忍心说出事实，"你还有其他能溜出这里的办法吗？"

一语中的。我不想让她受伤害。一年前，假面人夺走了我的朋友扎拉，我不愿想象又一个朋友在他们手中受苦。

但我也不愿眼睁睁看代林去死。我浪费的每一秒钟，他都在牢里受难。而且我也没有逼伊兹做这些，伊兹是自己想帮忙。我脑子里想到一大堆各式各样的"万一"，但我让它们都闭了嘴。为了代林。

"好吧。"我对伊兹说，"那条隐秘小道——它通往哪里呢？"

"港口。你是要去那儿吗？"

我摇头："我要去学者保留区，他们举行仲夏节庆典的地方。不过我可以从码头那边赶过去。"

伊兹点头："这边走，拉娅。"

老天，求你千万不要让她受伤害。她进自己房间拿了件斗篷，然后拉着我的手，带我去了房子后面。

第二十六章　埃利亚斯

　　尽管医生给了我不必参加训练和警戒的许可，我妈却视若无睹。她给我的字条让我到二号训练场，参加一对一徒手格斗。我把血藤乳浆揣起来，这事只能等等再说了。其后两小时，我都在极力自保，以避免被院长派来的教官打成肉酱。

　　等我换上干净衣服离开训练场，已经过了十点钟，而我还有一场聚会要参加。男孩们加上海伦娜，应该都在等我。我中途把手插进衣袋里。希望海伦娜已经放松了一点儿，至少忘记之前她曾对我非常不满。如果想让她解除我对帝国承担的义务，第一步应该就是让她不要痛恨我。

　　我的手指又触到衣袋里的那瓶乳浆。*你答应过拉娅要把这东西送去给她的，埃利亚斯，*有个声音在责备我，*晚了好几天了。*

　　但我同样答应过男孩们和海伦娜要去兵营跟他们聚会。海勒已经对我非常不满。如果她发现我深夜去找那个学者族女孩，肯定不会感到欣慰。

　　我停下来，细细考虑。如果我动作够快，海勒根本不会知道我去过哪里。

　　院长楼一片昏黑，我一直躲在暗影里。奴隶们可能已经睡下，但只要我妈休息了，我就像沼泽里的水精灵一样自由。我悄悄走到用人区的入口，本想把乳浆留在厨房了事，然后就听到有人说话。

埃利亚斯

"那条隐秘小道——它通往哪里呢?"声音虽小,我还是认出了说话的人,是拉娅。

"港口。"这声音是伊兹,帮厨的奴隶,"你是要去那儿吗?"

我又听了一会儿,得知她们是要走那条危险的隐蔽路线,溜出学院去塞拉城。那条路的确没有人巡视,但真实原因是:它太危险了,根本没有人蠢到要从那里离开学院。六个月前,因为跟人打赌,我和迪米特里厄斯不用绳子从那里出去过一次,险些摔断了我们两个的脖子。

这两女孩要是能从那里溜出去,肯定得运气超好才行,要是还能原路安全返回,就需要双份的奇迹。我于是跟在她们后面,想告诉她们不值得这样冒险,不管那仲夏节庆典如何远近知名。

但我后面的空气略有些反常的流动,我闻到了青草和雪花的味道。

"原来如此,"海伦娜在我身后说,"拉娅就是这个人了,一名奴隶。"她摇摇头,"我还以为你能比别人强一点儿,埃利亚斯。我从来没想到过,你会跟一名奴隶上床。"

"不是这样的。"我听到自己的声音禁不住发愁,听起来我就像个典型的负心汉,在自己女人面前否认干过的坏事。只不过海伦娜不是我的女人。"拉娅她不是——"

"你是当我蠢呢,还是瞎?"海伦娜的眼睛里泛着危险的光芒,"我早看到你看她的眼神了,在勇气考验之前,院长让她叫我们去谈话的时候,我就看到了。就好像她是水,你是快要渴死的人。"海伦娜冷静了一点点,"没关系,我现在就去找院长,告发她和她的小女伴。"

"为什么?"我被海伦娜惊到了,没想到她会这么愤怒。

"因为她们想偷偷溜出黑崖学院。"海伦娜几乎是在咬牙切齿,

"因为无视她们主人的命令，想要私自逃走，去看什么庆典。"

"她们只是好奇的小女孩而已，海勒。"

"她们是**奴隶**，埃利亚斯。她们存在的唯一意义就是取悦主人，而我向你保证，偷跑这种事绝不会让她们的主人高兴。"

"冷静。"我向周围看，担心有人听到我们说话。"拉娅也是人，海伦娜。她也有父母，有兄弟姐妹。如果你或者我出生在另外一种家庭，你我也可能会处在她今天的位置，而不是站在现在的立场。"

"你在说些什么，你说我应该同情学者吗？我应该把他们平等相待？我们征服了他们，现在统治着他们。这才是这个世界的常态。"

"并不是所有被征服的人民，都会被当成奴隶对待。在南方国家，湖民征服了芬山人，把他们接收为自己的一员——"

"你什么毛病啊？"海伦娜看我的眼神，就像我肩上又冒出了一颗脑袋，"我们的帝国吞并这片国土是天经地义的。这是我们的国家。我们为之战斗，为之牺牲，而现在的使命是保证它的存续。如果为此要奴役学者族，那就奴役好了。你要小心，埃利亚斯。如果有人听到你像刚才一样胡说八道，黑甲禁卫想都不用想就会把你丢进考夫监狱。"

"你改变世界的愿景哪儿去了？"海伦娜这副自以为是的嘴脸，让我觉得难以忍受。我还以为她不至于此。"毕业典礼后的那天晚上，你不还说要改善学者族的处境吗？"

"我说的是生活条件改善！不是给他们自由！埃利亚斯，你看看这群杂种平时都在做些什么？抢劫货车，把无辜的贵族杀死在自家床上——"

"你不会真相信戴蒙·卡西乌斯是无辜的吧？他可是个假面人——"

"这女孩还只是个奴隶呢。"海伦娜恨恨地说，"而且院长有权了解她的奴隶都在做些什么。这事要是瞒着她，就等于与敌通谋，助其为虐。我反正要告发她们。"

"不，"我说，"你不能。"我妈妈已经在拉娅身上留下过记号了，她也挖掉了伊兹的一只眼睛。我知道她要是得知这两人偷跑出去玩，会给她们怎样的惩罚。她们剩余的尸体怕是连乌鸦都喂不饱。

海伦娜双臂在胸前交叉："你打算怎么阻止我？"

"你的治愈法力。"我说，我痛恨自己用这种借口要挟她，同时又清楚，这是唯一能慑服她的办法。"院长对这个也会很感兴趣的，你不觉得吗？"

海伦娜一下子僵在原地。在满月下，她面具上的震惊和受伤的样子像是对着我的胸口来了一记重击。她慢慢后退，就像担心我还会有更伤人的举动，就像那些话是某种瘟疫。

"你真是太过分了，"她说，"在这……一切之后。"她语无伦次，愤怒到极点，但很快就振作了起来，把她如此看重的面具托高了一点点。她的声音变得很平静，脸上也没了表情。

"你我从此再不相干。"海伦娜接着说，"如果你要做叛徒，尽管去，但你离我远点儿。不管是训练，是警戒，还是选帝赛，你不要靠近我就好。"

你这混蛋，埃利亚斯。我今晚需要的是讨好海伦娜，而不是加深跟她的敌对。

"海勒，你别激动。"我伸手去扶她的胳膊，但她不吃我这套。她甩开我的手，在夜幕中大踏步离去。

我望着海伦娜的背影，一筹莫展。她不是认真的。我对自己说，她只是需要冷静一下。到明天，她就会变得可以理喻了——我可以对她解释，说清楚我为什么不愿意告发那女孩。还要向她道歉，因为她信任我才说的秘密，却被我用来要挟她。我皱起眉头。是的，绝对需要等到明天，要是我现在再去找她，她一定会把我阉了。

但眼下，还有拉娅和伊兹的事。

我在黑暗中犹豫不决。管好你自己的事就好，埃利亚斯，我心里有个声音说，让那两个女孩为她们自己的决定负责。你只要去参加林德尔的聚会，喝个一醉方休。

你白痴啊，另一个声音说，还不赶紧追上那两个女孩，劝她们放弃这疯狂的计划，免得让她们被抓获，被杀死。去，马上出发。

我听从了第二个意见，追了上去。

第二十七章　拉娅

伊兹和我偷偷溜过庭院，我们的眼睛紧张地看着院长房间的窗户。窗户全都是黑的，我祈望至少今天，她是真的在睡觉。

"告诉我，"伊兹小声说，"你以前爬过树吗？"

"当然。"

"那样一来，今天的事就是小菜一碟。实际上跟爬树区别不大，真的。"

十分钟后，我颤颤巍巍地站在一块六英尺宽的岩架顶上，这里竖直向下，到沙丘足有几百英尺，我用刀子一样的眼神瞪伊兹，可是她已经跑到了前面，从一块石头跳到另一块，像一只灵巧的金毛小猴子。

"这绝对不是小菜一碟。"我恨恨地说，"而且一点儿都不像爬树好不好？"

伊兹也有些担心地看看底下几百英尺外的沙丘："我只是没想到这地方有这么高。"

在我们头顶，肥大的黄色圆月主宰着洒满星光的天空。这是个美丽的夏夜。炎热，没有一丝风。现在只要走错一步，就会死于非命，所以我也无心欣赏美景。我深吸一口气，又沿着这条路线下行了几英寸，祈祷着脚下的石头不会脱落。

伊兹回头看我："那儿不行，那儿也不行，那儿——"

"啊！"我一脚踩空，以为自己死定了，可实际上却踏在了另一块石头上，只是比预想的低一点点。

"闭嘴呀！"伊兹向我摇手，"你这样会把半个学院都吵醒的！"

悬崖上到处是突出的小石块，有些一碰就掉。这里的确是有一条路，但它显然更适合松鼠，而不是人类。我的脚又一次遇到特别脆的岩石，险些掉落。我死死抱住山崖表面，等着那一拨儿恐高带来的慌乱过去。一分钟后，我的手指头又不小心闯入了一只脾气暴躁、牙齿尖利的土著生物家里，它气哼哼地跨过我的手和胳膊爬走。我死死咬着嘴唇，忍住没叫出声。然后用力甩自己的胳膊，又因此把胸前的伤口扯开。突如其来的剧痛让我连声吸气。

"加油，拉娅。"伊兹在我前面招呼，"马上就到了。"

我硬着头皮继续向下，极力无视自己背后的热风。等我们终于来到开阔平整地带，我差点儿感激到亲吻地面的程度。附近的岩石间有河水轻轻流动，数十条内河小船的桅杆林立，像是一大簇挥舞的长矛。

"你看，"伊兹说，"不是那么困难吧。"

"可我们回头还要爬上去呢。"

伊兹没有回答。相反，却死盯着我身后的黑暗处。我转过身，也跟她一样在黑影里搜寻，倾听周围，看有没有任何反常的声音。我能听到的，仅有水波拍击船体的声音而已。

"抱歉。"她用力摇摇头，"刚刚我还以为……算了，你带路吧。"

港口区到处是傻笑的醉汉，以及满身盐臭味的水手。夜间经营皮肉生意的女人在跟所有途经的人搭讪，眼睛像即将熄灭的煤火一样。

伊兹停下来呆看，我拖着她快速赶路。我们总藏在阴暗处，尽可能借着黑夜掩藏自己，不引起任何人的注意。

我们很快就把港口抛在后面。越深入塞拉市区，周围的建筑越熟悉。直到我们爬过一段土坯矮墙，进入学者区。

我的家乡。

以前我从未喜欢过这里的气味：土坯味、黏土味、与人们杂居的牲畜体味。我用手指在空中描画，颇为惊奇地看灰尘在柔和的月光下飞舞。近处有人大笑，有门被摔，有孩子在喊。而在一切之下，有无数的人在轻声低语。这跟黑崖学院尸布一样笼罩着的寂静太不一样了。

家乡。我希望这里真的是我的家乡。但这里没有我的家了，不再是我的家乡。我的家被夺走了，我的家被烧成了白地。

我们进入居住区的中央广场，仲夏节庆典正好达到高潮。我掀起围巾，解开发髻，让我的头发像其他所有妇女一样自由地披散。

我身边的伊兹右眼瞪得好圆，贪婪地观察着周围的一切。"我从来没见过这样的情形，"她说，"这真美。这真是……"我取下她发髻上的针扣。她两只手捂着自己的头，羞得脸通红，但我还是把她浅色的头发解放开来。

"就今晚这样，"我说，"要不然咱们两个就太显眼了。来吧。"

我们在欢乐的人群中挤着向前走，人们纷纷向我们微笑。有人在分发饮品，互致问候，友好地交谈，有时还很大声地打招呼，让伊兹很不好意思。

我不可能不想到代林，想起他有多喜欢这样的节日。两年前，他穿上最漂亮的衣服，拉我们早早来到广场。那时候，他还常常和阿婆一起大笑，阿公的话还像法律一样被严格遵行。那时候，他还没有任何瞒着我的秘密。他给我拿来一大摞月饼，又圆又黄，就跟圆满的月亮一样。他喜欢高挂在空中照亮街道的灯笼，它们被设计和安放得如此巧妙，看上去就像浮在天上一样。琴声奏响，鼓声也砰然响起，他一把拉起阿婆，跟她在跳舞台上神气地四处招摇，直到她笑得喘不过气来。

今夜的庆典还是有很多人，但想起代林，我觉得特别孤独。以前过仲夏节时，我从来都不去想那些空下来的房子，那些消失的房舍，死去的人，失踪的人，我以前从来不想他们会在哪里。当我置身欢乐的人群中，我自己的哥哥又在哪儿？知道他在受苦受难，我又怎么笑得出来？

我看了一眼伊兹，看见她脸上的惊奇和欢乐。我叹口气，为了她，也要暂时把黑暗的思绪放开一刻。这里肯定有和我一样感触的其他人。但没有人愁眉紧锁，没有人哭泣，没有人绷着脸。他们都有很充分的理由欢笑，有理由企望未来。

我看见阿公以前医治过的一位病人，赶紧转身远离她，再次提起围巾遮住自己的脸。人群非常密集，现在想要避开任何熟人并不很难，但我最好还是不要被认出来。

"拉娅。"伊兹的声音很小，触碰我胳膊的动作也很轻，"我们现在该做什么？"

"随便做什么都行。"我说，"应该会有人主动找我。在他来之前，我们只要看热闹、跳舞、吃东西，跟别人一样就好。"我看见近处有一辆推车，由一对笑容可掬的夫妇看着，周围是一群伸着手的人。

"伊兹，吃过月饼没有？"

我钻进人群，几分钟后就拿回两个热腾腾的月饼，上面还滴了冷凝的奶油。伊兹慢慢咬了一口，闭上眼睛，笑了。我们还去了跳舞的高台，上面有无数结伴跳舞的人：夫妇，父女，兄妹，朋友。我抛弃了近日习惯的奴隶步伐，换回我原有的走路方式。我高昂着头，肩膀向后收。在我的衣服下面，伤口还在刺痛，但我置之不理。

伊兹吃完了她的月饼，然后好期待地看着我那个，于是我把自己的也给了她。我们找到一张长椅，看了几分钟别人跳舞，然后伊兹轻轻碰我。

"你有个仰慕者，"她大口吞下最后一口月饼，"就在乐师旁边。"

我向那边看去，以为是奇南，却看见了另一个年轻人，脸上的表情像是看到了什么有趣的事。他多少有那么一点点眼熟。

"你认识他吗？"伊兹问我。

"不认识。"我想了一会儿才说，"我不记得见过这个人。"

那人身材高大，像武夫样的宽阔肩膀，一双被晒成金黄色的完美臂膀在灯下隐隐反光。在他有帽子的外衣下面，能依稀分辨出发达的腹肌——尽管我们之间隔了这么远距离。他胸前斜挎一根黑色背带。虽然戴着帽子，遮住了脸部的大部分，我还是看清了他的高颧骨、挺直的鼻子和丰满的嘴唇。他的脸很有吸引力，几乎像个权贵子弟。他的服饰和暗色的眼眸却表明，他应该是在边疆部落里长大的。

伊兹细细打量那男孩，几乎是目不转睛："你确定自己不认识他吗？看他的表情，绝对是认识你的。"

"不认得，我以前从来没有见过他。"那男孩和我的视线相遇，他笑起来，我禁不住两颊绯红。我忙把视线转向别处，但他的目光有极强的吸引力，我的眼睛很快又偷偷转回来。他还在看着我，双臂交叉放在胸前。

一秒钟之后，我感到有一只手搭在我肩上，闻到了乌木和风的气息。

"拉娅。"我转身面对奇南，把舞台上的帅男孩抛在脑后。我凝望奇南的黑眼睛和红头发，完全没意识到他也在直勾勾地看着我。直到几秒钟时间过去，他才清了清嗓子。

伊兹避开了几英尺，好奇地打量着奇南。我对她说过，如果反抗军露面，她要装作不认识我。出于某种原因，我猜想他们应该不希望有其他奴隶了解我的秘密任务。

"跟我来。"奇南说，他摇摇摆摆走过跳舞台，穿过两座帐篷之间的空隙。我跟着他，伊兹远远跟在后面，刻意保持着一段距离。

"你找到出来的路线了。"他问。

"那还是……挺容易的。"

"我不太相信。不过你还是做到了，很棒。你看起来……"他的双眼看看我的脸，又打量了下我的身体。要是别人这么看，就该被扇一巴掌。但是奇南这样做，更像是欣赏而不是轻薄。他跟平时那副扬扬自得的样子有些不同——是吃惊，还是在仰慕我？我怯怯地对他笑，他却用力摇了下头，像是要清醒一下头脑。

"萨娜来了吗？"

"她在基地。"奇南的肩膀夹得很紧，我能感觉到他有些紧张。"她自己也想来见你，可是梅岑不让她来。他们两个因为这件事还大吵了一场。她那一派最近总在向梅岑施压，要求他救出代林。但梅岑……"他清了清嗓子，好像后悔自己说了太多，转而紧张地冲着前方一座帐篷点头。"我们从后面绕过去吧。"

一名白头发的部族女人坐在那座帐篷前，正煞有介事地盯着一颗水晶球，两名学者族女孩等着听她的高论，一脸怀疑的表情。在她的一侧，一个抛耍火把的人吸引了很多观众，而另一侧，部落里的一名乞哈尼正在扯她的故事。她的声音时高时低，像飞过天空的一只鸟。

"你快点儿。"奇南突然冷淡下来，让我很吃惊，"他等着呢。"

我走进帐篷，梅岑中断了与两侧两名男子的对话。我对他们有印象，在洞窟里都见过。他们是梅岑的另外两名干将，年龄更接近奇南，也像奇南一样显得内向而且冷淡。我挺直身体，不想被他们的气势压倒。

"你还活着，"梅岑说，"有两下子。有什么情报给我们？"

第二十七章

拉娅

我把自己知道的一切和盘托出，关于选帝赛和国王的行程。我没有说自己是如何得到这些情报的，梅岑也没问。我说完之后，就连奇南看上去都惊呆了。

"不到两周以后，武夫们就将指定新皇帝，"我说，"所以我才告诉奇南要今晚会面。你们也知道，要混出黑崖学院并不容易。我之所以甘心冒险，是觉得你们必须得到这个消息。这不是你们所要的全部信息，但显然足以证明我有能力完成全部任务。你们现在可以把代林救出来了。"梅岑皱了下眉，我赶紧说，"我会留在黑崖学院，你们要求多久都可以。"

其中一名手下，一个强壮的浅色头发的男子，我记得是叫伊兰的，小声地在梅岑耳边说了几句什么。老家伙的脸上掠过一丝不快。

"死囚牢可不同于监狱主体区，丫头。"他说，"那里几乎是无法突入的。我本以为有几个星期的时间来安排救你哥哥的事，这甚至是我最初答应的前提。这种事需要时间。我们要搞到补给品和制服，还要贿赂卫兵。要是只有不到两个星期的时间……那就做不到。"

"还是可能做到的。"奇南从我背后说，"塔瑞克和我讨论过这件事——"

"我要是需要你的意见，或者塔瑞克的意见，"梅岑说，"我会主动问的。"

奇南的嘴唇拉长了一些，我本以为他会反驳，但他只是点点头。于是梅岑继续说了下去。

"时间不够用。"他沉吟着，"我们将需要占领整座监狱才能救人。这么大的事可不能轻易决定，除非……"他挠挠下巴，深思着，然后点头说，"我有个新任务给你：给我找到一条进入黑崖学院的路线，要求是没有其他任何人知道的。只要你做到这一点，我就能把你哥哥救出来。"

"我知道这样一条路线。"我感觉长出了一口气，"我知道一条隐蔽的小路，今晚我就是从那儿跑出来的。"

"不。"梅岑马上扼杀了我刚刚产生的解脱感，"我要的是另一种……路线。"

"要更便于行动的。"伊兰说，"便于大队人马出入。"

"墓城就延伸到黑崖学院之下。"奇南对梅岑说，"肯定有些通道可以到达学院。"

"也许吧。"梅岑清清嗓子说，"我们在那下面搜寻过，但没有找到任何有用的路线。但你有个独特的优势，拉娅，你是从学院里面往外找。"他双拳支撑着桌子，向我探过身来，"我们需要尽快得到结果，最多只能给你一周时间。我会派奇南通知你下次会面的时间地点，那次一定不能错过。"

"我会给你们找到通道。"我说。伊兹一定会知道些什么。黑崖学院地下的通道中，肯定有无人布防的地方。这次终于有了一个我貌似可以完成的任务。"但是，通往黑崖学院的通道，又跟你们营救代林有什么关系呢？"

"问得好。"奇南小声附和，他直视梅岑。我吃惊地发现，后者眼中有一种掩饰不住的强烈敌意。

"我有个计划，你们知道这些就够了。"梅岑向奇南点头，他碰了一下我的胳膊，向帐篷门口走去，显然是希望我跟上。

从那次抓捕以来第一次，我感觉到了轻松，就好像终于看到了实现目标的希望。帐篷外，火把杂耍玩得正欢，我在人群里看到了伊兹，她正拍手为空中飞旋的火焰喝彩。我满心希望，几乎有些头晕，直到我发现奇南看舞者们的表情，他双眉紧锁。

"有什么不对劲吗？"

"你能不能，呃……"他一只手抓了下头发，我应该从来没见过他这么局促不安。"你能不能赏光跟我跳一支舞?"

我不知自己预期他会说什么,但绝对没想到是这个。我吃力地点了一下头,然后他就带着我向一座跳舞台走去。在舞台另一端,那个高高的部族男孩正跟另一位迷人的部族女孩共舞,那女孩的笑容真是亮瞎人眼。

小提琴开始了一段急促、热烈的旋律,奇南一只手搭在我的腰间,另一只手握住我的手指。一被他触碰到,我的皮肤就有了活力,像是被温暖的太阳照射到一样。

他的动作有一点点僵硬,但他的舞步很娴熟。"你跳得还不错啊。"我对他说。阿婆教过我所有的传统舞,我好奇是谁教会了奇南。

"你觉得意外?"

我耸肩:"我没觉得你是喜欢跳舞的那种男孩。"

"我平时的确不是。"他的黑眼睛执着地注视着我,像是在努力参透点儿什么。"你知道吗,我本以为你会在一周内丧命。你让我很吃惊。"他找到了我的视线,"我这人很少吃惊。"

他身体的温度包围着我,像一层茧壳。我突然觉得心醉神迷,几乎无法呼吸。但随后,他就移开了视线,俊美的脸庞也冷淡下来。虽然我们还在一起跳舞,我却感到一种强烈的遭到冷落时的酸楚。

他是你的接头人,拉娅。仅此而已。"要是这么说让你感觉好点儿的话,我也以为自己会在一周内丧命的。"我微笑,他只微微动了一下嘴角,就是全部的回应了。他在排斥幸福,我明白了,他不敢相信幸福的可能性。"你现在还觉得我会失败吗?"我问。

"我本不该说那个。"他垂首看我一眼,很快又转向别的方向,"但我不想让战友们去冒险,也——不想让你冒险。"他的声音很细小,我难以置信地扬起了眉毛。

"我?"我说,"咱俩见面五秒钟之后,你可就威胁过要把我塞进坟洞里去。"

奇南脖子都红了，可还是拒绝看我："那件事我很抱歉。我当时还真是个……是个……"

"混蛋吗？"我很热情地提示。

他这次真正放松地笑了，帅气逼人，可时间却很短暂。他点头时，几乎是有些羞涩了，但片刻之后，又严肃起来。

"那时候我说你一定会失败，实际上是想吓唬你。我不想把你送进黑崖学院。"

"为什么？"

"因为我认得你的父亲。不——不该这样说。"他摇摇头，"因为我欠了你父亲的恩惠。"

我一下停住了舞步，直到别人撞到我们才继续。

奇南把这当成了他继续讲述的信号："我六岁的时候，被他从街上捡回去。那时是冬天，我在沿街乞讨，还是个不太成功的乞丐。再晚几小时，我可能就会死掉。是你父亲把我带回了营地，给我衣服，给我食物。他给了我一张床，给了我家人。我永远都不会忘记他的面容，还有他叫我跟他走的时候说话的声音，就好像是我在帮他的忙，而不是他在帮我一样。"

我笑了，没错，我的父亲就是这样子的。

"我第一眼在光亮处看到你，就觉得你眼熟。我记不得在哪里见过你，但我——就像早已认识你一样。等你告诉了我们……"他耸肩。

"大多数时候我都不太赞同那些老的。"他说，"可我的确同意，在我们有这个力量的时候，坐视你哥哥被关在监狱里是不对的——尤其他还是被我们的人连累进去的，尤其是你父母对我们中的很多人有过无数恩典，永远都报答不完，但要说派你去黑崖学院……"他皱眉，"这不是你父亲应得的回报。我知道梅岑为什么做这样的决定，他要让两派人都满意，而最好的办法就是给你一项任务，为我们效力，但我还是觉得这件事不对。"

现在轮到我脸红了，因为这是他对我最坦诚的一次，而且他的脸有一种特别打动人的诚意，我几乎难以消受。

"我会尽可能活下去。"我轻声说，"免得让你老是这样自责。"

"你一定会活下去的。"奇南说，"所有的反抗军都曾失去过亲人。这正是他们坚持战斗的原因。但我和你呢？你我是失去了所有亲人的人，失去了一切的人。我们彼此很像，拉娅。所以，你应该相信我这样说：你很强大，不管你自己有没有意识到。你会找到那入口的，我知道你一定能做到。"

我太久没听到过这么暖心的话了。我们的视线再次相遇，但这一次，奇南没有躲避。我们的身体依偎着一起旋转，整个世界像是消失了。我什么都没说，因为我们之间那份静默是如此甜蜜、美好，又是那样自然而然。而他尽管也没有说话，那双黑眼睛却无比炽热，倾诉着我不完全明白的信息。欲望，本能地强烈到让我眩晕的欲望在我体内升腾。我想要紧握这份亲密，就像它是世间最大的财宝。我不想放开他，但随后音乐便停息。奇南，他也放开了我。

"多保重。"他说的只是客气话，就好像只是在面对任何一位普通的战友一样。我觉得自己像被丢进了冰冷的河水里。

他没有再说一个字，就消失在人群中。提琴师开始了另外一种不同的旋律，周围的人又开始翩翩起舞。我像个傻瓜一样盯着自己迷恋的男孩离去的方向，明知他不会回头，却还是斩不断那份奢望。

第二十八章　埃利亚斯

潜入仲夏节庆典，就像小孩子的玩意儿一样简单。

我把面具装起来——我的本来面目就是我最好的伪装。然后从一辆部落大车上顺了一套骑装。这之后，我又闯进一间药店，偷来一点儿威拉脂，这是医生的常用药，这东西挤成油状之后，可以让人的瞳孔放大，让武夫的样子变得有些像学者或者部落居民，药效有一两小时。

这都容易。威拉脂涂好之后一会儿，我就跟着学者族的人潮进入庆典核心地带。我发现了十二个出口和二十件可用的武器，然后才意识到自己在干什么，于是强迫自己放松下来。

我经过一个个食物发放点和跳舞台、杂耍艺人和吞火者、玩杂技的、乞哈尼说书人、歌者和演员。乐师们弹奏乌得和里拉琴，追随着那活泼的鼓点。

我脱离人群，突然感觉有些茫然。我已经太久没有听过作为音乐的鼓声，以至于自动想把它们翻译成指令。当我译不出的时候，就觉得无所适从。

等我终于能把鼓声抛在脑后，渐渐被周围多样的色彩、丰富的气味和单纯的快乐淹没。即便是作为五劫生满世界流浪期间，我也没见过这样的场景。无论是海国还是原住民的沙漠，甚至在帝国的疆土之外，菘蓝武士们可能会像着魔了一样在星光下连续狂舞好几天，但他们不会这样快乐。

一种令人愉悦的平和感慢慢控制了我。这里没有人用厌恶或者恐惧的眼神看我，我不用总是担心从背后遭到偷袭，也不用总做出一副雷打不动的淡定模样。

我感觉很自由。

有几分钟，我就在人群里游荡，最终来到了跳舞台旁边，在这里发现了拉娅和伊兹。跟踪这两个人的难度出乎意料得大。跟在她们后面穿过港口时，我有几次完全看不到拉娅。可一到学者区灯火通明的地方，想找到她们就不难了。

一开始，我本打算走上前去，告诉他们我是谁，然后带她们返回黑崖学院。但她们的样子看上去也和我一样，很开心。她们平日的生活实在太过于凄惨，我不忍心毁掉她们难得的一点儿欢乐。于是我就远远看着。

她们俩都穿着式样平常的丝质长裙，这种衣服很适合偷偷行动，不引人注目，也便于掩藏奴隶的宽手环，但在周围五颜六色的庆典人群里，还是显得有些不协调。

伊兹的金发披散下来遮在脸前，隐藏眼罩的效果出奇得好。她尽可能不引人注意，从头发下面窥视周围的一切。

拉娅则相反，她几乎是到任何地方都会引人注目。她那件高领长裙紧贴着她诱人的身体，让我觉得很嫉妒。在高处的浮灯照耀下，她的肌肤变成了温暖的蜂蜜色。她高昂着头，墨色的长发渲染着她的身形，长长的颈子让她更加优雅迷人。

我想轻触她的发丝，嗅它的气味，让手指在其中穿过，把它们绕在自己手腕上，然后——喂，维图里乌斯，你自制一下，别这么傻盯着人家。

我把视线从拉娅身上移开，发现自己并不是唯一被她迷住的人。

在场的很多年轻男子也都在朝她的方向偷瞧。她看上去好像浑然不觉，这无形中又增加了她的魅力。

你又没出息了，埃利亚斯，又在死盯着人家。你个笨蛋啊。这次，我的关注被人发现了。

伊兹注意到了我。

这女孩的确只有一只眼睛，但我很确定，她看到的东西比大多数人都要多。你快离开这里吧，埃利亚斯。我对自己说，过一会儿，她就该明白你为什么看起来那么眼熟了。

伊兹侧过身，在拉娅耳边说了些什么。我正打算走开，拉娅朝我的方向看过来。

她的那双眼，像有极其强大的魔力。我明知自己应该看别处，应该转身离开，明知她如果看我够久，会发现我的真实身份，但我无法离开。有一个沉重的、热情洋溢的瞬间，我们两个都一动也不动，满足于呆呆傻傻地看着对方。天哪，她可真美啊。我对她微笑，她脸上泛起的红潮让我有一种奇特的满足感。

我想要请她跳舞，我想要触摸她的肌肤，跟她说话，装作我只是个普普通通的部落男孩，而她只是一名学者族平民。*这主意很傻。我的理智警告自己，她一定会认出你的。*

那又怎样？她能做什么？告发我吗？她不可能找院长告我的状，同时又不暴露她自己。

就在我举棋不定时，一个健壮的红头发男孩走到了她身后。他触碰拉娅的肩膀时，眼睛里有极强的占有欲，那感觉让我很不舒服。拉娅看他的样子，也好像整个世界都消失了一样。也许在她成为奴隶之前，就已经认识了这个男孩。也许他正是拉娅冒险偷跑出来的原因。我绷着脸看别处。他还算是个帅小伙，我承认。可是那张苦瓜脸，让人猜想他的个性不会很有趣。

而且，他的个头显然比我矮。矮多了，至少也有半英尺的差距。

拉娅跟着红头发男孩走了。伊兹等了一会儿，也尾随而去。

"小毛头，你喜欢的女孩被人领走了哦。"是一名部落女孩，穿一条鲜艳的绿裙子，上面挂满圆形小镜子。她踩着轻快的滑步一下子闪到我面前，黑色头发结成了上百条小辫子。她说的是塞黑瑟语，我儿时的母语。

她皮肤黝黑，笑容明艳，令人眼前一亮，我发觉自己也在对她微笑。"我猜你只能凑合找我了。"她说。

这丫头根本没等我回答，就把我拽进跳舞场，通常的部落女孩可没有这么主动。我仔细打量她，发现她不是个小女孩，而是个成熟女子，也许比我还要年长几岁。我警觉地看着她，在二十五岁左右的年龄，多数部落女子都生过好几个孩子了。

"你有没有个凶恶的丈夫，看到我跟你跳舞会把我的头砍下来的那种？"

"我没有。为什么要问？你对这个职位有兴趣？"她温暖的手指触着我胸前的肌肤，一路划过胸腹，停在腰带上方。大概是十年来的第一次，我脸红了。我发现她手腕上的皮肤的确是空白一片，没有部落里已婚女子的手镯形文身，那种图案是结婚的标志。

"你叫什么名字，是哪个部落的，帅毛头？"她问我。她舞跳得很好，我一步步紧跟她的动作，能够看出她也心情愉悦。

"伊利亚斯。"我已经多年没有提起过自己在部落里用的名字。外祖父见到我五分钟之后，就把它改造成了常见的武夫姓名。"赛夫部的伊利亚斯。"我说出这件事之后，就有几分后悔。瑞拉阿嬷的养子被掠入黑崖学院的事，并非广为人知——帝国方面曾经要求赛夫部落严守秘密，但部落民的天性就是爱传故事。

即便这女人对这名字有印象，也没有表现出来。

"我叫阿菲亚·阿拉－努尔。"她说。

"暗影中的光明。"我把她自己的名字与部落的名字都翻译过来，"很有趣的组合。"

"说实话，我是暗影居多。"她的身体向我靠过来，眼中的热情让我的心跳又加快了一档。"把这当作你我之间的秘密。"

我侧头打量她，感觉从来没有见过像她这样热情外向，又自视甚高的部落女子。甚至连说书人——乞哈尼都不会这么夸张。阿菲亚高深莫测地笑着，貌似客气地问我一些有关赛夫部落的小问题。过去一个月有过几场婚礼？生了多少小孩？今秋要不要去努尔部落赶大集？尽管这些都是普通部落女子常聊的话题，我却没有被她骗过。她简单的词句不足以掩盖她眼中的睿智。她的家人在哪儿？她到底是何方神圣？

就好像感觉到了我的疑心，阿菲亚向我讲起了她的兄弟：来自努尔的地毯商人，到这里来，是想赶在恶劣天气封山之前卖掉手里的货物。她这样说的时候，我向人群环视，找她说的这些兄弟。部落民对未婚女性家人的严密保护是出了名的，我可不想惹了事跟人打架。人群里虽然有很多部落男子，没有一个人正眼看阿菲亚。

我们一起跳了三支舞曲。最后一曲结束时，阿菲亚向我轻施一礼，给了我一枚木制钱币，它的一面是太阳，另一面是乌云。

"一份小礼物。"她说，"感谢你赏光陪我跳这么精彩的舞，赛夫部的伊利亚斯。"

"我才是深感荣幸。"我很吃惊。这种部落信物表示欠别人一份人情，是很少给人的，更很少由女性派发。

就好像看出了我的困惑，阿菲亚踮起脚尖。她个子太小，我必须弯腰才能听到她说话。"要是维图里亚家族的继承人任何时候需要有人效劳的话，伊利亚斯，努尔部落随时听候差遣。"我的身体马上紧张起来，但她把两根手指放在唇边——这是最有约束力的部落誓约。"阿菲亚·阿拉－努尔不会泄露你的秘密。"

我扬起一侧眉毛，她是认出了伊利亚斯这个名字，还是在塞拉城周边见过戴面具的我，我猜不出。不管这个阿菲亚·阿拉－努尔是谁，她都绝不是普普通通的部落女子。我点头表示接受她的誓约，她又一次粲然欢笑。

"伊利亚斯……"她恢复了正常站姿，声音也不再刻意压低，"你的心上人现在自由了——快看她。"我回头看。拉娅已经回到跳舞台上，正眼睁睁看那红头发男孩离她而去。"你必须带她跳一支舞。"阿菲亚说，"上！"

她轻轻推了我一下，就隐入人群，脚踝上的小铃铛轻响着离去。我目送她片刻，又低头打量着那枚部落信物，把它装进衣袋。再之后，我转身走向拉娅。

第二十九章　拉娅

"可以吗？"

我还满脑子都是奇南，却吃惊地发现那名部落男孩站到了我身边。有一刻，我只能傻傻地仰面看着他。

"可以请你跳支舞吗？"他明确提问，还把一只手伸给我。低垂的兜帽掩住了他的双眼，但那嘴角显然挂着微笑。

"嗯……我……"我已经送达了情报，伊兹和我应该赶回黑崖学院去了。尽管现在到天亮还有几小时，但我不能冒着被抓的风险多停留。

"啊。"男孩又笑了，"红头发那个，是你……丈夫吗？"

"什么？才不是！"

"未婚夫？"

"不。他不是——"

"爱人？"那男孩意味深长地挑起一侧眉毛。

我的脸开始发烫："他是我的——我的朋友而已。"

"那还有什么可犹豫的？"男孩迅速咧嘴笑了下，特别坏的那种，我发觉自己也在回应他的笑容。我回头看台下的伊兹，她正跟一个看上去很老实的学者族男孩聊天。对方说了什么逗笑了她，而且她的手没有下意识地伸向眼罩。当她发现我在看她，就打量了下我和那名部落男孩，用眉毛示意我尽管继续。我的脸又开始发烫。跳一支舞而已,能有什么关系?跳完走人就是了。

提琴手们现在演奏的是一段轻快的民歌。我一点头,那男孩就握住我的手,自然得像相识多年的朋友。尽管他身材那么高,肩膀那么宽,可带我共舞的时候,却轻松自如,动作又高贵,又迷人。我偷偷看他时,发现他也在直直地看着我,嘴角似笑非笑。我的呼吸一下子急促起来,赶紧找可以闲聊的话题。

"你说话可不像部落民,"嗯,这个开头还挺中性的,"一点儿口音都没有。"尽管他的眼睛是学者常见的黑色,五官却轮廓分明,线条硬朗。"样子呢,也不是很像。"

"你若喜欢,我可以说几句塞黑瑟语给你听。"他的嘴唇向我耳朵靠近,温热的气息把一阵愉快的战栗传遍我全身。"Menaya es poolan dila dekanala."

我轻叹一口气,难怪部落民什么都能卖出去。他的声音又温暖又深沉,像刷子上滴落的夏天的蜂蜜。

"这个——"我嗓子发干,轻咳了一下,"这个是什么意思?"

他又那样让人心痒难挠地笑了:"意思嘛,我需要用行动展示给你看。"

我一下子又红了脸。"你可真是胆大妄为。"我眯起眼睛想,到底在哪儿见过这家伙?"你住在附近吗?我总觉得你眼熟。"

"你这么直接,还说我胆大妄为?"

我看着别处,意识到自己刚才那句话真有些唐突。他坏笑着回应我,声音低低的,充满欲望,我的呼吸一下子又加快了。我突然觉得,跟这家伙生活在同一部落的女孩都好可怜。

"我不是塞拉本地人。"他说,"那么,红发男是谁啊?"

"你的黑美人又是谁?"我也发动了反击。

"啊,你居然在偷看我,受宠若惊。"

"我才没有——好吧，我看了——可你也在偷看我！"

"没关系的。"他安慰我说，"我并不介意你偷偷注意我。刚才的黑美人，是努尔部落的阿菲亚。刚认识的新朋友。"

"只是朋友而已吗？我怎么觉得——你们两个的关系比朋友更近一点点呢？"

"也许吧。"他耸肩，"你可还没回答我的问题，说说红发男？"

"红发男是我朋友。"我也学他满不在乎的语气，"新认识的朋友。"

男孩仰面大笑，笑声悠然飘落，像沙漠里的雨丝一样。"你住在学者区吗？"他问。

我犹豫了。我不能告诉他自己是奴隶，奴隶是不允许来参加仲夏节庆典的。就算是初次造访塞拉的陌生人，也知道这条规矩。

"是啊。"我说，"我在学者区外祖父母家里住了很多年了。家里还有——我哥。我们家的房子离这儿不远。"

我不知自己为什么要说这些。也许我觉得，说了这些话，它们就会变成事实。我一转身，就能看见代林逗那些女孩，阿婆卖她的果酱，阿公永远那样温和地面对愁苦的病人。

男孩引领我转了一个圈，又把我揽入他的怀抱。抱得比上次更紧一些，他身上的气息强烈，令我心神俱醉，又有那么一种神秘的熟悉感，这让我总想靠他更近一点儿，吸入更多一些他的气味。他坚实的肌肉紧贴着我的身体，偶尔接触到他的臀部时，我的舞步都会变乱。

"那你平时做些什么呢？"

"阿公是大夫。"说起这些谎话，我的声音有些发颤，可既然不能说现在的真实情形，我也只能尽快说完，"我哥哥是他的学徒。阿婆跟我一起做果酱，多半卖给部落民。"

"唔，我一开始就看出你是做果酱的。"

"真的吗？为什么？"

他居高临下地对着我笑。靠近了看，他的眼睛几乎是纯黑的，特别幽暗，因为睫毛很长，挡光。现在，那双眼里泛着掩饰不住的调皮。"因为你太甜美了。"他故意做出一副欠扁的马屁精嘴脸。

他眼里的顽皮让我暂时忘记了一切，在那个短短的瞬间，我忘了自己是一名奴隶，忘了我哥哥还在坐牢，忘了我所爱的其他人都已经离开人世。我好大声地笑，笑得像在唱一首酣畅的歌谣，笑得视线模糊，眼泪涌出。然后却突然打了个喷嚏，让我的舞伴也笑了起来，我笑得更厉害了。以前，只有代林曾让我笑得这么开心。这种情绪的释放既陌生，又熟悉，本质跟哭泣一样，只是没有伴随那份痛楚。

"你到底叫什么名字？"我一边擦眼泪一边问。

他没有回答，突然定在了原地，侧头像在听什么声音。我又想开口，他伸出一根手指放在我唇边。片刻之后，他沉下了脸。

"我们必须走了。"他说。要不是他这么严肃，我会以为他是想骗我跟他回自己的营地。"有突袭，武夫族突袭。"

我们周围的舞者还浑然不觉，仍在快乐地共舞，没有人听到这男孩的话。鼓点还在响，孩子们欢笑着跑来跑去。一切看起来都很正常。

然后他放开嗓子喊起来。"有突袭！快跑！"他浑厚的声音在整个舞台回荡，像真正的战士一样威严。提琴手半途停止了演奏，鼓声戛然而止。"武夫族突袭！快离开这里！快跑！"

空中一记闪光，打破了现场的寂静，那是一盏悬灯爆掉了。然后又一盏，又爆了另一盏。空气中充斥着羽箭破空声——武夫们打算射灭所有的灯，让所有参加庆典的人被困在黑暗里，这样就可以轻易控制人群。

"拉娅！"伊兹已经跑到我身边，大大的眼睛里写满恐惧，"这是怎么了？"

"有些年份，武夫族会任由我们庆祝节日，有些年份则不允许。我们必须赶紧离开这里。"我拉起伊兹的手，希望我没有带她来，希望我能多考虑她的安全。

"跟我来。"那男孩没有等我们回答，直接拉我躲到附近一条小巷里，这里的人还不多。他贴墙前进，我随后紧跟，紧紧拉着伊兹，希望我们还来得及逃走。

我们走到那条街的中段，部落男孩又把我们带进另一条更窄的巷子里，这儿垃圾遍地。周围到处是尖叫声，有寒铁起落的反光。几秒钟后，就有好多参加庆典的人从刚才那条街跑过，很多人跑着跑着就消失了，在中途受伤倒地，就像被镰刀斩断的麦子。

"我们必须抢在他们封锁整个学者区之前脱身。"部落男孩说，"任何在街上被抓的人，都会被扔进'鬼车'。你们必须快点儿跑，能做到吗？"

"我们——我们不能跟你走。"我甩脱那男孩的手。他会赶回自己的棚车，但我和伊兹到那里还是不安全。一旦发现我们是奴隶，他们就会把我俩交给武夫，后者会把我们遣返给院长，然后……

"我们并不住在学者区，很抱歉我对你说了谎。"我向后退开，手还拉着伊兹。我知道双方越早分道扬镳，对所有人越好。部落男孩掀开斗篷，露出一头短发。

"这些我早知道了。"他说。尽管他说话的声音没有变，却有种判若两人的奇怪感觉。他多了一份威严，一种我从未察觉的力量。我想都没想，就又后退了一步。"你们必须赶回黑崖学院。"他说。

他说的话，我一时没反应过来。等我回过神，才觉得两膝发软。原来他是个探子。他是不是发现了我的奴隶手环？还是听到了我跟梅岑的对话？他会告发我和伊兹吗？

伊兹倒抽一口凉气："选……选帝生维图里乌斯？"

伊兹这句话一说出口，就像黑暗的房间里突然点亮了一盏灯。他的五官，他的身高，他那份自然而然的高贵举止——这一切都可以理解了——可又完全说不通。一名选帝生跑到仲夏节庆典来做什么？他为什么要扮作部落民？他那该死的面具又到哪里去了？

"你的眼睛……"它们是黑色的。我狂乱地想，我确信今天晚上它们是黑色的。

"威拉脂。"他说，"那东西可以让瞳孔放大。听着，我们真的要——"

"你在替院长监视我。"我爆发了。这是唯一合理的解释。凯瑞斯·维图里娅派了她的亲儿子来跟踪我，看我到底知道些什么。但如果是这样，他很可能听到了我和梅岑、奇南之间的对话，早有了足够的证据告发我是叛徒。他为什么还要跟我跳舞？为什么要跟我一起谈笑？又为什么在突袭之前警告所有人？

"就算是要我的命，我也不会给她做探子。"

"那你为什么来这里？你完全没有理由——"

"我有，可当前实在没时间解释。"维图里乌斯回头看看纷乱的街道，又说，"你要愿意，我们可以把这件事说清楚为止。或者，我们赶紧离开了事。"

他是个假面人，我应该不敢正眼看他的。我应该在他面前俯首帖耳，却忍不住狠狠瞪着他。他这张脸一定有魔力。几分钟前，我甚至还觉得他挺帅。我觉得，他用塞黑瑟语说的，一定是有催眠效用的咒语。我居然跟一名假面人共舞，一个该死的、可恶的假面人。

维图里乌斯朝巷口看看，摇摇头："我们现在出发赶到出口，军团士兵肯定已经层层布防。我们只能走地下，希望他们还没有把隧道封锁。"他蛮有把握地走向小巷里的一处格栅，就像完全清楚这里的所有出入口都在哪里似的。

见我不肯跟上，他的声音很不满。"好了，我都说过我跟她不是一伙的。"他说，"事实上，要是她发现我来了这里，很可能会剥了我的皮，而且是慢慢剥。不过你们两个要是在这里被抓，或者到早上还没回到黑崖学院，结局肯定比我更惨很多倍。你们要还想活命，现在就必须相信我。快跟上。"

伊兹马上听从了他的话，我老大不情愿地跟上去。一想到要把自己的命交到一名假面人手里，我就浑身不舒服。

几乎是我们一进入隧道，维图里乌斯就从背包里扯出紧身衣和靴子，同时开始脱掉那套部落民行头。我觉得脸发烫，转身不去看他。但这之前，我已经看到他背上那些纵横交错的银灰色鞭痕。

几秒钟后，他走过我们身边，又一次戴好了面具，示意我们跟上。我和伊兹都得一路小跑，才能跟上他的大步子，他走起路来像猫一样毫无声息，除了偶尔给我们打气，再没说过一句话。

我们在墓城里朝东北方向行进，只偶尔停下躲避武夫族巡逻队。维图里乌斯从来没有走错过一次。当我们遇见一大堆骷髅头时，他直接移开其中几个，帮我们从洞里钻过去。当隧道变窄，有紧锁的栅栏门挡路时，他直接摘下我的几枚发簪，几秒钟就把锁头捅开了。伊兹和我见状面面相觑，这家伙各方面的能力都强到令人胆战心惊。

我完全不知道路上花了多长时间。至少有两小时，天应该就快亮了。我们不会及时赶到了，院长一定会抓到我们。天哪，我真不应该带伊兹出来，真不该让她以身犯险。

我的伤口在衣服上蹭来蹭去，直到再次流血。这伤口才几天而已，感染一直没有完全好。疼痛加上恐惧，让我的头越来越晕。

维图里乌斯看我脸色不对，放慢了脚步。"我们就快到了。"他说，"用不用我背你？"

我死命摇头。我再也不想靠近他了，我不想闻到他身上的气味，也不想触到他皮肤的温度。

最后我们停住了。前面拐角处有人窃窃私语，还有一支摇曳的火把，让黑暗处显得更加漆黑一团。

"现在进入黑崖学院的所有地下通道都有人看守。"维图里乌斯小声说，"这里有四名士兵，如果他们看见你们，会发出警报，这些隧道里转眼间就会到处是士兵。"他看看我，又看看伊兹，确认我们都明白了他的意思，然后继续说，"我去引开他们。等我说'港口'，你们有一分钟时间转过那个角落，爬上梯子，然后钻出顶端的格栅。等我说'莫老鸨的店'，意思就是你们时间不多了。出去之后，把格栅门放回原处。你们会出现在黑崖学院的主地下室，在那里等着我。"

维图里乌斯消失在我们身后的黑暗隧道里。几分钟后，那个方向传来醉酒一样的唱歌声。我向角落方向偷看，那些卫兵正强忍着笑，用手肘互相触碰。两个人去察看情况了。维图里乌斯学醉汉的声音还挺像。那边有巨大的碎裂声，然后是咒骂声和大笑声。其中一名先去的士兵招呼另外两名士兵过去。他们也从我的视野里消失。我探身向前细听，做好了跑的准备。快点儿啊，快点儿啊。

维图里乌斯的声音终于沿着隧道传来：

"——肚（去）了党口（港口）——"

伊兹和我快速跑向长梯，几秒钟后，我们到达格栅门。我正因为我们的速度扬扬自得，就听见前面的伊兹强压着声音惨呼。

"我打不开这门！"

我从她身边爬上去，抓紧那格子，用力向上推。它纹丝不动。

卫兵的声音近了。我又听到一声脆响，然后维图里乌斯说："莫老鸨的店里女孩最棒了，她们特别擅长——"

"拉娅。"伊兹疯狂地看着渐渐接近的火炬光芒。十层火热的地狱啊。我强压住呻吟声，把整个身体抵在那格栅门上，无视全身剧痛全力向上顶。格栅门很不情愿地轻响着开启，我几乎是把伊兹硬塞过去的，然后自己也跳出去。这时，士兵们出现在下方隧道里。

伊兹赶紧藏到一个桶后面，我也跑到她身边。几秒钟后，维图里乌斯从格栅门里爬出来，还在装成酒鬼那样傻笑。伊兹和我又对视了一下，局势虽险，我还是费了很大劲儿才勉强忍住笑。

"惬（谢）了，兄弟们。"维图里乌斯对着下面的人喊。他故意笨拙地把格栅门关上。看见我们，抬起一根手指放在唇边。士兵们还能透过格栅听见我们说话。

"维图里乌斯选帝生。"伊兹小声问，"要是院长发现你帮了我们，她会怎样做呢？"

"她不会发现的。"维图里乌斯说，"除非你们打算告诉她。我强烈建议不要这样做。跟上，我送你们回自己住处。

我们偷偷溜上地下室台阶，进入黑崖学院墓地一样静寂的院子里。我哆嗦了一下，尽管夜里并不冷。天还黑着，但东方已经泛白。维图里乌斯加快了脚步。快步穿过草地时，我绊了一下，险些摔倒，他已经来到我身边扶住了我，体温传导到我身上。

"没事吧？"他问。

我脚痛，头也痛，院长留下的那个破字更是火烧火燎地痛。但这一刻最让我痛苦的，是假面人接近时那种浑身不自在的感觉。危险啊！我的身体似乎在尖叫，他太危险啦！

"没事。"我甩开他，"我好得很。"

我们继续向前走，我偷偷看他。戴上那张面具，周围又有了黑崖学院的高墙，现在的维图里乌斯完全变成了武夫族战士。但我还是很难把这个他跟与我共舞的部落帅哥联系起来。整个过程中，他一直都知道我的真实身份，他知道我说起家人时是在说谎。尽管猜测假面人的心理活动相当无聊，我还是为自己说过的谎话感到羞耻。

　　我们到了用人通道，伊兹从我们两个身边走开。

　　"谢谢你。"她对维图里乌斯说。我被强烈的负疚感吞没了。经过今晚这番凶险，伊兹一辈子都不会原谅我的。

　　"伊兹，"我碰了碰她的胳膊，"我很抱歉。要是早知道有这样的突袭，我绝不会——"

　　"你开玩笑呢吧？"伊兹问。她迅速扫了一眼站在我身后的维图里乌斯，然后又笑了，她的笑容美得让我一愣一愣的。"今晚的经历才是我觉得最宝贵的东西。晚安，拉娅。"

　　我张大了嘴巴，傻傻地看着她离去的背影，看她走过长廊，进入自己房间。维图里乌斯轻咳了一下。他看我的眼光很奇怪，几乎是带有一点儿负疚的意思。

　　"我——呃——有点儿东西要交给你。"他从衣袋里取出一个小瓶子，"很抱歉没能早点儿送过来。我之前……不太舒服。"我接过那个瓶子，当我们指尖相触时，我赶紧缩回来。是血藤乳浆。他居然记得，这让我很吃惊。

　　"我只是——"

　　"谢谢你。"我们同时说。我们两个都沉默了。维图里乌斯一只手抬起来去抓头发，却突然全身静止，就像听到了猎人动静的鹿一样。

　　"怎么——"我喘不过气，他的双臂抱着我，又紧又突然。他把我推挤在墙上，火热的双手在我身上乱摸，让我的心立时狂跳不止。我自己对他举动的强烈反应，加上令我眩晕的原始欲望，让我在震惊里沉默下来。你这是怎么了，拉娅？然后，他的双手紧紧箍住我后背，像是非常紧张，然后低头在我耳边说话，声音低得几乎难以辨认。

　　"照我说的做，一听到就开始。要不你就死定了。"

　　我早料到。我怎么会相信他的？我就是傻，太傻。

　　"把我推开，"他说，"打我。"

我马上就把他推开了，这事还用鼓励？

"你给我滚开——"

"不要这样啦。"现在他的声音提高了，又尖又细，带点儿威胁意味，听起来没有一点儿廉耻，"以前都没有抗拒的——"

"你放开她，大兵。"一个厌倦而且冷冰冰的声音说。

我觉得浑身血液都要冻住了，连忙挣脱维图里乌斯。那边，死灵一样从厨房走出来的，竟是院长。她偷看我们多久了？她为什么没有在睡觉？

院长进入走廊，很失望地上下打量我，无视维图里乌斯。

"原来你在忙这个。"她浅色的头发披散在肩头，裙摆撩得很高。"我才刚刚下来，五分钟之前就打铃要水了。"

"我——我——"

"我估计这也是早晚的事，谁让你是个漂亮的小东西。"她没有抓她的皮鞭，也没有威胁要杀死我。她看上去甚至都没有生气，只是有点儿不爽。

"大兵。"她说，"滚回你的营房去。你享用她的时间够长了。"

"遵命，长官。"维图里乌斯做出一副很不情愿的样子放开我。我想要远离他，可是他的一只胳膊还在放肆地揽着我的腰。"您已经准许她回房休息，我就以为您今晚用不到她了。"

"维图里乌斯？"我意识到，刚刚在黑暗里，院长没有认出他，她当时都懒得看他第二眼。现在，她带着满眼的不可置信望着自己的儿子。"你？跟一名奴隶？"

"我闲极无聊，"他耸耸肩说，"又被人关在医疗区好几天。"

我的脸一下子红起来。我现在懂了，他刚才为什么突然在我身上乱摸，又为什么让我打他。他是在尽力保护我不受院长伤害，他一定是感觉到院长马上就会出现。院长现在没有任何办法证明过去几小时我没有跟维图里乌斯在一起，因为学生们整天都在强奸这里的女奴。不管是他还是我，都无须为此受罚。

但这事还是很丢人。

"你以为我会相信你吗？"院长侧着头问。她已经感觉到这里面有鬼，闻都闻得出来。"你这辈子没碰过一名女奴。"

"我无意冒犯，长官。那是因为你每得到一名女奴，就会把她的眼睛挖掉一只。"维图里乌斯的手指拉扯我的头发，我痛得叫出了声，"或者划花她的脸。但这一个呢——"他把我的头用力扯向他的方向。低头看我的眼光，在警告我小心行事。"身体还是完整的，大致完好。"

"求您了。"我压低了声音说。如果这招能救命我也只能配合他演下去，尽管这样很恶心。"求您让他放过我。"

"滚出去，维图里乌斯。"院长目露凶光，"下次偷腥到厨房去。这个女孩是我的。"

维图里乌斯向他妈妈草草行了个礼，放开我，大步出了门，头都没回过一次。

院长上下打量我，就像在找刚才这件事留下的证据。她粗暴地把我的下巴抬起来。我用力掐自己大腿，直到流血，眼睛里全是泪水。

"要是我把你的脸划成厨娘那样，岂不更好？"她嘟囔着，"生活在一群男人中间，美貌就成了一种诅咒。毁了容，你可能反倒会感谢我。"

她的一根手指划过我的面颊，我浑身发抖。

"也好……"她放开我，笑吟吟地走向厨房的门，嘴角上翘，传达的却只有酸楚。她那奇怪的文身被月光照亮。"毁容这种小事，我有的是时间。"

第三十章　埃利亚斯

仲夏节后的三天里，海伦娜一直都躲着我。我敲门她不理睬，我一到食堂她就走，我向她走过去，她就离开原地。要是我们训练时被分在一组，她就把我当成马库斯一样攻击。我对她说话，她像突然什么都听不见了一样。

我一开始并没有十分在意，可是到了第三天，我受够了这种态度。去往实战训练场的路上，我在脑子里草拟了一个跟她谈话的计划——大致需要一张椅子、一根麻绳和一块塞嘴用的布，让她不得不听我说。可该隐老头恰在此时出现在我身后，像幽灵一样突然。我的弯刀拔出一半，才看清来者是谁。

"天啦，该隐。别这样吓人。"

"你好啊，维图里乌斯选帝生。今儿天气不错。"安古僧很向往地看那蓝色天空。

"是啊，要是你不需要拿着两把弯刀在艳阳下拼死训练的话。"我嘟嚷着。现在还没到中午，我已经憋不住脱掉了衬衣。如果海伦娜愿意跟我说话，她会皱着眉说我这样不合规矩，可我热得管不了那么多了。

"你第二轮考验受的伤都好了？"该隐问。

"这也不需要感谢你吧。"我情不自禁就这么说了，说完也没有特别后悔。那一轮，他们多次要害死我，多少损害了我对该隐的礼貌程度。

"选帝赛本来就不可能容易，埃利亚斯，所以才被称为终极考验。"

"我还没啥感觉呢。"我加快脚步，希望该隐识趣滚蛋。可他不识趣。

"我给你带来个消息。"他说，"下一场比试是在七天后。"

至少我们还得到了提前警告。"内容是什么？"我问，"当众鞭笞吗，还是把我们锁进装了一百条毒蛇的箱子里？"

"跟一名强大的对手对抗而已。"该隐说，"你肯定能应付。"

"什么样的对手，对抗的内容又是什么？"安古僧绝不可能把一切都告诉我，他们肯定会故意遗漏重要细节。我们搞不好要对抗一大群死灵，或者神怪，或者他们从暗影世界唤醒的其他古怪玩意儿。

"我们从来没有从暗影世界召唤任何真正沉睡的东西，我们叫来的，都是早就醒了的。"该隐说。

我强忍住没有喷他。要是他再跟我玩花样，我发誓会用这把刀把他刺穿，才不管他是安古僧还是安今僧。

"你那样做也没有用的，埃利亚斯。"他微笑，表情却近乎伤感，然后他对着训练场点头示意，海勒在那里练习。"我请你帮我把这个消息转达给阿奎拉。"

"因为阿奎拉现在都不跟我说话，这事可能有点儿难。"

"我坚信你会有办法的。"

他悄然离去。我的情绪只有更糟。

以前我跟海勒闹别扭，通常都会在几小时内和好——最多也就闹一天。三天已经是我俩的新记录了。更糟糕的是，我都没见她像三天前那样发火。即便在战斗中，她也一直保持着冷静，完全可以自制。

但过去这几周来，她对我的确跟以前不同。我一直都知道，一直像个傻瓜一样试图无视这变化，但我不能再对她的变化视而不见了。

这主要涉及我们之间产生的情感火花，那种男女之间的吸引力。我们要么需要消除它，要么就要做出某种安排。我想，后者可能是更愉快的解决方案，却会给我们两人都带来不必要的麻烦。

海伦娜这家伙是什么时候开始变的？她以前一直很擅长控制各种情绪的。她从来不曾对任何战友产生过这类兴趣，而且除了林德尔之外，我们其他人也都没有蠢到向她示爱的程度。

那么，我们之间到底发生了什么事，打破了原有的均衡呢？我回想起海伦娜第一次表现反常的时候，就是她发现我在墓城里的那天早上。我当时曾经试图用色眯眯地看她的方式吸引她的注意力。我觉得，她可能把那次当成我男性意识的真正觉醒了。

真是这么开始的吗？就因为我看了她一眼？她这段时间表现这么反常，就是因为她觉得我对她有欲望，她也一定要做出想要我的样子？

如果真是这样，就需要直截了当告诉她真相。我会告诉她，那次只是我在耍花招。我没有任何特别居心。

她会接受我这样的道歉吗？除非你装得够可怜。

好吧。装装也值得。要是还想得到自由，我就必须赢得下一场考验。而在前两轮，我和海伦娜都是靠彼此支持，才成功活下来的。第三轮的局势大概也不会有太大区别，我还需要她站在我这边。

我看到海伦娜在训练场与特里斯塔斯对阵，一名格斗教官在一边监督。特里斯塔斯因为老忙着向他的未婚妻表忠心，常常被我和其他男孩嘲笑，但他是整个黑崖学院最强的刀客之一。他作战极为聪明，身体又像猫儿一样灵活。他一直在耐心等着海伦娜露出破绽，对她的每一记杀招都洞若观火，但海伦娜的防守也像考夫监狱的高墙一样无懈可击。我到达训练场之后仅仅几分钟，她就已经打退了特里斯塔斯的攻势，还命中了他的心脏。

埃利亚斯

"问候您呀，神圣的选帝生。"特里斯塔斯看到我就大声说。他见海伦娜的肩膀变得僵硬起来，看了看我们两人的阵势，赶紧溜了。跟法里斯和戴克斯一样，特里斯塔斯这几天也想搞清楚我和海伦娜产生了什么矛盾，那个预定聚会的晚上到底发生了什么——因为我们俩都没有到场，但海勒跟我无一不保持绝对沉默。他们放弃了调查，每当我们在训练场斗得两败俱伤，就在旁边一起嘲笑我们。

"阿奎拉。"我趁她收起弯刀时大声对她说，"我需要跟你谈谈。"

沉默。

那好吧。"该隐刚才让我告诉你，下一场考验是在七天后。"

我转身向武库走去，不出所料地听到她跟来的声音。

"那么，内容是什么？"她硬扳住我的肩膀，迫使我转过身，"考验内容是什么？"

她脸涨得通红，眼睛里压抑着怒火。天哪，她生气的样子真可爱。

这想法把我自己吓了一跳，与之相伴的还有强烈的肉欲。这是海伦娜，埃利亚斯，海伦娜。

"是战斗。"我说，"我们将面对一个'强大的对手'。"

"嗯。"她说，"好的。"但她没有动，只是瞪着我，没注意到自己发髻上有几缕头发散开了，被风胡乱吹着，样子很迷人，根本达不到她想要的威慑效果。

"海勒，这样子，我知道你很生气。但是——

"噢，你去穿上件衬衣再说。"她大步走开，嘴里嘟囔着"那些不守规矩的笨蛋"云云。我强忍着没跟她吵。这家伙怎么这么固执？

我进入武库时，迎面碰上马库斯，他一直把我推到门框上。少见的是，扎克居然没跟他在一起。

"你那个相好的贱人还不跟你说话是吧？"他说，"她也不跟你共度好时光了，对不对？她躲着你……躲着其他男孩……老是一个人……"马库斯若有所思地看着海伦娜远去的背影。我趁机拔出弯刀，但他抢先用匕首抵在我的小腹上。

"她是属于我的，知道吗？我都梦见了。"他冷静的态度比任何吹嘘更能让我心悸，"早晚有那么一天，我会找到她，而你会不在现场。"他说，"我就会把她变成我的。"

"你离她远点儿。要是她有什么意外，我会活切了你，从那臭脖子一直到——"

"你只会说空话唬人而已。"马库斯说，"你从来都不敢做什么实事。对一个连面具都没能完全融合的叛徒来讲，这倒并不奇怪。"他向我逼近。"那面具了解你虚弱的本质，埃利亚斯。它知道你不属于我们这里。这就是它跟你的身体没有融合的原因，这就是我应该杀了你的理由。"

他的匕首割入我腹部，放出一线血丝。他只要一刺，一挑，就可以像条鱼一样把我开膛破肚。我气得浑身发抖。我居然要靠他的一念之善才能活命，这让我对他极为痛恨。

"可是教官能看到。"马库斯的眼睛向我们左侧扫了一眼，格斗教官正朝我们快速走来。"而我也宁愿慢慢把你折磨死。"他懒洋洋地走开，经过的时候，还向那位教官行了礼。

我很愤怒，生自己的气，生海伦娜的气，也生马库斯的气，我推开武库的大门，径直走向重武器区，选了一把三头战锤，我把它用力挥向空中，就当自己在敲掉马库斯的脑袋。

等我回到训练场，格斗教官又把我跟海伦娜分在了一组。我的怒火难以遏制，渗透到每一个动作里。海伦娜却把她的怒火全都化作极度冷血高效的攻击。她打飞了我的战锤，仅仅几分钟后，我就被迫认输。她被我恶心到了，我还没爬起来，她已经大步逼近下一名对手。

在战场另一端，我看见马库斯在观望，他看的不是我，而是海伦

第三十章
埃利亚斯

娜。这家伙目露凶光，手指摩挲着匕首。

法里斯拉了我一把，我把戴克斯和特里斯塔斯也叫了过来，因为海伦娜给我留的瘀伤，我面露痛苦之色："阿奎拉还躲着你们吗？"

戴克斯点点头说："跟躲天花似的。"

"还是盯着她点儿，"我说，"就算她不想让你们靠近。马库斯知道她现在躲着咱们，早晚会对她发动攻击的。"

"你也知道，她要是发现我们这些人扮演守护忠犬，会马上把我们杀掉，对吧？"法里斯强调。

"你们想要哪个，"我问，"愤怒的海伦娜，还是绝望版的？"

法里斯的小脸白了，但他和戴克斯还是承诺会留意她。离开训练场时，两人都对马库斯怒目而视。

"埃利亚斯，"特里斯塔斯留在后面，看上去很为难的样子，这让我有些担心。"如果你愿意的话，我们可以聊聊……嗯……"他挠了挠自己那独特的文身，"这么说吧，我和埃莉亚也有过一些情感上的山高水低。那具体到海伦娜的情况，要是你想跟我聊聊的话……"

啊，这事啊。"海伦娜和我不是那种——我们只是普通朋友。"

特里斯塔斯叹了口气："你也知道，她现在是爱上了你，对吧？"

"她才没有——不是——"我好像没有办法左右自己的嘴巴，于是我干脆闭上嘴，用眼神求他放过。任何一秒钟，他都可以咧嘴一笑，拍拍我的后背，然后说，"我只是开玩笑的啦！维图里乌斯，看你这表情……"

随时可以。

"相信我。"特里斯塔斯却说，"我可有四个姐姐呢。而且我是所有男孩里面唯一经历过一个月以上感情的人。我每次看到她看你的眼神，都会看出真相。她就是爱上了你，已经有一段日子了。"

"可她是海伦娜。"我傻呵呵地说，"我是说——承认吧，我们所有人都把海伦娜当成过幻想对象。"特里斯塔斯很有竞技风度地点头承认。"但她是从来不考虑我们这些人的,她早看过我们最丑陋的德行了。"我想起勇气考验那次,当我意识到她是真正的本人,不是幻影的时候,哭得像傻缺一样。"她怎么还可能会……"

"这谁知道呢,埃利亚斯。"特里斯塔斯说,"她确实有能力一把捏死一个男人,手中持剑的时候强大得像魔鬼。论喝酒,也能把我们多数人放翻到桌子底下。但所有这些表象,可能都让我们忽视了一个基本事实:她到底还是个女孩。"

"我没有忘记海伦娜是女孩啊。"

"我没说身体层面的问题,我说的是头脑、思维方式。女孩想问题的方式,本来就跟我们不一样。她的确是爱上了你。你们之间不管发生了什么,根源都在这里。我敢保证。"

这不是真的。我的脑子在矢口否认,只是欲望,不是爱情。

脑子你闭嘴。我的心在发言。我对海伦娜的了解就像对战斗一样深,就像对杀戮一样熟悉。我知道她恐惧的气味,知道鲜血染上她肌肤的样子。我知道当她微微张开鼻翼时,就是在撒谎,还知道她睡着的时候把双手夹在膝盖中间。我了解她身上最美好的一面,也深知那些丑陋的地方。

她对我的怒火来自意识深处。一个黑暗的地方,她一直不承认自己有这样的黑暗面。那天,我如此不经意地望着她,让她觉得:我或许也有那样不为人知的一面。也许在这个方面,她并不孤单。

"她是我最好的朋友。"我对特里斯塔斯说,"我和她不能沿着那条路发展下去。"

"不,你的确不能。"特里斯塔斯眼睛里有几分同情,他了解海伦娜在我心里的位置。"但这个,恰恰就是问题所在。"

第三十一章　拉娅

我很难入睡，睡着了也不踏实，总是被院长的威胁折磨。毁容这种小事，我有的是时间。我在黎明前醒来，噩梦的碎片依然没有散去：我梦到自己的脸被划花，刻了字；我哥哥吊在绞刑架上，浅色头发在风中飞舞。

想点儿别的吧。我闭上眼睛，看到奇南，想起他请我跳舞的样子，那么羞涩，完全不像平时的他。他带我旋转时眼里的热切——我当时觉得这应该能说明些什么。可他又突然离开了。他没有碰到什么危险吧？有没有逃过那次突袭？他听到维图里乌斯的警告了吗？

维图里乌斯。我像是又听到了他爽朗的笑，还有他身上强烈的体味，我不得不把这些感受驱离，面对现实。他是个假面人，他是我们的死敌。

可他为什么要帮我？他这样做可能会被监禁——要是黑甲禁卫和他们的清洗传言属实，后果可能会更严重。我不敢相信他做那一切都是为了我。那么，这是恶作剧？是武夫们玩的什么古怪把戏，我不了解的那种？

别为这种事浪费时间，拉娅。代林的声音在我脑子里轻轻说，快把我救出去。

厨房里有走来走去的声音，是厨娘在做早饭。如果老的这位已经起床，伊兹也很快就会出现。我迅速穿好衣服，想在厨娘安排我们每天的杂役之前找到她。伊兹搞不好知道进入学院的秘密通道。

但实际上，伊兹早就替厨娘跑腿去了。

"她到中午才能回来。"厨娘对我说，"可她的事本来就不用你管。"那老女人指着桌上的一张黑色对折的纸说，"院长说了，你一早就要把那个给特鲁曼送去，回来再做别的事。"

我到达特鲁曼的店，吃惊地发现门开着，熔炉烈火熊熊。铁匠汗流满面，布满焦痕的围裙也被汗水浸湿，他正挥舞大锤敲打一大块金属。在他身边站着一名部落女孩，穿了件极薄的玫瑰色长袍，衣服边缘镶嵌了很多片小圆镜子。大锤敲打的声音很响，我听不清那女孩在嘟囔什么。特鲁曼点头对我打个招呼，但还是继续跟那女孩聊。

我看着他们谈话，这才发现她比我最早想象得要更年长一点儿，也许有二十五岁左右的年纪。她的头发，多数像黑丝一样，还夹杂着一些火红颜色，都被梳成复杂的细辫子，我对她那张可爱的面庞多少有些印象。然后我就想起来——她就是仲夏节之夜跟维图里乌斯共舞过的女孩。

她握了下特鲁曼的手，给了他一口袋钱币，然后从铁匠铺后门走了，临了还警觉地看了我一眼。她的眼睛在我的奴隶手环那里停了片刻，我避开她的视线。

"她名叫阿菲亚·阿拉－努尔。"那女人走后，斯皮罗·特鲁曼对我说，"她是部落民中间唯一的女性酋长，也是你能见到的最危险的女人之一，聪明才智也是出类拔萃。她的部落常给学者反抗军的海国分部运送武器。"

"你为什么要对我说这些？"这家伙什么毛病？这种事知道太多会没命的。

斯皮罗耸耸肩："她买走的大多数武器，都是你哥哥的作品。我以为你会想知道它们的下落。"

"不，我才不想知道。"这家伙怎么总是不开窍。"我完全不想牵扯进……你们在做的随便什么事。我唯一想要的就是恢复原状，也就是你收我哥为学徒之前的状态，帝国为此逮捕他之前的状态。"

"你还不如指望那伤疤彻底消失。"特鲁曼向我胸前点头示意。这时我的斗篷敞开着，露出了院长刻的"K"，我赶紧把衣服裹紧。

"这世界永远不会变成原来的样子。"他用一把火钳把那块正在敲打的金属块翻转过来继续敲打。"要是帝国方面明天释放了代林，他会马上回到这里，继续锻造武器。他的命运就是要挺身而出，帮助他的人民推翻压迫者。而我的命运，就是帮助他做到这件事。"

特鲁曼这家伙总把我当成说话不经过大脑的人，这让我很生气："那么，在帮敌人镇压我们那么多年之后，你现在又成了学者族的救世主？"

"我每天都活在对自己罪孽的愧疚里。"他扔下那火钳，转向我，"我承受着那份自责。但自责有两种，小丫头：一种会让你消沉，变成无用之人；另一种则会成为激发你内心斗志的动力。为帝国锻造完最后一件武器的那天，我就在心里划定了一条界线。我永远不会再为武夫锻造一把刀剑，我再也不会让自己的双手沾上学者的鲜血。我绝不会违背这条原则，哪怕为此赔上性命。"

他紧握铁锤，就像那是一件武器，他棱角分明的脸被努力克制的激情照亮。那么，这就是代林同意做他学徒的原因了。这男人的暴烈个性，跟我妈妈有些相像；但他那份自制，其实又有些我爸爸的感觉。他的热情是真诚的，很有感染力，开口说话的时候，我就很愿意相信他。

他伸出手："你有消息给我？"

我给了他那张纸："你还说自己宁死也不违背原则，现在却又要给院长制造一件武器。"

"不。"斯皮罗正在细读那张纸,"我是在装作要给她锻造武器,好让她不停地派你来传送信息。只要她相信我对你有兴趣,只为了你才肯为她锻造特鲁曼弯刀,她就不会对你做出任何不可挽回的伤害。我甚至有机会说服她把你卖给我,然后我就可以把那该死的东西打开了。"他向我的奴隶手环示意,"为了你哥哥,我至少应该做到这些。"

"他要被处死了,"我轻声说,"一周后。"

"处死?"斯皮罗说,"不可能的。如果他真要被处死,他就应该被关在中央监狱,而现在,他却被移出了那个地方。具体去了哪儿,我还不清楚。"特鲁曼眯起了眼睛,"你怎么知道他要被处死的?你跟谁谈过这件事?"

我不肯回答。代林或许相信这铁匠,我却很难相信他。特鲁曼也许是个真心的反抗者,但也可能只是个很善于伪装的间谍而已。

"我必须走了。"我说,"厨娘还等着我回去呢。"

"拉娅,等等——"

后面的话我没听见,因为我已经出门了。

走回黑崖学院的路上,我一直试图把他的话忘掉,却做不到。代林被转移了?什么时候?去了哪儿?梅岑为什么没说这件事?

我哥哥到底处境如何?他在受苦吗?要是武夫们打断了他的骨头怎么办?天哪,尤其是指骨?要是——

不能再这么想了。阿婆说过,人活着,就总会有希望。只要代林活着,其他都不重要。如果我能把他救出来,其他一切都可以设法解决。

我途经处刑广场,绞架空空的,很显眼,好几天没有人在上面被吊死了。奇南说,武夫们把处刑的机会留给新任皇帝。马库斯和他弟弟肯定会享受这种事。要是其他人赢了呢?目睹无辜男女在绳端垂死挣扎,阿奎拉会面带微笑吗?维图里乌斯呢?

我前面的人群止步不前，因为有二十辆车组成的部落车队正缓缓穿过广场。我转身想绕过去，但所有人也都打着同样的主意，结果就是很多推搡、咒骂，有人灰头土脸，乱作一团。

然后，就在这一团混乱里有人说话："原来你没事。"

我马上就认出了他的声音。他穿一件部落外衣，可即便是戴着帽子，他的红头发还是有一缕露在了外面。

"那次突袭之后，"奇南说，"我有些担心。我一整天都在看这广场，希望你会出现。"

"你也脱险了。"

"我们都安全脱身了，很险。昨晚，武夫抓走了一百多名学者。"他侧着头问，"你那位朋友也逃了吗？"

"我的……哦……"如果我说伊兹没事，就等于承认自己送情报的时候还带了个女伴。奇南眼睛一眨不眨地看着我。这家伙，简直在一英里外就能看出别人说谎。

"是的。"我说，"她也安全脱身了。"

"她知道你是密探。"

"她帮了我。我知道我不应该接受她的帮助，可是——"

"可事情却没有照你想要的方向发展。事关你哥哥的安危，拉娅，我能理解。"我们身后有人打架，奇南一只手搭在我的背上，让我转到另一侧，这样他就可以挡在我和斗殴的人之间了。"梅岑安排了一次接头，就在八天后的早上。十点钟，你到时候来广场这里。如果这之前你需要见我们，戴一条灰色围巾，站到广场南端去。我们会安排人留意你的动静。"

"奇南，"我想起了特鲁曼说过的有关代林的事，"你确定我哥哥是被关在中央监狱吗？还有，他是真的要被处死了吗？我听说他被转移到别处了——"

"我们的探子很可靠。"奇南说，"如果他被转移，梅岑一定会知道。"

我开始觉得脖子很不舒服，一定有什么不对劲："你们是不是有事瞒着我？"

奇南摸了摸他的短胡楂儿，我觉得更加不安："没什么特别需要你担心的事，拉娅。"

十层地狱啊。我迫使他面对我，迫使他迎上我的视线。"要是这件事跟代林有关，"我说，"我就需要担心。是不是梅岑？他是不是改主意了？"

"没有。"奇南的语调完全无助于打消我的疑虑，"我觉得应该没有。但他最近的确……有点儿怪，对这次的任务讳莫如深，探子的报告也都自己藏起来。"

我试图接纳他的做法，也许梅岑是怕行动计划泄露。可我这么说的时候，奇南却摇头否认。

"问题不止这些。"他说，"我不敢确定，总感觉他还在计划别的行动。某种大动作，跟代林无关的事。但我们救代林的同时，又怎么可能执行另外一件任务呢？我们没有那么多人。"

"去问他，"我说，"你是他的二把手，他相信你。"

"啊，"奇南一脸苦相，"这倒未必。"

他是不是失宠了？我没找到询问的机会。在我们前面，棚车队已经过去，道路再度畅通。堵塞的人流再次向前。拥挤的人群里，我的斗篷被扯开，奇南的目光一下子被那伤疤吸引。它太显眼，那么红，那么丑，我心里想，他怎么可能看不到？

"十层血淋淋的地狱啊。发生了什么事？"

"院长又罚我了，几天前的事。"

"拉娅，这事我都不知道。"他所有的洒脱烟消云散，可怜巴巴地看着那伤痕，"你为什么不告诉我？"

"说了你又会在乎吗？"奇南的眼睛一下子转向我的双眼，很惊讶的样子。"无所谓了，这还不算是很糟糕的后果。她挖掉过伊兹的一只眼睛。你还没见过厨娘的样子呢，整张脸都被……"我的身体不寒而栗，"我知道这道疤很丑陋……很可怕——"

"不要。"他说这个词，就像下命令一样，"不要再想这些。它只能证明你在她面前坚持下来了，它证明了你的勇气。"

人流在我周围、在我身边经过，有人的手肘撞到我，有人对我们俩抱怨。但他们都淡去，消失了，因为奇南握起了我的一只手。他看着我的眼睛，然后又看着我的嘴唇，那是一种完全不需要翻译的语言。我发现一个小雀斑，是完美的圆形，就在他嘴角。他把我揽入怀抱，我觉得有一股暖意从我身体深处蔓延开来。

然后有个穿皮衣的海国人推搡着走过来，硬把我们撞开了。奇南的嘴角咧开，露出难以置信，又觉得遗憾的微笑。他握了一下我的手："我很快会再来找你的。"

他消失在人群里，我急匆匆赶回黑崖学院。如果伊兹知道秘密入口，我还有时间自己去看，然后赶回这里通报消息。反抗军救出代林，我也可以就此退出。再不要什么丑死的疤痕、鞭笞之类，再不要担惊受怕。而且呢，我心里有个小声音说，我跟奇南还能有好多时间在一起。

我在后院找到了伊兹，她正在压水机旁边洗床单。

"拉娅，我只知道那一条秘密小道而已。"伊兹给我的答复就是这样，"而那个都不算什么秘密。只不过因为太危险，一直都没有人走罢了。"

我用力压了好多水出来，用金属的叽嘎声掩盖我们说话的声音。伊兹一定是搞错了，她必须是搞错了。"那隧道呢？或者……你觉得其他奴隶会不会知道些什么？”

“你昨晚也亲眼看到了，我们能从隧道出来，还是多亏了维图里乌斯。至于说其他奴隶，问他们很危险。其中有些人就是院长的探子。”

完了——完了——完了。刚刚我还觉得时间充足得不得了——有八个整天呢，现在我却发现，这点儿时间根本不够用。伊兹递给我一条刚洗好的床单，我不耐烦地把它挂在晾晒绳上。“那么，地图呢，某个地方一定会有这儿的地图。”

听到这话，伊兹的情绪也好多了。“有可能，”她说，“应该在院长的办公室——”

“世上唯一能找到黑崖学院地图的地方，”一个沙哑的声音突然说，“就是院长的脑子里。我觉得，你应该没兴趣钻进那里找东西。”

我像傻鱼一样张大了嘴巴，看厨娘迈着不输于院长的无声脚步，从我刚刚挂上的床单后面出现了。

伊兹见到厨娘突然出现，也吓得跳了起来。可是让我吃惊的是，她马上站定了，双臂交叉在胸前。“肯定能找到些什么。”她对那老妇人说，“她怎么可能只把地图装在脑子里？有时候，她也需要点儿实体的东西参考吧？”

“当年她就任院长的时候，”厨娘说，“安古僧们给过她一张地图，要求她记下之后就烧毁。这是黑崖学院的惯例。”看我一脸的惊诧，厨娘哼了一声，“我年轻的时候比你还蠢，总是很注意看，很留心听。现在呢，就剩下满脑子对自己没有任何好处的知识了。”

“但这些并不是没用。”我说，“你一定知道进入学院的秘密路线——”

“我不知道。”厨娘脸上的疤痕涨得通红，更加醒目，“就算我知道，也不告诉你。”

"我哥哥被关在中央监狱的牢房里，还有几天就要被处死。我要是不能找到进入学院的秘密通道的话——"

"让我问你个问题，傻丫头。"厨娘说，"只是反抗军说你哥哥被关在牢里，只是他们在说他要被处死，对吧？可他们怎么那么确定？你又怎么知道他们说的是真话？你哥哥甚至可能已经死了。就算他真被关在中央监狱，反抗军也永远不可能把他救出来。即便是又瞎又聋的一块石头，都能教你这么简单的事。"

"要是他已经死了，他们一定会告诉我的。"她怎么这么啰唆，直接帮我不就行了？"我相信他们，行了吧？我也只能相信他们。此外，梅岑还说过，他有一份计划——"

"去！"厨娘含笑，"下次见到这个梅岑，你问问他，你哥哥具体被关在中央监狱的哪个位置？哪间牢房？你问问他他是怎么知道的，谁是他在那边的卧底。再问问他，得知一条能进入黑崖学院的秘密通道，跟到南城的监狱救人有什么关系。等他回答了所有这些问题之后，看看你还会不会相信这个混蛋。"

"厨娘——"伊兹刚开口，那老妇人就凶巴巴地打断了她。

"你给我闭嘴，你都不懂得自己在掺和什么事。我到现在还没向院长告发这小妮子的唯一原因，"厨娘把唾沫喷在了她的脸上，"就是因为你。就算现在，我都不相信这个女奴能不说出你的名字，只为让院长对她下手轻一点儿。"

"伊兹……"我看着我的朋友说，"不管院长对我做什么，我都永远不会——"

"你以为胸口被刻了那么个破字，你就是忍痛的专家了？"厨娘说，"臭丫头，你真被折磨过吗？你有没有被人绑在床上，让火炭烧过你的嗓子？你有没有被人用钝刀划开过脸，还有一个假面人同时向你的伤口里倒盐水？"

我木然地呆看着厨娘。她当然知道答案。

"你不可能知道自己会不会出卖伊兹。"厨娘说,"因为你从来没有被人逼到极限。院长在考夫监狱受过训练,如果让她来审问你,你连自己亲妈都会出卖。"

"我妈她早死了。"我说。

"我为这个谢天谢地。要是她还——还活着,谁知道她和她的反叛军还会带来多少破——破——破坏。"

我侧目看着厨娘,她又口吃了。而这次,她说起的话题还是反抗军。

"厨娘,"伊兹的脸对着那老妇人,但不知为什么,她显得更高大一些。"请你帮帮她。我从来没对你提过任何要求,我现在就求你做这件事。"

"这事对你有什么好处?"厨娘痛苦地撇着嘴,就像吃了什么过于酸涩的东西,"她是不是答应了带你逃走?说要救你出去?傻孩子,反抗军从来不救任何他们能丢下的人。"

"她什么都没有答应过我。"伊兹说,"我想要帮她,因为她是我的——我的朋友。"

我才是你的朋友。厨娘的黑眼睛无声地说。我第一百次纳闷儿,这个厨娘到底是什么人,我妈妈和反抗军又到底对她做了些什么,让她这么不信任他们。

"我只想救出代林。"我说,"我只想离开这里。"

"丫头,每个人都想离开这里。我想走,伊兹想走,甚至那些该死的学生也想走。如果你真那么想走,我建议你去找你那些宝贝反抗军朋友,让他们另派一项任务给你。找个你不会被杀死的地方。"

她大步离开,我或许应该生气吧。实际上,我却在脑子里不停回想她说过的一句话。甚至那些该死的学生也想走。甚至那些该死的学生也想走。

"伊兹,"我转向我的朋友说,"我想我知道怎样找到走出黑崖学院的路了。"

《《《

几小时后,我潜藏在黑崖学院兵营外灌木丛里的时候,还在怀疑自己是不是搞错了。宵禁的鼓声已经响过,现在一切归于沉寂。我在这里躲了一小时,树根和石子硌得我膝盖好痛,但还没有一名学生从兵营里出来。

将来某个时间,总会有人出来的。正如厨娘说的,连那些该死的学生也想走出黑崖学院。他们肯定是偷偷溜出去的,要不然怎么有机会酗酒嫖娼?有些人可能会贿赂门岗或者隧道守卫兵,但肯定还有其他走出此地的路线。

我坐立不安,从一根扎人的树枝旁换到另一根。我不可能在这片矮树丛里坚持多久了。伊兹在替我把风,万一要是院长叫我,我却没有出现,就会受罚。更糟糕的是,伊兹也会被连累。

她是不是答应了带你逃走?说要救你出去?

我从未向伊兹做过这样的承诺,但这是我该做的事。厨娘一提起这件事,我就总会想到它,总也不可能放下。等我离开了,伊兹会有怎样的结局呢?反抗军说过,要把我的离开伪装成死于非命的样子,但院长肯定还是会盘问伊兹。那女人可不容易骗过。

我不能一走了之,留下伊兹在这里独自受审。扎拉失踪以来,她是我唯一真正的朋友,但我又怎样才能说服反抗军收留她呢?要不是萨娜,他们甚至连我都不肯帮。

肯定会有办法的。我可以在离开这里的时候带上伊兹,反抗军也不会冷酷到把她送回来的地步——他们要知道她可能的结局，就不可能这样做。我想完这件事，又把视线转向面前的建筑，正巧看到两个人离开骷髅生的营房。灯光照亮了其中一个人的浅色头发，我也认出了另外一个人摇摇摆摆的走路姿势，是马库斯和扎克两兄弟。

那对双胞胎离开营房前门，又走过营房最近处的地下格栅入口，走向最近处的训练建筑。

我跟在他们后面。近到足以听见他们谈话，又远到不至于被他们发现。要是发现我在跟踪，谁知道他们会做出什么事？

"——受不了这个了。"其中一个声音向我传过来，"我觉得，他正在夺走我的意识。"

"别他妈的跟个娘儿们一样。"马库斯回答，"他教我们的办法，可以应付安古僧吸取我们的思想。你应该感激才对。"

我凑近了一点点，情不自禁对这个话题感到好奇。他们说的"他"，是否就是院长书房里出现过的那家伙？

"我每次跟他对视，"扎克说，"都会看到自己的死亡。"

"这至少能让你早做准备。"

"不。"扎克小声说，"我觉得没办法准备。"

马库斯不满地哼了一声："我也不喜欢这些，跟你完全一样。但我们只能赢得这场比试，所以你就坚强点儿。"

他们走进了训练房。我在那扇厚重的橡木门关闭之前最后一瞬间抓住了它，从门缝向里面窥视他们。蓝光的灯笼照亮室内开阔的空间，他们俩的脚步声在两侧的柱子之间回响。就在建筑拐角之前，这两人躲到一根柱子后面。然后有石头互相摩擦的声音，再之后，一切重归寂静。

我走进室内，侧耳静听，整座大厅静得像坟墓。但这并不足以证明法拉尔兄弟已经消失，我走向他们消失的那根立柱，以为那里会有一扇通往训练室的门。

那里什么都没有，只有石板地面。

我走到下一个房间，也是空的。下一间，还是空的。窗子那里透进的月光，让所有房间都呈现为阴森森的蓝白色，而所有这些房间都是空的。法拉尔兄弟真的消失了，可他们怎么做到的？

肯定有密道入口。我完全可以确定，我觉得自己长出了一口气，欣慰到几乎头晕。我找到了，找到了梅岑想要的东西。还没有啊，拉娅。我还必须搞清楚这对双胞胎是怎么进去，怎么出来的。

第二个晚上，在同样的时间，我早早躲进训练楼里，就在那根柱子对面守着。时间一分钟、半小时、一小时就这样过去，他们一直没出现。

我最终只得离开，不能冒险错过院长的召唤。我失望得恨不得大喊。法拉尔兄弟甚至可能在我到达之前，就穿过密道消失了，又或者他们是在我回去睡觉之后才出现。不管怎样，我都需要更多时间监视。

"明天凌晨我去。"十一点的最后一下钟声沉寂时，伊兹在我房间里说，"院长要过一次水。我送上去的时候，她问你去哪儿了。我说厨娘临时有事，很晚才让你跑腿去了，这个理由不可能用两次。"

我不想让伊兹帮这么危险的忙，可又知道没有她帮忙无法成事。她每次出发前往训练楼，我都会更加坚定把她带离这里的愿望。我走的时候，不会把她丢下，我不能这样做。

我们轮流值夜，冒着一切风险，指望能再看到法拉尔兄弟一次。但让人疯狂的是，总是一无所获。

"要是没有任何其他办法，"我不得不去做报告的前夜，伊兹对我说，"你可以去求厨娘教你怎么把外墙炸穿，她以前给反抗军制作过炸药。"

"他们要的是秘密通道。"我说，但还是笑了。因为想象黑崖学院的墙上有个冒烟的大洞，还是件挺痛快的事。

伊兹去监视法拉尔兄弟的动静，我留下来应付院长的召唤，但她没有叫人。于是我躺在自己床上，看房顶那些肮脏的石板，迫使自己不去想代林在武夫监狱里可能受过的折磨，试图向梅岑解释自己任务失败的原因。

然后，就在十一点钟声敲响前，伊兹闯进我的房间。

"我找到了，拉娅！法拉尔兄弟一直在用的隧道，终于被我发现了！"

第三十二章　埃利亚斯

我开始打不过别人了。

这都是特里斯塔斯那个混蛋害的。就是这家伙在我脑子里留下一颗困惑的种子，让我以为海伦娜爱上了我。而现在，这颗种子已经发芽，长成了来自地狱的一棵毒草。

弯刀训练时，扎克攻击我的动作特别拖泥带水，可我居然还是没打赢他，反而被他击倒，原因就是我看到了训练场另一端有金发一闪。我胃里翻江倒海的这是什么感觉？

当徒手格斗教官因为我动作不规范大呼小叫时，我几乎听不见他在说什么，一直在想我和海勒将来会怎样。我们之间的友谊是否已经寿终正寝？如果我不爱上她，她会不会开始痛恨我？要是我不能让她得偿所愿，她又怎么可能在考验中站到我这一边？那么多愚蠢又可恶的问题。女孩们永远都是这种样子吗？难怪她们到哪儿都让人头疼。

第三轮，也就是力量的考验，两天之后就要开始了。我知道自己必须集中精力，做好身心两方面的准备。我必须赢。

可是除了海伦娜之外，我脑子里还有一位不速之客：拉娅。

这些天来我一直努力不去想她。可最后，我还是放弃了抵抗。不用试图封闭自己头脑里特定的区域，生活就已经够艰难了。我总是会想到她瀑布似的长发和皮肤的光泽。想起我们跳舞时她开怀大笑的样子，自己就禁不住微笑。——她像个自由的精灵，我只要想到世上有这样的人存在，就会感到莫大的满足。我还记得自己用塞黑瑟语对她说话时，她闭上眼睛陶醉的样子。

到了夜深人静时，我的恐惧又会从隐蔽的角落里现身，我会想起她发现我真实身份时脸上的厌恶，以及我试图在院长面前保护她时遭遇的反感。我让她如此丢人，她一定恨我恨到了骨头里。但这是我当时能想到的，唯一可以保全她的办法。

过去一周有无数次，我都想走到她的住处，看看她现在好不好。但这样对一名女奴示好，只会害我被黑甲禁卫抓走而已。

拉娅和海伦娜，她们俩是如此不同。我喜欢拉娅，她总是能说一些我意料之外的话，她说什么都一本正经，像在写一部长篇故事。我喜欢她挑战我妈妈的权威，偷跑去参加仲夏节庆典，而海伦娜对院长总是唯命是从。拉娅就像部落篝火边狂热的舞蹈，而海伦娜却像炼金术士点燃的冰蓝火焰。

我为什么要对比她们两个呢？我认识拉娅才刚刚几个星期，认识海伦娜却像有一辈子了。海伦娜对我，不是那种一时兴起的吸引。她像我的家人，甚至还超过家人。她就像我自己人格的一部分。

现在她却不肯理我，看都不看我一眼。离第三轮考验只剩下几天时间，我从她那里得到的，除了怒目而视，就是嘟嘟囔囔的挑衅。

这样说来，我还有新的烦恼呢。我一直都在指望着海伦娜赢得考验，把我任命为嗜血伯劳，然后把我光荣免职。要是她痛恨我，我就完全无法指望这样的结果。也就是说，即便我如愿赢得下一场考验，她也真的赢得了最后一场，她还是能迫使我做一辈子嗜血伯劳。如果那样，我还是只能逃走，而她出于维护面子的需要，也要下令追捕我，把我干掉。

除了上面种种，我还听到学生们的议论，说皇帝大人距离塞拉仅有几天行程了。他正计划严惩所有选帝生及其党羽。见习生和骷髅生们都在努力装作满不在乎，童兵们就没有那么擅长隐藏恐惧了。你可能以为院长会紧张，应该安排下如何守卫黑崖学院，可她偏偏看上去一点儿不担心。或许因为她很想让我们全都死掉完事，或者至少想让我死。

你死定了，埃利亚斯。一个干巴巴的声音对我说，认命吧，你本该早趁自己有机会的时候逃走的。

我急转直下的状态，没能逃过别人的眼睛。我的朋友们都很担心。而马库斯现在一有机会，就会在训练场向我挑战。外祖父给我送来一张写了四个字的字条，笔力雄劲得把纸都扯破了，内容是：无往不胜。

海伦娜自始至终都在观察，每次打败我就会更加愤怒——看到别人击败我也是一样。她早有些话憋得难受，可那份固执又不允许她跟我说话。

直到最后，第三轮考验前两天的深夜，海伦娜发现了戴克斯和特里斯塔斯尾随她回兵营。盘问过他们之后，她找到了我。

"你这混蛋到底怎么回事，维图里乌斯？"她在骷髅营外面抓住了我的胳膊。当时我正想回去休息一会儿，因为当天要去城墙站午夜岗。"你以为我没有自卫能力？你觉得我还需要保镖？"

"没有，我只是——"

"你才是需要别人保护的人，你才是最近的长败将军。天哪，派条死狗上场，都能把你打赢。你为什么不现在就把整个帝国拱手相让交给马库斯？"

一群小童兵饶有兴味地看着我们，直到海伦娜对他们怒吼，才把这帮人吓跑。

"我最近被分心了。"我说，"一直在因为你操心。"

"你根本不用担心我，我完全能照顾好自己。我不需要你的……

你的同伙们跟踪我。"

"他们也是你的朋友，海伦娜。他们不会因为你生我的气，就不再是你的朋友。"

"我不需要他们，我不需要你们任何人。"

"我可不希望马库斯——"

"让马库斯去死吧，我闭着眼睛都能把他打成肉酱。我也能打赢你。让他们离我远点儿。"

"不行。"

她扑上来紧逼在我面前，浑身就像在发射怒火冲击波："让他们滚开。"

"我不会这样做。"

她双臂交叉，站在距离我的脸仅有几英寸的地方："我向你挑战。单挑，三局两胜。你赢了，我保留那些臭保镖。你输了，就让他们滚开。"

"好。"我说。我知道自己能打赢她，以前都打过上千次了。"什么时候？"

"就现在，我想了断这件事。"她走向最近处那座训练楼。我慢慢跟在后面，观察她走路的方式：愤怒，右脚吃重，很可能在训练时扭伤了左脚。她还总是握右拳——看来是着急想打我。

她的一举一动都浸透着怒火。但这份怒火与她所谓的保镖无关，完全来自我们俩之间的关系，以及我们内心都充盈着的困惑。

这一战会很有意思。

海伦娜去了最大的一间训练室，我一进门，她就发起了进攻。不出我所料，她上来就是一记旋击，见我矮身躲过，气得嘀嘀连声。她动作很快，出手凶狠，有几分钟，我一度以为自己还将延续近期的连败记录。但我随后想起马库斯淫笑的嘴脸，想起马库斯伏击海伦娜的情形，这让我热血沸腾，攻势一下子强大了起来。

我赢得了第一战，海伦娜随后扳回一局，猛攻下差点儿把我的脑袋切下来。这局打了二十分钟，我认输时，她完全没有庆祝胜利的心情。

"再来。"她说，"试试你的真本事。"

我们像两只警惕的野猫一样环绕对方寻找机会，直到我快速扑向她，我的弯刀高高举起。她丝毫不惧，我们双刀相撞，火花四溅。

我完全被旺盛的斗志左右了。这样的战斗，有一种醉人的完美感。我的弯刀就是我身体的延伸。它运用得如此之快，简直像是有自己的生命。这场战斗像一种舞蹈，我对这舞步如此熟悉，以至于很少需要思考。尽管挥汗如雨，肌肉酸痛，极度渴望休息，我还是感觉到全身充满了活力，充满了一种低俗的快感。

我俩来来去去僵持了很久，直到我击中她的右臂。她试图把兵器换到左手，但我在她来不及格挡时，敲中了她的手腕。她的弯刀飞出，我制伏了她。她浅金色的头发也从发髻上披散开来。

"投降！"我的刀抵在她的手腕上。但她挣脱我的掌握，一只手获得了自由，然后从腰间抽出一把匕首，钢刃刺在我胸口，几秒钟后，我躺倒在地，一把匕首横在咽喉上。

"哈！"她俯身看我，头发在我身体周围垂下，像一道闪亮的银色帘幕。她胸口起伏，满身是汗，双眼因为受伤害而显得有些黯淡——但她还是那么美，以至于我喉头发紧，十分想要亲吻她。

她一定是看懂了我的眼神，因为在我们四目相对时，她那受伤的表情变成了困惑。我当时就知道，到了必须做出选择的时候。这个选择，可能会决定一切。

你只要亲吻她，她就是你的了。你可以解释一切，她一定能理解。因为她爱你。她会赢得考验，你会成为嗜血伯劳，而当你要求自由时，她一定会满足你的愿望。

她真会吗？如果我和她产生感情上的纠葛，情况难道不会更糟？我现在要亲吻她，到底是因为爱，还是因为别有所求？或者两者都有？

所有这些想法，都在一秒钟之内闪过我的脑海。行动吧。我的直觉在大叫，**现在就吻她**。

我把她丝一样柔滑的头发缠绕在自己手掌上。海伦娜的呼吸开始加速，她像融化了一样瘫倒在我身上，她的身体突然变得那么柔若无骨，让我心醉神迷。

然后，正当我把她的脸捧起来，我们四目相吸的关键时刻，突然有尖叫声传来。

第三十三章　拉娅

伊兹和我从奴隶住所出来的时候，学院里还比较安静。有少数学生在外面，正三三两两赶回兵营，他们一个个垂着肩膀，疲惫不堪。

"你是看见法拉尔兄弟进去了吗？"去往训练楼的路上，我问伊兹。

她摇头："我刚才坐在那里，傻傻地看那些柱子，像块石头一样无聊，然后我发现有一块砖与众不同——它很光滑，就好像经常有人触摸一样。然后——好了，你跟我来，我指给你看。"

我们进入那座建筑，马上就听到几乎是清脆悦耳的弯刀撞击声。在我们前方，有一间训练室的门是开着的，火把金色的光芒照进走廊。有两名假面人在里面对打，每人手持两柄弯刀。

"是维图里乌斯，"伊兹说，"还有阿奎拉。他们两个打了好半天了。"

我旁观他们打斗，发觉自己屏住了呼吸。他们像两名舞者一样轻捷，在整个房间里你来我往。动作优雅，流畅又致命。而且那么快，就像河面上掠过的影子。如果不是亲眼所见，我都想象不到有人的动作可以那么快。

维图里乌斯把阿奎拉手里的弯刀击落，然后就扑上去擒住她，他们的身体纠缠在一起，在地板上来回翻滚，那样子既暴力，又显得很亲密。他全身的肌肉像是饱含着力量，但从他的动作我还是能看出：

他是手下留情的。他不想全力伤害那女孩。即便如此，他的动作还是有一种兽性的狂野，一种被克制的混沌力量，这让他周围的空气像是着了火。这跟奇南太不一样了，后者总是冷静克制，一本正经。

你比较他们两个干什么？

我不再看那两名选帝生："伊兹，我们走。"

除了维图里乌斯和阿奎拉，这栋建筑里好像没有其他人。但伊兹和我还是贴着墙小心翼翼地前进，以防暗处藏有学生或者教官。我们转过一个角落，我认出了法拉尔兄弟进来走的那扇门，将近一周以前我第一次在这里看见他时，他们就是从这里进来的。

"这里，拉娅。"伊兹溜到一根柱子后面，抬手指着一块砖，乍看上去，它和其他砖块没有任何不同。她敲了敲那块砖，一声轻微的闷响之后，一部分石块隐入黑暗里，灯光照亮了一段狭窄的下行阶梯。我向下看，几乎不敢相信自己所见，然后我满心感激，紧紧拥抱伊兹。

"伊兹，你做到了！"

我不懂她为什么没有对我笑，直到她身体僵住，死死抓住我。

"嘘，"她说，"你听。"

隧道里有一名假面人四平八稳的声音传来，阶梯上的光线也微微变强，表明有人手持火把接近。

"关上它！"伊兹说，"快，要不我们就被发现了！"

我把手放在那块砖上，疯狂敲打。

可是什么都没有发生。

"你装作什么都没看见，却心知肚明。"一个有点儿熟悉的声音从下面传来，我还在胡乱敲打那砖块。"你一直都知道我对她的感情。你为什么还要折磨她？你为什么如此痛恨她？"

"她是贵族里的势利眼。反正她也永远都不会接纳你。"

"要是你不去惹她的话，我或许还能有一点儿机会。"

"她是我们的敌人，扎克。她一定会死的。你最好看开点儿。"

"那你又为什么对她说你们俩是天生一对？为什么我总觉得，你想要的嗜血伯劳是她，而不是我？"

"那是我故意迷惑她的，你这个大笨蛋。显然，我的计谋太过于成功，连你都被骗过了。"

我现在认出这两人的声音了——马库斯和扎克。伊兹把我推到一边，自己捶打那块砖，可入口还是纹丝不动。

"算了！"伊兹说，"我们快跑！"

她拉住我，可是马库斯的脸已经从阶梯底端出现，他看到了我，两个大步就跳了上来，逼近到我面前。

"你快跑！"我对伊兹喊。

马库斯伸手去抓伊兹，可是我抢先把她推到一边，他的那只胳膊勒住了我的脖子，让我完全喘不过气。他把我的头向后一扳，我只得面对他那双浅黄色的眼睛。

"你们干什么？臭丫头想当间谍，还是想找条路偷跑出学院？"

伊兹一动也不动地站在大厅里，右眼里满是恐惧。我不能让她被人抓住，她帮了我那么多。

"快跑，伊兹！"我大声尖叫，"跑啊！"

"抓住她，你这笨蛋。"马库斯对他弟弟怒吼，后者才刚从地下道出来。扎克心不在焉地做势要抓伊兹，但她摆脱了他，沿着我们的来路逃回去了。

"算了，马库斯。"扎克听起来非常疲惫，向往地看着出口方向厚厚的橡木门，"放了她吧，我们明天还得早起呢。"

"你不记得她了吗，扎克？"马库斯说，我挣扎着，想去踢他脚与膝盖之间的柔弱处，但他一下子就把我拎得离开了地面。"她是院长屋里的那个女奴。"

"她在等我回去呢。"我好容易挤出这句话。

"要是你晚一会儿，她也不会太在意。"马库斯像只豺狼一样狞笑着，"上次在她办公室外面，我给过你一个承诺，还记得吗？我说将来某个晚上，你会自己出现在某个黑影的厅堂，而我会找到你。我这人一向说到做到。"

扎克咕哝着说："马库斯——"

"要是你自愿当太监的话，我的小弟弟，"马库斯说，"那就滚蛋，让大爷我自己找点儿乐子。"

扎克看着他的孪生兄长，默然片刻。叹了口气，走了。

不！你快回来啊！

"现在只剩下你跟我了，美人儿。"马库斯在我耳边小声说，我用力咬他的胳膊，想趁机挣脱，可他扭住我的脖子迫使我转身，把我压在一根柱子上。

"你真不该抗拒我。"他说，"本来我还想对你温柔一点儿的。但话说回来，我还真喜欢有点儿脾气的女人。"他的拳头带着风声猛击向我的脸。像是无限漫长的一段剧痛之后，我的头撞在身后的石柱上，发出骇人的撞击声，然后我就只能看到重影了。

*反击呀，拉娅。为代林，为伊兹。为每一个被这头畜生糟践过的学者。战斗！*我发出一声凄厉的怒吼，然后就去挠马库斯的脸。但腹部又挨了一拳，打得我一下子垮了。我本能地弯下腰，不停呕吐，他的膝盖又迎上来顶在我的额头上。整个厅堂都开始旋转，我双膝跪地。然后我听到他的笑声，那份嚣张又一次激发了我的斗志。我摇摇晃晃扑向他的双腿。这次不会像上次那样了，我不会再任由假面人把我在自己家里拖来拖去，像个没有生命、没有尊严的物品一样。这一次，我要战斗。用牙齿，用指甲，我要斗到底。

拉娅

马库斯惊讶地闷哼了一声，立脚不稳倒下。我挣脱了他的纠缠，想要再次站起来。他扯住我的胳膊，反手扇了我一记耳光。我的头撞在地上，然后他一直用力踢我，直到我皮开肉绽。等我无力抗拒，他骑到我身上，按住我的双臂。

我想发出最后一声尖叫，但能发出的只有虚弱的啜泣。他把一根手指放在我的嘴上。我的眼睛在慢慢闭合，肿胀的眼皮压缩着视线。我看不见，也无法思考。在很遥远的地方，敲响了十一点的钟声。

第三十四章　埃利亚斯

听到尖叫声，我从海伦娜身下翻滚出来站定，忘记了刚才未曾发生的那一吻。她则很狼狈地躺倒在地上。

尖叫声又在外面回响，我抓起自己的弯刀。一秒钟以后，她也握起她的刀，跟在我后面进入过道。外面，钟楼刚敲响十一点。

一个金色头发的女孩正向我们跑来：伊兹。

"救命啊！"她大叫着，"求你们，马库斯他——他正要——"

我已经沿着黑暗的走廊向前猛跑，伊兹和海伦娜跟在我后面。我们没跑出太远距离，转过一个弯，就看见马库斯骑在一个躺着的人的身体上，脸上挂着狂野的奸笑。我看不清躺着的人是谁。不过，他的意图倒是一目了然。

他没想到有人会在这时出现，所以我们轻易就把他从那名奴隶身上扯了下来。我把他按在地上，给了他一顿暴揍，听到自己拳下骨节碎裂的声音，我满足得哇哇叫，很享受血滴飞溅到周围墙上的感觉。他用头顶我时，我站起来拔出弯刀，让刀尖点在他肋骨上的凯甲拼接处。

马库斯爬起来，两只手在空中乱舞。"你是要杀死我吗，维图里乌斯？"他问。尽管满脸流血，却还是得意地笑着，"就凭一把训练用的弯刀？"

"你可能死得慢点儿。"我略一用力，"但这刀够用了。"

"今晚轮到你站岗的，毒蛇。"海伦娜说，"可你这混蛋带个奴隶躲在这么黑的大厅里干什么？"

"我在练习怎么对付你，阿奎拉。"马库斯舔掉嘴唇上的一点儿血，转向我说，"这奴隶反抗起来比你还凶，这杂种——"

"你闭嘴，马库斯。"我说，"海勒，看看她。"

海伦娜俯身检查那名奴隶的呼吸——马库斯以前有过杀死奴隶的劣迹。我能听到她的呻吟声。

"埃利亚斯……"

"干吗？"每一秒钟我都变得更加愤怒，我几乎是盼着马库斯惹我。现在要是赤手空拳跟他打个你死我活，我会感觉更好一些。伊兹躲在黑暗处看着我们，吓得一动也不敢动。

"让他走。"海伦娜说。我震惊地看着她，她脸上的表情却难以捉摸。"你走。"她简短地对马库斯说，一面把我持刀的手拉低，"滚出去。"

马库斯对海伦娜微笑，那种小人得志的贱样儿让我恨不得敲死他。"你我才是一对儿，阿奎拉。"他一边后退一边说，眼神热切，"我知道你会开始明白的。"

"快滚，混蛋。"海伦娜向他掷出一把小刀，刀子在他耳边几英寸的地方飞过。"滚！"

当毒蛇走出大门时，我转向海伦娜："给我个这样做的理由。"

"她是院长的奴隶，你的……朋友，拉娅。"

我现在也看清了她乌云似的头发和金色皮肤，刚才她被马库斯的身体挡住了。我蹲下来扶她转过身时，心里极其难受。她腕骨折断，碎裂的骨茬顶在皮肤上。胳膊上、脖子上全是暗色的瘀伤。她呻吟着试图活动。她的头发乱成了一团糟，两只眼窝都被打青了，肿得睁不开眼。

"我会为这些杀了马库斯。"我说。我的声音平淡又安静，内心却完全静不下来。"我们必须把她送到医疗区去。"

"学院里禁止奴隶到医疗区就医的。"伊兹在我们身后小声说，我忘了她还在场了。"院长知道了会惩罚她，还有你们，还有给她治疗的医生。"

"我们带她去见院长。"海伦娜说，"这女孩是她的财产，应该由她决定如何处置。"

"厨娘能帮她疗伤。"伊兹说。

她们说的都有道理，但这不代表我就一定会喜欢这些主意。我轻轻抱起拉娅，小心回避她的伤处。她的身体很轻，我把她的头放在我肩上。

"你会好起来的。"我轻声告诉她，"别害怕，你会完全恢复的。"

我大步走出那段走廊，完全没等着看海伦娜和伊兹有没有跟上。如果我和海伦娜没有碰巧在附近，又会发生什么呢？马库斯会奸污拉娅，而她剩余的那一点点生命力，会在那片冰冷的石板地面上流失。想到这些，我更加怒不可遏。

拉娅的头动了一下，呻吟着："让他——去死吧——"

"死后掉进地狱最深处。"我嘟囔着。我不知道她身上有没有带着我给的血藤乳浆。这伤已经太重，血藤乳浆不管用了，埃利亚斯。

"隧道。"她说，"代林，梅——"

"嘘。"我说，"现在不许说话。"

"这里到处是坏东西，"她小声说，"都是怪兽。有小怪兽，还有好大好大的怪兽。"

我们到了院长楼的外面。伊兹打开用人房的门扶住。看见我们从挑开的厨房门里进来，厨娘手里的调味料掉在地上，她惊恐地看着重伤的拉娅。

"去找院长，"我命令她，"告诉她，她的奴隶受了重伤。"

"这边。"伊兹指着一扇低矮的小门，上面挂着一张门帘。我把拉娅放在门里面的一张绳床上，动作非常慢，每放一条胳膊、一条腿，都要停顿一下。海伦娜递给我一条极破旧的毯子，我把它盖在受伤的拉娅身上，明知道这几乎没有帮助。她需要的可不只是一条毯子而已。

"发生了什么事？"院长在我身后说。海伦娜和我弯腰退回到用人区的过道。伊兹、厨娘和院长都已经站在那里。

"马库斯袭击了她。"我说，"几乎把她打死——"

"这个时间，她根本不应该在外面。晚上我准许她回去休息了，她这次受伤纯属咎由自取。你们走吧，我记得今晚你们要去东墙值夜的。"

"你要传唤医生吗？用不用我叫他来？"

院长瞪着我，就像我变成了傻瓜一样。

"厨娘会管她。"她说，"要是她还能活，就会活下去。要是她死了……"我妈妈耸耸肩。"反正也不关你的事。你的确跟她睡过觉，维图里乌斯，但这不代表她就属于你。站岗去。"她手按皮鞭。"要是你迟到，我会用鞭子抽光你的小脾气。或者——"她若有所思地侧头。"抽那奴隶也行，要是你愿意。"

"可是——"

海伦娜抓住我的胳膊，拖着我沿走廊向外走。

"你放开我。"

"你没听到她说的话吗？"海伦娜拖着我远离院长楼，穿过满是黄沙的训练场。"要是你站岗迟到，她就会鞭打你。现在离第三轮考验只剩下两天。如果伤得连盔甲都穿不上，你还有机会活命吗？"

"我以为你不管我的死活了。"我说，"我以为你受够了我。"

"她刚才什么意思，"海伦娜不动声色地问，"为什么说你跟那女孩睡过觉？"

"她那是在胡扯。"我说，"海伦娜，我不是那种人。你应该很了解我的。喏，我一定得想办法帮帮拉娅。请你暂时放下对我的敌意，还有想让我惨死的想法。能不能想想我能把她带到哪里求医？就算是城里的地方也行……"

"院长不会允许的。"

"我不会让她知道——"

"她会查出来的。你到底什么毛病？那女孩甚至都不是武夫，而且已经有自己人帮她医治。那厨娘一把年纪了，多少应该知道点儿怎么应付这种事情。"

拉娅的话在我脑子里回响。这里到处是坏东西，都是怪兽。有小怪兽，还有好大好大的怪兽。她说的没错。马库斯可不就是最凶恶的那种怪兽吗？他毒打拉娅，想要把她活活打死，而他甚至不会因此受到惩罚。而海伦娜这么轻易地否决了帮助这女孩的可能，她又成了什么？我又是什么？拉娅会就这样死在那间小黑屋里，而我却坐视不管。

你又能做什么？一个现实的腔调问。如果你硬要帮忙，院长只会严惩你们两个人，而这肯定会害死那女孩。

"你可以治好她。"我突然想到这件事，还很震惊此前为什么没有想到。"就用治好我的办法。"

"不行。"海伦娜从我身边走开，身体突然变得特别僵硬。"绝对不行。"

我追在她身后。"你行的。"我坚持说，"只要等半小时就好。院长绝不可能知道。你只要走进拉娅的房间，然后——"

"我不要。"

"求你了，海伦娜。"

"你到底为什么要管这事？"海伦娜问，"你——你们两个是不是——"

"你就别管这个了，当帮我一个忙。我只是不想让她死而已，好吗？你去帮帮她，我知道你能做到。"

"不，你不知道，连我自己都不知道能不能做到。智慧考验之后发生在你身上的事很——古怪——不正常。我以前从来没有这样做过，而且那让我失去了一些什么。倒不是力量方面有什么损失，可是……算了，不说了。我再也不会尝试那种做法，永远都不会。"

"要是你见死不救，她就真会死的。"

"她只是个奴隶，埃利亚斯。奴隶随时可能会死。"

我从她面前退开。这里到处是坏东西，都是怪兽……"这样不对啊，海伦娜。"

"马库斯以前也杀死过别的奴隶——"

"我不只是说这个女孩。我说这里，"我向周围扫了一眼，"这所有的一切。"

黑崖学院的高墙耸立在我周围，就像默默无言的哨兵。除了城垛间来去哨兵的铁甲铿锵声，再没有别的声响。这里的静寂，这份无言的压迫感，让我恨不能放声尖啸。"这座学院，这里培养出的所有学生，我们做的那些事，一切全都是错。"

"你只是累了，你只是现在很生气。埃利亚斯，你需要休息。选帝赛——"海伦娜试图用手拍我的肩，但我甩开了她，碰到她都让我觉得恶心。

"让选帝赛见鬼去吧。"我对她说，"黑崖学院也去见鬼。你也死远点儿。"

然后我背对她，走向岗哨。

第三十五章　拉娅

我全身痛——皮肤、骨骼、指甲，连头发根儿都痛。我的身体感觉不再属于自己。我想要大叫，却只能哼哼。

我在哪儿？刚刚遭遇了什么？

有些瞬间闪现出来。秘道、马库斯的双拳，然后是呼喊声和温柔的臂膀。一种清新的味道，像沙漠里的雨丝，还有和善的声音。选帝生维图里乌斯，他把我从杀人者的手中救了出来，这样我就可以死在一张奴隶的绳床上，而不是石板地面上。

我周围有很多人的话语声此起彼伏——伊兹焦急的低语，厨娘沙哑的唠叨。我觉得还听到了暗鬼的怪笑声。那笑声停歇，因为有一双冰冷的手掰开我嘴巴，倒了一些液体下去。有几分钟，我的伤痛略微缓解。但还是那么痛彻，就像城门口逡巡不去的敌人。而最终，它们还是突破了城门，到处烧杀掳掠。

我看阿公行医好多年，知道这种程度的伤意味着什么。我的内脏已经出血，不管技艺多么精湛的医生，都不可能把我救活。我死定了。

这份觉悟甚至比伤痛更让我难以承受。因为如果我死了，代林也活不长，伊兹也会永远被困在黑崖学院。这帝国不会有任何改变，只是有几名学者被送进了坟墓。

我体内残留的一点儿求生欲，到现在还不肯放弃。梅岑要求得到一条隧道情报。奇南会等我去找他。我得有什么东西可以告诉他才行。

哥哥现在就靠我了。我在心里可以看到他，蜷缩在某一座黑暗的牢房里，表情空洞，浑身瑟瑟发抖。*活下去，拉娅*。我听见他说，*为了我也要活下去*。

我做不到了，代林。伤痛是禽兽，它完全控制了我。一股突如其来的寒意穿透了我的身体，我再次听见狂笑声。是暗鬼，*挡住它们呀，拉娅*。

我被极度的疲劳主宰，累到无力回击。现在我们至少是一家人团聚了。等我死后，代林也会最终与我会合，我们会见到妈妈和爸爸，还有莉斯、阿公和阿婆。扎拉可能早在那边了，伊兹晚些时候也会来。

我的痛感渐渐淡化，只剩下一份温暖的倦怠感。那感觉非常舒服，就像我一直在艳阳下劳作，而现在终于能回到家，躺在一张羽绒床上，知道再也没有任何事情来打扰我的安宁。我喜欢这感觉，我想要这样的结果。

"我不想伤害你们。"

这低语声像玻璃一样又冷又硬，而且切断了我的安睡，迫使我重新回到现实世界，重新承受那份痛苦。"但你们要是不赶紧出去，我就会伤到你们。"

这声音很耳熟。是院长吗？不对，比她年轻。

"如果你们中的任何一个人，把今天的事向别人透露一个字，你们俩就死定了。我发誓我说到做到。"

一秒钟后，清凉的午夜空气涌入我的房间，我费力地睁开眼，看见阿奎拉选帝生的身形，像剪影一样出现在我的房门口。她银白色的头发拢在脑后，草草扎成一个发髻，也没穿盔甲，只套了一件黑色便服，白皙的胳膊上有不少青肿的伤痕。她矮身进入我的房间，面具后的那张脸没有什么表情，身体却显出一股紧张的活力。

"阿奎拉——选帝生——"我勉强说出这么一句。她看我的样子，就好像我全身都是馊白菜味。她不喜欢我，这显而易见。可她为什么要来这里？

"你别说话。"我以为她会很凶，可当时，她自己的声音反而是颤抖的。她跪在我的绳床旁边。"你只要保持安静……不要打扰我思考。"

你要思考什么？

房间里只有我不均匀的呼吸声。阿奎拉安静得像是长跪着睡着了，她直勾勾地盯着自己两只手的掌心。每过几分钟，她就会张开嘴，像是要说话，可总是又一次闭嘴，尴尬地扭自己的手。

又一阵痛楚袭来，我连声咳嗽。嘴里全是热血腥咸的味道，我把它们吐到地上。我极度痛苦，无暇顾及阿奎拉会不会在意。

她握住我的一只手腕，触及我皮肤的手指冰凉。我畏缩着，以为她也要伤害我。但她只是轻轻握住我的那只手，就像你在一位很不熟悉，又特别讨厌的亲戚临死的病榻前会做的那样。

她开始哼歌。

一开始，这没有任何影响。她磕磕巴巴地唱那曲子，就像盲人在不熟悉的房间里摸索前进。她的声音时高时低，在探索，不断重新尝试。然后突然就有了某种变化，她哼歌的声音洪亮起来，成了动听的歌儿，像母亲甜蜜的臂膀一样，紧紧环抱着我。

我闭上眼睛，轻易就被她的旋律带走。我妈妈的脸庞出现在面前，然后是爸爸的。他们带我去了大海边，让我挽起他俩的胳膊荡秋千。在我们头顶，夜空像抛光的玻璃一样清透，无数星辰映照在平静到诡异的水面上。我的脚趾轻轻划过脚下的细沙，觉得自己像是能飞起来。

我现在明白了，这个阿奎拉是要用歌声唱死我，她毕竟是个假面人。这样死还挺舒服。如果早知道死可以这么舒服，我就不会那么紧张了。

那歌声的威力越来越强，尽管阿奎拉实际的声音一直比较小，就像她害怕被人听到一样。一缕纯粹的光芒从我的脑门儿一直贯穿到脚底，把我从平静的海滩幻境中带走。我睁圆了眼睛，深吸一口气。死神要来了。我想，这就是传说中弥留时最后的痛苦吧。

阿奎拉轻轻抚摸我的头发，暖意从她的指尖进入我的身体，就像在冰冷的早上喝一杯温热的、加香料的苹果酒。我的眼皮开始变重，我又一次闭上眼睛，觉得那股火一样的暖流也在慢慢远去。

我又回到了海滩上，这次，莉斯在我前面疯跑，她的头发像蓝黑色的小旗子一样在夜色中招摇。我睁大眼睛看她像柳条一样纤细的肢体，还有那双暗蓝色的大眼睛，我一辈子都没见过如此充满活力的人。你真不知道我有多想你，莉斯。她也回望着我，嘴巴说了一个字，像歌词一样不停重复，但我就是辨认不出。

我好长时间之后才明白，我眼里看到的是莉斯，唱歌的人却是阿奎拉。阿奎拉在向我下达指令，她用一大段极为复杂的旋律，不断重复着极少的几个字。

活下去、活下去、活下去、活下去、活下去、活下去、活下去。

我的父母都渐渐淡去——不，妈妈！爸爸！莉斯！我想要回去找他们，看到他们，触摸他们。我想要再回到那片夜幕下的海滩上，再听到他们的声音，惊叹他们离我如此之近。我伸手想拉住他们，但他们已经消失。周围只有阿奎拉和我自己，一起困在小得要死的房间里。直到那时我才明白，阿奎拉唱歌的目的，并不是让我安乐死。

她是要让我起死回生。

第三十六章　埃利亚斯

第二天早饭时，我独自坐到僻静处，谁都不理。冰冷的黑雾从沙丘方向涌来，压迫着整座城市。

这倒是跟我乌黑一团的情绪很相配。

我忘记了第三轮考验，忘记了安古僧，忘记了海伦娜。我现在能想到的只有拉娅，满脑子都是她青紫的面庞，伤痕累累的身体。我试图找到能帮助她的办法。贿赂首席医师？不行，他根本没有跟院长作对的胆子。从外面偷偷带名大夫进来？可无论你给多少钱，又有谁肯为了救一名奴隶招惹黑崖学院的院长？

她现在还活着吗？也许她的伤势没有我想象的那么严重，也许厨娘能医好她。

也许猫儿也会飞，埃利亚斯。

海伦娜走进拥挤的食堂时，我正把食物压成碎渣。看到她头发乱糟糟，眼圈发红，我还是感到吃惊。她看见了我，走了过来。我身体挺直，把一大勺食物塞进嘴里，拒绝看她。

"那奴隶已经好多了。"她压低声音，以免让我们周围的学生听到，"我……去过那儿。她熬过了这个晚上。我……嗯……那个，我……"

她是想道歉吗？这事道歉管用吗？她昨晚拒绝去救一个完全无辜的女孩，对方唯一的"错误"，只是出生在了学者而不是武夫家庭。

"你说她好点儿了?"我说,"我想你一定很'欣慰'吧?"我站起来,走开了。我身后的海伦娜像尊石像一样一动也不动,就好像被我猛击了一拳,而我感到一种残忍的满足。你猜对了,阿奎拉。我和你不一样。我不会仅仅因为她是个奴隶,就轻易忘掉她。

我心里默默感谢厨娘。要是拉娅能活下去,肯定是这位老妇人尽力照料的结果。我应该去看望那女孩吗?我去了又能说什么?"我为你感到难过,因为马库斯差点儿把你先奸后杀。不过听说你已经好点儿了。"

我不能去看她,反正她也不想见我。我是个假面人。如果她因为这个就痛恨我,这理由也的确够充分。

但如果我到院长楼那里停留片刻,厨娘就会告诉我拉娅现在的状况。我可以给她带点儿东西,小东西。花怎么样?我在操场周围看看,黑崖学院里没有花儿开放。也许我可以送她一把匕首。这里的匕首很多,而且老天做证,她的确需要一把。

"埃利亚斯!"海伦娜跟着我离开了食堂,但浓雾帮我避开了她,我躲进一座训练馆,从窗口窥视,直到她放弃寻找,继续去忙别的事。你自己试试没人理睬的感觉吧。

几分钟后,我已经在赶往院长楼。只要迅速看一眼就好,就确认一下她是不是安然无恙。

"你妈妈要听说这件事,她会活剥了你的皮。"我潜入用人区过道时,厨娘从厨房门里对我说,"也不会放过我们其他人,罪名是放你进来。"

"她没事吧。"

"她没死。你快走吧,选帝生。快离开。我说院长的时候可不是开玩笑。"

要是有奴隶这样对迪米特里厄斯或者戴克斯说话,他们肯定会扇她耳光。但我知道厨娘只是在努力做对拉娅最好的事情，我听话地离开了。

这天剩余的时间都很模糊，无非是格斗训练失败，跟人讲些客气话，还有险险避开海伦娜。雾越来越浓，几乎伸手不见五指，这样的天气下的训练更加难熬。当宵禁鼓声响起，我一心只想睡觉。我拖着死沉的步子回军营时，被海勒赶上了。

"训练怎么样？"她突然从浓雾中无声无息地出现，我不由自主地跳了起来。

"很好。"我沉着脸说。当然，实际情况一点儿不好，海伦娜也明明知道。我很多年不曾打过这么差了。昨晚跟海勒比武找回的那点儿注意力，现在又都不见了。

"法里斯说你早上没参加弯刀训练，说他看见你朝院长楼方向走过去了。"

"你跟法里斯简直像平民学校女生一样爱扯八卦。"

"你看见某女孩了吗？"

"厨娘没放我进去。而且某女孩也是有名字的，她叫拉娅。"

"埃利亚斯……你们两个永远不会有结果的。"

我回应她的笑声在浓雾里听起来很怪异："你把我当成什么类型的白痴了？这种事当然不可能有结果。我只是好奇，想知道她是否平安无事。这又有什么关系？"

"这又有什么关系？"海伦娜扯住我的胳膊，一下子把我拽住了。"你是一名选帝生，明天还有一场终极考验需要参加。你现在命悬一线，却还在对一名学者自作多情。"我的火气上来了。她也已经感觉到，深吸了一口气。

"我想说的只是一个事实，就是你现在有更紧急的事情需要处理。皇帝再过几天就要到了，而他想要我们所有人都死。院长看上去毫不知情，或者根本就是漠不关心。而且，我对这第三场考验有不祥的预感，埃利亚斯。我们必须寄希望于马库斯被淘汰。他不能赢，埃利亚斯，绝对不能。要是他赢了——"

"这我清楚，海伦娜。"我全部的希望都寄托在这该死的选帝赛上面了。

"请相信我，我知道这些。"十层地狱啊。她现在真是比不理我的时候更讨人厌。

"既然你知道，为什么还要让自己在战斗比武中失败？如果你连打赢扎克这种笨蛋的信心都没有，你又怎么可能赢得考验？你不知道这件事有多重要吗？"

"我当然知道。"

"但你表现得就像不知道！看看你自己！完全被那个女奴迷昏了头。"

"才不是她在迷惑我好不好？我困惑的是其他上百万件事情。比如，这个鬼地方，我们每天做的事，还有你——"

"我？"海伦娜看上去很吃惊，这让我更生气。"我又做什么了？"

"都怪你爱上了我！"我对她喊，因为我对她爱上我这件事非常愤怒，尽管我脑子里合乎逻辑的部分觉得，我这么喊既残忍，又不公道。"可是我又没爱上你，你就因为这个痛恨我。你让这些愚蠢的想法毁掉了你我之间的友谊。"

她只是目瞪口呆地看着我，眼里新受的伤害正在加深。她为什么非要爱我？如果她能控制住自己的感情，我们在仲夏节那天晚上根本不必闹翻。我们本可以把过去的十天时间用于计划第三轮考验，而不是忙着彼此躲避。

"你爱上了我。"我又说，"可我永远都不可能爱上你，海伦娜，永远都不可能。你跟其他假面人毫无两样。你能够眼睁睁看着拉娅死去，只因为她是一名奴隶——"

"我没有坐视她死去。"海伦娜的声音很平静，"我昨天深夜去了她那里，治愈了她。这就是她活到现在的原因。我为她唱歌，唱到我觉得嗓子要坏掉了，所有生命力都被吸干。唱到她复原为止。"

"你治愈了她？可是——"

"什么，你根本不相信我会对任何人做一点儿好事，对吗？我不是什么十恶不赦之辈，埃利亚斯，不管你怎么说。"

"我从来没有这样说过——"

"但你的确说了。"海伦娜的声音大了起来，"你刚刚还说我和其他假面人毫无二致，你刚才说你永远都不可能爱上我——"她转身想要远离我，但仅仅走出几步，就又折返回来。她身后的浓雾滚滚翻腾，像一件鬼怪的长裙。

"你以为我愿意对你有这样的感情吗？我痛恨它，埃利亚斯。我不想看你跟贵族女孩调情，跟学者族奴隶上床，看谁——随便谁——都迷恋，就只觉得我一无是处。"她哭出了声——这是我这辈子第一回见她哭。她忍住悲声。"爱上你是我这辈子最倒霉的一件事——比院长的鞭笞还可怕，比选帝赛还残忍。这是活受罪啊，埃利亚斯。"她颤抖的双手插进自己的头发里。"你根本不知道这有多苦。你不知道我为你牺牲了多少，做了多么肮脏的交易——"

"你到底什么意思？"我问，"什么交易？跟谁？为了什么？"

她没有回答。她正走开——跑开——远离我。"海伦娜！"我在她后面追，有一个可怕的瞬间，我的手擦到了她被泪水打湿的面庞。然后，浓雾把她的身形吞没，海伦娜不见了踪影。

第三十七章　拉娅

"让她起来，你们这群废物。"院长的命令穿透我头脑中的迷雾，把我从熟睡中惊醒，"我花了两百马克买她，可不是让她整天躺着睡觉的。"

我的身体像煤焦油一样混沌不清，全身都隐隐作痛。但我还有足够的警觉，知道要是不从这张床上爬起来，我才真的死定了。我抓起一件斗篷的同时，伊兹挑开了我房间的门帘。

"你醒了。"她显然长出了一口气，"院长又发飙了。"

"今……今天是什么日子了？"我抖了一下，天很凉，常年夏天都不会这么冷的。我突然开始担心自己晕倒了几个星期，选帝赛已经结束，代林也已经死了。

"马库斯昨天晚上袭击了你。"伊兹说，"阿奎拉选帝生后来——"她瞪大了眼睛，我才知道选帝生的出现并不是我在做梦，看来真的是她把我治好的。*这是魔法。*我想到这个，居然禁不住笑了。代林会嘲笑这样的解读，却没有其他可能的解释。而说到底，如果暗鬼和神怪都在满世界乱跑，正义力量为什么就不能有点儿好魔法可用呢？一个女孩的歌声，怎么就不能有治愈效果呢？

"你能站起来吗？"伊兹问，"现在已经过了中午。我帮你完成了早上的任务，也故意替你干剩下的活儿，可是院长一定要坚持让你自己——"

"到下午了？"我的笑容一扫而空，"天哪，伊兹，我两小时前就该去跟反抗军接头了。我必须告诉他们那条隧道的事，奇南一定还在等我——"

"拉娅，院长把那条秘道封死了。"

不。不。那秘道可是代林活命的唯一希望啊。

"维图里乌斯昨天把你带回来之后，院长盘问了马库斯。"伊兹可怜巴巴地说，"他一定是把那条秘道的事供了出来，因为今天早上我经过那儿的时候，军团士兵就已经在把它砌上了。"

"她盘问过你吗？"

伊兹点头。"还问过厨娘。马库斯对院长说你和我在跟踪他，但我，嗯，"她手足无措，还向身后看。"我撒谎了。"

"你……撒谎了？为了我？"天哪，要是院长发现，一定会杀了伊兹。

不会的，拉娅。我对自己说，伊兹不会死，因为在危险降临之前，你就会设法带她离开这里。

"那你对她说了什么？"我问。

"我说是厨娘让我们去营房边的储藏室拿些寒鸦树叶来，而马库斯在我们回来的路上伏击了我们。"

"她居然相信你，却不相信假面人？"

伊兹耸耸肩。"我以前从来没有对她撒过谎。"她说，"而且厨娘也替我做证——她说自己后背痛得厉害，只有用寒鸦树叶才能缓解。马库斯说我在撒谎。但院长随后叫来了扎克。他也承认自己有可能忘记了关闭秘道入口，咱俩有可能只是偶然经过。院长听到这话，就放我走了。"伊兹担忧地看着我，"拉娅，你现在要怎么跟梅岑交代呢？"

我摇摇头，一点儿头绪都没有。

《《《

厨娘派我进城，送一沓信到驿站，一句也没提我昨晚受伤的事。

"你快去快回。"那老妇人一看我进入厨房准备开工，就对我说，"一场大暴雨就要来了，我需要你和帮厨丫头一起装好窗板，要不窗户全都会被刮坏的。"

城里安静得出奇，卵石路比平时空了很多，尖顶建筑全都被这个季节罕见的浓雾遮挡。面包、牲畜、煤烟和钢铁的味道全被淡化了，就像浓雾一来，它们的威力被镇住了一样。

我知道自己的四肢刚刚恢复，所以走路非常小心。但即便是走了半小时之后，我也没有很惨，只是浑身上下满是青一块紫一块的伤痕，身体有些酸痛罢了。我首先去了处刑广场旁边的驿站，希望反抗军还有人在那里等我。反抗军果然没让我失望。我刚走进广场几秒钟，就嗅到了乌木味。片刻之后，奇南从浓雾中出现了。

"这边走。"他对我的伤痕毫无反应，我因为他的漠然觉得有点儿伤心。正当我极力说服自己不要在意时，他拉起我的手，就像这是全世界最自然的事一样。然后，他带我走进一家歇业的鞋店狭小的内室。

奇南点亮了墙上的灯，灯火燃起时，他转身看着我的脸。那种满不在乎的表情消失了，有一刹那，他卸下了所有伪装，而我也一下子明白，在表面的冷漠之下，他绝非对我毫无感觉。他看着我满身的处处伤疤，眼睛已经变成全黑了。

"谁干的？"他问。

"一名选帝生。所以我才没能按时起来接头，我很抱歉。"

"你为什么要道歉？"他一脸的难以置信，"看看你自己，看他们把你折磨成了什么样子。天哪，要是你爸爸还在世，知道我居然让这种事发生在你身上——”

“不是你让它发生的。”我一只手搭在他的胳膊上，很吃惊地发现他身体紧绷，就像一匹随时准备战斗的狼。“这不是任何其他人的错，只怪那名选帝生。而且，我现在已经好些了。”

“你不必故作坚强的，拉娅。”奇南的话带着一种压抑着的愤怒，我突然觉得有点儿怕他。他抬起一只手，用指尖慢慢描画我双眼、嘴唇和脖子的轮廓。

“这些天来我一直很想你。”他把一只温暖的手掌放在我的脸上，我真想放开了倚靠在上面。“我总盼着你能围一条灰色围巾出现在广场，好让这一切早点儿结束。你可以救回你的哥哥。然后，我们就能……你我就能……”

他欲言又止。我的呼吸急促、短浅，浑身皮肤都期待得发痒。他靠近了，吸引着我的眼神，用火辣辣的眼睛把我定在原处。哦，天啦，他马上就会吻我的……

可这之后，他却很奇怪地从我身边走开了。眼睛又变得戒备起来，脸上不再有别的表情，只剩一份专业人士的淡定。我受了这份冷落，整个脸都在发烫。一秒钟之后，我也明白了奇南变脸的原因。

“她终于大驾光临了。”门口有个气哼哼的声音说，然后梅岑走了进来。我看了奇南一眼，可他现在甚至显得有些不耐烦，我看他的眼睛能变这么快，像吹蜡烛一样半秒钟就冷淡下来，心里也挺别扭的。

他毕竟是一名战士，一个务实的声音责备我说，他分得清事情的轻重缓急。你也一样该做到，专心想代林的事吧。

“我们今天早上没能找到你，拉娅。”梅岑注意到了我身上的伤，“现在我也看到了原因。好了，孩子。你有没有得到我想要的情报？

你发现秘道了吗？"

"我找到了一些线索。"这谎话突然就跳了出来，我说出它的流利程度也同样让我自己吃惊。"但还需要更多时间调查。"很短的一瞬间，梅岑脸上掠过一丝无法掩饰的诧异。是不是我的谎言完全出乎他的意料？还是我要更多时间的要求太突然？都不是，我的直觉告诉我。是其他事情让他吃惊。我有些手足无措，想起厨娘几天之前说过的话。你问问他，你哥哥具体被关在中央监狱的哪个位置？哪间牢房？

我鼓起勇气："我……也有问题想问你。你知道代林的下落，对吧？那他到底在哪座监狱？哪间牢房？"

"我当然知道他在哪儿。要是我不知道，就不会花那么多时间和精力想营救他的计划了，你说是不是？"

"可是……好吧，中央监狱守卫森严。你们打算怎么——"

"你到底知不知道进入黑崖学院的秘道？"

"你又为什么需要这样一条秘道？"我脱口而出。梅岑不肯回答我的问题，而我心里固执的那一面就想强迫他回答我。"进入黑崖学院的秘道，跟你到南城守卫森严的监狱救我哥哥又有什么关系呢？"

梅岑的眼光凶恶起来，从警觉变得近乎恼羞成怒。"代林没在中央监狱。"他说，"仲夏节之前，武夫们把他转到了贝克尔监狱的死囚牢。贝克尔监狱的守军呢，同时也是黑崖学院守军的后备队。所以，当我们用一半兵力突袭黑崖学院时，贝克尔监狱的守军会前去支援黑崖学院，我们其他的兵力就可以占领监狱了。"

"哦。"我无言以对。贝克尔监狱在贵族区，是个很小的监狱，离黑崖学院不远。我对它就只有这么一点点了解。梅岑的计划现在能说得过去了，简直无懈可击。我觉得自己像个白痴。

"我没有跟你说过我的计划，也没跟其他任何人说过。"他刻意看着奇南。"因为越多人知道，计划走漏风声的风险也就越大。那么，我再问你最后一次，你到底有没有我想要的情报？"

"秘道的确有一条。"争取时间，现在说什么都行，"但我必须找到它在学院之外的出口。"

"这还不够。"梅岑说，"要是你没有切实的情报，这个任务就已经失败了。"

"长官。"门一下子被撞开。萨娜跌跌撞撞地进来了。她看上去像是几宿没睡过觉，也完全不像身后的另外两个男人一样满脸满足的笑容。当她看见我，忍不住又看了双份的。"拉娅，你的脸，"她的眼睛又向下看到我胸前的那伤疤。"发生了什么——"

"萨娜，"梅岑吼道，"报告情况。"

萨娜听到义军首领的命令，马上立正站好。"时机已到。"她说，"如果我们还要执行这个计划，该出发了，就现在。"

什么时机啊？我看看梅岑，以为他会让这些人等等，他还有话跟我谈。可是他一瘸一拐地走向门口，就像我已不复存在。

萨娜和奇南对视，萨娜摇摇头，像是在警告，但奇南没理她。"梅岑，"他说，"拉娅的事怎么办？"

梅岑停下来打量我，毫不掩饰脸上的厌烦。"你还需要更多时间，"他说，"我给你时间，后天午夜之前，你给我拿到管用的情报。然后我们会救出你哥哥，整件事结束。"

他出去了，一路跟自己的手下小声交谈，很凶地吼萨娜，让她快跟上。那位年长的妇人离开之前，意味深长地看了奇南一眼。

"我不明白。"我说，"刚刚一分钟之前，他还说我们的计划已经完了。"

"事情有些不对。"奇南目光凝重地死盯着房门，"我需要调查清楚。"

"他会信守诺言吗，奇南？他会不会救出代林？"

"萨娜一派一直在向他施压。他们觉得，他早就该把代林救出来了。他们不会容许他食言的。可是……"他摇摇头，"我得走了，你自己保重，拉娅。"

外面的雾还是很浓，我只能把双手伸在前面，以免撞上别人。现在是午后三点左右。但天空每一秒钟都在变得更暗。一团浓重的乌云正滚过塞拉城的天空，像在积蓄力量准备发动进攻。

回黑崖学院的路上，我试图想清楚刚才发生的事。我想要相信梅岑，盼望他真能信守我们之间的约定，但事情的确有些不对劲。之前我要求他宽限一点儿时间，都要磨上好几天才行。他完全没理由突然就变得这么大方。

另外一件让我极为不安的事是，萨娜出现之后，梅岑那么快就完全忘记了我的存在。还有一点，他说起要救出我哥哥的时候，却不曾直视我的眼睛。

第三十八章　埃利亚斯

力量考验的那天早上，惊心动魄的雷鸣声把我从睡梦中惊起。我在自己房间的黑暗中又躺了很久，听雨水敲打着兵营的屋顶。有人把一张带有安古僧钻石形印鉴的纸从我房门下塞进来，我把它扯开。

只穿紧身衣。禁止使用战甲。待在自己房间里。我会来找你。

——该隐

我把那字条团成一团，门上传来微弱的抓搔声。一名怯生生的奴隶男孩站在外面，给了我一盘浓稠的面糊和一块硬面包。我强迫自己吃光了最后一口。尽管这些东西难吃得近乎恶心，我却需要为战斗蓄积所有的能量。

我佩带好武器：两柄特鲁曼弯刀都背在身后，一把匕首斜挎在胸前，两侧靴子里各塞进一把小刀。然后，等。

直到傍晚才有敲门声。我已经迫不及待，恨不能徒手把墙全部拆掉。

"选帝生维图里乌斯，"该隐在我开门后说道，"时辰到了。"

外面冷得让人呼吸困难，寒气像刀子一样穿透我单薄的衣物，让我觉得自己像是全身赤裸。塞拉的夏天从来没这么寒冷过。我侧目打量该隐，这种反常天气一定也是他的杰作——他和他的那群变态同伴。这想法让我情绪低落。这群怪物还有做不到的事吗？

"是的，埃利亚斯。"该隐主动回答了我的疑问，"我们无法死掉。"

弯刀的刀柄敲打着我的后颈，像冰一样凉。尽管靴子是四季通用的，我的脚还是冻得麻木了。我紧跟在该隐后面，对我们即将接到的任务毫无头绪，直到圆形竞技场的拱形高墙突然矗立在我面前。

我们弯腰走进竞技场的武库，这里到处是身着红色训练皮甲的人。

我难以置信地抹掉自己眼前的雨水，呆呆地看着这些人。"猩红战队？"戴克斯和法里斯都在场，还有我下属战队的其他二十七个男孩。比如赛雷尔，那个身材像木桶，最不喜欢服从命令，但是很听我话的战士；还有达里安，他的双拳像战锤一样有力。有这些人帮我参加考验，我本来应该感到安心的，可是当时，我却很不安。该隐这家伙，到底想怎样对付我们？

赛雷尔手里拿着我的训练皮甲。

"战队集结完毕，长官。"戴克斯说。他两眼直视前方，声音显得很紧张。我扣紧皮甲的同时，观察手下们的状态。他们每个人都很紧张，但我完全理解。他们都了解前两轮考验的细节，现在一定心里没底，不知道自己要面对安古僧召唤出来的何种妖魔。

"很短时间之后，"该隐说，"你们就将离开这座武库，进入竞技场。在那里，你们将与敌方开战，至死方休。此战禁止使用真正的战甲，也都已经从你们那里没收。你们的目标很简单：尽可能多的杀伤敌人。战斗结束的时间，就是你——维图里乌斯选帝生，击败对方头领，或者自己被其击败。我现在警告你们所有人，要是心慈手软，就会受到惩罚。"

是啊，比如说，被外面的随便什么东西在脖子上开个洞之类的。

"你们准备好了吗？"该隐问。

战斗至死方休。也就是说我的有些手下，有些朋友，今天可能会丧命。戴克斯和我简短地对视了一下。他看上去左右为难，像是有什么秘密不吐不快。但他又扫了该隐一眼，垂下了眼帘。

我就是这时候发现法里斯的手在发抖。在他身边，赛雷尔紧张地把玩着一把匕首，用手指试它的刃口。达里安看我的样子也很奇怪，那是难过吗？还是恐惧？

我有一种很不祥的预感，他们有某种秘密不想告诉我。

该隐是不是动摇了他们取胜的信心？我对安古僧怒目而视。战斗之前的犹疑和恐惧，都是可能带来严重后果的可怕情绪。两者相加，可能会让原本优秀的战士意志动摇，不战而败。

我看看通往竞技场的大门。不管外面是什么在等着我们，我们都必须战而胜之，要么就会死。

"我们准备好了。"

门开了，该隐一点头，我带领战队鱼贯而出。雨水夹着零星的雪花，我感到双手刺痛，冷得发僵。雷声和雨声模糊了我们的脚步声。敌人不会听到我们靠近——但我们也将无法察觉他们。

"散开！"我对戴克斯大声发令，知道在这雷雨中，他很难听清我的指令，"你负责警戒左翼。如果发现敌人，就回来与我会合，不要主动开战。"

但戴克斯没有执行命令，这是他成为我的副手以来的第一次。他根本没有动，只是站在我身后，视线越过我的肩膀看前方，那片浓雾缭绕的战场。

我循着他的视线望去，发现前方有了动静。

是皮甲，还有弯刀闪光。

是我的一名手下到前面侦察去了吗？不——我迅速清点了一下人数，他们都站在我的身后，等待着命令。

电火划过天空，瞬间照亮了那片阴森恐怖的战场。

然后浓雾又阻挡了视线，像一条厚毯子。但在这之前，我已经看清了我们的对手是谁。我惊得浑身血液像是凝固成了冰，身体像被石化了一样。

我找到了戴克斯的目光。在他苍白、忧惧的眼神里，我读出了真相。法里斯、赛雷尔，每个人，他们都早就知道了。

就在那时，一个身着蓝色皮甲的身影，带着那份熟悉的优雅自如从浓雾中冲出，像颗流星一样扑向猩红战队。

然后她也看清了我，瞪大眼睛停住了。

"埃利亚斯？"

武艺、心智和情感的力量。就用来做这个？设法杀了我最好的朋友？杀光她的整个团队？

"长官，"戴克斯抓住了我，"你的命令？"

海伦娜的士兵们也从浓雾中现身，弯刀出鞘，整装备战。迪米特里厄斯、林德尔、特里斯塔斯、恩尼斯。我认识所有这些人，我曾跟他们一起长大，一起受苦，一起流汗。我不会下命令杀死他们。

戴克斯摇着我的身体："下令啊，维图里乌斯。我们需要你的命令。"

下令吗？当然。我是猩红战队的统领，事情要由我来决定。

如果你们心慈手软，如果你们拒绝杀死对手，就会受到惩罚。

"进攻，但不要痛下杀手！"我喊道。去他妈的后果。"不要杀他们。不要杀死战友。"

我几乎没有时间下达命令，冰蓝战队已经猛冲上来，战斗之凶残，就像我们只是一群进犯边疆的蛮族部落。我听见海伦娜在喊些什么，但在震耳欲聋的雨声和杀伐声中，什么都听不清。她消失了，迷失在这一团混乱里。

我转身去找她，却看见特里斯塔斯正冲破重围，径直向我冲来。他向我的胸口掷出一把锯齿尖刀，我勉强能用弯刀将其挡开。他举起自己的弯刀，纵身迎面对我横劈。我蹲身让他从我头顶飞过，用刀背在他腿上狠敲了一下。他立脚不稳，倒在了泥地里。他是仰面躺倒的，喉咙暴露了出来。

这是致命的破绽。

我转身离开，等着解除下一名对手的武装。与此同时，正在跟海伦娜的一名手下作战，而且占到了优势的法里斯，身体却开始颤抖，他的手指失去知觉，脸也变成了蓝色。他的对手是个沉默寡言的男孩，名叫福尔蒂斯，他抹去眼前的雨水，张大了嘴呆呆看着法里斯。后者双膝跪地，手拉扯着一名谁也看不见的对手。

他到底是怎么了？我冲上前去，脑子里在疯狂催促自己干点儿什么。我刚到达他旁边一尺范围，身体就被一只无形的手推了回来。我眼前黑了一阵，但还是爬起来，以为对手会趁机进攻。这到底怎么回事，法里斯他到底怎么了？

特里斯塔斯从刚才我饶过他的地方摇摇摆摆站起来，看到我时，脸上的表情极为残酷，令人震惊。他现在是真想要了我的命。

法里斯的呻吟声渐渐止息，他就要死了。

惩罚。心慈手软就会受到惩罚。

时间像是凝滞了。每一秒钟都被拉长，当我注视眼前这片混乱的战场时，每一秒钟都像一小时那么长。猩红战队服从我了的命令，只伤敌，不杀人。而我们却在为此付出代价。赛雷尔已经倒下，达里安也一样。每当我的手下放过一名对手，就会有一名己方战友倒下，被安古僧的邪法夺去生命。

这就是惩罚。

我看看法里斯和特里斯塔斯，他们都是跟我和海伦娜一年来到黑崖学院的。特里斯塔斯是黑头发，有一双无辜的大眼睛，初入学时总是被打得满身伤痕。法里斯总是饿得半死，瘦削憔悴，完全不是他后来那副幽默、强悍的样子。海伦娜和我从第一个星期就跟他们交好，在凶悍的同学面前，我们四个竭尽所能保护彼此。

而现在无论我做什么，这两人中都有一个会死。

特里斯塔斯冲向我，眼泪沿着面具滚滚而下。他的黑头发沾满泥巴，眼睛里闪烁着困兽的慌乱，他一会儿看法里斯，一会儿看我。

"对不起，埃利亚斯。"

他向我的方向跨出了一步，身体却突然僵硬，手中的弯刀撑在地上，低头看见自己胸前穿出了别人的刀刃。然后他滑倒在泥地上，眼睛还死死盯着我。

戴克斯站在他身后，眼里都是厌恶，眼睁睁看着自己最好的朋友之一死在自己刀下。

不。不能是特里斯塔斯啊。特里斯塔斯十七岁就跟他青梅竹马的玩伴订了婚，是他让我明白了海伦娜的心意，他还有四个姐姐，都把他当宝贝呢。我呆望着他的尸体，看着他手臂上文的字：埃莉亚。

特里斯塔斯，他死了。真的死了。

法里斯已经不再垂死挣扎，他咳嗽着、哆嗦着站起来，然后低头看着特里斯塔斯的尸体，渐渐明白了过来。但他和我一样，都没有太多时间痛悼朋友。海伦娜的一名士兵用战锤猛击向他的头，而他很快被卷入新的战斗，法里斯击刺、跳跃，就像刚才倒地濒死的不是他本人一样。

戴克斯逼到我面前，他的眼神很疯狂："我们不得不杀了他们！下命令吧！"

可我脑子里无法设想这样的命令，嘴里才说不出这样的话。我认识所有这些人。还有海伦娜，我不能命令他们杀死海伦娜。我想起了噩梦中的那片战场，迪米特里厄斯、林德尔和恩尼斯的尸体。不。不。不。

在我周围，我的人接连倒地，因为拒绝杀死他们的朋友而慢慢窒息，或者被冰蓝战队无情的刀剑斩杀。

"达里安已经死了，埃利亚斯。"戴克斯又在用力摇我的身体，"还有赛雷尔。阿奎拉下了杀死我们的命令。你也只能下令，要不然我们就都死定了。"

"埃利亚斯，"他迫使我看着他的眼睛，"我求你。"

我说不出话，只是举手给出了信号。听到士兵们口头传达我的指令，还是让我感到毛骨悚然。

猩红队长有令。格杀对手，绝不留情。

«««

现场没有咒骂，没有喊叫，也没有胜者的炫耀。我们，所有人，每一个人，都被困在没完没了的暴力冲突里。刀剑刺入肉体，那么多朋友倒地，暴雨像刀子一样抽打在我们身上。

我自己下了命令，也就带头执行。我没有表现出任何犹豫，因为要是我这样做，手下的人就会动摇。而如果动摇，就全都会死。

于是我杀人求生。血染红了所有一切。我的皮甲，我的皮肤，我的面具，我的头发。

我的弯刀柄上也全都是血，把手变得黏滑。那时我正像死神的化身，主导着这场杀戮。死在我手下的人，有的很痛快，身体还没落地，就已经一命归西。

也有其他人，耗了更多时间。

我心里较为阴暗的一部分想要偷偷动手。只需从他们身后接近，把弯刀刺入身体，这样就不用看到死者的眼睛。但这场战斗，比这要丑陋得多。它更艰难，也更残忍。我还是看清了每一个被我杀死的对手，尽管风暴淹没了呻吟声，但每一个人的死都被刻进了我的记忆里。每一次，都是永远无法愈合的伤口。

死亡会压倒一切。友谊、爱情、忠诚，概莫能免。我对这些人所有的美好回忆——那些开怀大笑，赢得的赌赛，生活中的笑料，它们都将被抹杀，从记忆里被偷走。从此以后，我将只能记得最糟糕的那些事，最黑暗的那些事。

恩尼斯，六个月前母亲去世，还在海伦娜怀里哭得像个小宝宝，被我扭断了脖子，像折断一根树枝一样。

林德尔，带着他对海伦娜永远不受欢迎的爱恋，被我用弯刀一下斩断了颈部，像小鸟飞过晴空一样简单、容易，不费吹灰之力。

还有迪米特里厄斯，当他目睹十岁的弟弟因试图逃走被院长活活打死的时候，曾经无助地长啸，发泄无用的愤怒。这次看到我来，却面带微笑，放下武器，就像死亡是一份厚礼。迪米特里厄斯的眼睛黯淡下去的时候，他会看到些什么呢？是他的小弟在等他吗？还是无穷无尽的黑暗？

杀戮还在继续，而自始至终，我的脑海深处都在回顾该隐设定的终极目标。战斗结束的时间，就是你——维图里乌斯选帝生，击败对方头领，或者自己被其击败。

我曾试图找到海伦娜，快点儿结束这一切，却很难追上她。等她最终找上我，我觉得自己就像战斗了好几天。而事实上，战斗时间应该不超过半小时。

"埃利亚斯。"她叫我的名字，声音显得虚弱，很不情愿。战斗渐渐平息，我们双方的士兵不再彼此攻击，雾气也散去了一些，足够让他们转身看到海伦娜和我。渐渐地，他们都围拢在我们两个周围，组成两个半圆，中间的空洞，就是死者本来应该站立的地方。

海勒和我面对面，我真想有安古僧那样的读心术，知道她现在在想什么。她的浅金色头发沾满血污、泥土和冰凌。她的发辫被扯开，软软地搭在后背上，胸部沉重地起伏着。

我想知道，她杀死了我战队里的多少人。

她的手紧握弯刀刀柄，明知我不会忽视这样的小动作。

然后她发起了进攻。尽管我也侧开身体，举刀格挡，其实心里是崩溃的。看她攻得这么起劲，让我觉得心寒。尽管我也能在一定程度上理解，她是想早些结束这疯狂的局面。

一开始，我只想打退她的攻击，自己并不想主动进攻。但是十多年来训练出的本能，对我这样被动的立场极为抗拒。很快，我已经在认真投入战斗，使出浑身解数要在她的攻击下博取生机。

我脑子里闪现出外祖父教过我的那些凌厉的攻击招法，这些招数，连黑崖学院的教官都一无所知。海伦娜当然也就难以抵挡了。

但你不能杀死海勒。你不能这样做。

我还有别的选择吗？我和她之间，必须有一个人杀死对方，要不然，这场考验就不会结束。

让她杀了你。让她赢。

就像是感觉到了我的动摇一样，海伦娜咬紧牙关，攻得我连连后退。她的那双灰眼睛冷若冰霜，一副凛然不可侵犯的模样。随她，让她，由她。她的弯刀向我的颈部砍来。在被枭首之前最后一瞬间，我用一下快速直刺脱险。

我的斗志被激发出来，弥漫全身，其他所有考虑都被挤到一边。突然，她就不再是海伦娜，成了一个想要我命的敌人。我必须要让她先死。

我把一柄弯刀抛向空中，见海伦娜的眼睛被吸引，去留意它的飞行线路，感到一种阴谋得逞的满足。我展开反击，像一名刽子手一样痛下杀手。我的膝盖顶在她的前胸，即便在风雨喧嚣中，我也听到了肋骨断裂的声响，以及她遭遇突袭时气息紊乱的惨呼声。

她被我压倒在地，持刀的手臂也被死死按住，海一样深邃的眼睛充满恐惧。我们的身体扭在一起，四肢互相交叉，但海伦娜突然变成了陌生人，像天外来客一样，成了我完全不了解的对象。我从胸前抽出一把匕首，紧握冰冷刀柄的那一刻，全身血液都是滚烫的。她想用膝盖顶开我，紧握弯刀，抢先结果了我，以免我把她杀掉。但我的动作太快了。我高举匕首，战意旺盛到了极点，像是山中的风暴累积到威力最大的那一刻。

然后，我刀尖向下刺下。

第三十九章　拉娅

黎明前的黑暗里，风暴像征服此地的军队一样在塞拉城的高空肆虐。用人区的走廊里涌进来半尺深的水，厨娘和我用蔺草扫帚不停向外扫水，而伊兹不知疲倦地在入口堆叠沙袋。雨水像鬼魂冰冷的手指一样，不停地抽打我们的脸庞。

"这天气搞什么选帝赛，真够人受的！"伊兹的声音压过雨声向我传来。

我本来不知道第三轮选帝赛的时间，现在也不在乎。我只希望这能转移学院里其他人的注意力，便于我去找进入黑崖学院的秘密通道。

其他人好像都不像我这般漠不关心。在塞拉，押注赌谁将胜出的事几乎随处可见。伊兹跟我说，现在的赔率已经更倾向马库斯，维图里乌斯过气了。

埃利亚斯。我暗自念叨他的名字，想起他不戴面具时的面貌，还有仲夏节时他在我耳边低语的声调。我想起他跟阿奎拉对练时舒展自如的动作，看到他的那份感官愉悦会让我呼吸困难。我还记得马库斯险些杀了我的那次，他那无法抑止的怒火。

停住，拉娅，停住。他是一名假面人，而我是一个奴隶。想他这类人，实在是太不正常，我都怀疑马库斯是不是把我的脑子打坏了。

"你进去，女奴。"厨娘拿走了我的扫帚，她的头发在风雨中乱飞，像神像的光环一样。"院长叫人了。"

我快步跑上楼梯，全身水湿，冷得瑟瑟发抖。院长在她房间里焦灼地走来走去，金色的头发胡乱披散着。

"梳头。"我进入房间时那女人说，"快点儿，臭丫头，否则小心你的皮。"

我帮她梳好头发，她马上就离开了房间，临行带走了挂在墙上的武器，甚至没有留下她平常会列出的一大堆任务。

"咱们快跑出去，像去打猎的狼一样快。"伊兹见我进厨房说道，"我想直接跑进竞技场，今天的考验一定是在那里举行。我想知道——"

"你们不用去，也很快就会知道结果的，丫头。"厨娘说，"我们今天只能在这里等着。院长说了，任何胆敢出现在校园内的奴隶，见了就杀掉。"

伊兹和我对视了一眼。厨娘昨天晚上让我们准备风暴来临，我们一直忙到后半夜，然后就睡觉了。我本来想今天去找秘道来着。

"今天不值得这样冒险。"趁厨娘不注意时，伊兹警告我说，"你还有明天一整天时间呢。今天就放松下，养养神，到时候或许自然就有办法了。"她说完后，老天爷还打了声响雷助威。我叹口气，点点头，希望她说的能应验。

"你们两个，都去干活儿。"厨娘把一块破布推到伊兹手边。"帮厨丫头，你先洗完银器，然后把楼梯扶手擦干净，再去擦——"

伊兹翻了下白眼，把抹布丢下。"还要擦家具，晾上洗好的衣服。我都知道。让这些等等吧，好厨娘。院长今天要离开一整天呢。我们就不能放松点儿吗？一会儿就行。"厨娘撇撇嘴，不想同意，可是伊兹施展了她最可爱最有说服力的哄人语调。"给我们讲个故事吧，讲个恐怖的。"她期待得浑身发抖。厨娘发出一个怪怪的声音，说不好是笑还是叫苦。

"丫头，难道你觉得真实生活还不够恐怖？"

我默不作声躲到厨房后面的工作台上，去熨烫院长看似不可胜数的制服。我已经很久没听过像样的故事了，我想要听一段故事，暂时忘掉自己的现实生活。但厨娘如果知道了我的想法，她很可能会坚决拒绝讲故事。

那老妇人像是没打算理会我们。她小而灵巧的手一直在不同的小调料罐之间忙碌，准备午饭的材料。

"你还不打算放弃，对吧？"我开始以为厨娘在对伊兹说话，一抬头，却发现她在打量我。"你还是想完成救出你哥哥的任务，不管付出多大代价。"

"我必须这样做。"我等着她继续嘲笑反抗军，继续唠叨他们。与之相反，她只是点点头，一点儿也不吃惊的样子。"那我就可以给你们讲个故事。"她说，"这里面没有男英雄，也没有女英雄，更没有好结局。但是个你需要好好听的故事。"

伊兹警觉地挑起一侧眉毛，拿起了她的抹布。厨娘盖上一个调料罐，打开另外一个，然后开始讲。

"很久以前，"她说，"在人类还不懂得贪婪、邪恶、部落和家族的时代，世界上还有很多神怪。"

厨娘的声音，一点儿都不像部落中的乞哈尼：那些职业讲故事的人温柔的地方，她却非常严肃，那些人讲求旋律美和抑扬顿挫，她却每一句感觉都很扎人。但这老妇人的讲述节奏，还是让我想起那些部落民，而且，我也确实被她讲的内容吸引。

"神怪们长生不死。"厨娘的眼睛很平和，就像在想自己的心事，"他们在没有犯过罪的无烟火焰中诞生。他们能驾驭风，会读星象，他们的美，就是蛮荒世界的原初之美。"

"尽管神怪有左右弱小生物头脑的能力，他们却有自己的原则。每天只是忙着养育后代，保守自己族群的秘密。有些神怪被当时还很淳朴的人类吸引。神怪中的首领，那位最年长和最有智慧的无名之王，建议自己的同类避开人类。神怪们也听从了他的劝告。

"很多个世纪过去了，人类越来越强大。他们开始与狂暴的元素族——巨妖们结成友好关系。天真的巨妖们毫无心机，他们向人类展示了获取强大力量的方法，让人类有治愈和战斗的能力，还通晓了加速魔法和占卜术。于是村庄变成了城市，城市发展为王国，王国彼此吞并，诞生了强大的帝国。

"在这沧海桑田的世界里，学者的帝国崛起，它曾是世上最强大的国家，也一直恪守他们的立国信条：知识为进步之本。而在这世界上，又有谁的知识比历史最悠久的神怪们丰富呢？

"为了得到神怪们保守的秘密，学者国派出很多使节，前去找无名之王谈判。他们得到的答复很客气，但也很坚决。

'吾等神怪与汝等人类，理当永世隔绝。'

"学者族既然能建立如此强大的帝国，当然就不是轻言放弃之辈。他们派出了更为狡猾的使者，这些人自幼精研论辩之术，正如后来的假面人善于作战一样。等这些人也都失败之后，他们又派出智者、艺术家、咒术师，还有政客、教师、医生等人出使，其中既有王亲贵胄，也有平民百姓。

"但对方的答复还是那样：吾等神怪与汝等人类，理当永世隔绝。

"很快，学者的帝国陷于困境，饥馑和瘟疫开始毁灭整座整座的城市。学者对神怪的向往变成了怨恨，学者帝国的人非常不满，他们以为要是得到了神怪的秘密，就能成功复兴。于是，他们把最优秀的学者集中到一起召开大会，给了他们一个任务：收服这些神怪。

"学者大会找到了很多超自然的盟友：岩洞巨妖、暗鬼、死灵。

从这些邪恶生灵那里，学者学会了围困神怪的办法，知道他们惧怕盐、铁和夏天新鲜温热的雨水。学者抓住了这些古老的生灵，折磨他们，逼问他们的秘密，但神怪们还是不肯开口。

"学者大会被他们激怒，不再想要得到什么秘密，而一心只想把神怪灭绝。这时候，巨妖、暗鬼和死灵纷纷抛弃了学者，他们明白了人类对权力的追求会疯狂到何种地步。但已经太晚了，这些神奇生物过于轻信学者，说出了太多有关自身的秘密。学者大会利用这些知识造出了一种武器，意图用它来永远征服所有神怪，他们称之为'星辰'。

"这些神奇生物目睹了人类的所作所为，很想阻止他们无心带来的末日危机，但星辰让人类拥有了异乎寻常的力量。所以，那些弱小生物纷纷逃离，消失在深渊里等待战争过去。强大的神怪坚持与人类作战，但寡不敌众。学者大会利用星辰的力量，最终将他们逼入绝境，并把他们永远封印在一片树丛中，这是一座有生命，会生长的监狱。只有这种地方，才能强大到足以困住如此强大的生物。

"这次封印过程释放出了巨大的能量，不只毁灭了星辰，也杀死了学者大会的全体成员。但幸存的学者们还是欢欣鼓舞，因为神怪已经被打败，现在只剩下他们中最强大的那一位。"

"神怪之王。"伊兹说。

"是的，无名之王逃脱了被囚禁的命运。但他没能救出自己的同类，而这次惨败让他发了疯。这份疯狂一直伴随着他，像一团毁灭之云。无论他走到哪里，黑暗都将降临，比午夜的海底还要更加黑暗。天长日久，无名之王就有了一个名字：夜魔王。"

我的头一下子抬了起来。

夜魔王大人……

"数百年来，"厨娘说，"夜魔王一直想尽办法为害人间，但他的复仇热望总是无法得到满足。他一来，人们就像老鼠一样躲进自己的藏身处。他一走，人们又像老鼠一样钻出来。于是他开始制订更为周密的复仇计划。他先是与学者族的死敌武夫族结盟。当时，这个残忍成性的部落，本来已被发配到极寒的北国。夜魔王向他们秘密传授炼制武器和治国之术，教他们学会了摆脱一味凶暴的习俗，然后他就耐心等待。几代人之后，武夫们整装待发，开始了入侵。"

"学者帝国迅速土崩瓦解。它的人民被奴役，丧失了斗志，但还在苟延残喘。夜魔王的报复心还是没能得到满足。他现在活在黑暗处，在那里引诱并奴役较为弱小的近亲生物——暗鬼、死灵和岩洞巨妖，这也是为了惩罚它们在很久以前的背叛。他总在观望、等待，只等时机成熟，要彻底完成他的复仇大计。"

厨娘的声音渐渐平息。我发觉自己把熨斗举在了半空中。伊兹大张着嘴巴，也忘了自己在擦什么。外面有电光闪亮，阵阵狂风摇撼着门窗。

"我为什么应该知道这个故事呢？"我问。

"你来告诉我吧，丫头。"

我深吸一口气："因为这故事是真的，对吗？"

厨娘扭曲的脸上露出苦笑："我相信，你一定已经见过夜访院长房间的客人了吧？"

伊兹轮流看我们俩："什么客人啊？"

"他——他自称夜魔王。"我说，"但这不可能是真的。"

"他就是自己声称的那东西。"厨娘说，"学者最喜欢否认眼前的事实。暗鬼、死灵、山妖、神怪，都被说成故事里瞎编出来的东西。原始部落的传说，营火边胡扯的故事，真是妄自尊大。"她冷笑，"他们太傲慢了。你不要也犯这样的错误，小丫头。睁大眼睛面对事实，否则你也会跟你妈妈一样。夜魔王曾经就活生生站在她面前，她却从来都不知道。"

我把熨斗放下:"你到底什么意思?"

厨娘的声音特别小,就像她害怕听到自己说话的内容一样。"他渗透到了反抗军内部。"她说,"他化为人形,还伪、伪装成、成了战士的样子。"她扶着自己的下巴,呼哧呼哧喘了好半天才继续说,"他接近你的妈妈,操纵她,利用她。"厨娘又停了下来,脸变得扭曲、苍白。"你、你爸、爸爸看穿了真相。但夜、夜魔王还、有、同伙。一、一个叛、叛徒。他,骗、骗过了贾安,然、然后把、把你父母出卖给了凯瑞斯——不,我——"

"厨娘?"伊兹跳起来,只见那老妇人一只手扶着头,呻吟着向后退到了墙边。"厨娘!"

"走开——"老妇人一把推在伊兹前胸,险些把她推倒在地。"你走开!"

伊兹双手高举,放低声音,就像在跟一只受惊的动物说话一样:"厨娘,一切都没事的——"

"都去干活儿!"厨娘挺直了身体。但她眼睛里那短暂的冷静很快再次消失,变成了更接近于疯狂的情绪。"谁都别来管我!"

伊兹拉我匆匆离开厨房。"她有时候就是会变成这样。"我们一走到厨娘听不到的地方,伊兹就说,"每次都是讲到她过去经历的时候。"

"她叫什么名字啊,伊兹?"

"她从来没有跟我说过。我觉得她可能不想记得。你觉得她说的是实话吗,关于那个夜魔王的事?还有你妈妈的事?"

"我不知道。夜魔王没事缠着我父母干什么?他们什么时候得罪他了?"但即便在问这些问题的时候,我也知道它们的答案。如果夜魔王对学者的痛恨真到了厨娘故事里的程度,他想害死女狮王和她的助手就是再正常不过的了。他们领导的反抗运动，一直都是学者族唯一的希望。

伊兹和我继续干活儿，我们两个都没说话，脑子里全是暗鬼、死灵和无烟的纯火之类的东西。我发现，自己总是对厨娘的身份特别好奇。她到底是谁？对我父母的了解又有多少？一个为反抗军制作爆炸物的女人，又怎么会甘心长年做奴隶？为什么不干脆把院长炸进十层地狱里完事呢？

但我突然想到一件事，这件事让我浑身的血液都冷了下来。

万一厨娘就是那个叛徒呢？

跟我父母一起被抓的人全都被害——也就是说，了解那次背叛的人全部不在人世。厨娘却可以跟我说前所未闻的当时的状况。除非亲自在场，她又怎么会知道这些事呢？

但如果是她让院长抓到了今生最重要的两大人物，她为什么会在院长楼里做奴隶呢？

"也许反抗军那边有人知道厨娘的身份。"那天晚上，和伊兹拎着水桶和抹布去院长房间的路上时我说，"也许他们会记得她。"

"你应该问你那个红头发的朋友，"伊兹说，"他看起来像是个聪明人。"

"奇南？也许吧……"

"我看出来了哦。"伊兹兴高采烈地说，"你喜欢他。我听你说他名字的态度就知道了。奇南。"她调皮地对我笑，我觉得脸红到了脖子根儿。"他可真是帅呆了。"她评论说，"我觉得你一定注意到了这点。"

"我才没时间想这些，还有好多事需要我操心呢。"

"哦，行了吧。"伊兹说，"你也是个人，拉娅。你完全可以喜欢一个男孩。就算是假面人也会有心上人，连我都——"

楼下的前门传来晃动声，我们两个都定在了原地。门被打开，风吹进房间，带来刺骨的寒意。

"女奴！"院长响亮的命令声传上楼梯，"到这里来。"

"去吧。"伊兹推我站起来，"快去。"

我手里拿着抹布，急匆匆走下楼梯，院长正在楼梯口等我，两边还站着两名军团士兵。她一反平时厌恶的态度，隔着银面具看我时的表情，甚至像是有一点点关切，就像我突然变得很有吸引力了一样。

我意识到现场还有第四个人，他躲在军团士兵身后的阴影里。这人的皮肤和头发都白得像是日光下长期曝晒的白骨——一名安古僧。

"那么，"院长警觉地看了安古僧一眼，"你说的，莫非就是她？"

那名安古僧诡异的双眼死盯着我——他的黑眼珠就像漂在血红海洋中。传言说，安古僧能读懂人心，而我脑子里的想法，足够直接把我送上绞刑架。我迫使自己去想阿公、阿婆和代林，一种强烈而熟悉的悲哀充斥着我的内心。现在你尽管来读吧，我迎接安古僧的眼睛。来体会下你们的假面人给我带来的痛苦。

"就是她。"安古僧还在凝视着我，看上去像是被我的愤怒给定住了，"带她走。"

"你们要带我去哪里？"军团士兵绑住了我的双手，"你们要干什么？"他们一定知道我是密探了，一定是的。

"安静。"安古僧戴上兜帽，我们跟他一起走进外面的风雨中。等我尖叫着试图挣脱时，其中一名士兵绑紧了我，还塞上了我的嘴。我本以为院长会跟我们一起来，她却在我身后把门摔上了。至少他们还没抓伊兹。她暂时安全，但还能安全多久呢？

几秒钟后，我已经浑身湿透。我在军团士兵的掌控下挣扎，唯一的成果只是扯破了自己的衣服，让我的样子很不成体统。他们这是要带我去哪儿？地牢啊，拉娅。还能去哪儿？

第三十九章
拉娅

我听到了厨娘的声音，告诉我反抗军之前派来的探子最终的结局。院长抓住了他，在学院的地牢里折磨了他好几天。有时候夜深人静，我们都能听到他的声音，惨叫着呼痛。

他们会怎么对付我呢？会不会也把伊兹抓起来？我的眼泪止不住流下来。我本来还想救她，本来还想帮她逃离黑崖学院。

我们像是在风雨中走了很长时间，才终于停下。一扇门打开，片刻之后，我的身体悬在半空，然后落在一片冰冷的石板地面上。

我想要站进来，想用被塞住的嘴巴喊叫，想挣脱手腕上的绳索。我想弄掉蒙眼布，这样至少能知道自己在哪儿。

都没有用，铁锁铿然有声，脚步声离去，我被独自留在这里，等待自己的命运。

第四十章　埃利亚斯

刀刃刺穿了海伦娜的皮甲，我能感觉到自己的内心还在狂叫：埃利亚斯，你做了什么？做了什么？

然后，那匕首却被磕碎，我还在难以置信地看着那些金属片，一只强有力的手抓住我的肩膀，把我从海伦娜身上扯开了。

"阿奎拉选帝生。"该隐的声音冰冷，他一把扯开海伦娜的皮甲衣领。那下面闪闪发光的，是安古僧锻造的紧身护甲——海伦娜在智慧考验中赢得的奖品。只不过，这东西也像面具一样，不再是独立的护甲，而是开始与她的身体融合。护甲已经成了她身体的一部分，成为第二层足以挡住弯刀的皮肤。"你忘记这轮考验的规矩了吗？禁止使用真正的战甲。你被淘汰了。"

我的斗志一泻千里，觉得自己心里像是被完全掏空了一样。我知道这一刻的可怕情景会永远困扰着我：我呆呆地低头看着面无表情的海伦娜，周围风雨飘摇，连狂风的怒吼都不足以淹没死亡的哀号。

你差点儿就杀死了她，埃利亚斯。你差点儿就杀死了你最好的朋友。

海伦娜一言不发。她凝视着我，一只手抚在胸口，就像她还能感觉到匕首刺下的那一刻。

"她只是没想到那护甲也需要移除。"我们身后有个声音说。一个细瘦的身影从雾中出现：一名女性安古僧。后面还有其他身影，都围在我和海勒周围。

"她完全没想到这东西。"女安古僧说,"她从得到这护甲的那天起,就一直穿着它。它已经和她融为一体,就像她的面具一样。这是个问心无愧的错,该隐。"

"但毕竟还是个错误。她无权赢得胜利,就算她没有想过利用……"

反正我本来就应该获胜的。要不是这层护甲,我已经把她杀死了。

冻雨渐渐过去,成了毛毛细雨。战场上的浓雾消散,刚才的屠杀惨状呈现在眼前。竞技场出奇地安静,我现在才发觉,其实观众席上坐满了学生和教官,将军和政客。我的母亲也在观众席前排,表情一如既往地难以捉摸。外祖父站在她后面几排之外,手里紧握弯刀。我的战队成员面目模糊不清。谁还幸存?谁死了?

特里斯塔斯、迪米特里厄斯、林德尔都死了。赛雷尔、达里安、福尔蒂斯也死了。

我跪倒在海伦娜身边的地上,呼唤她的名字。

我很抱歉,刚才想要杀死你。我很抱歉,下令杀光你的战队。对不起。对不起。但这些话我都说不出口,我只能说出她的名字,轻轻地,一遍又一遍,我希望她能听见,我希望她能明白。她的视线穿过我的脸,看那层云翻涌的天空,就好像我根本不存在。

"维图里乌斯选帝生,"该隐说,"起来。"

你这怪物,杀人犯,魔鬼,黑暗、邪恶的东西,我恨你,我恨你。我是在跟安古僧说话吗,还是在自言自语?我不知道。但我完全确信,为了自由也不值得这样做,没有任何目标值得付出这样的代价。

我本应该让海伦娜杀了我。

该隐完全没有提到我脑子里对他的辱骂。也许，在这片站满了伤心人的战场上，每个人都在备受煎熬，他根本听不到我的想法。

"维图里乌斯选帝生，"他说，"因为阿奎拉被判失败，而在所有选帝生中，你的手下存活最多，所以，我们安古僧团宣布你是力量考验的优胜者。祝贺你。"

优胜者。

这个词砸向地面，就像死者手中掉落的弯刀。

《《《

我的战队仅有十二人幸存，另外八个躺在医疗区的内室，冰冷的身体盖在白色尸布下面。海伦娜的战队更惨，只有十人活下来。早些时候，马库斯和扎克也打了一场，但好像没有人十分了解他们之间的战况。

战队中的所有人事先都知道他们的对手是谁。每个人都事先知道这轮考验的内容，只有选帝生们被蒙在鼓里。法里斯告诉了我这些，也可能是戴克斯。

我不知道自己是怎么到达医疗区的。这地方乱成一团，首席医师和他的学徒们不堪重负，极力挽救伤者。他们大可不必白忙，我们本来就没打算留活口。

医生们很快也认识到了这一点，到夜幕降临时，病区就完全安静了，只剩下尸体和冤魂。

多数幸存者已经离开，每个人都像变成了行尸走肉。海伦娜被悄悄带去了某个单间。我等在她房间外面，没好气地瞪着那名想赶我离开的医生助手。我必须跟她谈谈，确认她没事。

"你没有杀死她。"

马库斯。我听到他的声音也没有拿起武器，尽管我身边就有十几件。如果马库斯想在这一刻杀死我，我不会抬起一根手指反抗。但他也反常得没有什么敌意。他的皮甲到处是血渍和泥点，跟我的一样，但他自己好像变了样。失魂落魄，像是丢掉了内心里某种特别重要的东西。

"是的。"我说，"我没有杀死她。"

"她是你在那片战场上的敌人。你只有彻底把敌人击败，才能算最终获胜。安古僧一开始就是这么说的，他们跟我这么说的。你也本应该杀死她。"

"是的，可我没有。"

"他死得太容易了。"马库斯的黄眼睛心事重重。没有了那份恶意，我几乎认不出来他。我不知道他是不是真能看清我，还是只看到一个人——一个活人，一个倾诉的对象。

"那弯刀——就那样斩断了他的身体。"马库斯说，"我本想收手的。我试过，它太快了。你知道吗？我的名字是他学会的第一个词，也是——也是他说的最后一个。就在临死前，他又说了一遍。马库斯，他说。"

我那时才明白。我没在幸存者中间看到扎克，我没听到任何人提及他的名字。

"你杀了他，"我小声说，"你杀了自己的亲弟弟。"

"他们说，我必须战胜对方的首领。"马库斯抬起眼睛与我对视，他看上去很困惑，"那么多人都死了，都是我们的朋友。他要求我结束这一切，让一切停止，是他求我的。我的兄弟，我的小弟。"

我心里涌起的有反感，也有忧伤。这么多年来我一直厌恶马库斯，认为他不过是一条没有心肝的毒蛇。而现在，我却禁不住同情他，尽管我们两个都不值得同情。我们都是斩杀自己战友的凶手——

杀死过至亲的人，我与他毫无二致。我目睹特里斯塔斯的死，却什么都没做。我亲手杀死了迪米特里厄斯、恩尼斯、林德尔，还有其他那么多的人。如果海伦娜不是在无心之中违反了禁令，她也已经死在我手里。

通往海伦娜房间的门打开了，我站起来，大夫却摇摇头。

"不行，维图里乌斯。"他面色苍白，情绪低落，完全不是平时那副嚣张模样。"她还不能见人。走吧，孩子。你去休息下。"

我回头去看马库斯，但他已经走了。我本应找到自己战队的战友们，看看他们情况如何，但我无法面对他们。而他们，我知道，也不会愿意面对我。我们都永远不会原谅自己今天的所作所为。

"我必须见到维图里乌斯选帝生。"病区外面的走廊里有个暴躁的声音说，"他是我外孙。我他妈的当然想要确定他——埃利亚斯！"

见我走出医疗区，外祖父一把推开那个吓得半死的医生学徒，把我拉到面前，一双强壮的臂膀拥抱了我。"我当时以为你死定了，我的孩子。"他在我耳边说，"那个阿奎拉斗志好强，我以前真是看扁了她。"

"我差点儿就杀死了她，还有其他人。我真的杀死了他们，那么多人，我并不想的。我——"

我觉得恶心。于是赶紧避开他，当场就吐了，吐在病区门口，一开始就吐个不停，直到再没有什么东西可吐。

外祖父叫人给我拿来一杯水，静静地等着我把水喝完。他的手始终搭在我肩上。

"外祖父，"我说，"我真希望——"

"死者不能复生，我的孩子。你的责任也无法逃避。"我并不想听这样的话，但我的确需要听到。因为这是真话。任何粉饰，都是对死者的不敬。"你有多么强烈的意愿，都无法改变既成事实。从此以后，你也会被冤魂困扰，像我们的每一名战士一样。"

我叹口气，低头看自己的双手，我无法止住它们的颤抖："我必须回自己的住处，我必须——洗洗身体。"

"我可以陪你走回去——"

"您大可不必。"该隐突然从黑影处现身，像瘟疫一样不受欢迎。"来吧，选帝生。我可以跟你谈谈。"

我脚步沉重，跟在安古僧后面。我该做什么？跟他说什么？这怪物把忠诚、友谊和生命都视若无物，我还能跟他说什么？

"有件事我很难相信。"我不动声色地说，"就是事前，你们居然没发现海伦娜穿了足以挡住弯刀攻击的护甲。"

"我们当然早就知道了，要不然你以为我们送她那件护甲干什么？选帝赛要考验的，不只是你实际做到了什么。有时候，也会涉及你的意愿。我们并不想让你真的杀死阿奎拉选帝生。我们只想知道你愿不愿这么做。"他看了一眼我的右手，连我自己都没意识到它正一寸寸伸向弯刀。"我以前跟你说过了，选帝生，我们现在还不能死。而且，你觉得今天死的人还不够多吗？"

"扎克，还有马库斯。"我几乎说不出话，"你逼他杀死了自己的亲弟弟。"

"哦，扎克里亚斯啊。"该隐脸上掠过一丝悲伤，这让我更加愤怒，"扎克里亚斯的情况不同，埃利亚斯。扎克里亚斯必须死。"

"你们本可以选择任何人——任何怪物来作为我们的对手。"我没有看他，我已经恶心够了，"山妖、死灵、野蛮人。但你们却逼我们自相残杀。为什么？"

"我们也没有选择，维图里乌斯选帝生。"

"没有选择。"可怕的狂怒吞噬着我，像重病一样难以抗拒。说得他好像很无辜一样，尽管我的确受够了死亡，可是那个瞬间，我最想做的，还是用弯刀穿透该隐的那颗黑心。"你们设立了这场选帝赛，当然可以选择其内容。"

该隐的眼里精光闪现："不要对你不了解的事情妄下断语，孩子。我们所做的事，有些原因是你无法理解的。"

"你们逼我杀死了自己那么多的朋友，我差点儿杀死海伦娜。还有马库斯，他杀死了自己的弟弟，孪生兄弟，一切都是因为你们。"

"在这一切结束之前，你们还将做出更可怕的事。"

"更可怕的事？这场选帝赛还能过分到什么地步？第四场我们还要做什么？杀小孩吗？"

"我说的不是选帝赛。"该隐说，"我在说这场战争。"

我半途停下了脚步："什么战争？"

"我们梦里不断出现的那场战争。"该隐还在继续向前走，示意我也跟上，"黑暗在集结，埃利亚斯，而他们的势力已经无法阻止。黑暗势力在帝国的核心滋生，还将继续扩张，直至笼罩整个国度。战争必将来临，且不可或缺。因为一份重大的罪恶必须得到纠正。每一个被抹杀的生命，都在加深这份怨恨。战争是唯一的救赎之路，而你必须做好准备。"

又是谜语，安古僧说什么都像是让人猜谜。"罪恶。"我咬牙切齿地说，"什么罪恶？何时犯下的？战争又怎能弥补罪恶？"

"总有一天，埃利亚斯·维图里乌斯，这些谜团都将被解开，但今天还不是时候。"

我们进入营房，每一扇门都紧紧关闭。我听不到任何咒骂、哭泣、鼾声，什么声音都没有。我的战友们都去哪儿了。

"他们都在沉睡。"该隐说，"只是今晚，他们将不会做梦，不会在梦里与死者重逢。这是他们勇气的报偿。"

吝啬的奖赏。他们仍可能在明晚的深夜尖叫着醒来。还有这一生里，在此之后的每一个夜晚。

"你还没有要求过你的奖赏。"该隐说，"你刚赢得了一场考验。"

"为这种事，我不想要任何奖赏。"

"尽管如此，"安古僧说。这时候，我们已经到了我房间的门口。"你还是会得到奖品。你的房门将完全封闭，直到天明。没有任何人会来打扰你，连院长也不例外。"他飘然离开了营房的前门，我目送他离去，心绪不定地想着他谈到的战争、阴影和黑暗。

我太累了，不可能总想这些事。我全身都痛，只想睡倒，丢开所有发生过的一切。我把这些问题从脑子里赶出去，打开门，走进自己的房间。

第四十一章　拉娅

囚室房门打开时，我马上就扑向声音传来的方向，决心逃到外面的走廊里去，但房间里的寒气渗透了我的骨骼。我四肢沉重，有人用一只手轻易就把我拦腰截住了。

"安古僧把门封死了。"那只手放开了我，"你这样只会让自己受伤而已。"

我的蒙眼布被扯开，一名假面人站在我面前。我马上就认出了他，维图里乌斯。他解开我的双手，把我嘴里的布团扯掉，手指触到了我的手腕和颈部。有一瞬间，我觉得难以理解。他救过我那么多次，难道就是为了现在审问我吗？我这才意识到，自己心里那个幼稚的部分，还指望他不至于如此糟糕。不一定是好人，只要别太邪恶就好。*其实你早就知道，拉娅。*一个声音责备我说，*你早知道他只是在玩一个变态游戏而已。*

维图里乌斯尴尬地揉他的脖子，我这才发现，他的皮甲上沾满血污和泥点。他浑身到处是瘀青和划伤，紧身衣特别脏，几乎破成了碎布条。他低头看着我，很短的时间内，眼里怒气冲冲，但随后就冷静下来，变成了另外一种表情——是震惊吗，还是难过？

"我什么都不会告诉你的。"我的声音又高又尖，而且咬着牙说话。*学学你妈妈，不要露出恐惧。*我一只手握着臂环。"我没做过任何坏事。所以，不管你怎么折磨我，都不会有任何结果。"

维图里乌斯干咳了一下："这并不是你出现在这里的原因。"他死死站定在石板地面上，细细打量我，就像我是一个难解的谜题。

我很凶地瞪着他："要不是为了审问我，那个——那个红眼睛怪物为什么要把我带进这间牢房呢？"

"红眼睛怪物，"他点头，"描述得不错。"他朝房间周围看看，就像头回来这里似的。"其实，这间并不是牢房，而是我住的房间。"

我看看那狭小的单人床、破椅子、冰冷的壁炉、丑陋的黑色写字台，还有墙上的铁钩——我觉得，应该是折磨人用的吧。这个房间的确比我的大一点儿，却一样穷酸："我为什么在你房间里？"

假面人去了写字台，在里面翻捡。我紧张起来，那里面有什么？

"你是一份奖品，"他说，"我赢得选帝赛第三轮的奖品。"

"奖品？"我问，"我一个大活人，当什么——"

我突然明白过来了，连连摇头，就像这样能改变什么似的。我现在惊恐地发现自己衣服扯破得太多，皮肤多处暴露，只好试着用残缺的衣服遮羞。我向后退开，一直贴到冰冷、粗糙的石墙上。我只能避开这么远了，可这点儿距离显然不够。我见过维图里乌斯战斗，他速度太快，个头太大，身体太强壮。

"我不会伤害你的。"他从写字台前转过身，眼里带着一种古怪的同情看着我。"我不是那种人。"他拿出一件干净的黑斗篷，"这个拿去，今天太冷了。"

我看着那件斗篷。我当时确实觉得冷，从几小时前安古僧把我丢在这儿开始，就一直觉得冷。但我不能接受维图里乌斯的恩惠，他肯定有所图谋。一定错不了的。要不然我为什么会被选作他的奖品？过了一会儿，他把斗篷放在床沿上。我能闻到他身上的雨水味，还有另一种更黑暗的气息——死亡。

他默不作声地点燃了壁炉里的火，两只手都在发抖。

"你在发抖。"我说。

"因为我也冷。"

木片燃烧起来，他耐心地给火堆添柴，一心只想做好这件小事。他背后别着两把弯刀，离我仅有几英尺。我要是动作够快，就能抢过来一把。

动手！就现在，趁他走神儿的时候！我向前探身，正准备扑上去的时候，他却转过身来。我连忙收手，尴尬地左摇右晃。

"你还是拿这个吧。"维图里乌斯从靴筒里取出一把匕首，丢给我，回头继续照管炉火。"这个至少还干净。"

温热的匕首柄握在手里，让我安心多了，我用拇指试了试刃口，很锋利。我后退到墙边，警惕地看着他。

炉火渐渐驱散了房间里的寒气。等炉火旺起来，维图里乌斯解下自己那对弯刀，把它们靠在墙边，我伸手就能拿到。

"我要到那里面去。"他点头向房间一角关着的门示意，我觉得那应该是通往某一间刑讯室的。"你也知道，斗篷不会咬人。天亮之前你都无法离开此地，所以，还是让自己舒服点儿比较好。"

他打开那扇门，走进里面的浴室。片刻之后，传来水倒进浴桶里的声音。

火焰烘烤下，我裙子上的丝绸腾起白烟。我一面小心留意浴室门，一面汲取那份温暖，然后我打量了下维图里乌斯的斗篷。我的裙摆从大腿那里就被扯破了，衬衣袖子也仅剩下几根线连着，紧身胸衣的蕾丝边同样被扯破，身体暴露太多。我不安地看着浴室门，他很快就会洗完了。

最终，我还是拿起那件斗篷披上。它是某种厚实又细密的料子做成的，摸起来出乎意料的松软。我认出了它的气味——他的体味——像香料和雨水。我深吸了一口气，然后把鼻子转向一边。因为此时门响了，维图里乌斯手拿他血淋淋的皮甲和武器从浴室里走了出来。

他洗掉了满身污泥，还换了一件干净的紧身衣。

"你这样站一晚上肯定会累。"他说，"你可以选择坐在床上，或者椅子上。"见我不动弹，他叹了口气，"你不相信我——这我已经看出来了。不过我如果想要伤害你，早就出手了。拜托你，坐下行吗？"

"我要拿着这把小刀。"

"你还可以拿把弯刀。我有一大堆以后都不想再看一眼的武器，你全拿走都行。"

维图里乌斯坐在椅子上，开始擦他的短靴。我直挺挺地坐在他的床上，随时准备着在必要的时候举刀自卫。他距离太近，伸手就能碰到。

很长时间，他什么都没有说，动作沉重又疲惫。在他面具的阴影下面，整个嘴巴的轮廓显得很凶，下巴的线条极其倔强。但我还记得仲夏节庆典上的那个他。那是一张俊俏的面庞，就连面具也无法完全掩盖这一点。他身上也有黑崖学院的钻石形文身，只是颈后一团模糊的黑色影子。面具的金属接触他皮肤的位置，连文身都变成了银色。

他抬头，像是注意到了我注视他的目光，然后迅速移开视线。但在此之前，我已经看到了他眼圈泛红。

我紧握匕首的手放松下来。什么事能让一名假面人，一名选帝生心烦意乱？甚至泫然欲泪？

"你跟我说过的，在学者保留区里的生活，"他说，打破了房间里的沉默，"你和外祖父母还有兄长在一起的生活。那都是真的，曾经是真的。"

"直到几周以前。帝国突袭了我们家，有个假面人出现，杀死了我的外祖父母，抓走了我哥哥。"

"你父母呢？"

"早死了，很久以前的事了。我哥哥现在是我唯一的家人，但他也被关进了贝克尔监狱的死囚牢里。"

维图里乌斯抬头扫了我一眼："贝克尔监狱没有死囚牢。"

他随口这么一说，我毫无防备，以至于过了一会儿才反应过来。他低头继续忙自己的事，没有看清这句话给我带来的巨大冲击。"谁跟你说他在死囚牢里？又是谁说他在贝克尔监狱的？"

"我……只是听到些传言。"拉娅，你这白痴，这么容易就上了当。"是……一个朋友说的。"

"你的朋友要么在骗你，要么就是自己也搞不清状况。塞拉城唯一的死囚牢就在中央监狱。贝克尔监狱要小很多，通常关押的都是些行骗的商人和贫民酒鬼，跟考夫不可同日而语，这是肯定的。我很确定，因为我在这两个地方都当过见习看守。"

"但是如果黑崖学院，假设，遭到攻击……"我想起梅岑说过的那些话，脑子飞快转动，"贝克尔监狱会提供……援军吗？"

维图里乌斯干笑了一下："贝克尔监狱，来支援黑崖学院？这话千万别让我妈听见。黑崖学院有三千名为战斗而生的学生。有些的确年龄尚小，但除了新入学的小孩子之外，其他学生都是致命的战士。这座学院根本不需要什么援军，尤其不会指望一帮整天只知道索取贿赂和赛蟑螂的辅兵来提供支援。"

会不会是我听错了梅岑说的话？不可能。他就是说代林被关在贝克尔监狱的死囚牢，而且这座监狱的守军就是黑崖学院的安全后备队。而这两条，刚刚都被维图里乌斯一口否决。梅岑到底是自己拿到了错误情报，还是故意撒谎骗我？要是以前，我可能还会考虑他被冤枉的可能性，但厨娘的疑心……还有奇南的……还有我自己的怀疑，都让我越来越难以安心。梅岑为什么要说谎？代林到底在哪儿？他是不是还活着？

他一定还活着，一定是的。如果哥哥死了，我一定会有感觉，一定会的。

"我好像让你不安了。"维图里乌斯说，"我很抱歉。不过，假如你哥哥真在贝克尔监狱的话，他很快就能出来。那里的犯人，刑期都只有几周而已。"

"当然。"我干咳了一下，试图抹掉脸上那份昭然若揭的困惑。假面人能闻出谎言的味道，他们能感觉到别人的欺骗，我必须做出一副尽可能自然的样子。"这都只是传言而已。"

他快速扫了我一眼，我屏住呼吸，以为他会继续盘问我。但他只是点点头，把擦干净的皮胫甲举在火前察看一番，然后挂在了墙面的钩子上。

这些钩子……原来只是干这个用的。

维图里乌斯真的不会伤害我吗？他从鬼门关把我救回来太多次了。要是想用暴力对付我，还费那些力气干吗？

"你以前为什么帮我？"我脱口而出，"院长给我身上刻字之后那天在沙丘，还有仲夏节那次，还有马库斯袭击我的那次——每一次，你都可以转身离开的，可是你为什么每次都没走？"

他抬起头，若有所思："第一次，我是因为内疚。我见到你的第一天，在院长办公室外面，就眼睁睁看着马库斯伤害你。我想补偿那一次的冷漠。"

我吃惊地低呼了一下。那天，我甚至不知道他已经在留意我。

"后面两次，仲夏节和马库斯那次——"他耸耸肩，"我妈妈可能会杀了你。马库斯也一样。我不能就那么见死不救。"

"有那么多假面人曾经站在一边，眼看着学者被逼上死路。你却没有。"

"我就是不会从别人的痛苦里得到满足。"他说，"也许这就是我一直痛恨黑崖学院的原因。你知道吗，我本来就打算偷跑掉的。"他的微笑像弯刀一样犀利，但全无欢欣之意。

"我全都计划好了，还从这个壁炉里挖通了一条暗道。"他指了一下，"通往西侧隧道。这是整个黑崖学院唯一真正的秘密通道。然后我规划好了逃离这里的路线。我打算利用帝国官方以为已经进水或者塌方的通道。我还偷了食物、衣服和补给品，动用了自己可能得到的遗产，以便路上购买逃亡所需。我的计划是穿过部落领地，然后从萨蒂赫港上船。我本来就快要得到自由了，会摆脱院长、黑崖学院和帝国。太傻了，就好像我真能逃离这地方一样。"

想明白了他刚才那番话的意思，我几乎无法呼吸。整个黑崖学院唯一真正的秘密通道。

埃利亚斯·维图里乌斯刚刚给了我和代林自由。

前提是梅岑说的是实话，但我对此不再像以前那样确信。事实的荒谬让我想要放声大笑——维图里乌斯给了我让哥哥重获自由的关键情报，时间恰恰是在这消息可能已完全无用的时候。

我沉默得太久了。快说点儿什么。

"我还以为被黑崖学院选中是一种荣耀呢。"

"对我来讲不是，"他说，"来黑崖学院是身不由己。安古僧在我六岁时把我掳来。"他拿起弯刀，慢慢把它擦干净。我认出了刀身表面繁复的花纹——这是一把特鲁曼弯刀。"那时候，我跟部落民一起生活。我还从来没见过自己的生母，甚至连维图里乌斯这名字都没有听说过。"

"可你怎么……"维图里乌斯也曾是个小孩，这件事我从来没有想到过。我从来没有想过他是否见过自己的父亲，或者院长有没有把他养大，是否爱他，我从来都不好奇。因为他对我来说，仅仅是一名假面人而已。

"我是个私生子。"维图里乌斯说,"凯瑞斯·维图里娅一生犯下的唯一错误。她生下了我,然后把我丢在部落民出没的沙漠里。她的军团当时就驻扎在那儿。我本来是死定了的,可是有一支部落巡逻队碰巧经过。部落民认为男婴代表好运,就连弃婴也不例外。赛夫部落收留了我,把我当成部落的一员养育。他们教会了我部族的语言和传说故事,给我穿他们的传统服装。他们甚至还给我起了本族的名字"伊利亚斯"。我来黑崖学院的时候,外祖父把这个名字改掉了,改成了更适合维图里亚家族传人的形式。"

维图里乌斯和他妈妈关系紧张的原因一下子明了起来。那女人根本不想要他活着,她的狠心还真是把我镇住了。我曾帮助阿公接生过几十个新生儿,什么样的人,才能狠心把那么小、那么宝贵的小东西丢在炎热的沙漠里等死?

同一个人还会因为某女孩拆开了一封信,就在她身上刻个字母K。同一个人还用火钳把一个五岁女孩的眼睛挖掉了一只。

"你还记得那时候的事吗?"我问,"你还是小孩子,还没来黑崖学院的时候?"

维图里乌斯皱了下眉,一只手按在自己的太阳穴上。那面具在他的触摸下发出奇异的闪光,像一滴雨水惊动的水面。

"我记得所有的一切。篷车队就像一座小小的城市——赛夫部落有几十个不同的家族。我被部落里的乞哈尼——瑞拉阿嬷收养。"

然后他讲了很长时间,而他的话在我面前编织出一种生活。其中的主角是一个黑头发、大眼睛的男孩,他总是逃课出去冒险,总在营地边缘焦急等待,等着部落里的人从商业旅行中回来。这男孩有时跟弟弟打架,但一分钟后又会一起欢笑。这孩子天不怕地不怕,直到安古僧突然来到,抓走了他,把他投入了一个被恐怖主宰的世界。要不是这些安古僧,他的生活本可以像代林一样,本可以像我一样。

等他沉默下来，就像是一层温暖的金色雾霭从房间里渐渐消散。他有乞哈尼那样讲好一段故事的能力。我抬头看他，吃惊地发现眼前并不是那个可爱的男孩，而是他长大成人后的男子。假面人，选帝生，死敌。

"我让你厌烦了。"维图里乌斯说。

"没有，一点儿都没有。你——你跟我差不多。你以前也是小孩子，正常小孩子。只是别人抢走了你的正常生活。"

"知道这些，让你很烦吗？"

"嗯。这当然让我更不容易痛恨你。"

"看到了敌方人性的一面，这是统军将领的终极噩梦。"

"安古僧把你带到了黑崖学院，当时的情形怎样？"

这一次，他停顿了稍长一点儿时间，被他宁可忘记的黑暗记忆困扰。

"那时是秋季——安古僧总是在沙漠里风最大的时候，带来新一茬童兵。他们来到赛夫营地的那个夜晚，本来是部落的好日子。我们的酋长刚刚从一次成功的商旅活动归来，所有人都得到了新衣服和鞋子，甚至还有书。厨子宰了两只山羊，支在架子上烤得正香。鼓声响亮，女孩们在唱歌，瑞拉阿嬷连着讲了好几小时的故事。

"庆典一直持续到深夜，但最终，所有人都睡下了。我是唯一醒着的人。此前几小时，我始终有一种奇怪的预感，觉得有某种黑暗的东西在向我靠近。我看见篷车外有些阴影，这些阴影环绕着我们的营地。我从自己平时睡觉的车上向外看，就看到了这么一个……人。黑衣服，红眼睛，没有血色的皮肤——安古僧。他说了我的名字，我记得自己当时还在想，这家伙肯定有一部分是爬虫类的动物，因为他说话的时候喉咙里咝咝响。就这样，我被用锁链捆来交给帝国，成了被选中的人。"

"你当时害怕吗？"

"怕得要死。我只知道他是来带我走的，可我不知道自己要被带去哪里，也不知道这是为什么。他们把我带到黑崖学院，剪短我的头发，脱掉我的衣服，把我跟其他人一起关在一座露天围栏里接受挑选。士兵们每天给我们丢来一次食物，都是发霉的面包和肉干。那时我不算高大，所以总是抢不到多少食物。第三天中午时，我觉得这样下去一定会饿死，于是就偷跑出围栏，从守卫兵那里偷来一些吃的。我把这些食物拿回来，跟另外那个帮我放哨的小孩分享。嗯……"他抬头向上，想了想。"我刚才说分享，其实，她把大部分都吃掉了。不管怎样，七天之后，安古僧打开了围栏，对我们之中的幸存者说，如果我们努力战斗，就可以成为帝国的捍卫者。如果不这样做，就会死。"

我能看到那种情形，那些被丢下的小小尸体，还有幸存者眼里的恐惧。还有孩提时代的维图里乌斯，饥肠辘辘，满眼恐惧，但下定了活下去的决心。

"你坚持下来了。"

"我倒希望自己没有。如果你亲眼看到第三轮选帝赛——如果你知道我做过些什么……"他一遍又一遍揩拭弯刀上的同一个位置。

"发生了什么事？"我轻声问他。他沉默了很久，我以为他生气了，我问了绝对不该问的问题，但随后他还是告诉了我。他中途经常停顿，语调有时崩溃，有时平和。他说话的时候总是在不停收拾同一把弯刀，先是擦亮，随后又用一块磨刀石把它打磨得光彩熠熠。

他说完以后，把弯刀挂在墙上。灯光照亮他假面上留下的泪痕，我这才真的明白他刚才进来的时候为什么浑身发抖，眼睛为什么那么惶恐不安。

"这样你就知道了，"他说，"我和杀死你外祖父母的那名假面人没有任何两样，我和马库斯是一丘之貉。实际上，我甚至比他们还糟糕，因为那些人把杀人当成他们的义务。我本来不是如此浅薄，却做了同样可怕的事。"

"安古僧根本没给你选择的机会。你当时找不到阿奎拉来终止那场杀戮，而如果你不去战斗，就只能徒然送命而已。"

"那时，我本来就应该死。"

"阿婆以前总是说，人活着，就总会有希望。如果你当时不肯下命令，你的士兵们现在全部遇难了——要么死于安古僧的手下，要么被阿奎拉的手下斩杀。你不要忘了，她选择了自己活命，让她的士兵也死战求生。当时无论你怎样做，事后都会自责。无论怎么做，你在乎的人都会承受可怕的后果。"

"这不重要。"

"但这的确很重要，这当然重要。因为这证明你并不邪恶。"这感悟像是一份启示，它如此重要，我觉得有必要让他也看清楚。"你跟别人不一样，你杀人是为了救人。你把别人放在了更重要的位置，不像——不像我自己。"

我觉得没脸面对维图里乌斯。"假面人来的时候，我逃了。"这些话不由自主地涌了出来，就像被我用堤坝长期阻拦起来的河水。"当时我的外祖父母已死，假面人抓住了我哥代林。代林让我逃跑，尽管他很需要我。我本应该留下来帮他，我却做不到。不。"我的拳头死死按在自己腿上。"我是故意没有那样做。我选择了逃走，像个懦夫一样逃离。我到现在都不明白自己为什么能这样。我本应该留下的，哪怕那样只有死路一条。"

我羞耻的双眼寻找着地面，但随后维图里乌斯用一只手托住了我的下巴，抬起了我的脸。他清洁的体味扑面而来。

"就像你刚才说过的，"他迫使我直视他的眼睛，"活着就总有希望。如果没有逃走，现在你已经死了。代林也就不再有生机。"他放开了我，坐回椅子，"假面人不喜欢被反抗，那人肯定会让你付出代价的。"

"这不重要。"维图里乌斯苦笑，还是那种刀子一样犀利的笑容，"你看看咱们两个，一个是学者族奴隶，一个是假面人，都在试图说服对方，让对方不把自己当坏人。安古僧的确还挺有幽默感的，不是吗？"

我的手指紧握维图里乌斯给我的匕首柄，一种强烈的愤恨在心里升腾——我恨那些安古僧，他们把我丢在这儿，让我误以为自己要被审问；恨院长，恨她把自己唯一的儿子丢在外面惨死；恨黑崖学院，它把无辜的孩童训练成恐怖的杀手。我也怨自己的父母，那么早就弃我们而去；怨代林不该拜一名武夫当师父；怨梅岑下达的那些命令，隐瞒的那些秘密。我恨这帝国，恨它对我们生活的铁腕控制，让我们寸步难行。

我想要战胜他们所有这些势力——帝国、院长、反抗军。我不知这份反叛的激情从何而来，就像我的臂环，我也不知它为什么突然变得滚烫。也许连我的妈妈，都有我从未了解的秘密。

"也许我们都不必是什么学者族奴隶和假面人。"我把匕首放下，"今晚，或许我们可以只是拉娅和埃利亚斯。"

我现在胆子大起来，伸手去扯埃利亚斯面具的边缘，反正这东西也从来都不像是他身体的一部分。那面具在抗拒，但我打定主意要扯掉它。我想看见这个整夜跟我聊天的男孩的脸，而不是面对害我一直误解他的这张面具。我更加用力，那面具"咝"的一声到了我手里。它的背面是很多尖刺，上面还沾着血。他脖子上的文身，已经有几十处冒血的小伤痕。

"我很抱歉，"我说，"我不知道它原来……"

他直视我的双眼，眼睛里有一种不可捉摸的热切，那种深挚的情感让我一瞬间就面红耳赤。

"我很高兴你把它摘掉。"

我应该看别处的，可我做不到。他的眼睛跟他妈妈的完全不同。院长的眼睛像是一团易碎的玻璃碴儿，但埃利亚斯的眼睛，在他深长的睫毛环绕下，颜色要更深一些，就像雨云的最浓密处。那双眼睛吸引着我，让我动弹不得，还偏不肯放过我。我试探着抬手抚摸他的脸，他的胡楂儿在我的掌心里，显得那样粗糙不平。

我的脑子里迅速闪现出奇南的面孔，但也同样迅速地又消失了。他在很远的地方，遥不可及，一心忠于他的义军战士。埃利亚斯却近在咫尺，就在我眼前，他温暖、帅气，还那么伤心。

他是个武夫，是个假面人。

但在这里不是，今晚不是，在这个房间里他不是。此时，此地，他就只是埃利亚斯，我就只是拉娅，而我们，两个人都是，难以自拔。

"拉娅……"

他的语调、眼睛里都有一份乞求，一份期待。这是什么意思呢？他是想让我退开些，还是更靠近一点儿？

我踮起脚尖，他在同一时间俯身相迎。他的嘴唇很柔软，软得超乎我的想象，但他的态度暗含着一份绝望，一份热望。那个吻像在倾诉，在乞求。让我忘了吧，忘了吧，忘了吧。

他的斗篷从我的身体上滑落，我的身体紧紧贴在他身上。他把我拥在怀里，双手从我背后向下，抱紧我的一侧大腿，让我进一步靠近，越来越近，我挺身迎接着他，欣享着他的力量，他的激情，他的热望。我们之间的那份亲昵旋转着，燃烧着，融化着，直到它像黄金一样悦目而难以抗拒。

然后他突然避开我，两只手伸在面前挡住我。

"我很抱歉，"他说，"非常抱歉。我不是有意这样的。我是个假面人，而你是一名奴隶，我本不应该——"

"没关系。"我两唇火热，"其实是我……挑起来的。"

我们四目相对，他显得那么茫然，那么自责，我禁不住微笑，哀伤、尴尬和欲望在我体内冲突着。维图里乌斯把他那件斗篷从地上捡起来递给我，回避着我的视线。

"你坐下来好不好？"我小心翼翼地问他，一面又把自己包裹起来，"明天我继续做奴隶，你继续当假面人，我们继续像人们以为应该的那样痛恨对方。但目前暂时……"

他在我身边慢慢坐下，小心地跟我保持着一点儿距离。那份彼此之间的吸引还在引诱着我们，召唤着，燃烧着，但他咬紧牙关，双手紧紧握拳，就像紧拽着两根救生索一样不肯松开。我也只好把我们之间的距离又拉开了几英寸。

"跟我再讲讲吧，"我说，"五劫生的生活是什么样子？你们离开黑崖学院的时候开心吗？"

他放松了一点点，我哄着他继续讲那时的回忆，就像阿公以前引导胆小的病人一样。这一晚上就这么过去了，他一直在讲黑崖学院和部落里的往事，我有时会说那些病人还有保留区的故事。我们都再也没有提起过那次突袭或者这次考验，也没谈起过那个吻，还有我们之间依然存在的那些火花。

不知不觉，天就开始亮了。

"黎明。"他说，"我们开始互相痛恨的时间到了。"

他戴上面具，那些尖刺深入肌体时，他的脸一动也不动，然后他拉我起来。我低头看我们两个人的手，看我细长的手指跟他粗大的指头纠缠，看他前臂上血管突出的强健肌肉，我手腕上的纤小骨骼，感受我们肌肤相触时的温暖。这好像成了很重要的一件事，我的手被握在他手里。我仰面看他的脸，意外发现他是如此接近，我被他眼神里的热望打动，那份属于生命的激情让我脉搏加速。但他随即就放开了我的手，走到旁边去了。

我把他的斗篷和匕首还给埃利亚斯，他却摇头。

"你留着吧，你还得走过整个学院，而且——"他的视线转向我扯破的裙子，裸露的肌肤，"短刀也留着。一个学者族女孩一定要带个武器，不管规矩怎么说。"他从自己的写字台里抽出一个皮套，"大腿位置的刀鞘，把它藏在别人看不见的位置。"

我再次打量他，终于看清了他的本来面目。"如果在这里，你能永远保持你的本色，"我把手掌放在他心脏的位置，"而不是成为他们想让你成为的那种人，那你就可以是一位伟大的帝王。"我感觉到他的心脏在我指尖跳动。"但他们不会让你如愿，不是吗？他们不会容许你有同情心或者慈悲心，他们不会允许你保留自己的灵魂。"

"我已经失去了灵魂。"他看着别处，"在昨天那片战场上，我亲手杀死了它。"

那时我想起了斯皮罗·特鲁曼，还有我们上次见面时他说过的话。"世上有两种负疚感。"我小声说，"一种只是负担，另一种却会给人以动力。让你的负疚感成为你的动力吧，让它时刻提醒你自己想成为怎样一个人。在你心里画一条线，永远都不要再突破这条底线。你有一个灵魂，它受了重创，但依然还在。埃利亚斯，不要让他们夺走你的灵魂。"

我说出他名字的时候，我们的视线再次相遇，我抬起一只手抚摸他的面具。它平整、温暖，像一块被流水冲刷平整的岩石，又被阳光晒热了一样。

我任由自己的胳膊落下，随后离开了房间，走出那座大营房，走进初升的太阳照耀之处。

第四十二章　埃利亚斯

营房门在拉娅身后关闭之后，我还能感觉到她的指尖像羽毛一样轻柔地触碰我的脸颊。我看见了她把手伸向我时眼里的表情：那么小心翼翼，充满好奇，让我在她面前无法大声呼吸。

还有那个吻。啊，燃烧的天界啊，她身体给我的感觉，她那样迎合着我，渴望着我。在那个宝贵的瞬间里，我忘了自己是谁，忘了自己是什么。我闭上双眼，想要回味这一切，其他记忆却不请自来。那是黑暗的回忆，她会让这些记忆被克制。连续几小时，她都把它们拒之门外，可她自己甚至都不曾觉察。但这些记忆已经回来，让我无法自拔。

我率领自己的手下踏入死地。

我杀害了自己的朋友们。

我还险些杀死海伦娜。

海伦娜。我必须去找她，我必须跟她言归于好。我们之间的敌意拖延了太久。也许，在共同经历了昨天的噩梦之后，我们能找到面向未来的道路，对已经发生的事，她一定也和我一样震惊，一样愤慨。

我从墙上摘下弯刀。回想起我用它们做过的事，我真想把它们丢进沙丘，管它们是不是什么特鲁曼弯刀。但我太习惯背后背这样的武器，没有武器，感觉就像赤身裸体。

我从兵营出来时阳光灿烂，无云的天空清净恬适。这让我觉得像是某种亵渎，世界这样干干净净，空气这样温暖，而几十个年轻人的尸体此时却躺在棺木里，等着被埋入黄土。

早晨的鼓声响起，用暗号罗列所有死者的姓名。每个名字都会在我的脑海里唤醒一副形象——面容、声音、形体，直到我觉得所有死去的战友都重新站在自己身边，组成了一个亡灵的战阵。

赛雷尔·安东尼乌斯、西拉斯·伊布雷安、特里斯塔斯·伊奎提乌斯、迪米特里厄斯·盖雷里乌斯、恩尼斯·麦达拉斯、达里安·提提乌斯、林德尔·韦桑。

鼓声还在继续鸣响。到这时候，家人应该已经领走了尸体。黑崖学院没有墓园。在这几堵围墙之内，死者留下的只有他们死后的空白，只有他们曾经谈话之处的那份静寂。

钟楼前的空地上，见习生手持剑仗训练攻防，一位教官在他们中间巡视。我本应该料到的，院长绝不会取消任何课程，哪怕是为了几十名死去的学生。

我经过的时候，教官还向我点头示意。我因为他没有表现出反感而觉得茫然。他不知道我杀了很多人吗？难道他没看昨天的考验吗？

你们怎么能无动于衷？我想要大喊，你们怎么能装作什么都没有发生？

我走向断崖边，海伦娜应该在下面的沙丘上，那里一直是我们悼念死者的地方。我去那里的路上，看见了法里斯和戴克斯，但没有特里斯塔斯、迪米特里厄斯和林德尔与他们同行。他们的样子看起来很怪，像是肢体残缺的动物一样。

我以为他们会不理我，或者攻击我，因为是我下达了让他们失去自己灵魂的命令。但他们停在我面前，一样沉默寡言，一样情绪低落，眼圈也跟我一样红。

戴克斯揉着他的脖子，拇指在黑崖学院文身那里转来转去。"我总是看见他们的脸，"他说，"听到他们说话的声音。"

很长一段时间，我们都相对无言，但我这样默默悲戚，满足于他们也和我一样自责的话，未免过于自私。我才是他们面对这些阴影的原因。

"你们只是在服从命令。"我说。这份负担，至少还是我能承受的。"我才是下令的人。他们的死不是你们的责任，责任在我。"

法里斯直视我的眼睛，他完全不是以前那个大眼睛的快乐男孩了。"他们现在自由了，"他说，"摆脱了安古僧，摆脱了黑崖学院，而我们却不能。"

戴克斯和法里斯走后，我索降到山崖下面的沙漠里，海伦娜盘膝坐在山崖的阴影里，两只脚被炽热的黄沙埋到了脚踝。她的头发在风里飘飞，泛着浅金色光泽，像阳光下沙丘的轮廓一样。我小心翼翼地靠近她，就像别人接近一匹发脾气的马。

"你用不着像猫那样小心。"我还在几英尺之外的时候，她这样说，"我没带武器。"

我坐在她身边："你还好吗？"

"还活着。"

"我很抱歉，海伦娜。我知道你不可能原谅我，但是——"

"别说了。你我都没有选择的，埃利亚斯。如果我占了上风，也会那样对待你。我杀死了赛雷尔，我杀死了西拉斯和莱瑞斯。我差点儿就杀死了戴克斯，但他退开了，我没能找到他而已。"她惨白的面孔就像是大理石雕像，看上去没有一丝感情。这个人到底是谁？"如果你我都拒绝战斗，"她说，"我们的朋友们还是会死。你说当时我们能怎么办？"

"我杀了迪米特里厄斯。"我在她的脸上寻找愤怒的痕迹。在他弟弟被杀之后，迪米特里厄斯就跟海伦娜走得很近，只有海伦娜懂得该跟他说什么。"还有林德尔。"

"你只是做了不得不做的事，就像我也身不由己。就像法里斯、戴克斯，和所有存活下来的人一样，他们只是做了不得不做的事。"

"我知道他们都是不得已，但他们遵从的，毕竟是我下达的命令。我本来应该有足够强的意志力拒绝下达的。"

"那你自己就死定了，埃利亚斯。"海伦娜没有看我。她太急于说服自己，想要相信这一切都没有错。我们别无选择。"你的手下也都会死。"

"战斗结束的时间，就是你击败对方头领，或者自己被其击败。如果我甘愿自己牺牲，特里斯塔斯就不会死。林德尔、迪米特里厄斯，他们所有人，海伦娜。扎克知道这一点——他哀求马库斯杀死他。我本应该也这样做的。你应该成为女皇——"

"但安古僧也可能指定马库斯为新皇，我就会成为他的——他的奴隶——"

"我们下了命令，让我们的人自相残杀。"她为什么就是不明白呢？为什么就是不肯面对这个？"我们下达了命令，自己也遵照执行。这是不可原谅的错。"

"你以为你能改变什么吗？"海伦娜站起来，我也随着她起身。"你以为那样做，选帝赛就会不那么残酷？你难道不明白，这样的事迟早会来？他们曾迫使我们面对内心最深处的恐惧，他们曾迫使我们与本不该存在的怪物作战，他们让我们自相残杀。武艺、心智和情感的力量。你对这样的考验感到吃惊？你不过是太傻太天真，你不过是个笨蛋而已。"

"海勒，你都不知道自己在说些什么。我差点儿杀了你——"

"为此我要谢天谢地！"她就站在我面前，那么近，她的长发都会飞到我脸上来。"你终于开始反击，在经历了训练场上那么多次的失败之后。我本来甚至不确信你还能反击。我太害怕了——我以为你一定会死在那里的——"

"你真是脑子有病。"我从她面前退开，"你就不觉得遗憾吗？没有任何悔恨吗？我们可都杀死过自己的朋友。"

"可他们也是战士。"海伦娜说，"他们都是战死沙场的帝国战士，虽死犹荣。我会尊重他们，我会痛悼他们，但我不会后悔自己的所作所为。我这样做是为了帝国的利益，是为了我们的人民。"她来回踱步，"你还不明白吗，埃利亚斯？这场选帝赛比你我本人都更重要。与之相比，你我的负疚感和羞耻心不值一提。我们是五百年来一个重大问题的答案。泰乌斯家族的传承断绝时，该由谁来领导这帝国？谁最适合统领五十万人组成的庞大军队？谁将主宰四千万生灵的命运？"

"那我们自己的命运呢，我们自己的灵魂呢？"

"他们很久以前就夺走了我们的灵魂，埃利亚斯。"

"不，海勒。"拉娅的话在我脑子里响起，那是我想要相信的话，那是我需要相信的话。你有一个灵魂，不要让他们夺走你的灵魂。"你错了。我永远不可能弥补自己昨天做过的事，但当第四轮选帝赛来临时，我将不会——"

"别这样，埃利亚斯。"海伦娜用手捂住我的嘴，她的愤怒被接近于绝望的情绪取代。"不要许下你不了解其代价的诺言。"

"我昨天突破了自己的一条底线，海伦娜。我绝不会再犯。"

"你不要这样说。"她的头发四处飘飞，双眼写满恐慌，"你要是这样想，又怎么可能成为皇帝？你怎么可能赢得选帝赛，要是——"

"我不想赢得这场选帝赛，"我说，"我从来就没想过要赢，我甚至都不想参加。我本来是想逃离学院的，海伦娜。毕业典礼之后，在每个人都忙着庆祝的时候，我本来打算逃走的。"

她连连摇头，抬起两只手，像是要挡住我说的话，但我没有停下。她需要听到这些，她需要了解我的本来面目。

"我没有逃，是因为该隐告诉我说，参加选帝赛才是我真正能获得自由的唯一渠道。我想让你赢的，海勒。我想要被你任命为嗜血伯劳，我想要让你赐我自由。"

"赐你自由？赐你自由？可现在你就是自由的，埃利亚斯。你什么时候才会明白？我们是假面人。我们的命运，就是争夺强权，面对死亡和暴力。这就是我们的本性。你要是没有权力，又怎么可能得到自由？"

她疯了。我正努力搞清楚眼前这可怕的状况，就听到有脚步声靠近。海勒也听见了，我们回头时，看见该隐正转过山崖拐角处，后面跟着八名军团士兵。他完全没理会我和海伦娜的争吵，尽管他肯定听到不少。"你们两个跟我来。"

军团士兵分成两组，四个抓住我，另外四个抓住海伦娜。

"你们想干什么？"我想要挣脱他们，但这四个家伙都很强壮，个头比我大，显然也不想轻易屈服。"搞什么呢？"

"这个，维图里乌斯选帝生，就是第四轮的忠诚考验。"

第四十三章　拉娅

我走进院长楼的厨房时，伊兹一下子扑了上来。她眼窝发红，一头金发乱成了小鸟窝，像是一晚上没睡觉。

"你还活着！你还……你终于回来了！我们以为……"

"他们伤害你了吗，丫头？"厨娘从伊兹背后出来，我很吃惊地发现她也很憔悴，也红着眼圈。当她看到我裙子的惨样，就让伊兹给我再找一件来。"你没事吧？"

"我没事。"我还能说什么？我自己还在试图搞明白这突然爆发的一系列变故。与此同时，我还回想起埃利亚斯说的贝克尔监狱的情况，至少有一点很清楚：我必须离开这里，去找反抗军。我必须搞清楚代林到底在哪里，他们又到底在打什么主意。

"他们把你带到哪里去了，拉娅？"伊兹拿着裙子回来了，我迅速换好衣服尽可能把那把匕首藏在大腿上。我并不想告诉她们昨晚的事，但又不想说谎骗她们，尤其是知道她们整夜都在为我担心之后。

"他们把我交给了维图里乌斯，作为他赢得选帝赛第三轮的奖品。"看两人都一脸的震惊和同情，我赶紧补充说，"但他并没有伤害我，昨晚什么都没发生。"

"真的吗？"院长的声音让我的血液都凝固了。伊兹、厨娘和我不约而同地转身，看向厨房门口。

"你说什么都没有发生。"她侧着头说，"真是……太有趣。跟我来。"

我跟她去了书房，两只脚像灌了铅一样沉。进门之后，我的眼睛迅速扫了一眼墙上那些死难战士的画像，感觉就像走进一间鬼屋一样。

院长关上书房的门，围着我转圈，细细打量。

"你昨晚跟维图里乌斯选帝生过了一夜。"她问。

"是的，大人。"

"他强奸你了吗？"

她问这么个恶心的问题，语调却那么轻松，就像问我的名字或年龄。

"没有，大人。"

"怎么昨天会是这样，而另外一个晚上，他却对你那么有兴趣？当时，他的手可是离不了你的身呢。"

我才意识到，她在说仲夏节那天晚上的事。就像感知到了我的恐惧一样，她又逼近一步。

"我——我不知道。"

"有没有可能这男孩真的喜欢你？我知道他帮过你几回——从沙丘把你抱上来那次，还有前几天马库斯那件事。"她又逼近了一步，"但是我在用人走廊发现你们俩的那一回——那回最让我纳闷儿。你们当时到底在一起做了什么？他跟你站在一边吗？他是不是叛变了？"

"我——我不知道您在说——"

"你以为你真能骗过我吗？你以为我还不知道？"

哦，天哪。这不可能。

"我也有探子的，小奴隶。在海国，甚至在原始部落。"现在她离我仅有几英寸，而她的微笑，像套在我脖子上的一根细细的绞索。"甚至在反叛军内部。你要是知道我有多少眼线，一定会吓一跳。那些学者族鼠辈只能知道我想让他们知道的情报而已。你上次去跟他们接头的时候，他们又想干什么来着？是不是在考虑什么大动作？涉及很多人的事？也许你也想知道他们在搞什么，很快你就会知道了。"

我还没想到怎么躲闪，她的手就已经掐在我脖子上。我用脚踢她，她却掐得更紧。她手臂上的肌肉紧绷，双眼一如既往地阴险、冷漠。

"你知道我是怎么对付探子的吗？"

"我——不——不知道——"我无法呼吸，无法思考。

"我会给他们些教训。这些探子，还有那些跟他们为伍的人，比如帮厨丫头。"不，不能是伊兹，不能害伊兹。正当我开始眼冒金星的时候，外面传来敲门声。她放开了我，任由我瘫倒在地上。她施施然打开门，就像刚刚差点儿掐死奴隶的事情从来没有发生过。

"院长，"外面有一名安古僧，这回是个女人。她个子矮小，身形轻盈飘忽。我以为她身边也会有军团士兵，就像上次一样，但实际上没有。"我是为那女孩来的。"

"你不能带她走。"院长说，"她是个罪犯，而且——"

"我是为那女孩来的。"安古僧的脸沉了下来，她和院长四目相对，展开了一场无声的意志对决，"把她交给我，而且，您也该动身去竞技场了。"

"她是敌人的探子——"

"她会受到应有的惩罚。"安古僧看着我，我的视线完全无法从她身上移开。有一瞬间，我在她深潭一样的眼睛里看到我自己——我的心跳停止，脸上毫无血色。就像这感悟早就在我自己的头脑中一样，我意识到安古僧将把我交给死神。我感到自己命不久长——这次比那次突袭还危险，比马库斯打我的那次更险。

"不要把我交给她。"我发觉自己在哀求院长，"求您了，不要——"

安古僧没有让我说完这句话:"不要试图跟安古僧作对,凯瑞斯·维图里娅。你一定会输。或者你自愿去竞技场,或者我会迫使你去。你选哪个?"

院长犹豫了一下。安古僧像河水里的磐石一样安静地等着,耐心而又坚决。最后,院长点点头,出了房门。我在二十四小时内第二次被捆上,塞住了嘴。安古僧跟在院长后面,拉扯着我前往竞技场。

第四十四章　埃利亚斯

"我会安静地跟你们走。"士兵们把我和海伦娜捆绑起来，蒙住眼睛的时候，我对他们说，"但是你们的臭爪子少来碰我。"作为回应，其中一名士兵用布片塞住了我的嘴巴，还拿走了弯刀。

军团士兵拖着我们上了山崖，走过学院。周围脚步声杂沓，教官们在大声发令，我听到的有竞技场、选帝赛第四轮之类的字眼。我整个身体都紧张起来。我不想回到那个自己曾杀死朋友的地方，我永远都不想再出现在那里。

该隐走在我前面，一言不发。他现在是不是正在窥探我的心理活动，还是在揣摩海伦娜？他不重要。我试着忘记该隐，就当他完全不存在一样去想问题。

*摧灭灵魂的忠诚。*这措辞跟拉娅说过的话太接近了。*你有一个灵魂，不要让他们夺走你的灵魂。*我能感觉到，安古僧想做的，恰恰就是这件事。于是我画下了拉娅说的那条底线，就像在我头脑的大地上，留下一道大峡谷。我不会越过这条界线，不管付出多大代价，我都不会这样做。

我感到海伦娜就在我身边，浑身散发着恐惧的气息，让我们之间的空气都充满寒意，让我的精神也高度紧张。

"埃利亚斯。"军团士兵没有塞住她的嘴，很可能是因为她明智地选择了少说废话。"你听我说，不管安古僧要你做什么，你都一定要照办，明白吗？不管谁赢得这场选帝赛，他都将成为皇帝——安古僧早说了，选帝赛没有平局。你要坚强，埃利亚斯。因为你要是不能赢得这场考验，一切就都完了。"

她的语调里有种奇怪的紧迫感，让我听得心惊。她这套说辞里的警告，显得远比表面信息更复杂。我等她继续说，但或者她已经被堵上了嘴巴，或者就是该隐让她闭了嘴。片刻之后，我周围响起几百人的话语声，让我从头到脚都不得安宁。我们进入了竞技场。

军团士兵拉着我登上一段台阶，然后迫使我跪下。海伦娜跪在我旁边。绳索、蒙眼布和堵嘴的东西都被取走了。

"我看见他们堵你那张臭嘴了，杂种。真可惜，没让你永远开不了口。"

是马库斯，他跪在海伦娜的另一侧，正恶狠狠地瞪着我，仇恨从每一个毛孔里奔涌而出。他弓着腰，像一条随时准备出击的蛇。除了腰带上的一把匕首之外，他并未携带任何其他武器。第三轮考验给他留下的任何自责，现在都化成了尖酸刻薄的话语。扎克一直是两兄弟里较为弱势的一个，但他多多少少还能约束一下兄长的表现。身后少了爱小声嘀咕的弟弟，马库斯看起来简直是头野兽。

我不理会他，试图让自己坚强起来，迎接此后会来临的不管什么挑战。军团士兵把我们丢下的地方，是该隐身后一处高高的平台。现在，那家伙正死死盯着竞技场的入口，像在等待着什么。高台周围还环立着十二名其他安古僧，都是些衣衫褴褛的苍白人物，有他们在场，整座竞技场的气氛阴森了一大截。我数了下，加上该隐总共十三人，也就是说，有一名安古僧不在场。

竞技场内坐得满满当当。我看到了市长，还有市议会的其他成员。外祖父坐在院长专席后面几排，身边有一组私人保镖，他在看着我。

埃利亚斯

"院长迟到了。"海勒向我妈妈的位置点头示意。

"你错了，阿奎拉。"马库斯说，"她刚好准时到达。"就在他说话的当儿，我妈妈走进竞技场大门。第十四名安古僧跟在她身后。尽管她身体貌似纤弱，却足够拖动一个被捆绑着，堵住嘴巴的女孩在身后。我看见一头蓬乱的黑发，心头不觉一紧——是拉娅，她来这里干什么？为什么要被捆起来？

院长到她位置上落座，而安古僧把拉娅放在该隐身边的平台上。那女奴想要说话，但她的嘴巴被塞得太紧了。

"选帝生们。"该隐一开口，整座竞技场都静下来，一群海鸟尖叫着从头顶飞过。在山坡下的城里，有名商贩在大声叫卖，他拖着长腔的声音在这里都清晰可闻。

"最后一轮选帝赛，是对忠诚的考验。帝国已经下令，这个奴隶女孩必须死。"该隐向拉娅示意，我的肚子紧张得难受，就像从高处跳下时的感觉。不，她是无辜的。她没做过任何错事。

拉娅的眼睛瞪得好大，她跪着想要后退。但那名把她抓来的安古僧跪到她身后，死死把她控制在原地，像屠夫按住待宰的羔羊。

"等我下令开始时，"该隐继续若无其事地说，就好像他不是在谈论一个十七岁女孩的死一样，"你们就一起动手，尽可能亲手处死她。不管是谁成功执行了这项命令，都会被宣布为今天的胜利者。"

"这样做不对，该隐。"我忍不住大喊，"帝国没有任何杀死她的依据。"

"依据无关紧要，维图里乌斯选帝生，只有忠诚才重要。如果拒不执行命令，你就会输掉这场考验。失败者的惩罚就是死。"

我想起了噩梦中的战场，这记忆让我全身的血液像铅一样沉。林德尔、迪米特里厄斯、恩尼斯——他们都曾出现在梦里的战场上。而我也的确杀死了他们中的每一个。

拉娅也曾出现在那里，喉咙被割断，双目无光，头发像浸透的乌云一样披散在身体周围。

但我还没有做这件事。我绝望地想，我还没有杀死她。

安古僧轮流看看我们每个人，然后从军团士兵那里取来一把弯刀（我的双刀之一），把它放在跟马库斯、海伦娜和我距离相等的平台上。

"开始。"

我头脑还没有想清楚，身体已经知道该怎样做，我扑到了拉娅面前。如果我能挡在她和其他人之间，她或许还有机会活命。

因为我完全不在乎自己在噩梦中的战场里看到过什么。我无论如何都不会杀她，也不会容许任何其他人对她下手。

我抢在海伦娜和马库斯之前赶到拉娅面前，扭身下蹲，以为会遭到他们中的一个乃至两个的联手攻击。但海伦娜没有扑向拉娅，她反倒向马库斯猛冲过去，一拳打在他的太阳穴上。马库斯像块石头一样倒了下去。他显然是大意了，没料到海伦娜会抢先袭击他。海伦娜把他推下平台，然后把我的弯刀朝我的方向踢过来。

"动手，埃利亚斯！"她说，"趁现在马库斯还没有醒过来。"

然后，她也看出来了：我是在保护那女孩，而不是要杀死她。她发出一声怪怪的、哽住了的声音。人群全都安静下来，屏住呼吸关注着台上的动静。

"别这样，埃利亚斯。"她说，"现在别任性，我们马上就能成功了。你可以成为皇帝，就像预言里那样。求你了，埃利亚斯，想想你能为……为整个帝国做的事……"

"我跟你说过了，我不会再突破自己的底线。"我说这句话的时候，心情无比平静，超过过去几周以来的任何时候。拉娅的眼睛一会儿看着我，一会儿看着海伦娜。"我不会杀死她，这就是底线。"

第四十四章
埃利亚斯

海伦娜捡起了弯刀。"那你就让开,"她说,"让我来动手,我会让她死得痛快些。"她慢慢向我逼近,眼睛一刻也没有离开我的脸。

"埃利亚斯,"她说,"无论你做什么,她反正也是难逃一死。这是帝国的命令。如果你我拒绝执行,马库斯就会这样做——他早晚还是会醒过来的,我们可以在他醒来之前完成这件事。如果她反正都要死,至少也让她的死带来一点儿益处。我会成为女皇,你将出任嗜血伯劳。"海伦娜又向前逼近一步。

"我知道你并不渴望皇权,"她轻声说,"也不稀罕出任黑甲禁卫的统领。以前我都不理解,但我——我现在理解了。如果你让我完成这件事,我以自己的骨血发誓,在我成为女皇之后,即刻解除你对帝国所负的义务。你想去哪儿都可以,想干什么都行。你会不受任何人的节制,你会得到自由。"

我一直都在观察她的身体,等着她肌肉绷紧,即将发动进攻的时刻,但现在,我的眼睛却一下子转向她的双眼。你会得到自由。这是我长期以来唯一的渴望,而她正把这奖品装在银盘里双手奉上,她还发了誓,我知道她不会辜负对我的誓言。

有一个短暂而可怕的瞬间,我真的动心考虑过她的建议。这是我一生最想得到的结果。我仿佛看到自己已经扬帆驶出纳维乌姆的海港,前往南方国度。那里没有任何人,没有任何东西,胆敢左右我的身体和灵魂。

嗯,身体至少是有保障的。因为要是允许海伦娜杀死拉娅,我也就不再有什么灵魂。

"要是你想杀死她,"我对海伦娜说,"你就必须先杀死我。"

一颗眼泪从她的脸颊上滑落,有一秒钟,我完全看透了她的心。她太想要这场胜利,而阻挡她的恰恰不是任何其他对手,偏偏是我。

我们曾经是对方心里的整个世界。而现在,我是在背叛她,又一次背叛。

然后，我听见一声闷响——这绝对是金属刺入肉体的声音。在我背后，拉娅如此突然地向前扑倒，以至于连那名安古僧都被她带倒了。安古僧的手还死死抓着拉娅细瘦的胳膊。拉娅的头发就像一团云雾一样散开在地面上，但我看不见她的脸，看不见她的眼睛。

"不！拉娅！"我扑倒在她身边，摇晃她的身体，想让她翻过身来，但我没能把那名该死的安古僧从她身上甩脱。因为那女人的身体正害怕得发抖，她的长袍和拉娅的裙子纠缠在了一起。拉娅没有发出任何声音，她的身体像个破布娃娃一样瘫软无力。

这时，我看到了掉落在平台上的匕首柄，还有她身下急速扩大的一大摊血迹。没有人流这么多血还能幸存的。

马库斯。

我看见他站在高台后面，但为时已晚。我太晚才醒悟过来，想到我和海伦娜本应该先杀死他。我们根本不应该给他机会醒过来。

拉娅死后响起的喧嚣声让我震惊，数千人一起惊呼。外祖父喊叫的声音比任何人都更加响亮，他就像一头刚被刺伤的公牛。

马库斯跳到平台上，我知道他是来找我的。我想让他来，为他刚才的行为，我想把他活活打死。

我感到该隐的手搭在我的一只胳膊上，示意我克制，然后竞技场的大门轰然打开。马库斯猛回头去看，惊异地发现一匹浑身汗湿的骏马冲了进来。马上的军团士兵翻身下马，稳稳落地，那坐骑前蹄腾空，终于摆脱了重负。

"皇帝陛下——"军团士兵大声说，"陛下他驾崩了！泰亚家族已经覆灭！"

"是什么时候？"院长插嘴问，她的脸上没有一丝震惊。"怎么死的？"

埃利亚斯

"是遭到反叛军袭击，长官。他被杀死在赶来塞拉的路上，就在离城仅剩一天路程的地方。他和全体随员一同遇难，甚至——连小孩子都没被放过。"

长藤环伺，橡木终有窒息时。路途坦荡，不近终点无人知。这就是几周前，院长在她办公室里给出的预言，而现在，其意义突然明确起来。"长藤"就是反叛军，而"橡木"就是皇帝。

"睁开眼睛见证吧，帝国的男人和女人，黑崖学院的学生们，选帝生们。"该隐放开了我的手臂，他的声音像雷鸣一样响起，摇撼着竞技场的根基，让恐慌的人们全都安静了下来。"安古僧的预言就是这样一个个成为现实。皇帝已死，新君必将崛起，帝国方可长存。"

"维图里乌斯选帝生，"该隐说，"我们给了你证明你忠诚的机会。你非但没有杀死那女孩，反而挺身保护她。你没有遵守我们的命令，而是公然抗命。"

"我当然要抗命！"这一切都感觉很不真实，"今天接受考验的，只有我一个人的忠诚而已，我是唯一关心她死活的人。这轮考验简直是笑话——"

"但这轮考验让我们得到了想要了解的答案：你不适合当皇帝。你的名誉和地位都将被剥夺。你将在明天黎明时分，在黑崖学院的钟楼前被枭首处死。那些曾与你同列的人，将见证你最后的可耻结局。"

两名安古僧给我的手脚套上铁链，我以前都没注意他们有这些铁链，是他们凭空召唤出来的吗？我太迷茫，并未反抗。那名一直控制着拉娅的安古僧艰难地抱起那女孩的尸体，蹒跚走下高台。

"阿奎拉选帝生，"该隐说，"你本来有心杀死敌人，但在面对维图里乌斯时有所动摇，顺从了他的意愿。这份对同袍的忠诚令人钦佩，却非帝王之美德。所有三名选帝生中，仅有法拉尔选帝生毫无疑问地执行了我的命令，表现出了对帝国的绝对忠诚。因此，我宣布他为第四轮考验的获胜者。"

海伦娜的脸白得像骨头，她的头脑也和我一样，还无法消化眼前这番拙劣的表演。

"阿奎拉选帝生，"该隐把海勒的弯刀从她的裙子前面推开，"还记得你的誓言吗？"

"你的意思不会是——"

"我会信守我的承诺，阿奎拉选帝生。你会做到你答应的事吗？"

她看安古僧那眼神，就像别人看不可靠的情郎一样。可她还是接住了对方递过来的弯刀。"我会。"

"那你现在就跪下，宣誓效忠。因为我们安古僧团将在此宣布马库斯·安东尼乌斯·法拉尔为皇帝，预言中的真命之王，武夫军最高统帅，无敌的神皇，疆土内至高无上的统治者。而你，阿奎拉选帝生，已被任命为他的嗜血伯劳，他的副手，贯彻他意旨的无敌之剑。你的誓言将无法解除，直至死亡。宣誓吧。"

"不要！"我吼起来，"海伦娜，不能这样做。"

她转头看我，眼睛像两把刀子一样刺入我的身体，不停搅动着。这是你自己选择的，埃利亚斯。她无神的眼睛对我说，你选择了她。

"明天。"该隐说，"等维图里乌斯被处死之后，我们就会给预言中的真命之王加冕。"他看着那条毒蛇，"整个帝国都属于你了，马库斯。"

马库斯志得意满地笑着向自己的肩膀后面回顾，我突然意识到，他这个动作我至少看过一百次了。他每次侮辱了敌人，赢得一场比武，或者幸灾乐祸时，都会这样看自己的弟弟。这回，他的笑容却惨淡收场，因为扎克已经不在。

马库斯的脸一下子空洞起来，他低头看海伦娜时，既没有自满，也没有得意。他这份冷血，让我心里泛起一股寒意。

"你的效忠誓言，阿奎拉。"他不动声色地说，"我等着呢。"

埃利亚斯

"该隐，"我说，"他不是合适的人选，你自己也明知他不是。他是个疯子，他会毁了整个帝国。"

没有人想听我说话。该隐不听，海伦娜不听，连马库斯都置若罔闻。

当海伦娜开口时，她完全就是假面人应有的样子：冷静、稳重、无情。

"我宣誓效忠马库斯·安东尼乌斯·法拉尔，"她说，"帝国皇帝，预言中的真命之王，武夫军最高统帅，无敌的神皇，疆土内至高无上的统治者。我将出任他的嗜血伯劳，成为他的副手，做贯彻他意旨的无敌之剑，直至死亡。我发誓。"

然后，她躬身行礼，把自己的剑交给了那条毒蛇。

| 第三幕 |

肉体与灵魂

第四十五章　拉娅

"孩子，要是你还想活命，就让他们以为你死了。"

人群突然开始议论纷纷的时候，我勉强听到了那名安古僧近在咫尺的耳语。我很意外，不知道为什么这名武夫族的圣徒会有兴趣帮我。她必定有她的原因，我当时惊讶得说不出话来。她用身体的重量把我压倒在那个平台上，马库斯掷出的匕首本来插入了她身体的侧面，现在已经被拔出。血在平台上流得到处都是。我不寒而栗，想起阿婆不幸遇难之前，也是倒在这样一片血泊里。

"不管发生什么事，"女安古僧对我说，"都绝对不要动。"

我按她说的做了，即便是埃利亚斯大声呼喊我的名字，想要把她从我身上扯开的时候，我都一动也不动。使者到达，宣布皇帝被杀。埃利亚斯被判死刑，套上了锁链。整个过程中，我都在装死。但当那个叫该隐的安古僧宣布了新皇加冕安排，我忍不住倒抽凉气。加冕礼之后，死囚牢里的犯人们就将被处死——也就是说，除非反抗军及时把代林救出死牢，否则他明天就会丧命。

可这是真的吗？梅岑说代林在贝克尔监狱的死囚牢，可埃利亚斯又说贝克尔监狱根本没有死囚牢。

我郁闷得直想尖叫，我想要确定无疑的情报。唯一能给我这种情报的人是梅岑，而我找到他的唯一办法，就是从这里脱身，但我现在又不能简简单单地站起来走人。每个人都以为我死了，就算我有机会逃脱，还有埃利亚斯在这里。他刚刚为了保护我而放弃了自己的生命，我不能抛下他不管。

于是我就那么没用地原地躺着，不知道该做些什么。这时候，安古僧又帮我做了决断。"你现在轻举妄动，只有死路一条。"她警告过我之后，就从我身上爬起来。趁所有眼睛都盯着我们旁边平台的机会，她把我抱起来，踉踉跄跄地向竞技场出口走去。

死了，死了。我几乎能听见那安古僧在我自己脑子里说话，装作你已经死了。于是我四肢变得绵软无力，脑袋也毫无生气地歪在一侧。我的双眼一直紧闭着，可是后来安古僧一脚没走稳，险些摔倒的时候，我的眼睛不由自主地睁开了一下。没有人注意到我。可就在阿奎拉发誓的那一瞬间，我瞥见了埃利亚斯。尽管我亲眼见过哥哥被抓走，外祖父母在我面前被杀害，尽管我被毒打过，身上被刻过字，还摸到过鬼门关的门槛，可我却确信，自己永远都不曾像我当时看到的埃利亚斯那样孤独和无助，他眼睛里的表情，实在是太凄惨了。

安古僧站稳了身体，她的两名同伴来到她身边护持着，就像两个大哥哥在人群拥挤的时候保护自家小妹一样。她的血浸透了我的衣服，渗入那黑色丝绸里。她失了那么多血，我都不明白她怎么还能有力气抱着我走路。

"安古僧不会死。"她咬紧牙关说，"但我们的确会流血。"

我们到达竞技场门口，出去之后，那女人把我放在一块空地上，让我自己站着。我以为她会解释下，为什么要替我接那一刀，她却就那么一瘸一拐地走了，她的两名兄弟搀扶着她。

我透过竞技场的大门往里看，看套上锁链的埃利亚斯跪着的地方。我的头脑告诉我，现在没有什么我能为他做的事。如果我试图帮他，结果只能是徒然丧命，但我又无法下定决心走开。

"看来你没受伤。"不知何时，该隐从人山人海的竞技场里溜了出来，别人都没注意到他。"很好，你跟我来。"他留意到我看埃利亚斯的眼神，摇了摇头。

"你现在帮不了他。"该隐说，"他已经选定了自己的命运，不可能改变了。"

"你就那么丢下他不管了？"我对该隐的冷酷无情感到震惊，"埃利亚斯只不过是拒绝杀害我，就要为这个搭上自己的一条命吗？你们会把宽宥别人的人处死？"

"选帝赛有它的法则，"该隐说，"维图里乌斯选帝生坏了规矩。"

"你们的规则本身就有病。而且，埃利亚斯可不是唯一破坏规矩的人。马库斯本来应该杀死我，他实际上并没有做到，可你们还是立他做新皇帝。"

"他以为自己杀了你。"该隐说，"而且为自己的行为扬扬得意。这就是最重要的区别。跟我来吧，你必须离开学院。要是院长知道你还活着，你就真的死定了。"

我对自己说，安古僧说的没错，现在我帮不了埃利亚斯，但我还是感到不安。我以前做过这样的决断。上一次我也把另一个人丢下自己逃走了，但随后的每一瞬间都在因此后悔。

"你要是还不肯跟我走，你哥哥就会没命。"安古僧感觉到了我的矛盾和压力，"这是你想要的结果吗？"

他朝学院门口走去，我在随后的很短时间里，内心经受了巨大的煎熬。我终于还是离开了维图里乌斯，跟在安古僧后面离开。埃利亚斯足智多谋——他大约能找到办法逃脱死亡，但我不能，拉娅。我听见代林说，我只能仰赖你的帮助。

经过大门时，黑崖学院守门的军团士兵就像根本没有看到我们。该隐是不是用了安古僧的法术，蒙蔽了他们？他为什么要帮我？又想得到怎样的回报呢？

就算他读懂了我的想法，至少也没有显露出来，他只是带我迅速穿过富人区，然后进入塞拉城蛛网般的街道深处。他的路线那么绕来绕去，复杂多变，我一度以为他根本没有明确的目的地。没人多看我们一眼，城里也没有人议论老皇帝的死，或者马库斯的加冕安排。这消息还没有走漏出来呢。

我和该隐之间的这份沉默越拉越长，直到我以为"它"会被扯断，掉落到地面上。我该怎么做才能摆脱他，找到反抗军呢？我赶紧把这个想法逐出自己的头脑，怕被他看穿——可是，既然我已经想过这件事，现在留心也一定是太晚了。我侧目看他。他真能看透所有这些想法吗？他真能知道我在想什么吗？

"这并不是真正的读心术。"该隐嘟囔着。我双臂紧抱在胸前，拉开一点点距离，尽管我也知道，这样做完全无助于保住自己头脑里的秘密。

"人的思想是很复杂的，"他解释说，"也很混乱。人的想法就像一大坨藤条一样纠缠不清，又像河道深处的沉积物一样，分为很多不同的层次。我们必须理顺这些藤条，分清不同的层次。我们必须做好转译和解密的活儿。"

十层地狱啊。他到底了解多少？通晓一切，还是一无所知？

"这该从何说起呢，拉娅？我知道，你全部的精力都在关注解救你哥哥出狱的目标。我知道你的父母曾是整个反抗军历史上最强大的领导者。我知道你迷上了反抗军里的一名战士，知道他叫奇南，还知道你并不确信他也一样爱你。我知道你是反抗军派进学院的密探。"

"但如果你知道我是密探——"

"我的确知道。"该隐说，"但这件事并不重要。"他眼里闪现着古老的悲戚，就像在缅怀久远年代的逝者。"其他想法更能揭示你的本性，你的本色，你内心最深处的秘密。在深夜，寂寞会把你压垮，像整个天空都塌了下来，用它冰冷巨大的臂膀挤压你的身体。"

"可那不是——我——"

可是该隐不理会我的反驳，他的红眼睛一片茫然之色，声音吞吞吐吐，就像他在陈述自己内心最隐秘的部分，而不是在说我。

"你害怕自己永远不会有你母亲那样的勇气，你害怕自己的懦弱会害死亲哥哥。你想要明白一件事：你的父母为什么要放弃自己亲生的孩子们，而选择投身反抗军。你的心里渴望着奇南，可是一到了维图里乌斯身边，你的整个身体就会飘起来，如在云端。你——"

"你住口。"这太让人受不了了。一个不是我本人的人，却对我有这么透彻的了解。

"你是个内涵丰富的人，拉娅。你体内充满了生命力、黑暗面、体力和精神的力量。你常在我们梦中出现。你必将燃烧，因为你就是灰烬里的那一点星火。燃烧就是你的宿命。充当反抗军间谍，这只是你本人内心世界极小的组成部分，可谓无关紧要的细枝末节。"

我极力想要开口，却找不到任何能说的话。他对我了解这么多，我对他却一无所知，这实在是让我觉得太别扭了。

"我这个人没有任何值得一提的地方，拉娅。"安古僧说，"我只是一个错误，一次过失的产物。我是一个失败者，是祸害、贪婪和仇恨的化身。我是个罪人，我们所有的安古僧，都是罪人。"看我一脸困惑，他摇摇头。他奇怪的黑色瞳孔盯着我，他刚才对自己和同僚的描述，就像醒来时昨夜的梦境一样，渐渐消失。

"我们到了。"他说。

我迷惘地四下看看。展现在我面前的是一条僻静的街道，两侧各有一排一模一样的房子。这是商人区吗？又或者是侨民区？我分辨不出。街上的少数行人都在很远的地方，看不清他们的装束。

"什么——我们来这里做什么？"

　　"你要是还想救你哥哥，就需要跟反抗军谈谈。"他说，"我把你带到他们这边来了。"他向我们眼前的街道点头示意，"右边第七座房子。去地下室，房门没有锁。"

　　"你为什么要帮我？"我问他，"你在耍什么花招——"

　　"这不是什么花招，拉娅。我无法完整回答你的问题，暂时我只能说，目前我们的利益一致。我以自己的骨血向你发誓：今天这件事我没有骗你。现在走吧，动作要快，时间不等人。我估计，你现在的时间已经很紧张。"

　　尽管他一副不动声色的样子，但语调中的急迫很容易被察觉。这让我更加忐忑不安。我对他点头表示感谢，一边好奇他最后几分钟古怪的表现，一边向前走去。

≪≪≪

　　正如安古僧所说，第七座房子的地下室门果然没有锁。我才刚走下两级台阶，一柄弯刀就抵在了我的脖子上。

　　"拉娅？"弯刀垂下，奇南走到光亮处。他的红头发乱七八糟地胡乱翘着，肩膀上草草扎上的绷带染着点点血痕。因为脸色特别苍白，脸上的雀斑也变得很扎眼。"你是怎么找到我们的？你不应该到这儿来，这么做不安全。快走。"他向自己身后快速扫了一眼，"不要让梅岑知道你来过。"

　　"我发现了一条进入黑崖学院的暗道，我必须告诉他。还有另外一件事，关于敌人的密探——"

　　"不，拉娅。"奇南说，"你不能——"

　　"奇南，谁在外面？"有沉重的脚步声向我们靠近。一秒钟以后，梅岑从楼梯那边探出头来。

拉 娅

"啊，拉娅，你找到我们的老巢了。"那老家伙瞪了奇南一眼，就像认定了这一定怪他一样。"带她进来。"

他的语调让我颈后的寒毛都竖了起来。我从裙子衣袋缝里伸手，想拿埃利亚斯给我的匕首。

"拉娅，听我说，"奇南一面带我下楼梯，一面小声说，"不管他说什么，我——"

"快点儿。"梅岑打断了他的话，我们进入地下室，"我可不能一整天跟你们耗着。"地下室很小，一个屋角里有些货物箱，房子正中央有一张圆桌。有两个人坐在桌旁，是伊兰和海德尔。

我当时在想，院长埋伏进来的间谍，会不会是两人中的一个。

梅岑把一张破椅子朝我的方向踢过来，显然是邀请我坐下的意思。

奇南就坐在我身后，不停倒换着两只脚，像只惊惧的动物一样。我试着不去看他。

"好吧，拉娅。"我落座后，梅岑对我说，"你有没有给我们带来什么消息？除了皇帝已死的事情之外。"

"你怎么会——"

"因为是我亲手杀死他的。告诉我，他们指定了新皇帝没有？"

"指定过了。"是梅岑杀了皇帝？这事我还真想多了解一下，但我也感觉到了他的不耐烦。"他们提名的是马库斯，加冕礼明天举行。"

梅岑和他的手下对视了一下，站了起来："伊兰，马上派出信使。海德尔，让兄弟们做好准备。奇南，女孩交给你了。"

"等等！"我和他们同时站了起来，"我还有其他情报——一个进入黑崖学院的暗道，这才是我来的真正目的。我给你们秘道，你们把代林救出来。还有一件你们需要了解的事……"我本来还想说出内奸的事，但他没给我开口的机会。

"黑崖学院根本没有什么秘密通道。拉娅，就算真的有，我也没有蠢到要去进攻一座假面人学院的地步。"

"那你为什么——"

"为什么？"梅岑沉吟着，"这是个好问题。你怎么摆脱在最不合适的时间闯进自己藏身处的小女孩，尤其她还声称自己是失踪已久的女狮王的女儿呢？你怎么应付反抗军内部相当比例的顽固分子，处理好他们要求你救出她哥哥的意愿呢？你怎么让别人以为你的确在帮她，而自己既没有帮她的时间，也没有这样的人力呢？"

我觉得嘴巴变得干涩。

"我会告诉你该怎么处理这类情况。"梅岑说，"你给这女孩一个有去无回的死亡任务，把她送进黑崖学院，送进杀死她父母的仇人家里。你给她一项不可能完成的任务，比如，潜伏在整个帝国最危险的女人身边当密探。比如，在选帝赛开始之前，就知晓其内容。"

"你——你早知道院长杀死了——"

"这完全不是个人恩怨，小丫头。因为你，萨娜曾威胁说要带她的手下离开反抗组织。她一直在找决裂的理由，然后当你出现，她就抓住了这个机会，但我比以往任何时候都更需要她和她的手下。我花了好多年时间，才重建了你父母被帝国杀害时遭到重创的反抗组织。我可不会任由你把它们全部毁掉。"

"我本以为院长几天就会把你除掉，如果不是几小时之内完事的话，你却活了下来。仲夏节那天晚上，你居然给我带来了情报，真正有价值的情报。我的人警告我说，萨娜和她的手下们会认定你已经达成了自己需要完成的任务，她会真的要求我们从中央监狱救出你哥哥。唯一的问题是，你告诉我们的情报，也恰恰是我的人不能去做这件事的原因。"

我回想了一下："就是皇帝到达塞拉城的消息。"

"你跟我说这件事的时候，我就知道，如果我们想要成功杀死他，就需要每一名反抗军战士都投入战斗。这远比救出你哥哥的意义更为重大，你不觉得吗？"

我想起了院长对我说的话。那些学者族鼠辈只能知道我想让他们知道的情报而已。你上次去跟他们接头的时候，他们又想干什么来着？是不是在考虑什么大动作？

我恍然大悟，像被人重重打了一拳。反抗军根本不知道，他们的做法正中院长下怀。凯瑞斯·维图里娅本来就想让皇帝死。反抗军杀死了皇帝和他最主要的家族成员，马库斯就可以取而代之，现在已经无须发生内战，也不再有泰亚家族与黑崖学院之间的争斗。

你们这群蠢蛋！我当时真想尖叫，你们完全中了她的奸计！

"我需要让萨娜的派别满意，"梅岑说，"我还需要让你远离他们。于是我把你派回黑崖学院，给了你另外一件更不可能完成的任务：找到一条秘道，以便潜入这座防卫仅次于考夫监狱的武夫要塞。我告诉萨娜，你哥哥的安全脱险取决于我们能否得到这个情报——而要是泄露更多细节，就可能导致营救计划被敌人知晓。然后我给了她一个远远超过一个傻姑娘和她哥哥的更重要的任务：一场革命。"

他向前探身，眼睛里闪着狂热的光："泰乌斯皇帝被杀的消息泄露出去，现在只是个时间问题。等到消息走漏——到处都将是混乱、动荡的局面。这正是我们等待多年的机会，我只希望你妈妈也能活着看到这一天。"

"你没资格说起我妈妈。"盛怒之下，我忘记告诉他内奸的事，也忘记说院长一定将知道他的所谓伟业。"她生前奉行义人道，而你却在出卖她的孩子们，你是个杂种。当年出卖他们的，会不会就是你？"

梅岑绕过桌子向我逼近，脖子上青筋暴起："我曾跟随女狮王赴汤蹈火，跟她一起承受地狱一样的折磨。但你完全不像你母亲，拉娅。你更像你父亲，而他是个懦夫。至于说义人道——你还是个孩子，完全不懂得它的真正含义。"

我呼吸紊乱，伸出一只颤抖的手扶住桌子来稳住自己的身体。我回头看奇南，他却在回避我的视线。叛徒。他是不是早就知道了梅岑根本无心帮我？他是不是一直都在邪恶地暗笑，看那个傻呵呵的小女孩拼命去完成一件完全不可能的任务？

原来厨娘一直都是对的。我从来就不应该相信梅岑，我从来就不应该相信这里的任何人。代林比我聪明。他也想改变很多事，却早就看出，不能跟这些反抗军合作。他早就知道，这些人完全不值得信任。

"我哥哥，"我问梅岑，"他并没有被关押在贝克尔监狱，对吧？他还活着吗？"

梅岑叹了口气："武夫们把你哥哥带去的那种地方，没有人能救他的。放弃吧，孩子，你救不了他的。"

眼泪险些夺眶而出，但我强行忍住。"你只要告诉我他在哪里就好。"我尽可能让自己冷静而且理智，"他还在城里吗？是在中央监狱吗？你既然知道，就请告诉我。"

"奇南，把她除掉。"梅岑下令说，"但要换个地方。"他想了想又补充说，"这地方出现死尸的话，太引人注目了。"

我现在的感觉，一定跟很短时间之前的埃利亚斯差不多。被背叛，孤立无援，恐惧和惊惶几乎令我窒息。我把这些可怕的情绪打包，全都推到一边。

奇南想要抓住我的胳膊，但我闪开了，一下子拔出了埃利亚斯的匕首。梅岑的手下纷纷扑上来，但是我的距离更近，他们的速度又不够快。转瞬之间，我的匕首就抵在了反抗军首领的咽喉上。

"退后！"我对那些战士大吼，他们很不情愿地放低武器。我的脉搏声响在自己耳边，那一刻完全无所畏惧，只有因梅岑给我的种种折磨而产生的强烈义愤。

"你马上说出我哥哥在哪里，你这婊子养的骗子。"见梅岑不肯开口，我把匕首压得更深一些，切出一线浅浅的血痕。"你不说，"我说，"我会马上割断你的喉咙。"

"我会告诉你。"他喘息着说，"但说了也没用。他已经在考夫监狱了，丫头。他们是在仲夏节之后把他转移到那里去的。"

考夫，考夫，考夫。我迫使自己相信这件事，面对这件事。考夫，我的父母和姐姐曾被关押，被折磨，后来被处死的地方。考夫，那里只收纳最可怕的罪犯。送去那里的人都会被严刑拷打，受尽种种折磨，然后死去。

一切都完了。我终于意识到了这一点。我所承受过的一切磨难——那些鞭笞，被刻字，被毒打，现在都成了白受罪。反抗军会杀了我，代林会死在监狱里。无论我做什么，都改变不了这结果。

我的匕首还在梅岑喉咙上。"你会为此付出代价。"我对他说，"我对天发誓，对群星发誓，你会受到惩罚。"

"我对此深表怀疑，拉娅。"梅岑的眼睛向我身后快速看了一下。我也转身看——太晚了。我只瞥见红头发和棕色眼睛在眼前一闪，然后太阳穴一阵剧痛，眼前一黑，倒在了地上。

《《《

我醒来时，首先是因为自己没死而松了一口气。然后就是一阵难以遏制的强烈怒火，因为我渐渐看清了奇南那张脸。叛徒！骗子！假话精！

"谢天谢地。"他说，"我还以为打你太用力了。不，你等等——"

我在摸自己的匕首。醒来的每一秒钟我都在变得更加烦躁，也更想把某人干掉。"我不会伤害你的，拉娅，请你——听我说。"

我的匕首不见了，我惊慌地环顾四周。看来他现在是准备杀掉我了。我们在某个大木棚里，阳光从高处损毁的木板之间透射下来，墙边还放着密密麻麻的园艺工具。

如果我能从他这里逃走，就能藏身城里。院长以为我死了，所以要是能把奴隶手环取掉，我就有机会离开塞拉。但随后怎样呢？我能为了伊兹回到黑崖学院去，保护她不被院长折磨吗？我能想办法救出埃利亚斯吗？我能自己赶到考夫监狱把代林救出来吗？那座监狱远在千里之外，我甚至完全不知道该怎么去。在一个到处是武夫族巡逻兵的国家，我根本没有独自活下去的能力。即便是由于某种奇迹，我真的到了那边，又打算怎样进去，然后怎样出来呢？到时候代林一定已经死了。他甚至现在都有可能死了。

他一定还没死，要是他死了，我一定会有感觉。

所有这些念头，都是一瞬间闪进我脑子里的。我跳起来，扑向一把铁钯：眼下最重要的，还是从这个破烂奇南这里逃走。

"拉娅，别这样。"他抓住我的两只胳膊，把它们牢牢地按在我身侧。"我不是要杀你，"他说，"我可以发誓。现在你听我说。"

我傻傻盯着他深色的眼眸，恨自己为什么这么弱，这么蠢："你早知道，奇南。你知道梅岑从来都没想过要帮我，你还说我哥哥被关在死囚牢里，你们一直都在利用我——"

"之前我不知道。"

"要是你不知道，在地下室的时候为什么还要把我打晕？梅岑让你杀我，你为什么不能原地不动？"

"我要是不做出顺从的样子，他会亲自动手杀死你的。"是奇南眼里的那份痛苦让我听了下去。这一回，他终于不再有任何隐瞒。"梅岑把所有他认为反对自己的人都关起来了，萨娜现在也被严格看管。我不能让他把我也关起来——那样我就彻底帮不到你了。"

"之前你不知道代林已经被送往考夫监狱了？"

"我们全都不知道。梅岑自始至终都口风太紧，他从来不肯让我们听到牢里探子送来的线报，他也从来不让我们知道营救代林的详细计划。是他命令我对你说，你哥哥已经被关进死囚牢——或许他就是想让你因为急于得到情报，然后莽撞行事送命。"奇南放开了我，"我曾经相信过他，拉娅。他领导反抗军长达十年之久。他的远见，他的专注，曾经是把我们团结起来的唯一纽带。"

"他是个好头领，不代表他就是个好人。他撒谎骗了你。"

"我也的确蠢到没能看清他的本性。萨娜一直怀疑他没有诚意。当她发现你我是……朋友时，她向我说出了自己的疑心。但那次，也就是上次见面的时候，梅岑说你哥哥在贝克尔监狱。这话没有任何道理，因为贝克尔监狱小得要命。要是你哥哥真被关在那里，我们只要给点儿贿赂，就能把他救出来了。我不知道他为什么那样说。也许他以为我不会注意，也许当他发现自己不得不食言的时候，是真的慌了。"

奇南擦掉我脸上的一滴眼泪："我对萨娜说了梅岑关于贝克尔监狱的说法，但我们当晚就快马加鞭，赶去伏击皇帝了。她直到那之后，才拿这件事质问梅岑，而且让我置身事外。这成了一件好事。她本以为自己的派系会在跟梅岑的冲突中支持她，可是梅岑却说服了他们，让他们相信萨娜是他革命大业的绊脚石。"

"这场革命不可能成功的。院长从一开始就知道我是探子，她也知道反抗军想要袭击皇帝的计划。反抗军内部有人给她通风报信。"

奇南的脸变得煞白："我就知道，袭击皇帝的事太过顺利。我曾因此警告过梅岑，他却不肯听。自始至终，院长就一直想要我们发动这次袭击，她早就想除掉泰乌斯这块绊脚石。"

"她对梅岑的革命计划早有准备，奇南。她会让反抗军一败涂地。"

奇南在他的衣袋里寻找着什么："我必须把萨娜救出来，我必须让她知道内奸的事。如果她能联系上塔瑞克还有长者派的其他领头人，可能就有机会阻止他们掉入敌人的陷阱——"他从衣袋里取出一个小纸包，还有一块方形皮革，把它们递给我。"强酸，可以帮你打开手环。"他解释了这些东西的用法，又让我复述了两遍。"一定不要弄错——这里的分量也就是勉强够用，这东西很难弄到。"

"今天夜里不要轻举妄动。明天凌晨四点，去河边的港口，找一艘名叫'坏猫'的单甲板大帆船。告诉他们，你有一批宝石要送给西拉斯城的珠宝商。不要说你的名字，也不要说我的名字，其他什么都不要说。他们会把你藏在货舱里。你可以逆流而上，到达西拉斯城，路上大约三个星期。我们在那边跟你碰头，到时候再一起想办法救代林。

"他会死在考夫监狱的，奇南。他甚至可能连去那里的路都熬不过去。"

"他会活下去的。武夫们知道怎么让对他们有用的人继续活着。而送往考夫监狱的犯人都是要受折磨的，不是简简单单死去。多数犯人能活几个月，少数甚至能活几年。"

人活着，外婆总是说，就总会有希望。我自己的希望也被重新引燃，就像黑暗中点亮了一盏烛火。奇南正准备送我离开这里，帮我逃离黑崖学院，他将来也会帮我救出代林。

"我有一个朋友叫伊兹，她之前帮助过我。院长知道我们走得很近，我必须把她也救出来。我对自己发过誓一定要做到的。"

"我很抱歉，拉娅。我可以帮你逃离，可是帮不了任何其他人。"

"谢谢你。"我小声说,"不过求你了,就当是以此报答我父亲对你——"

"你以为我这样做是为了他?是因为念着他的好?"奇南的身体向我靠近过来,他的眼睛那么严肃,几乎变成了纯黑色。他的脸靠得那么近,我的脸颊上可以感觉到他的呼吸。"或许开始的确是那样。但现在不是了,以后也不会是。你和我,拉娅,我们是一样的人。从我记事以来,我第一次感到不再孤单。这都是因为你。我无法——无时无刻不在想着你。我试过不要想你,我试过把你从自己心里推开——"

奇南那只手的动作如此轻柔,不知不觉就从我的胳膊向上抚摸到我的脸颊上。他另一只手也没闲着,正在抚摸我的臀部。他把我的头发向后拢起,眼睛迷茫地打量我的脸,像在寻找他失去的什么东西。

然后他把我们的身体挤到那面墙上,一只手揽在我腰间。他亲吻我——一个饥渴的吻,那欲望炽热到不可遏制。那个吻被压抑了好多天,一定已经不耐烦地追随了我好长时间,等着能够被释放的那一刻。

有一会儿,我是完全愣住了。埃利亚斯的脸和安古僧的话在我脑子里回旋。你的心里渴望着奇南,可是一到了维图里乌斯身边,你的整个身体就会飘起来,如在云端。我把这些话丢到脑后。这才是我想要的。我想要奇南。他也渴慕着我。我想要沉醉在我们十指相扣的那份亲密里,想要自己的手抚摸他丝绸一样顺滑的红头发。但我脑子里总能看到埃利亚斯的样子,当奇南放开我的时候,我无法面对他的注视。

"你会用到这个的。"他把埃利亚斯的匕首还给我,"我会到西拉斯跟你碰头,我会设法救出代林,我会安排好一切。这是我的承诺。"

我迫使自己点头,不明白这些话听起来怎么会这么别扭。几秒钟后,奇南走出了木棚大门,而我死死盯着他给我留下的那包强酸。

　　我的未来，我的自由，一切都装在这个能帮我解除束缚的小小包裹里。

　　这个小信封曾让奇南付出过多大代价？乘船逃离的安排要多少钱？一旦梅岑发现他的前副手背叛了自己，又会怎么做？奇南会为这个付出多少？

　　他只是想帮我。但我想到他刚才说的话，一点儿也感觉不到温暖。*我会到西拉斯跟你碰头，我会设法救出代林，我会安排好一切。这是我的承诺。*

　　以前，我可能还会想要这样的安排。我会希望有什么人能告诉我该做什么，希望有人替我处理好一切。曾经一度，我希望能有别人赶来救我。

　　但这些想法让我得到了什么？背叛，失败。现在指望奇南找到一切问题的答案，远不足以解决问题。尤其是当我想到伊兹，她现在可能正在遭受残酷的折磨，只是因为她选择了友情，而不是一味自保。尤其是当我想到埃利亚斯，那个为了我舍弃自己生命的男孩。

　　这座木棚突然让我觉得无比气闷，它又狭小，又酷热。而我穿过它，走出大门。我脑子里有了一个计划。它简单潦草，异想天开，疯狂到可能完全不现实。但我还是执着地带着它穿过整个城市，穿过处刑广场，穿过港口，进入武器锻造区，前往那座锻造室。

　　我需要找到斯皮罗·特鲁曼。

第四十六章　埃利亚斯

几小时过去了，或者甚至有可能是几天，我完全无法分辨。黑崖学院的钟声传不进地牢，我甚至也听不到鼓声。这间没有窗户的囚室，花岗石墙足有一英尺厚，钢铁栏门间距仅有两英寸。这里没有狱卒，从来都不需要这种人。

感觉很怪。我熬过了大沙漠，打赢过超自然生物，还曾堕落到亲手杀死朋友的地步，现在却还是要死——死在锁链捆缚之下，还戴着那张面具，失去名誉，被斥为叛徒。身败名裂——我是个没人想要的杂种，一个让外祖父失望的外孙，杀人犯。一个小人物，一个终生都没有任何意义的失败者。

我曾抱有如此愚蠢的奢望，以为自己尽管被培养成暴力的工具，却终有一天能够弃绝暴力。经过多年的鞭笞、辱骂和流血的战斗，我本不应如此幼稚。我不该听信那个该隐的鬼话，我本该抓住机会逃出黑崖学院。也许我会在逃亡中迷失，被追捕，过着朝不保夕的日子，但那样至少拉娅还活着，至少迪米特里厄斯、林德尔和特里斯塔斯还活着。

现在一切都太晚了。拉娅已死，马库斯成了新皇帝，海伦娜出任了他的嗜血伯劳。而我很快也要死了，*如秋叶在风中凋零*。

这份感悟就像魔鬼，贪婪地啃噬我的内心。这一切是怎么发生的？马库斯——疯狂的、下贱的马库斯——怎么就能崛起成为整个帝

国的最高统治者？我看到该隐宣布他为新皇帝，看到海伦娜在他面前
屈膝行礼，发誓侍奉他为自己的主人。我用力在牢门的铁柱上撞我的
头，想把这可怕的回忆驱离。

*因为他做到了你没能做到的事。他表现出力量，而你却暴露出
缺陷。*

我是该杀死拉娅吗？如果当时这样做，我现在已经是皇帝了。她
反正都要死，逃不过这最终的惨淡结局。我在牢房里来回踱步，一个
方向五步，回来时走六步。我希望我妈妈在拉娅身上刻字的第二天，
我没有把她从山崖下抱上来。我希望自己没有跟拉娅跳过舞，没有跟
她说过话，也完全没有见过她。我希望自己那可鄙又过于简单的雄性
动物头脑，从未关注过她身体的所有细节。正是我的脑残行为让她被
安古僧注意到，才让他们选择了她作为第三次考验的奖品，还有第四
次考验的受害者。她死了，就是因为我一门心思惦记她一个。

现在还谈什么保住自己的灵魂！

我笑，笑声在牢房里回荡，像玻璃破裂声一样刺耳。我以为自
己的行为能得到什么结果？该隐说得再明白不过：不管是谁杀了那女
孩，都可以赢得这场考验。我只是不想让整个帝国的统治权用如此暴
力的形式决定。*你不过是太傻太天真，埃利亚斯，你不过是个笨蛋而
已。*我又回想起海伦娜几小时之前的话。

我不能同意更多了，海勒。

我想要休息一会儿，却又坠入那片杀戮战场。林德尔、恩尼斯、
迪米特里厄斯、拉娅——到处都是死尸，到处都是死亡。我杀死的那
些人，都睁大了双眼瞪着我。梦境如此真实，我可以闻到血腥味。我
很长时间都以为自己已经死了，如今是走在地狱里的某一层。

几小时，或者是几分钟之后，我一下子惊醒，马上就知道自己不
再是一个人独处。

第四十六章

埃利亚斯

"做噩梦了吗？"

我的妈妈，她就站在我的牢房门外，我不知道她已经看了我多久。

"我也会做噩梦。"她一只手不自觉地伸向脖子上的文身。

"你的文身，"我一直想问那些蓝色螺旋纹的含义，这想法憋了好多年。而现在，既然命不久长，我也不会怕问这个问题了。"它到底是什么？"我并没指望她会回答。但让我吃惊的是，她还真解开制服上衣，把里面穿的衬衣也掀开，露出一片苍白的皮肤。那些我以为是某种花纹的痕迹，其实只是像阴影一样盘绕在她躯干上的一些字母而已：ALWAYS VICTO（无往不胜……）。

我扬起一侧眉毛——真没想到凯瑞斯·维图里娅还这么把家族箴言当回事，尤其是考虑到她和外祖父之间的黑历史。这些字母新旧不一。第一个字母 A 已经很淡了，就像是多年之前涂的墨。而那个字母 T，看着却像是才文上去几天。

"你是墨水不够用了吗？"我问她。

"大概是吧。"

对这件事，我没有再追问更多——她想说的都说了。她现在默不作声地盯着我，我不知道她在想什么。假面人本来也应该有看透人内心的能力，应该只凭外表，就对人的个性产生深刻的理解。我能看出陌生人是否紧张，是否害怕，是诚实，还是爱说谎，看几秒钟就能分辨出来。但自己的妈妈，我完全看不透。她的脸毫无生气，表情幽远得像天上的星星。

我脑子里涌出好多问题，有些是我以为自己不再在意的。我父亲是谁？你为什么把我丢在外面等死？你为什么不爱我？这些问题，现在问太晚了。无论答案是什么，都不再有任何意义。

"从我知道你存在的第一个瞬间，"她的声音还挺柔和，"我就一

- 415 -

直痛恨你。"

我还是情不自禁地抬头看她。我完全不了解自己是怎么被怀上，怎么被生出来的。瑞拉阿嬷只跟我说过，要是赛夫部落没把我从沙漠的骄阳下捡回来，我就已经死了。现在我的妈妈两只手握着牢房的铁栅，她的手好小。

"我想把你堕掉来着。"她说，"我用过往生散、夜木膏，还有十几种其他草药，都没管用。你还是活得很滋润，每天侵害着我的健康，我怀你的时候病了好几个月，但我设法让长官给了我一项单独追杀部落叛乱者的任务。所以，没有人知道，也没有人怀疑。"

"你就每天长啊长，长大到让我无法骑马，无法挥剑。我睡不着，什么也做不了，只好等着盼着你出生的那一天，然后我就可以杀掉你，一了百了。"

她的前额抵在铁栅上，但眼睛没离开过我的双眼。"我找了一名部落接生婆，看她给别人接生过十几次，学会了自己需要了解的一切之后，就把她毒死了。

"然后在一个冬天的早晨，我感觉到了产前的阵痛。当时万事俱备：一座山洞、一个火堆、热水、毛巾、衣物。我没害怕，痛苦和流血的事早已熟悉，孤独是老朋友了。那份怒火，被我用作坚持下去的动力。

"几小时后，你从我体内出来的时候，我根本不想碰你。"她松开铁栅，在外面来回踱步。"我需要照顾好自己，确保不会感染，没有其他危险。我不想在父亲失败之后，却死在儿子手上。

"但我被一种弱点控制了，这是种古老的动物本能吧。我不知不觉就开始给你清理面颊和嘴巴。我看见你睁开眼，发现你的眼睛和我自己的一模一样。

"可你没有哭。如果你哭了，我下手就会容易些，我会像杀死小鸡或学者一样拧断你的脖子。但当时，我把你包裹起来，抱着你，给你喂奶。我把你抱在臂弯里，看着你睡着的样子。当时是深夜，夜是让人产生不真实感的那种时间，夜是让人感觉像在做梦的时间。

"后来天亮了，我也能够走动的时候，我骑上马，把你带到最近处的一座部落营地。我暗中观察过他们一段时间，注意到那里有一个给我印象不错的女人。她常常像扛粮食口袋一样把小孩子扛起来，平时到哪儿都带根粗大的棍子。尽管她还年轻，却像是没有自己的孩子。"

瑞拉阿嬷。

"我一直等到深夜，才把你放在她帐篷里的床上，然后我骑马离开。但几小时后，我又开始原路返回。我必须找到你，杀了你，不能有人知道你的存在。你就是个错误，是我失败的标志。

"可是等我到了那地方，篷车都已经离开。更糟糕的是，他们还分散去了不同地点。我当时身体虚弱，精疲力竭，无法继续追杀你。于是我就这样放过了你。我已经犯过一次大错，再错一次还能怎样？

"六年以后，安古僧把你带回了黑崖学院。我父亲把我从执行任务的中途召回。啊，埃利亚斯——"

我惊了一下，她以前从来没叫过我名字，都是说姓氏的。

"你真该听听他当时说的那些难听话。*妓女。贱货。破鞋。我们的敌人会说什么？还有盟友呢？*可事实上，没人说过任何闲话。他为此可是下了功夫的。

"等他看到你活着熬过了学院第一年的生活，等他在你身上看到他的那些优点，你成了他唯一关注的话题。经过多年的失望之后，伟大的奎因·维图里乌斯终于有了一个值得他骄傲的继承人。你知道吗，儿子，我曾是这个学院一代人中最强的学生？我最快，也最强。

离校之后，我一个人抓获的反叛军渣滓就比我全部同学抓到的加起来还要多，是我打倒了女狮王本人。可这一切，在你外祖父眼里都不值一提。你出生之前，他也从不在意，你来这里之后，那些就更被弃如敝屣。当他选继承人的时候，他甚至从未考虑过选我的可能性。反而选定了你——一个私生子，一个活生生的错误。

"我为这件事恨他，当然也恨你。但比你们两个人更痛恨的，是我自己，我恨自己如此软弱，在当年有机会的时候没能杀死你。我发誓今生都不会再犯同样的错误，我发誓以后再也不要表现出软弱。"

她又走回到铁栅那里，用两只眼睛盯住我。

"我知道你现在脑子里在想什么。"她说，"悔恨，愤怒。你在自己脑子里一遍遍回想，后悔自己没能杀死那个学者族女孩，就像我想象当时杀了你一样。你的悔恨让你愁眉不展，血液里像是灌了铅——恨当初没能狠心一点儿！要是自己意志够强就好了！一着大错，就赔了自己一条命。我说得不对吗？这感觉是不是很糟糕？"

我的心里五味杂陈，对她既感到厌恶，又有几分同情。我知道，这大概是她对我敞开心扉的最大限度了。她把我的沉默当成了默认。在我一生中第一次，大概也是仅有的一次，我在她眼里看到了一丝近乎悲戚的神情。

"这样的事实很难接受，却无法回头。明天你就会死，没有任何力量会改变这个结果。我不能，你也不能，甚至连我永不服输的父亲大人都做不到，尽管他尝试过。多少享受一点儿满足吧，因为你的死能让你亲妈感到满意。我这接近二十年的内疚和自责终于能有个解脱，我就要自由了。"

有几秒钟，我什么都说不出来。就这样而已吗？我就要死了，她想说的还只是我早已经知道的那些陈词滥调吗？还只想说她恨我？只想说我是她一生最大的错误？

不，这不是真的。她告诉了我，自己也曾有人性，她心里也曾有过一念之仁。她没有像别人告诉我的那样，把我丢在沙漠里的骄阳下。她把我丢在瑞拉阿嬷那里的时候，实际上是想让我活下去。

但当那仅有的一丝善意淡去，当她开始后悔自己表现出来的人性，没有一味满足私欲时，她就成了现在这副样子。没有感情，没有同情，纯粹是个怪物。

"要说我后悔的话，"我说，"我后悔的也是自己没能早点儿死。我后悔在第三轮考验时没有自愿割断自己的咽喉，却去砍杀自己认识多年的人。"我站起来，走向她，"我并不为放过拉娅感到后悔，以后也永远都不会。"

我想起那次跟该隐一起站在瞭望塔顶遥望沙丘时他说的话：*你将有机会获得真正的自由——肉体和灵魂都不再有任何羁绊。*

突然之间，我就不再觉得迷茫、失败。这个——就是这个——才是该隐当时的意思：死之前知道自己死得其所的那种自由。问心无愧说自己有一个完整灵魂的自由，通过拒绝成为我妈妈这样的人，在心中保持些许善意的自由，为了值得牺牲的人和事，而舍弃生命的那种自由。

"我不知道你到底经历过什么，"我说，"我不知道我父亲是谁，也不知你为何对他如此痛恨。但我知道，我的死并不能真正让你得到解脱，不会让你的心平静下来。你不是那个真正杀死我的人，是我自己自愿赴死。因为我宁愿死，也不愿成为你这样的人。我宁愿死，也不愿没有任何善意，没有任何尊严，没有灵魂地活着。"

我两只手把着铁栅，低头看她的双眼。有一秒钟，那里闪过一丝困惑，她的"硬壳"上出现过那么短暂的一点儿裂痕，然后她的视线就恢复成冷硬如铁的常态。这没关系。这一刻我对她的感觉，只是怜悯而已。

"明天，真正得到解脱的是我，不是你。"

我放开铁栅，走回牢房深处。然后我躺在地上，闭上了眼睛。我没有看到她离开时脸上的表情，我没有听到她说什么。我不在乎。

致命一击是我解脱。

死神已经准备好把我带走。死神转眼就到。

我也准备好了迎接他。

第四十七章　拉娅

我透过开着的门，偷看特鲁曼忙着干活儿，好半天才鼓起勇气走进去。他正小心翼翼而有节奏地敲打那片炽热的金属，有文身的右臂汗水淋漓。

"代林在考夫监狱。"

他的胳膊悬停在半空，转过身来看我。听到我这句话，他眼里的警惕让我意外地感到很欣慰。至少这世上还有另外一个人，像我一样关心我哥哥的命运。

"他是十天之前被送往那里的。"我说，"仲夏节刚过的时候。"我举起还戴着奴隶手环的手腕。"我必须去找他。"

他在犹豫，我屏住了呼吸等着。特鲁曼肯帮我，是整个计划关键的第一步。我这个所谓计划，完全取决于别人愿不愿意按我请求的那样做。

"把门锁上。"他说。

他花了将近三小时才把手环打开，除了偶尔问我需不需要什么东西。整个过程中，他几乎是一言不发。等我的手环去掉，特鲁曼给了我一瓶药膏，可以抹在肿痛的手腕上，然后他就消失在内室。片刻之后，他拿着一把装饰精美的弯刀出来——正是我们见面那天他用来吓走暗鬼的那把。

"这是我跟代林合作打造的第一把真正的特鲁曼弯刀。"他说，

"把这个带给他。当你解救他的时候，告诉他，斯皮罗·特鲁曼会在自由国度等他。告诉他，我们还有很多工作要做。"

"我害怕，"我小声说，"怕自己会失败，怕他会死。"我心里的恐惧一下子强烈起来，像谈到它就会增加它的威力一样。暗影在房门口瞬间集结。暗鬼。

拉娅，它们说，拉娅。

"你要是放任恐惧，它们就会成为你的敌人。"特鲁曼把代林的弯刀交给我，下巴朝暗鬼的方向点了一下。我转过身，一面听特鲁曼说话，一面向它们逼近。

"要是过于胆怯，你就会寸步难行。"他说。那些暗鬼还是没有被我镇住。我举起弯刀。"要是惧怕的东西太少，你又容易过度傲慢。"我向距离最近的一只暗鬼劈砍。它嘶鸣一声，从门底下逃走了。它的有些伙伴在后退，还有些直接向我扑来。我迫使自己站定了不后退，用弯刀的锋刃迎接它们。片刻之后，那些本来大胆不退的家伙，也愤怒地尖叫着逃开。我转身面对特鲁曼，他迎上了我的视线。

"恐惧有时是好事，拉娅，它可以帮你活下去。但不要任由它控制你，不要让它在你心里种下疑虑。当恐惧袭来时，要用唯一比它更强大、更坚忍的东西与它战斗。那就是你的精神，你的内心。"

我把代林的弯刀藏在自己裙下离开铁匠铺的时候，天完全黑了。武夫军人小队在街道上武装巡逻，但一身黑衣的我很容易避开他们的视线。我像死灵一样，轻易就能融入夜色。

我一面走，一面回想起代林在那次突袭中是怎样努力在假面人面前保护我的，即便在那人失手，给了他逃走机会的时候。我想到了伊兹，她那么娇小，那么容易受惊吓，却还是坚决地站出来帮我，尽管她完全知道这样做的后果可能有多可怕。我还想到了埃利亚斯，他只要放任阿奎拉杀死我，现在早就已经摆脱了黑崖学院，得到他盼望已久的自由了。

代林、伊兹和埃利亚斯，他们都把我放在了第一位。没有人迫使他们这样做。他们这样做，是因为他们觉得这是正确的做法。不管他们懂不懂得义人道的真正含义，他们都在按照这样的原则生活。因为他们都是勇敢者。

现在轮到我做该做的事了，我脑子里有个声音说。这声音不再是代林，而是我自己。其实那个声音一直都是我自己。轮到我遵照义人道生活。梅岑说，我根本不知道义人道是什么，但我对这个词的理解，已经是他这辈子都不会达到的程度了。

等我沿着那条险峻的山道攀爬上去进入学院，又摸进院长楼的庭院里，整个学院都寂静下来了。院长书房的灯还亮着，谈话声从开着的窗户里传出来。声音太轻，听不清楚。这正是我想要的——即便是院长，也不可能同时出现在两个地方。

奴隶住房区只有一点儿亮光，其他各处一片漆黑。我听到模糊的啜泣声。谢天谢地，院长还没有审问过她。我从门帘向里看，她不是独自一个人。

"伊兹，厨娘。"

她们正一起坐在床沿上，厨娘的胳膊揽着伊兹。我开口之后，她们一起惊愕地转头过来看，脸都像见了鬼一样煞白。厨娘的眼圈是红的，脸上也都是泪痕。她看到我，忍不住惊叫了一声。伊兹一下子向我扑过来，把我抱得那么紧，我都怀疑她有没有弄断我一根肋骨什么的。

"为什么呀，孩子？"厨娘几乎是生气地揩掉她的眼泪，"你为什么还要回来？趁这机会逃走不好吗？每个人都以为你死了。这里已经没有什么值得你留恋了。"

"但这里的确有我留恋的东西。"我告诉了她们今天上午以来发生的事情。我说了斯皮罗·特鲁曼的真实立场，还有代林真正的下落，以及此前他们在试图做什么。我跟他们讲了梅岑的背叛，然后说了我的计划。

我说完之后，她们都默不作声地坐着。伊兹在摆弄她的眼罩。我有心抱着她的肩膀，求她帮我，但我不能哄她加入这么危险的事。这事一定要她自己做决定，厨娘也是一样。

"我打不定主意，"伊兹摇头说，"这太危险了……"

"我知道，"我说，"我知道自己的要求很过分，要是院长抓住我们的话——"

"其实你的有些想法也不准确，我的孩子。"厨娘说，"院长并非无所不能。她也会犯错，比如她就低估了你，也看错了斯皮罗·特鲁曼。在院长看来，特鲁曼不过是个好色的男人，心里只有那些低俗的欲望而已。她也没能把你跟你父母联系起来——她会犯错，这点跟别人并无区别。唯一的巨大差异，是她不会犯两次同样的错误。只要记住这一点，你就有可能用智谋战胜她。"

那老妇人想了一会儿："我能从学院武库里拿到我们需要的东西，那儿装备很齐全。"她站起来，见我和伊兹还在傻看着她，很不爽地扬起了眉毛。

"你们够了，不要像烂木头上的臭泥巴一样一动也不动。"她踢了我一脚，我惨叫了一声，"快去干活儿。"

《《《

几小时后我醒来，感觉到厨娘的手搭在我的肩上。她俯身在我耳边低语，她的脸在黎明前的微光里，只能依稀看见。

"起床了，丫头。"

拉娅

我想起另一个清晨，我外祖父母被害，代林被抓之后的那天。那一天，我以为自己的世界末日到了。在一定程度上，我的感觉没有错。现在，我正该为自己重塑一个全新的世界，重写自己的结局。我一只手按在臂环上。这一次，我不会再回头。

厨娘倚在我的门口，一只手抹了下眼睛。她几乎整夜都没睡，我也一样。我本来根本不想睡觉，但她坚持让我睡一会儿。

"不懂休息，就不会有妙计。"一小时前，她迫使我上床睡觉时这样说，"而你要是想活着离开塞拉城，就需要你自己全部的智力。"

我双手发抖，穿上了伊兹从学院军需库里顺来的战靴和紧身衣。我把代林铸造的弯刀挂在厨娘为我系好的武装带上，又在外面套上了我的长裙。埃利亚斯的匕首还在我大腿上的皮鞘里。我妈妈给我的臂环被藏在宽松的长袖上衣下面。我一开始还想戴条围巾，好把院长刻的那个破字遮住，但最后否决了这想法。我曾一度憎恶这个伤疤，现在却带着一丝自豪看待它。就像奇南说的，这代表着我在她的迫害下坚强地挺过来了。

上衣下面，我胸前还斜挎着一条软质小皮包，里面的油布里包着面包、干果和水果，还有一壶水。另一个小包里有纱布、草药和疗伤用的油膏。然后我又在外面披上了埃利亚斯的斗篷。

"伊兹呢？"我问厨娘，她始终都在门口，默不作声地看我忙碌。

"她已经在路上了。"

"你不想改主意吗？真的不想跟我们一起走？"

她以沉默作答。我审视那双蓝眼睛，那么遥远又熟悉的一双眼。我有许许多多的问题想问她。她到底叫什么名字？反抗军到底对她做了什么，以至于她提到这些人就会忍不住口吃，反感到难以抑制？她为什么那么恨我母亲？这个比院长本人还要封闭的女人到底是谁？除非现在就问她，否则我永远都不会知道答案了。这次分手之后，我怕是很难再见到她了。

"厨娘——"

"别问。"

这话声音虽小，却像在我面前摔死的一扇门那样。

"你准备好了吗？"她问。

钟楼敲响整点。再过两小时，黎明的鼓声就将响起。

"我准备得怎么样，一点儿都不重要。"我说，"因为时辰已到。"

第四十八章　埃利亚斯

地牢门那边有声响，我起了一身鸡皮疙瘩，即便在睁眼之前，我也知道谁会送我上刑场。

"早啊，毒蛇。"我招呼他。

"起来，杂种。"马库斯说，"天就快亮了，你跟刽子手还有场约会。"

四名陌生的假面人和一队军团士兵站在他身后。马库斯像看一只蟑螂一样看着我，但奇怪的是，我完全不在乎。我刚才那一觉睡得很踏实，也没做噩梦。现在我懒洋洋地起来，伸展腰身，看了毒蛇一眼。

"给他戴上锁链。"马库斯说。

"伟大的皇帝陛下没事干了吗？为什么要屈尊送一名小小的死囚上刑场呢？"我问，卫兵在我的脖子上套了一副铁锁圈，然后用与之连接的铁链铐住我的脚踝。"你不该到街上吓唬一下小孩，或者忙着杀害自家亲戚吗？"

马库斯的脸色很难看，但并没有轻易上钩。"什么事都不能让我错过这个。"他的黄眼睛闪着凶光，"我本来想自己挥斧子的，但院长觉得这样有失体统。此外，我还挺期待我的嗜血伯劳给你行刑的画面。"

我愣了一会儿，才意识到他是打算让海伦娜杀我。他在看我的脸，想看我深深震惊的样子，却没能如愿。想到海伦娜要取走我的性命，反而有一种奇怪的慰藉感。我倒宁愿死在她的手上，而不是被某个不认得的刽子手干掉。她至少能让我死得干净利落。

"现在还那么听我老妈的话呀？"我说，"看来你这辈子都要继续当她的走狗了。"

马库斯脸上掠过一丝怒色，我坏笑。看来这俩人已经开始不和了。真棒！

"院长是个有头脑的人。"马库斯说，"我一直重视她的意见，只要符合我的利益，以后我还会继续这样做。"他撕破那层一本正经的伪装，探身向我靠近，浑身上下那副小人得志的恶心劲险些把我淹死。"她从一开始就在帮我赢得这次考验。你亲妈偷偷告诉我此后将会出现的比赛项目，连安古僧都始终被蒙在鼓里。"

"也就是说，你从一开始就在作弊，可还只是涉险获胜。"我慢腾腾地鼓掌，"好威猛哦。"

马库斯一把扯住我的颈圈，让我的头重重撞在石墙上。我还没来得及忍住就呻吟出声，痛得像是有一大块石头被硬塞进我的脑壳里。卫兵在我肚子上一顿乱拳，我被打得跪倒在地上。但当他们以为我已经被制伏，纷纷后退时，我却向前猛扑，在马库斯腰上给他来了一记狠的。他还在张嘴呼痛，我从他腰带上抢下一把匕首，抵住了他的咽喉。

四柄弯刀出鞘，六把长弓张开，全部对准了我。

"我不是真要杀死你。"我说，一面把匕首轻压到他颈部的肌肉里。"只想让你知道我能做到。现在，麻烦你带我去受刑，*皇帝陛下*。"

我把匕首丢开。如果一定要死，我希望罪名是拒绝杀害一个女孩，而不是割断了皇帝的喉咙。

马库斯恨得咬牙切齿，把我推开。

"把他带下去，你们这群白痴。"马库斯对着卫兵怒吼。看他气急败坏的丑态，我忍不住大笑，眼见他怒气冲冲，大步走出我的牢房，几个假面人收起弯刀，推搡我起来。自由，埃利亚斯，你就快要自由了。

外面，黑崖学院的建筑石料笼罩在黎明的微光里，色调显得柔和了许多。凉爽的空气正迅速温暖起来，估计白天会热得够呛。微风吹过沙丘，吹拂在学院的花岗石建筑上。我死后，大概也不会想念这里的建筑，却可能会想念那温暖的风，还有风里吹来的味道。那味道来自遥远的国度，人们可以在有生之年享受自由，而不是向死亡寻求解脱的地方。

几分钟后，我们到达钟楼前的庭院。这里特别竖起了一座平台，专门给我砍头用的。

院子里聚集的主要是黑崖学院的学生，但也有其他面孔。我看见该隐站在院长和塔那里乌斯市长身边。在他们身后，还有塞拉城几大显贵家族的首脑并肩而立，旁边是本城的军界要员们。外祖父没在这儿，我不知道院长有没有开始着手对付他，早晚她肯定会这样做。她想要掌管维图里亚家族已经好多年了。

我挺直了肩膀，高昂着头。当斧子砍落，我会如外祖父期望中的那副样子死去：像维图里亚家族的男人一样骄傲。无往不胜。

我把注意力转到平台上，死神在此地的化身，就是我最好的朋友手执利斧的形象。海伦娜的新官服让她光彩照人，看上去更像一位女皇，而不是嗜血伯劳。

马库斯加快脚步离开我们，他站到院长身边时，人群恭敬地避开了一点儿。四名假面人把我带上平台，我好像看到台下有动静。但还没来得及看第二眼，就被推上平台，站在了海伦娜身边。海伦娜让我转身面对人群时，少数几个窃窃私语的家伙也住了嘴。

"看我这里。"我小声对她说。我突然想要看清海伦娜的眼睛。安古僧逼她对马库斯宣誓效忠，这我完全理解，这是我失败的必然结果。但现在，准备对我行刑的她，确实眼神冷漠，手段粗野。

没有一滴眼泪。难道我们不是从童兵时代就一起欢笑的玩伴吗？我们不是曾一起杀出过蛮族营地吗？还有第一次抢劫农场成功之后的狂喜，一方过于虚弱时彼此背负的往事，难道我们之间就没有过感情？

海伦娜不理我，我只好不去看她，转而去看人群。马库斯向市长那边侧身，听后者说着些什么。没有扎克站在他身后，看着还挺别扭。我不知道新皇帝会不会想他的孪生弟弟。我不知道这顶皇冠，值不值得用世上唯一知己的生命去交换？

在院子的另一边，法里斯要比所有其他人更高更壮。他的眼神很迷茫，像个找不到家的孩子。戴克斯在他身边，我吃惊地发现，他粗糙的脸颊上竟然有泪痕。

而我的妈妈，比我以前见过的任何时候都更加放松。为什么不呢？她是赢家。

在她身边的该隐还在注视我，僧袍的头罩掀开，披在肩上。几周前他说过这么一句文艺腔的话：如秋叶在风中凋零。现在我被他说中了。我无法原谅他在第三次考验中的所作所为，但我要感谢他教我明白了自由的真正含义。他点头表示接纳我的谢意，估计是最后一次读懂我的心思了。

海伦娜取下我的钢铁项圈。"跪下。"她说。

我的脑子这才闪回到平台上，服从了她的指令。

"那么，这就是我们的结局了吗，海伦娜？"我很吃惊地发现，自己的语调还挺友好，就像问起一本她已经读完，我还没看到结局的书。

第四十八章
埃利亚斯

她的眼光有点儿变化，让我知道她听到了我的话。但她什么都没说，只是检查了我手脚上的铁链，然后向院长方向点头。我的妈妈宣读了对我的指控，我也没怎么留心听。然后她宣布了我的刑罚，我也没用心听。反正是死，啰唆太多没用。

海伦娜向前一步，举起利斧。只要用力挥一下就好，从左到右，依次经过空气、脖子、空气。然后，埃利亚斯就死菜了。

现在我算是真感觉到了，这就是生命的尽头。武夫传说里讲，死掉的战士会在群星间狂舞，永生永世与敌人战斗。我死后会是这样吗？还是我将沉入无穷无尽的黑暗，永无尽头，但也永远空虚？

我开始感到不安。就像这种情绪一直藏在角落里，直到现在才敢出来捣乱。我的眼睛应该看哪儿？看人群吗，还是看天空？我想要有人给我点儿安慰，但我知道在这里不可能找到。

我又看了海伦娜一眼，除了她我还能看谁？她就在两英尺之外，两只手放松地握着斧柄。

看我一眼，不要让我独自面对这一切。

她像是听到了我的想法，眼睛终于与我对视。那熟悉的蓝灰色眸子让我感到一点点安慰，即便是在她把斧头高高举起时。我想起自己最早看到这双眼睛时的情形，那时她只是个六岁的孩子，在选拔围栏里冻得要死，还被一群其他小孩暴揍。*我会一心维护你，*那时的她这样说，带着童兵时代的一本正经，*只要你也护着我，我们同心协力，就能一起活下去。*

她还记得那天的情形吗？还记得之后所有那些共患难的日子里发生过的事吗？

我永远都不会知道了。就在我看着海伦娜眼睛的同时，她的斧头已经劈落。我听到斧刃破空的声响，感到那火辣辣的刃口切入了我的颈部。

第四十九章　拉娅

钟楼前的庭院渐渐拥挤起来，最开始是年龄较小的学生们先到，然后是见习生，最后是骷髅级学员。他们在院子正中央列队，正对那座高台。就像厨娘预料得那样，有几个小童兵死盯着那些处刑工具，又害怕，又着迷的样子。多数人却不看，他们低头看地面，或者仰头看周围那些高耸的黑墙。

城中显贵鱼贯而入，我当时在纳闷儿，不知道安古僧们会不会到场。

"你最好寄希望于他们不在场。"昨天深夜，我在此地说出这一担忧时，厨娘是这么说的，"他们能听到你脑子里的想法，那你还不死定了。"

当黎明的鼓声响起，庭院已经满满当当。军团士兵们在墙边列队，还有些弓箭手在黑崖学院的屋顶上来回巡视。但除此之外，戒备还算比较松懈。

院长跟阿奎拉到得几乎比所有人都晚，她们站在人群前列，就在市长身边。院长的脸在早晨灰蒙蒙的天光下，显得特别严厉。到现在，我对她各种无情残酷的行为理应是见怪不怪了，可是躲在行刑台底下的我，还是忍不住会呆呆地看她。今天要被处死的可是她的亲生儿子，她就真的没有一点儿感觉？

阿奎拉站在高台上，看起来也很平静，几乎是气定神闲——对一个即将用斧头砍掉自己最好的朋友的女孩而言，这么淡定是不是有点儿奇怪？我从木板缝里偷偷向上仰视她。她到底有没有喜欢过维图里乌斯？他们之间的那份友谊，在埃利亚斯眼里那么重要，在她心里可曾真的存在过吗？还是她也早就背叛了埃利亚斯，就像梅岑背叛我一样？

黎明的鼓声平息。有踏步走的声音传进庭院，伴随着铁锁链的铿锵声。人群分开，四名陌生的假面人带着埃利亚斯穿过院子。马库斯本来走在这拨儿人的前面，随后就拐弯站到了院长身边。他脸上那份得意的表情让我恨得指甲都戳到手掌肉里去了。你会有报应的，大肥虫。

尽管手脚都戴着镣铐，埃利亚斯还是挺胸抬头，蛮骄傲的样子。我看不清他的脸。他现在害怕吗？生气吗？有没有后悔，反而希望当时杀了我呢？不知为什么，我觉得他没后悔。

几个假面人把埃利亚斯留在平台上，他们自己则站在台后。我紧张地看着他们——之前没料到这些家伙站这么近。其中一个，居然还有些眼熟。

眼熟到古怪的地步。

我仔细打量他，然后整个肚子都开始觉得不舒服。这就是那个突袭过我们家，还把我们的房子烧成平地的假面人。他就是杀死我外祖父母的凶手。

我发觉自己在向他的方向靠近，还伸手去够裙子下面隐藏的弯刀，然后我才控制住自己。代林，伊兹，埃利亚斯。报仇之前，我还有更重要的事。

我第一百次低头看自己脚边的那根蜡烛，它正在挡风屏后面燃烧。厨娘给了我四根蜡烛，还有火绒和打火石。

"这火绝不能熄灭。"她说，"要是火灭了，你就完了。"

　　我等着的时候，还在纳闷儿伊兹有没有到达"坏猫"号帆船。那些强酸有没有把她的手环腐蚀开呢？她记不记得自己该说的话？船员有没有不加盘问就收留她？要是奇南赶到西拉斯城，却发现我把逃生的机会让给了我的朋友，他又会做何反应呢？

　　他会理解的。我知道他一定会。万一不理解，伊兹也会帮我向他解释。我笑了。就算我计划的其他部分全部失败，这些也不是完全徒劳。我把伊兹救出去了，我救了我的朋友。

　　院长正在宣读对维图里乌斯的指控。我弯下腰，一只手悬停在蜡烛上方。就是这时候了。

　　"时间的选择必须分秒不差。"厨娘昨晚这样说，"等院长开始宣读指控，你就要紧紧盯着钟楼，无论发生什么事，眼睛都不要从那里移开。你必须等到约定的时间信号。看到信号就行动，一点儿也不能提前，一点儿也不能推后。"

　　她给我这指令的时候，听起来还挺容易遵照执行的。但现在，当最后几秒钟一点点过去，院长却总是读个没完，我开始心烦意乱。我透过行刑台面上一条窄缝看钟楼，努力不眨一下眼睛。要是有一名军团士兵把厨娘抓住了怎么办？要是她忘记了炸药配方呢？要是她在执行中犯了错，或者我犯了错，又该怎么办？

　　然后我就看到了信号，一线光芒扫过大钟表面，比蜂鸟扇动一下翅膀的时间还要短。我抓起那根蜡烛，点燃了行刑台后面的引线。

　　它马上就被引燃，燃烧的势头和声响都超过了我预期的程度。假面人会看到的，或者会听到。

　　但没有人动弹，也没有人朝我这边看。我这才想起厨娘说过的另一个要点。

　　别忘了找个地方躲起来，除非你想让自己的脑袋也被炸掉。我弯腰跑到木台下距离导火线最远的地方，蹲下来，用胳膊和手护住自己的脖子和头部。现在一切都靠这个了。要是厨娘记错了配方，要是她没能及时点燃她的炸药，要是我的引线被发现乃至被扑灭，一切就都完了。我们没有备用方案。

在我头顶，木台在咯吱作响。引线一边燃烧，一边嘶鸣。

然后。

轰！木台炸掉了。碎木块和各种残片飞满空中。又传来一声更深远的爆炸，然后又是一声，又是一声。整个院子突然之间变得烟雾腾腾。爆炸根本不知道是在哪里发生的，但又好像无处不在，像上千次尖叫一样在空中回响，让我的耳朵暂时什么都听不到了。

爆炸必须不能造成伤亡，我至少跟厨娘说过十几次，其目的就是为了制造混乱，转移敌人的注意力。威力要强到足够让人跌倒，但不能致命。我不希望任何人因我而死。

交给我了，她当时说，我可不想当杀害小孩子的凶手。

我从木台下向外看，外面灰尘很多，很难透视过去。乍看上去，像是钟楼的外墙已经崩塌的样子，而实际上，这些灰尘和沙砾都来自我和伊兹花了大半夜的时间装好运来的二百多个沙袋。厨娘给每个沙袋都配了小炸药包，还把它们串联在了一起。最终效果相当壮观。

在我身后，整个行刑台的后半部都被炸飞，几名站在那里的假面人倒地失去了知觉，包括杀害我家人的那一个。军团士兵们乱了阵脚，到处乱跑乱喊，一心想要寻路逃走。学生们也在撤离庭院，较年长的拖抱着年幼的童兵们。更深沉的爆炸声从远处传来，爆炸地点包括餐厅和几处教室——这个时间，这些地方都没有人，可能已经被放开手脚的厨娘炸塌了。我整个脸上都乐开了花。这个厨娘，真是什么都没忘。

现在的鼓声诡异急促，我不用懂得代码，也知道这是宣告学院遭到袭击。黑崖学院完全是一片混乱，程度超出了我的想象。这是完美的救人时机。

我现在没有任何犹豫，没有任何迟疑。我是女狮王的女儿，我有女狮王的强大力量。

"我就要来救你了，代林。"我对着风轻轻地说，希望它能帮我送到这个消息，"你坚持活下去。我马上就来，没有任何力量能够阻止我。"

然后我从藏身之处出来，跳上行刑台。到了该解救埃利亚斯·维图里乌斯的时候了。

第五十章　埃利亚斯

　　每个人死的时候都是这样子吗？上一秒钟你还活着，下一秒钟，你已经死了，然后就是"轰"的一声，猛烈的爆炸声像是能把空气撕裂。这样欢迎新到死亡世界来的人，还真是蛮残暴的，不过好歹算是有了点儿表示。

　　耳边到处是尖叫声。我睁开眼睛，发现自己现在的周边环境并不是那么富于亡灵世界的气息。事实上，我就躺在自己本应该被斩首的那座高台的下面。周围到处是烟和尘土。我摸了下自己的脖子，刺痛还是很剧烈，我的两只手也的确沾上了颜色很深的血迹。我傻傻地纳闷儿，不知道自己在死后的"生涯"里，是不是要整天带颗被砍坏的头满世界晃悠。这规矩，貌似有点儿不公平啊……

　　一双熟悉的金色眼睛出现在我的视线上方。

　　"你怎么也在这儿？"我问，"我还以为学者族死后会去另一个地方呢。"

　　"你根本没死，至少现在还没有。我也没死，而且我是来救你的。行了，坐起来吧你。"

　　她双臂伸到我的背后，扶我起来。我们在行刑台的下面，一定是她把我拖进来的。整个台子的背面都被炸飞了，我勉强能分辨出倒地的四名假面人的身体轮廓。我消化着自己看到的场景，也慢慢明白过来，看来我真的还活着。刚才的确发生过爆炸，而且是连环爆炸，整个院子乱成一团。

"是我发动的攻击。"拉娅说,"安古僧昨天骗过了所有人,让大家都以为我死了。以后我再给你解释。重要的是,现在我要救你出去——不过也是有代价的哦。"

"什么代价?"我感觉到喉咙上好像有金属,就低头看。拉娅正把我送她的匕首抵在我的喉咙上。还从她的头发里拔出两根小别针,放在我正巧够不着的地方。

"我可以给你这两根别针,这样你就可以捅开你的锁链,利用当前的混乱逃离这里。永远离开黑崖学院,像你一直想做的那样。但有一个条件。"

"条件是……"

"你得把我也带出黑崖学院,再带我去考夫监狱,然后帮我把我哥救出来。"

你这可是三个条件了:"我还以为你哥哥被关在——"

"他不在那儿,在考夫监狱,你是我见过的唯一去过那里的人,你也有本事在前往北方的路上保证我的安全。还有你那隧道——号称没有其他人知道的,我们可以从那里逃走。"

十层火热的地狱啊。她当然不可能毫无企图,只为了好玩就来救我。看看周围这副乱象,她肯定是费了不少力气才造成这种局面。

"快决定吧,埃利亚斯。"我们周围赖以隐藏形迹的尘土正慢慢沉淀。"没时间拖延了哦。"

我还真是考虑了一会儿。她说是在给我自由,可她不知道的是,虽然被锁链束缚着,虽然将被处死,我的灵魂已经获得自由。当我拒绝了我妈妈那种变态思维方式的时候,就已经获得了自由。我决定要为自认为值得的原则慷慨赴死的时候,就已经得到了自由。

身体和灵魂的真正自由。

嗯，看来我在牢里找到的呢，应该叫作灵魂的自由。眼前这份，就是身体的自由了。这就是该隐兑现承诺的方式吧。

"好吧，"我说，"我会帮你的。"我不知道具体该怎么做，但现在看来，这事还不着急。"别针给我。"我伸手拿别针，她却把它们又拿开了一些。

"你发誓。"

"我以自己的骨血、个人荣誉和家族信誉发誓，承诺帮你逃出黑崖学院，帮你到达考夫监狱，还会帮你救出你哥哥。别针，赶紧的。"

几秒钟后，我的手铐就已脱落。下面该轮到脚踝上的铁链了。在行刑台后面，那几个假面人开始有动作。海伦娜还脸朝下趴着，但她也在嘟嘟囔囔，打了个激灵就醒了。

在院子里，我妈妈也爬了起来，透过浓烟和尘土向行刑台这边看。真是极品怪物啊她，整个世界都炸得昏天黑地，她最关心的居然是要我死。很快，她就会让整个学校开始追杀我。

"快走。"我抓住拉娅的手，把她从行刑台下面拉出来。

拉娅停了一下，死死盯着地上一动也不动的一名假面人，他是押送我来院子里的假面人之一。她拔出了我给她的那把匕首，手在抖。

"就是他杀死了我的外祖父母，"她说，"还烧了我们家的房子。"

"我完全理解你想杀死这凶手的愿望。"我一边回头瞅我妈的方向，一边说，"但也请相信我，你现在做的任何事，残忍程度都不会超过院长大人将给他的惩罚。这家伙的职责是看着我，他失败了。我妈痛恨失败者。"

拉娅又看了那假面人一秒钟，然后痛快地对我一点头。我们弯腰穿过钟楼底下的拱门。我不停地回头看，然后心里一沉。是海伦娜，她正直勾勾地盯着我，我们的目光短时相遇。

我和拉娅推开一座教学建筑的门，里面的走廊里到处都有学生在四处逃窜。但他们多数都只是童兵，没人多看我们一眼。整个建筑回荡着低沉的爆炸声。

"天啦，你到底对这地方做了什么？"

"院子里到处都装了附带小量炸药的沙包。还有——别的地方应该还有些大炸药包的。比如食堂、竞技场，还有院长家。"拉娅说完，又迅速补充说，"那些地方都是空的啦。我们并不想杀害任何人，转移下注意力就好。还有……我很抱歉刚才拿匕首对着你。"她看上去还挺尴尬，"我是太害怕你不答应。"

"你不用为这个难过的。"我环顾四周，寻找最明显的出口，但多数都挤着很多学生。"在这一切结束之前，你需要拿匕首逼着别人喉咙的事还多着呢。不过呢，这门技术你还得多多练习才行。刚才，我就可以夺走你武器的——"

"埃利亚斯？"

是戴克斯。法里斯大张着嘴巴站在他身后，看见我活着，没戴枷锁，还跟一个学者族女孩手拉手，他们显然都零乱了。有一秒钟，我还以为自己需要跟他们开打。但随后，法里斯就抓住戴克斯，用蛮力扭转他的身体，推他混进人群里，离开了我。他回头看了我一眼，我好像看见他在向我微笑。

拉娅和我闯过这栋建筑，滑下一片草坡。我本想冲向训练楼，可是她把我扯了回来。

"换条路吧。"她跑得太快，胸口在剧烈起伏，"那座楼——"

我们脚下的地面在震荡，她抓住我的胳膊。那楼摇晃了一下，然后就塌了，里面的货物在熊熊燃烧，黑烟冲天而起。

"我希望这座楼里也没有人。"我说。

"一个都没有。"拉娅松开了我的胳膊，"事先我们把所有门都从里面封死了。"

"谁在帮你啊?"这么多事她不可能自己完成。也许是仲夏节见过的那个红发仔?那家伙长得一看就像反抗军。

"这事你就别管了。"我们绕道跑过那座训练楼的废墟,拉娅有点儿跑不动了,我狠心继续拉着她跑。我们现在不可能放慢速度的。我不允许自己回想曾有多么接近自由,或多么接近死亡。我只想走好接下来的一步,下一次转弯,下一个行动。

高级骷髅生的军营矗立在面前,我们躬身进入。我回头看了一眼,没看到海伦娜。"进去。"我把自己房间的门推开,反手锁死。

"你把中间的壁炉石扳开,"我对拉娅说,"入口就在下面。我还得快速拿上点儿东西。"

我没时间全身披挂整齐,但还是扣上了胸甲和胫甲,然后找了一件斗篷,带上我的几把短刀。我的特鲁曼弯刀早就没了,昨天被丢在竞技场的高台上。我为这损失感到痛心。现在,这对宝贝可能已经被院长霸占了。

我从写字台里找出阿菲亚·阿拉-努尔给我的部落信物,这表示她欠我一份人情。未来这段时间里,拉娅和我会需要一切能够得到的帮助。我把这东西装起来的时候,有人用力砸门。

"埃利亚斯,"海伦娜的声音压得很低,"我知道你在里面。开门,只有我一个人。"

我盯着那扇门。她已经发誓向马库斯效忠,几分钟前还差点儿砍掉我的脑袋。从她赶到这里的时间判断,她是像追狐狸的猎狗一样片刻都没耽搁。为什么?为什么在这么多年祸福与共之后,她却把我看得这么轻?

拉娅扳开了壁炉石。现在她一会儿看我,一会儿看门。

"别开门。"她看出了我的犹豫,"你没看到她给你行刑之前的样子,埃利亚斯。她太平静了,就像……就像她在盼望着那样做。"

"我必须问她为什么。"这么说的时候，我其实心里很清楚，在当前局面下，这个决定关系到我的生死。"她是我最好的朋友，我一定要搞清楚她怎么想的。"

"开门。"海伦娜又在用力砸门，"我以皇帝的名义命令你——"

"什么皇帝？"我拉开门，手里拿着匕首，"你是说那个出身低贱，爱杀人，爱强奸，过去几周都想害死咱们两个的混蛋？"

"就是那头皇帝。"海伦娜说着，从我腋下钻了进来。她的弯刀还在鞘里。更让我吃惊的是，她把那对特鲁曼弯刀交到了我的手里。"知道吗？你的语调跟你外祖父一模一样，即便是在我忙着把他偷送出这破烂城市的时候，他一直反复强调的，只是马库斯出身寒微而已。"

她把外祖父偷偷送出城市？"那他现在在何处？你又是怎么得到它们的？"我举起那对弯刀。

"昨晚有人把它们留在了我的房间里。我猜想是某个安古僧。至于说你的宝贝外祖父，他目前安全。就在我们说话的时候，他可能正在折磨某个倒霉的店主人，让他体会什么叫作人间地狱。他本想率众攻打黑崖学院，把你救出去，可我说服了他，让他相信目前还是低调一点儿比较好。即便在逃亡期间，他也有足够的才智继续控制维图里亚家族。你先别管他，听我说，我要解释下——"

这时候，拉娅老是不停干咳。海伦娜拔出了她的弯刀。

"我还以为她已经死了。"

拉娅也握紧了她的小匕首："她还活得好好的，谢谢关心。她还救了这个男的他。同样的这句话大约不能用在你头上。埃利亚斯，咱们该走了。"

"我们要逃走。"我直视海伦娜的眼睛，"我俩一起走。"

"你还有几分钟时间，"海伦娜说，"我把军团士兵都派到另一个方向去了。"

"跟我们一起走吧。"我说,"摒弃你的誓言,我们一起逃离这个马库斯。"拉娅大声抗议,这显然不在她的计划之内。我不理她,还在继续说,"我们可以一起设法推翻他。"

"我也想这么做,"海勒说,"你不知道我有多想,但我做不到。我向马库斯发的誓并不是问题。我还发了另外一个誓言——性质完全不同的一个,那个誓言是绝对不能反悔的。"

"海勒——"

"你听我说。就在毕业典礼之后,该隐找到我。他说你面临死神的威胁,埃利亚斯,但我能阻止这件事。我可以确保你大难不死,所需要做到的,就是无论谁赢得这场考验,我都要向胜利者宣誓效忠——并且信守这个承诺,不管付出多大代价。也就是说,如果你赢,我只要宣誓向你效忠就行了,但如果胜者不是你——"

"要是你自己赢了呢?"

"他早知道我赢不了,他说我命中没有这份荣耀。而扎克也从来没有强大到能挑战他的哥哥。这场考验,从一开始就是你对抗马库斯。"海伦娜打了个寒战,"我一直梦见马库斯,埃利亚斯,已经连续好几个月了。你以为我只是痛恨他,但我——我实际上是害怕他,怕他会逼我做的事。现在,我无权拒绝他的任何要求。我还害怕他会对整个帝国,对学者族,对部落民可能做出的暴行。"

"这就是我为什么想让埃利亚斯在忠诚考验时杀死你的原因。"海勒看着拉娅说,"也是我自己为什么险些杀了你的原因。牺牲你一条命,可能就会避免马库斯多年的残暴统治。"

海伦娜过去几周来的行为一下子全都可以理解了。她一直那么急切地想让我赢,是因为她知道如果我输了会发生什么。马库斯会崛起,夺得大权,对整个帝国发泄他疯狂的恶意,而她自己也会成为马库斯的奴隶。我想起了勇气考验时她说的话。不能死，她说，一定要活下去。原来都是为了救我。我想起力量考验前夜她说的话。你完全不懂得我为你放弃了什么，付出了多大代价。

"为什么，海伦娜？为什么你一直都不肯告诉我真相？"

"你以为安古僧会让我说吗？此外，我太了解你了，埃利亚斯。就算是你知道所有这一切，你还是不会杀死她的。"

"你不该发那个誓的。"我小声说，"我不值得你付出这么大的代价。该隐——"

"该隐做到了他承诺的那部分。他说如果我发誓效忠，你就可以活下去。马库斯命令我宣誓效忠，我照办了；他让我挥动斧子对你行刑，我也照办了。而你现在在这里，活得好好的。"

我摸了下自己脖子上的伤口，再深几英寸，我早就死了。她把一切都交托给了安古僧——她的命，我的命。但话说回来，海伦娜本来就是这样的个性：她是信仰坚如磐石的典范。她的忠诚，她的力量。他们总是低估我。我低估她的程度，才真的是超过了所有人。

该隐和其他安古僧早就看穿了这一切。当他告诉我说，我有机会得到身心完全自由时，他也早知道自己会迫使我做选择，是保命，还是保住自己的灵魂。他预见到我会做的选择，还有拉娅来解救我的行动，还有我们能逃走。他早就料到，当一切结束时，海伦娜会向马库斯宣誓效忠。这么透彻的认知，让我深感震惊。有生以来第一次，我感觉到了安古僧的生涯里一定肩负着的沉重担子。

现在没有时间纳闷儿这种事了。军营门被冲开，有人在大声发令。军团士兵，他们受命彻查整座学院。

"那么，等我跑了，"我说，"你就打破那誓言。"

"不，埃利亚斯。该隐做到了他答应的事，我也要信守承诺。"

"埃利亚斯。"拉娅轻声警告我。

"你忘了件事情。"海伦娜抬起双手，来扯我的面具。它这次特别顽固地不肯下来，像是也知道一旦被扯下，就再也没有缠上我的机会了。但慢慢地，海勒还是把它完全扯掉了。那金属脱落，又在我脖子上留下新的血痕。血从我后背流下，我几乎没有感觉。

门廊里响起脚步声。有个戴铁甲的手在敲门，但我还有那么多话想对她说。

"你走吧。"她把我推向拉娅，"我会为你遮掩这最后一次。然后从此以后，我就是他的人了。你记住，埃利亚斯，从今往后，你我都将彼此为敌。"

马库斯会派她追杀我。也许不是马上出发，要到她证明了自己的忠诚之后。但早早晚晚，他一定会这样做。我们都很清楚这一点。

拉娅弯腰钻进隧道，我在后面跟随。当海伦娜伸手去拿壁炉石，要把我们的入口盖住时，我抓住了她的胳膊。我想要感谢她，对她道歉，请求她的谅解。我想要硬把她拉下来，跟我们一起走。

"放手，埃利亚斯。"她温软的手指抚着我的面庞，那么哀伤，又那么甜蜜地笑了，那是只属于我的笑容。"放我走。"

"不要忘记这些，海伦娜。"我说，"不要忘了我们，不要变成他那样。"

她点了一下头，我祈祷这次点头也算一个承诺。然后她就拿过石板，把入口封住了。

在我前面，拉娅正一寸一寸向前挪动。她伸出一只手在前面试探着，在黑暗中前进。几秒钟后，她惊叫一声，从我的隧道掉进了塞拉墓城。

暂时，海伦娜可以给我们争取一点儿时间，可如果黑崖学院恢复了秩序，塞拉城的各大港口马上就会封闭，军团士兵会关闭所有城门。而街上和墓城隧道里，到处都将是士兵。追缉逃犯的鼓声会从这里一直响彻安提乌姆，让每一座军营和哨卡都知道我逃走的消息。然后会公布赏金，捕杀队伍纷纷出动。船只、驿马车，乃至部落篷车都将被搜查。我了解马库斯和我妈妈，他们两个人都不会在得到我的人头之前罢手。

"埃利亚斯？"拉娅听起来并不害怕，只是有点儿担心。

墓城嘛，当然就像在墓穴里一样黑，但我清楚我们目前的位置。这是个巨大的墓室，好几年没有士兵巡视过了。在我们前方还有三个入口，两个早就被封住了，第三个，只是表面看上去走不通。

"我在这儿呢，拉娅。"我伸手拉住了她，她轻轻捏了一下我的手掌。

我向前走出一步，拉娅紧紧跟在我后面，然后是下一步。我的头脑在展望未来，计划着此后该做些什么：先是逃离塞拉，然后熬过前往北方的旅程，最后潜入考夫监狱，救出拉娅的哥哥。

这中间会发生无数的插曲，那么多的不确定因素。我甚至不知道我们能不能活着走出墓城，更不要说预料以后那些事的结果了。

但这都不重要。目前，能走出这最初几步就已经不错。这关键的几小步，将带我们踏入黑暗，踏入未知。

……走向自由。

致　谢

　　我最热忱的感谢，首先并且永远属于我的父母：我的妈妈是我生活中的北极星和避风港，她跟故事里的院长完全相反；我的爸爸教我学会了信仰和坚持，并一直对我保持信心。

　　我的丈夫凯希是我最棒的守护者，也是我认识的最勇敢无畏的人。谢谢你说服了我攀登写作这座高峰，并在我跌倒时支持着我。我家的小男孩们是我灵感的源泉：我希望你们长大后能有埃利亚斯的勇气，拉娅的坚强，还有海伦娜那样博爱的胸怀。

　　海戎，你是勇敢的探路者，美妙音乐的传道人，谢谢你一直以来的强大支持，让我感受到家的温暖。还有埃默，我生活中的甘道夫，我眼中的完人，我有一万个感谢你的原因，但最重要的，是你教我找到了自信。

　　我要对亚力山德拉·迈奇尼斯特表达最深挚的感谢，你是个像忍者一样酷的代理人，能秒杀所有疑虑，回答过我的 32101 个问题——我超级崇拜你。感谢你对这本书坚定不移的信心；还有凯茜·亚德里，您的指导改变了我的生活，很荣幸有您这样的导师和朋友。斯蒂芬妮·科文，我不知疲倦的国际代理人，感谢你把我的作品推向全世界。还有凯瑟琳·米勒，你的友谊是珍贵无比的赠礼。

　　我无法想象还有比企鹅更好的出版机构。我想感谢堂·魏斯伯格、本·斯兰克、吉利安·莱文森——就算我一天给她写十四封电子邮件，她还依然对我保持友好，桑塔·纽林、艾琳·博格、艾米莉·罗梅洛、费利西娅·弗雷泽、艾米莉·奥斯本、凯茜·麦克因泰尔、杰西卡·绍弗尔、林赛·博格斯，以及为这本书付出努力的销售、推广、宣传部门人士。

我的家人一直坚定地支持着我，我想感谢他们所有人，塔希尔家的叔叔和婶婶；萨利姆家的希拉、伊曼和阿尔曼；塔拉·阿贝希；还有丽莉、佐伊、鲍比。

我真心感谢绍尔·杰格尔、斯泰西·拉夫伦尼尔、康纳·南利和杰森·罗尔丹为各自的祖国做出的贡献，他们让我懂得了战士的忠诚。

这本书中的地图作者是乔纳森·罗伯茨，杰出的制图专家。谢谢你，乔纳森，你把黑崖学院和整个帝国活生生地展现了出来。

我还想感谢下面这些朋友，因为他们的鼓励和善意：安德里亚·沃克、萨拉·巴尔金、伊莉莎白·沃德、马克·约翰逊、霍利·古德伯格·斯罗恩、汤姆·威廉姆斯、萨利·维尔考克斯、凯茜·文纳、杰弗·穆勒、沙农·凯希、阿比盖尔·温、斯泰西·李、凯利·洛伊·吉尔伯特、勒内·阿迪以及 Writer Unboxed 社区。

感谢"天使与声波"乐队的《冒险》，海狼乐队的《邪恶之血》，还有 M83 乐队的《脱逃》。没有这些歌，就不会有这本小说。

最后（只是因为我知道他不会在意），我想谢谢那个从一开始就陪着我的人。我总在所有地方寻求着你的认可，没有你，我将一无是处。